路翎全集

第十二卷

晚年长篇小说 1985

江南春雨

本集获复旦大学"985工程"三期整体推进人文社会科学研究项目和上海文化发展基金会资助出版,为国家社科基金项目(22BZW134)中期成果

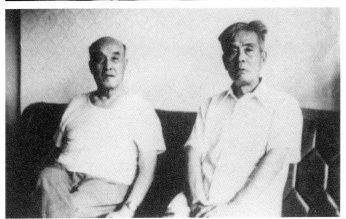

胡风定居北京,路翎携外孙女前往探望,1982年7月于木樨地

1982年6月迁居团结湖寓所后留影

晚年路翎夫妇与次女徐朗，1983年于虎坊桥寓所

路翎夫妇、长女徐绍羽与来访的余明英弟弟
余明澄，摄于北京陶然亭公园

江南春雨

《江南春雨》,原稿626页,末尾署1985年2月26日—4月3日改写,据以抄印。

一

春天的早晨。江南乡野,池塘和河流在太阳照射过来以前呈显着苍白的颜色而寂静着。阳光的帐幕逐渐灿烂。水塘、河流和它上面的石桥照耀在泛着红色的阳光里了。水田里有青蛙跳跃的轻微的声音。村镇的炊烟忽然间升得很高了,阳光照耀着村镇的旧的房屋的屋脊;新盖的房屋,其中也有两层楼的楼房,它们的整齐的屋顶,灰色的瓦和红墙也在阳光中闪耀着。阳光很快地吞噬了平原上的宁静的,梦幻之夜的暗影,吞噬了池塘、河流、水田里的夜间以来的苍白和寂静,池塘和河流、水田便显出活泼和早晨的精力。

在一辆牛车旁走着的黎顺芳心中也升起了早晨的精力,她安静地,有些被迷惑地注意着她的乡土的美丽的早晨。她是有着泼辣的青年妇女,一早晨"拿获"了她的从文化站返来,忘记了戴他的鸭舌帽的哥哥黎顺国,本来想责备他几句的,现在却改变了情绪。她是从高速公路上驾着牛车往田地里去送粪的,她的哥哥黎顺国因为"不劳动","不干家中事"害羞,而便也跳上牛车跟她一起去送粪。

"你看啊,"黎顺芳用她的带着浓厚的江南土腔的声音说,看了看她的哥哥;在她的心中,弥满着深刻的,颤动的激动之情,"人说我们江南美,我说它还养育人。你顺国当过军人,到过海防几个前哨,你看我们乡土比那些怎样。真是美啊!真是到处是生机啊,我说啊,人的心真是深奥,它总是追求……理想,"黎顺芳说,便有点懊恼她不会表述这江南乡野的美丽和在她心里颤动着的深刻的情绪,对她的哥哥又看了一眼,"我说你,顺国哥,你是不是轻份了我们乡土呢?你老想学成知识尖子当然是对的,可是你想到省城去,是否生分了我们乡街呢。当然,大地各处都养育人……"

在许多事情里,都有着冲突。黎顺芳今日是故意地驾车未走土路而多绕点路走高速公路,便是她和她的丈夫副村长肖家荣是开辟高速公路这一条线的拥护者,而副乡长李家衍等是高速公路的这一条弯曲线的反对者,这反对者们而且相当地影响了她的父亲黎志贵,她的父亲受了煽动,也认为铲去了一片肥沃的水田的可惜,她的父亲早晨又发了这一点议论,所以她早晨出来的时候与她的父亲"拌了几句嘴"。这是她在批评她的哥哥的时候想起来的。她瞥了黎顺国一眼,想到,他还不会浪荡,但是却总想离开家乡。黎顺芳还想到她只小学毕业,一生就这样有些完了,说服哥哥有些困难;而哥哥年龄不小了,却一直没有结婚。黎顺国在军队里干了几年,又在城里做了一些时间的技术工人,两年来是乡政府的农业技术员,在试验水稻。

黎顺芳想,她也已经成年,而且也是社会栋梁,便应该担负家庭。想到这里她便对黎顺国深深地不满。黎顺国直爽待人,常和村干事黄功等冲突,黎顺芳也卷入吵架,因此黎顺芳的种稻能手先进工作者未被评上。而从普通的道理说来,到了这年龄的妇女,是也有和社会妥协起来一些的,——她是也想和一些人客气一些,能评上先进工作者而辅助她的丈夫副村长肖家荣的。到了这年龄的妇女,心中而且常有贤良的感叹,想社会好起来……她们又觉得一切不能"叶落归根","成家立业"的男子都值得怜悯。

"你这样怎样结局呢?"黎顺芳又说,但沉默着了。忽然她说:"你跟张旺英如何呢?"沉默了一下,望望前面的树木中间的高速柏油公路,盼顾了一下两边的灿烂起来的平原,她说:"今天早晨的感言,我要写进作文会的作文里去,把你这二流子也写进去。"她的丈夫副村长肖家荣,听了县长的意见和一些村人的要求,好几年来成立了作文会,会员每人每年做一篇作文。

在黎顺国心里,也有着一些激动和慷慨,他对他的家乡没有什么芥蒂,但是他似乎不能住定下来;看来是这样的,他有不满意老一辈子人的生活,他想要找求什么新的事物和个人成材。

农村改变了,但他却不满足,他认为农村应该更进展,不老是这样到现在还有着落后的人们的堆积;青年一代和老一辈人龃龉,但青年一辈人似乎仍然不少地平庸。他有些偏见,譬如他就没有能注意到他妹妹的变化:她和她的丈夫肖家荣有着向前的深邃的渴望。他有着相当深的自负。他读过初中,到部队里去升到了连级军官,当技术工人组长一些年又追求技术,有着才华;在部队里垦荒,便学好农业技术,回到家乡来便勤勉地读书,作他的修业,当农业技术员……可是,他的水稻和麦子,豆子、菜蔬的研究和试验虽然有人很拥护,却也遭到了一些人的冷淡与嫉视,这异域和都市里回来的自负的人便对他的家乡的生活也有些不亲切。他在内心深处,叹息岁月蹉跎了。

他早晨遇到妹妹也很不安心。他昨夜未睡,在文化站写他的论文——好几天没有回家去了;他妹妹不满意他,还因为他兼着农业机器站副站长的职务,却好几天未到那里去了:那里有和乡干事黄功一伙的人贪污,他却没有过问。

"哥哥,你赞成养鱼么?"黎顺芳说,"我一说你就嫌麻烦。你的试验养鱼几种混合拌料食不成功就灰心了么?"

黎顺国想说他目前在办别的事,但却没有说。昨夜在文化站他还和村干事黄功和他的弟弟黄勤志因为他们破坏他的黄豆试验地而吵了一场。黄功等说他黎顺国挖的豆子坑深了,不得他们同意将他掘了一些——这里面在黄功那一面是有着想盗窃他的科学实验的成绩的动因的;他也注意到这个。他们冲突,还因为黄勤志拔掉了他在文化站附近实验种的花,他种花是企图帮助种花户张旺英的。

黎顺芳想对哥哥提到张旺英,若干年前,人们曾替黎顺国说亲,对象正是这张旺英,然而黎顺国不肯结婚,后来,恶徒黄功对张旺英进行逼婚,黎顺国帮助张旺英打架和说理,但也没有凑成这婚姻。张旺英现在是三十几的老姑娘,而当年的活跃的青年黎顺国也已经靠近中年,因此,黎顺芳很注意黎顺国常常和张旺英来往,也助她种花和改良她的作物种植。她想,现在是提这事的时机了,何况乡镇上有着谣传,说死了女人一阵的黄功快要说服"老姑娘"张旺英,打败她的自持,和他结婚了。黄功的逼张旺英,是使黎顺芳和乡镇里一切正直而同情着勤苦地富裕起来的张旺英的人们烦恼的。

勤勉的、穿着灰色衣服和皮鞋的张旺英骑着她的自行车过来了。高速公路上,自行车很轻盈地滑行着,穿过树木,太阳照在黎顺芳的牛车上,也照在张旺英的自行车轮上。因为自身富裕,在乡镇上有地位,所以张旺英的穿着很朴素和骑车很谨慎;因为对先前一度向往的黎顺国有着复杂的感情,所以张旺英远远地便有些脸红;因为晴朗的早晨和江南乡野,所以张旺英的心里连着上述的一些而有着丰满的柔情;因为张旺英是能吃苦的,谦虚的,所以心里有对黎顺芳兄妹早晨出勤往田里去的深的尊敬;因为村庄里流氓们造着她的谣言和包围她日益严重起来,她的情形不很顺利,所以她的心里虽然有早晨的愉快却也还淤积着深的忧郁;她很想黎顺芳及其丈夫肖家荣能帮助她。

她迎着黎顺芳的牛车跳下了自行车。

"我正想找你,有时候谈谈,"短头发梳得很光洁的老姑娘富裕户对黎顺芳说,"你顺芳妹能找你的肖家荣副村长助我骂骂黄功他们么?"她说,便往黎顺国轻轻地笑了一笑,点了一下头,说"早晨好"。

"好,你好。"自觉笨拙的黎顺国说。

"我想对你顺芳妹说……"张旺英说,又沉默下来,陷入一阵沉思。春天的早晨空气很新鲜,寂静的空气中漂浮着秧苗和麦田的纯朴的芳香的气息;整齐的杨树在公路两边展开,空气中有着薄荷草水田的清澈的水和泥土的气味。张旺英在树叶的荫影里移动了一步,早晨的太阳便照耀在她的有些妩媚的脸上了。——黎顺国觉得,在太阳照耀下的他的妹妹黎顺芳也是很美丽的,并不很像他所想象的"这些年变得俗气"。在张旺英的心里激动着什么,她陷入沉思中而迷惘地看着公路外的水田。她心里想:"唉,我要做这个奋斗。"

"你知道,"她对黎顺芳说,"黄功这些人这些时造我谣包围我,抢我培养的花卉,国家收购这方面这时候欠缺,他们说,我是单个人,助我到自由市场去,但是这环境他迫我让他助我做买卖,我与他有关系么?他还增加引进丑恶的活动,我又怕么?"张旺英对黎顺芳说,同时考虑这里要不要也对黎顺国说,她想:"唉,他黎顺国这个人也有些骄傲。"便看了看黎顺国。

激动的说话之后沉默又来临了。

在老旧的时代,三十岁以上的未婚的女人是要遭受很多议论的,现在情况不同多了,但是一些狭隘的言论仍旧使她心痛。她这时觉得,她迟迟没有结婚,一部分原因在于这英俊的男子黎顺国。很多年了,他参加军队出去使她便很有些想着他。当然,这也是环境的原因,现在她因为年龄老大而增加一种敏感了;她想,她抢着独身似乎是肯定了。

"你顺国哥也帮我们忙好吧。我这是说黄功造我的一些谣言,你不理的。"她说,响亮的声音里忽然震颤着一点痛苦,也暴露了一些她对等黎顺国的感情。

"我当然是帮你忙的,无论什么情况。"黎顺国说,他想说的是,张旺英勤苦而聪明地奋斗,带着她的能干的母亲成了乡村里的富裕的、杰出的人物了,他很有些感动——但没有说出来。对于张旺英透露出来的她对他的感情,他也注意到,而心中有一种模糊的感觉。"黄功他们是太恶毒了。"他说。

"但是假设你听了谣言呢?"

黎顺国面颊有些搐动,沉默着。

"我就是希望不听谣言。"张旺英说。

在张旺英的声音里,有一种坦白的情绪;这声音在这谈话开始的震动里,尤其在提到"小学初中同学"的时候,是含着突发的特殊的感情的,但后来渐渐地又受着一些抑制了。张旺英奉祀的思想是,她不应该太兴奋了,她的环境是有其辛苦的。张旺英也好斗,她和她的母亲生活在一起。他们的父亲劳累了一生,在解放后几年死去了,没有留给她财产,但留给她以勤苦,一些聪明的技能和倔强,她自己说,老一辈子人生活要愚蠢些。土地改革分得了田地,也断断续续读了小学;她的父亲死去后,由于乡政府的帮助和她的奋斗,她还读完了初中。漫长的岁月和曲折坎坷,张旺英和她的顽强的母亲——人们是这样看的——渐渐地富裕了起来。然而现在张旺英又落在困难的罗网里了,村庄里的一些人们,再三地劝她的母亲让她和黄功结婚,她的母亲有着动摇了,黄功而且抬来聘婚的礼品了,放着鞭炮走过大街。女儿不好和母亲顶撞各项,但这项却是没有犹豫的,虽然黄功的行列受了李新村长的干涉没有能进到张旺英家院子,张旺英却又两餐不吃饭;但实际上,她仅仅用外表来威胁母亲,她还是偷着出去吃了,因为她要到田地里去劳动。

  事情有着还深刻些的一面。当年,当黄功家逼迫还穷困的张旺英的时候,黎顺国恰好从军队里回来,曾经收到被围困在屋子里的张旺英送来的呼救的条子,联合几个人将张旺英救出来藏到山坡上的一个棚子里……以后,冷静的、理智的黎顺国便进城去当技术工人去了。黎顺国曾经和喝了酒的黄功在村口吵架,其实是黄功的一伙在叫嚷,奚落黎顺国家——他们家那时还贫穷,而张旺英家则已经上升了。冷静的,有些骄傲的黎顺国不大说话,而站在一旁观看的张旺英——她自己清楚地记得,她那次是头发梳得很整齐的——却大骂黄功。她受到责备说她"拉架"偏袒黎顺国,也正是她自己觉得愉快的,她那次活动的成功。多次的谣言,多次的黄功等人的进攻,这回进攻又到了锋刃,以至于张旺英今日早晨出来——她到农业机器站去租拖拉机——的时候,考虑要不要不梳头。有几次,若干年前,黄功等人谣言进攻时张旺英不梳头,用有些乱的头发来表示并没有此种谣传的可耻的事情。但她这回梳头,庆幸力量比以前大些,她碰到了黎顺国兄妹。

  这日的早晨,张旺英还有些辛酸。也有好多次的谣言,是属于她和黎顺国的关系的。旧时候,黎顺国当技术工人从城里回来看父母的某一次,又正是黄功等逼胁张旺英的时候——这种逼胁,黎顺国的妹妹黎顺芳和肖家荣结婚,肖家荣当了副村长之后便要少些了——张旺英很是伤心,黎顺国曾将她掩护到自己的家里。以后就有了关于张旺英和黎顺国的关系的谣言。在这侠义的奋斗之后,村里人也正是认为黎顺国和张旺英门户相当,大约快要他和张旺英结婚了,不过谣言又有说到两人的母亲不同意,两方面都说对方有行素不好。事隔好些年,这些也是张旺英想起来有些心酸的。黎顺国学些农业回乡当农业技术员的这两年,又有过一次关于他和张旺英的谣言,几乎妨碍了他们的友谊,说张旺英辛苦发达了,黎顺国常往她家跑,是贪图她的钱财。

人们知道,黎顺国总在农业技术上帮助张旺英什么,张旺英的田地是他的农业技术的第一个试验地之一,聪明的黎顺国总获得一些成功;而现在他帮助张旺英试验培育几种药草和花,两人的友谊是深的。但张旺英对黎顺国尊敬而客气,似乎是她的母亲妨碍着婚姻的动静;而黎顺国也不提起这些,人们便把这也归咎于黎顺国的母亲了。他母亲有着自尊心和害怕谣言的心理,不愿自己家此时比较不富裕——但总之,人们还观察出黎顺国对这是有些冷淡的。这旧时在为军人时和在城里当技术工人时每月带钱回家的,也正义助人的好品德的黎顺国是有着人们一瞬间难以看透的抱负的。他有些骄傲和似乎有些卑视平凡的乡人生涯。他对于婚事一概谢绝。在他多次助他的小学同学张旺英的时候,人们觉得这乡村里似乎是有了矢志于浪漫的爱情的侠义的男子了;当他回乡当农业技术员的继续和卑污的黄功为敌,捍卫着张旺英的时候,人们觉得这乡村里是将完成一桩美满的姻缘了;渐渐承平的时代也增多着这样的看法;当黄功们又使用恶毒谣言来伤害张旺英的时候,抱不平的冷静的黎顺国曾经到黄功家去理论,激动起来的农业技术员曾大声叫嚷,有些人便这么观察,便是,在黎顺国的忠义和侠义的内心里是饱含着对张旺英的钟情了,纵然,在黎顺国这人,这钟情是带着一些冷静的。在纯朴的乡野,也有人理解生活的深刻,人们便维护和夸耀这种时刻会有的钟情。人们以为黎顺国和性情刚强的、有能力的张旺英有了一定的关系,一定的订情,然而这都没有。善意的人们便探听和推动到两人的母亲那里去,但张旺英的母亲受着"文化大革命"的劫难的惊骇,在这时变得胆小,她害怕黎顺国将来遭患难;黎顺国用功于学问,在她看来是危险的。这样的男子也不会生活。张旺英的母亲拿出很多的糕饼来待客,暗示着她想请人们帮助女儿的婚姻,人们也已注意到,她被黄功的伪装所惑,是有些倾向于黄功的。人们,王寡妇王春香和朱五福铁匠们,也碰到了黎顺国母亲的一定的和有着顽固的狭隘,她也请人们吃糕饼,希望人们"撮合"别一家的,年轻的姑娘。这村镇牛头镇有糕饼桥,旧时人们的风习,在桥上分吃糕饼和饮酒而订亲,也到桥上来相骂。积极于黎顺国和张旺英的婚姻的铁匠朱五福曾在桥上拦住张旺英的母亲——他是让徒弟跟着的——送她他的女人蒸的糕,请她不要过分听黄功的谄媚和谣言,同时还指出,黄功方面也造谣说黎顺国骂老大婶,然而,没有效果。热心的、忠厚的、也自觉有点可笑的胖大的铁匠朱五福也曾遵守旧习,在桥上献糕饼给黎顺国母亲,然而后者同样的狭隘,于是朱五福便说:"我连桥下水里的几条红鲤鱼都数清楚了,吓,都不能做下这个媒来。"在这件事上赠送两家糕和也在桥上问话的王寡妇也这般忧郁地说。人们一般说来也利用旧时的风习,撮合纯朴的男女的婚姻,是中国的乡野间热衷的;亲爱的,互相关心的,贤惠的感情在糕饼桥的河里的微波上荡漾着。

总之,黎顺国似乎不注意个人的成家的事。在城里的时候,他的父母又托了城里的亲戚,给他介绍了一个售货员姑娘,父母的压力使他和这姑娘散过两回步,便也散去了,人们说他嫌这姑娘爱好浮华,其实这姑娘并不爱好浮华,而是他黎顺国心里有着他的心思。……黎顺国建功于他的道途,这乡间的知识分子,小地方的伟人自学勤劳,渐渐成长了。在张旺英的一面,也是一概谢绝。这从勤苦中奋斗出来的聪明的老姑娘每日做她的副业操作,在土扑的窄条的织布机上织布,坐在小凳子上编草帽和她的母亲一直熬到深夜,而天没有亮便出现在田地间了。由于朱五福的劝告和张旺英母亲的想留一点退步,做了提议,黎顺国便在张旺英养的鸡里入了一些股。张旺英富裕起来,养鸡是她的重要手段,她现在有很大数目的鸡了。

"你两天没上我那里去了。"情绪突然灿烂起来的,和黎顺国"中小学同学"的张旺英在这早晨的美好的公路上对黎顺国说,因为生活里除了敌人的进攻外也还有快乐,因为她想到黎顺芳是盼望着她和黎顺国友谊深刻的。黎顺芳曾有一封信,表白她拥护哥哥和张旺英的友谊,"反对坏人","希望友谊深刻",而她也回过一封"谢谢","一定这样,不怕坏人","祝你好"的有感情的信。她笑着扶住了黎顺芳的牛车杆子,望望黎顺国,又对黎顺芳说:"你们两兄妹到地里去——快插秧了。"

于是张旺英在这两边杨树的美丽的公路上,在早晨的太阳下,和黎顺芳一样做了歌颂她的乡土的谈话。她从"极目无边"的平原说到肥沃的土地和芳香的稻谷,又回来说到平原平燎。

"你看一望无边的平原平野啊,它是养育人的。你看这些水田和那清河大河和水的河,是多么美啊,你看这多么辽阔。你看这我们江南乡野的平旷燎啊,太阳在这早晨起来。……"但由于她的心里又想到黄功的进攻有紧缩着的痛苦,她的声音又有着一定的酸苦了。但她随即又振作起来说:"我们在祖国我们的乡土成年了,我们也是负担着社会的我们要振兴我们中华,我想向你顺芳妹,还有你黎顺国哥说,你们要帮助我,我们要往前奋斗,不要听别人的谣言和我的母亲的错乱,这是她会有的。你们记着好了,早晨起来我想着我们两家的友谊和村里的正派人的互相感情,我们不怕他们的,我们党也吹着春风进我们国家进展了,我们会经过一定的艰苦建设我们的县我们的牛头镇的,而我们将击败坏人。"

张旺英因为是劳动模范,而且是县党委委员,常活动于社会,她的话带着一种鼓动性,同时,奋斗着的张旺英,也是有着特别的感情的,这使乡间的知识分子黎顺国很有些感动了。

"你说的很对。"黎顺国说。

张旺英便点头,骑上她的半新的自行车往前去了。黎顺国回顾,一直到张旺英在视线里变得很小而且转弯。在他的眼前,升起来张旺英的坚强的,勇敢的,而且不知为什么有些激情的形象。

这时候副乡长,老头子李家衍从对面来了,骑着一头灰色的驴子。想到高速公路的时候,黎顺芳曾想到,如果碰到这副乡长,要攻击他两下泄愤;老头子副乡长说这种公路不必要,他又来攻击在上面走的牛车,说是会损坏,而且首先会弄脏——他要禁止它们。他看见黎顺国兄妹便从驴子上跳下来了。

"什么时候找你谈谈,"满脸皱纹的李家衍对黎顺国说,他吃一种药减少脸上的皱纹,因此时常抚摸脸孔和把脸皱起来,"你顺国贤侄知道,你农技站的事情不大问,有人有意见,你还嚼嘴巴说我老头子贪污……说我那时反对农村改革,反对承包责任,提倡吃大锅灶,这一点……不过这一点你倒说对了,"老头子又突然改口说,"上级虽是规定,我到现在一定还是这样的……,要反对的,嗯。"瘦小的李家衍说着,同时仔细地对着黎顺国兄妹的牛车看了一眼,"你们要带粪兜。"他说。

"带了,牛这时不拉。"黎顺芳说,有点脸红,"我们也带了簸箕了。你干脆不让我们走大路好了。"

黎顺芳觉得有了缺点,匆忙之间不安了起来;她想,这缺点的原因,是村里并没有决定这一点,村长李新说这乡野间无所谓,而且,李家衍是歪人。但是她想,总之这是她的缺点了,于是笑了一笑。

"不过我肯定牛是早晨天还黑着拉过的。"黎顺芳说,从车上拿出簸箕又拿出粪兜,黎顺国便跳下来捆粪兜。

"你怎样解释呢,你这驴子?"黎顺芳看看李家衍的驴子,大声继续说:她是不大饶人的妇女,她欢喜在村里宣传新式的柏油的公路而李家衍反对,也增加她对他的不满,而在驴子的事情上,她对李家衍有着仇恨。

"我这刚买的,姑娘。"

"我不是姑娘。那年'文化革命'前你买的一头驴子,后来强卖骗卖给张老太婆,我们见解不一样,那年我挡过你的路,你也挡我们的路,你文化革命欺人的,当红卫兵队长,骑在驴子上用铁棍打人,我与你有一棍之仇,我们肖家荣与你有十棍之仇。"

"少说一句了。"黎顺国说。他注意到妹妹激动起来了。而被骂中了的李家衍也有些苦恼,沉默着,两颊的肌肉有些颤抖。

"不是么,你欺伤吾们……"黎顺芳又说。

李家衍的情绪是有些复杂的,他因为参加了黄功干事的给张旺英造谣,便有些怕黎顺芳兄妹;他很想弥补他的这造谣的"过失",来进行"团结"人。他也害怕人们提到他文化大革命时的事情。

"我这驴是买来用做推磨的,我有荞麦粉。"

"我赤着脚走两步,"黎顺芳说,敏捷地从牛车上下来,脱下鞋袜,赤着脚,在柏油路上走着,"一是我赞成这高速公路,将来这公路国家不付钱,我们承包责任要我们付钱,据你李家衍说;二是将来张旺英家败了,我们家也要败,那时候得赤脚走到你李家衍万元户那里去。三是我们决不再提'文化大革命'时的骑驴子看唱本账。"黎顺芳说,停下来用光滑的左脚踩着右脚,向她的稳重、冷静、有些惊异的哥哥小女孩般笑了一笑。

"我也赤着脚走两步路。"李家衍老头说,站在驴子旁边。"照你黎顺芳这么打击报复,我是迟早要倒霉的,我帮助黄功造谣行凶,将来刀斧临门。我还在农机站据说是贪污,我将来死了,火葬场都不收。"

"我们走着瞧吧。"黎顺芳说,开始穿袜子和鞋子,又带着女孩时代的顽皮,看了黎顺国一眼。

"我就骑驴看唱本走着瞧,"李家衍说,很愤怒,十分仇恨黎顺芳的脱鞋子走两步的动作,骑上驴子驱赶着驴子走动和小跑了起来。他的脸上的皱纹因发怒而变红了。

"你'文化大革命'时候那头驴是很凶的,那时候你们不准各家用驴子推磨,要人们增劳动,没收驴子还害死驴子,你们丑恶!

所以你这驴子将来病死！你骗卖强卖给张老太婆的驴子后来你们又没收,是众人所仇恨,你发文化大革命的横财！当红卫兵打人！你这驴是准骗卖不成！你这驴三天吃了五斤草便要眼发红长斑喉病,吐苦汁水,你这驴子……"说话尖锐的黎顺芳叫着。

"你就是栽我的罪了,'文化大革命'我是那样的吗？是我一个人吗？而我现在买这驴子,不是为四化奋斗吗？"李家衍跳下驴子来,说,"我也不跟你骂,黎顺芳,"李家衍沉默了一下,说,"我们图个相让。……你看我这驴子如何,这正是买的贵不贵有点心痛心病,你黎顺芳让我一点语汇吧,买驴怕人伤语,比买牛还甚。你帮帮我吧。我买的驴吐黄水？我买它是为了实现四个现代化呀！"他对黎顺国说。

"那你问她吧。你这像八十年代副乡长呀。"黎顺国笑笑,说。

"好了,姑娘,撤回点语汇吧。"李家衍谄媚地说。同时,他想到他最近参加对张旺英造谣,而且农业机器站他有贪污,惹人仇恨,他便"动了客气的心思",如他自己所说。看见黎顺芳不作声,他便笑笑,对黎顺国说:"你们好。"又爬上了驴子。但是,乡间人们说,买驴子怕遇见脱赤脚走的叼嘴的姑娘,在李家衍老头心里,他则是买驴子怕遇见黎顺芳这一叼嘴的姑娘。好多年了,驴骗子李家衍挨着黎顺芳的攻击,这攻击有的是在市集上进行的,有的是在人家门前,很多地传扬开去;还有两次,人们找来黎顺芳对他进行攻击。因此,他想想又对黎顺芳发生了仇恨。

李家衍又骑上驴子停着,尴尬地笑了两声。

"你'文革'时不准骑驴,只准生产的,"黎顺芳说,"你高喊,拿下来,把人从驴子上拿下来,叫刘老头跌倒了。人家骑驴关你什么事？你这为什么骑驴呢？"

"黎顺芳,旧事没有提的意思,我说的是,我买的驴子,我还想到,仰面骑驴书生春风洒,像你们黎顺国家,祖上是没有过秀才的,世代种地,有秀才才叫漂亮,我家有的,"李家衍说,"你看这驴子是青口的,牙齿整整齐齐,尾硬腰强……我是买来奋斗四化的。"他说,又从驴子上跳了下来。

"你是实心里反四化现代化的,尤其反农业现代化。"黎顺芳说,她又说,"你这驴是病口斑黄丑口的。"

"你就这么骂我了,"李家衍说,"骑驴商郎仰面春风洒,道边野黄口开,你黄口开,我忍无可忍了,"李家衍说,"你家的驴才是这样的,你家的猪……"

"啊哈,你这个副乡长呀!你这个驴是四蹄笨歪的,笨歪的,你家的牛是脱毛的,你家的猪是要瘟的,你家的鸡……你丧心病狂地欺人你要遭雷殛灭。"黎顺芳说。

"啊哈,讨个语汇吧,姑娘,因为是为四化振兴中华的,"李家衍痛苦地说。

"是那样吗?但是你不是……于是乎我说,你这驴子是个瘦猴,是个四根筋……"

"好呀,"李家衍又骑上驴子,紧张地仰着身体;由于兴奋,驴子奔跑了起来,绕着圈子,缰绳拖着;"你欺我老年人呀,你黎顺芳,"他叫着。

"欺你老年人,我想我骂的倒是对不起驴子了,驴子本是好物,"黎顺芳说,看着驴子,眼睛里闪耀着对驴子的赞美。她赞赏这年青的驴子的狂奔和感动于驴子所表现的技能。

"这么说你回暖了。你赞了我的驴了!"李家衍说。

"不回暖。你这驴子呀……是狗屎,你是反对四个现代化,反对柏油公路的。"

"你看它跑得很好吧,我这也是为四化奋斗呀。四化顶重要了,农业现代化。"

"你这驴呀……你呀!你还想像'文革'你那时骑驴阶级那样傲呀。"

驴子狂奔着绕圈。公路上的这一场带有双方的记忆、历史的震颤和生活的液汁的戏剧便以李家衍老头面孔苍白地从驴子背上滚下来,而半分钟地"晕"过去而中止了。他真也有点头晕痛,然而他跌倒后便装作晕,失去知觉了,而同时赞赏自己的机敏。半分钟后,李家衍在黎顺国的搀扶下坐起来。他自己脱下鞋袜来按摩他的脚底。

太阳照满着公路,表示了她的青春的力量的黎顺芳又赶着车前进了。

他们走过一片棉田。

"我还想起来,"黎顺芳对黎顺国说,沉静了一阵便继续她原来的话题,"你在部队时候妈妈跟你做的鞋,你在城里,有一回我做的冬季的鞋。今日看你还神爽,你黎顺国哥,知识分子大人,你该也考虑个人的问题了。上次我帮你洗衣服,你衣袋里有个字条:忆我外出当兵时,曾言立功报乡野,是什么意思呢?你十六岁参加军队外出,那是二十多年前的事情了,服务在海边哨所,驻守在孤岛上,那时候母亲就盼望你订亲,你现在苦学成材……"

"那没有意思……我有我热心的事情。"黎顺国说,便又沉默了。他想,他已经是出了枪膛的弹子,出了巢的飞鸟了。家庭的巢,还有一般社会的巢。人们嘲笑他渴望当大人物。人们称他是乡下的伟人大人物,譬如县长有一次来村里曾对他幽默地说,这"大人物"在啃咬很多的书籍,也读电视大学。当年他不想结婚,现在他沉浸在书籍、农业试验和他的期望里去了,在这些的里面他心醉着。他的或时显出来的清高的样式也把一些想要提婚的人家骇退了。他回答人们询问他的不肯结婚的理由,有些次说是他学问未做好,有两次说他是"不够格",又说过他不愿落下户来,也许要到省里或别处去。他向省里的杂志投稿,和省里的朋友通着信。他又有两次说他不愿意耽搁人家的姑娘。这是时代的进展和奋斗的思想潮流所产生的也一种情形。人们有着工业科学奋斗的关键的时代,农业变革往进一步的科学化机械化去的,奋力免除贫困的时代的雄伟的,但也可以说是,骚动的、激动的心情。有许多激动的、找求未来的灵魂。其次是,在这进展和这一变革的时代,在前时代留下的大片瓦砾中前进,人们有时似乎难以找到自己的落脚点。在这八十年代,都城里以至于县城里也建立起楼房和平原里建立起高压电塔和在苍穹下建立起轰响着的工厂来,使得新的一辈人和前时代的蹉跎了岁月的人们心思激动。有些人是固定生活的,可是有些人却是不大肯落巢的滚动的弹子或小小的放光的星球的陨石。遭受了什么样的一种力量的碰击的,带着它们的电触能,被这个时代的磁力中心和磁场所吸引。这便是追求学问,追求事业成功,也有些追求个人功名;渴望国家现代化的黎顺国安不下家来的原因了。他总想获得成功。认真地说,联着年轻人的荣誉心或者这荣誉心混杂着一定的个人虚荣——他心里有着顽强的,强硬的,从事追求事业的成功和理想,追求国家工业化的欲望。……但也似乎更强一点的情形是他的荣誉心,他要到什么时候才"落下户来",内心里的踯躅才过去呢,——在他的荣誉心及其带着的虚荣心上的这踯躅。因为他是出身于贫苦家庭,因为他是世代种地的农民家庭之子,各代人都不读书,因为他的乡土秀丽而富饶,因为他聪明和有县城里的也学科学的朋友,因为他的胸中还激荡着尖锐的爱国情绪,所以他便有些显得在这生活里有些飘荡和冥顽了。但在这时代,也可以说他是在他的这土地上,肥沃的江南的家乡的乡土"落下户"来了。在省城里,或在附近的较大城市里,这年轻人是可以找到工作、出路和安心立命的顽强之点了。他的不安不过是有着贪婪的心,想发表一篇又一篇的论文,做成一件又一件的事情。……

这便是黎顺国的具体情形,他虽然不爱说,却也是心地简单的,便是,他也揣想着他和张旺英的婚姻。他自己觉得,他已并不像人们说的那样渴想"成名成家"了,但是,他的心仍旧有浮动。事实上是这种渴望有时候潜伏些。他有自负还使他嫌弃张旺英富有,而未来这也是一个冲突。牛车走过一个发亮的大池塘,黎顺芳便对她的哥哥说起养鱼来了,黎顺国曾答应家里增加养鱼的,但一直不兑现,他忙着做养鱼的论文。他的妹妹便奚落他。连着养鱼的问题,妹妹便又说起张旺英来了,她说,黄功们想夺取张旺英的小鱼塘,而且张旺英的果木树也受到威胁,她希望哥哥在这些地方尽一定的力。黎顺国沉默着,似乎妹妹的谈话他一句也没有听进去,但他实际上是联着自身的情况,在想着张旺英的情形。黎顺国还是不想结婚,张旺英也似乎是同样的情形,热衷于她的农田的目标,显示自己的能力和彻底扼死贫穷的毒蛇。黎顺国一早晨碰到她他感觉她是这样的。勤苦而聪明的、有气势的女人张旺英,似乎不仅是盖起若干间房子来,养很多的鸡和勤奋而快活地养猪便满足,她似乎也有她的内心的历程。黎顺国想,张旺英不仅是要达到丰衣足食,自己独立,不依靠男人——他觉得她是这样——她而且心中有着另外的冠冕。他觉得张旺英的心里,是也激动着和他一样的思想,便是对于现代化,对于祖国的振兴的激动,这从他们互相之间的谈话上也可以觉察出来。她或者更热烈些和也纯朴些。黎顺国便想了一定的瞬间前张旺英说的"祖国"两个字。张旺英富裕起来还想帮助乡里,她现在已达到些目的了,时常赠送给困难者。黎顺国有些看不起经济、经商和养小鸡,但是张旺英却也学着经商。但是,黎顺国仍然把张旺英联络在一起。人们称为好高务远的黎顺国之所以参加一些钱在张旺英那里养鸡,便是也想扭转他给人们的好高务远的印象,但现在他想,张旺英事实上也是好高务远的,和他一样是有些清高的。他的根据是张旺英在勤勉的生活之中有时和他一样也有些恍惚的神态。

　　黎顺芳又说起他们的作文会来,希望黎顺国也参加,黎顺国便答应了。黎顺芳说,张旺英也是参加作文会的,用很多的好句子来描写祖国田野和天上的云。黎顺芳沉默下来,冷静的黎顺国想到,他看过张旺英的这篇文章,他想张旺英的文章是写得还不错的,同时他便有些激动而恍惚地想了一定时间天上的云,他的眼神变幻了一下便陷入沉思了。

　　牛车走着,迎面来了一辆小拖拉机,驾驶拖拉机的是他们仇恨的穿着一件薄呢制服的黄功。这黄功的服装、梳头、有些似乎是模仿了黎顺国的,也戴着一顶鸭舌帽,动作也很文雅,时常彬彬有礼,这也有点像黎顺国;黎顺国的脸上时常闪出一种冷静,谦逊中的骄傲,黄功则是有着突发的骄横。黄功将拖拉机停下了。

"你好,你们好,到地里去,爽意,慢慢地去哇,天气好。我买了一副老花眼镜,你看怎样?"

他便过来,拿"老花眼镜"给黎顺国看,黎顺国并不看,点了一个头。黎顺国显得和他陌生,对他愤怒,然而他却笑得很亲热,他把眼镜收回来。

"我并没有老花眼,戴这个可是有时有装饰;没有买到那种装饰的,这花度也浅,和没有戴差不多。"他望着黎顺国说,"你的眼睛有些花吧,你是知识分子了,吓,这个送你,好看清楚外物存在——张旺英不送你一个?"说着,黄功拿着眼镜摇了一摇,便又把眼镜放到盒子里插入口袋里了。他攻击"外物存在"这句话,因为黎顺国昨晚上在文化站谈到这哲学词,是他们昨晚冲突的原因。

张旺英某次在自由市场碰到他确实说过,他这样用功要近视和老花眼了……不知怎样黄功知道了。黄功很有礼貌地倾着前身,手在口袋里放了一放,预备走,但又站下了。继续昨晚的吵架了,他便说,他这算道贺了,乡下的大人物黎顺国的科学论文的第三篇,关于改革果木的,一定是已经在省里发表了。这叫做"三元夺魁",他说,他又说他昨晚上没来得及说清楚这一名词。他说黎顺国又是技术员,又是农业机器站副主任,为人清廉,……还又在做论文,是会在乡间"夺魁"的。在黄功这一方面,他是很怕黎顺国的论文陆续在省里发表的,在县城里黎顺国也发了三篇了——每一发表都使他心中疼痛,尤其在省城里发表,使他好几日忧郁,他曾经和村长李新这些人打了赌的,乡下的小鸡决飞不高,学术界能要这种么,黎顺国能发表二也不能发表三。为了减少心痛,而争取主动,把坏情绪估在前面,他便向黎顺国"道贺"——减轻生活里的"不幸"的事了。他是危险的人物,黎顺国尚未想到,他渴望得到黎顺国的论文去发表,称做是自己的,"灭掉黎顺国"。他揣想使用力量,或者用钱来买……这便是在江南这美丽的,气势雄大的平原里,黄功和有才能的黎顺国所做的搏斗了。人们说黄功是反面的黎顺国,黎顺国廉洁、有礼貌、冷静……而黄功卑污,但也有礼貌,冷静。黎顺国回答黄功说,他的第三篇论文并没有发表。

黄功用手指弹了一弹他衣服上并没有的灰尘。

"你的第三篇论文,是编辑不肯用,还是换了期刊,你有一定的声誉,那你不投到中央去?"黄功谦恭地说。

"没有。"黎顺国含糊地回答。

"那你寄往县里去的呢?"乡场的小人物黄功紧张着问。他还注意到,黎顺国这次是邮局寄去而不是托人带去和自己跑县里去的。

"也没有。"

"用的,一定用的,是乡下的实践,省城里首先是县里一定用的,我就主张用,"乡政府的秘书,还兼干事,自己谦逊说只是干事的黄功说。黎顺国又看了他的整齐的衣服一眼。他是降级为干事的,又回升为秘书了,但干事的工作仍旧干着,便也兼了干事了。他常自称干事,是表征着和镇长李新以及副镇长肖家荣有仇。他常贪污,自由市场投机,操纵物价,但他在家里还是有时很辛劳的,也自己盖房子,养鸡,田地里的劳动也还卖力,反对"吃大锅饭",穿着旧衣,干完"苦活"——如他自己所说——他便穿上他的美观的衣服,变成另一样了,还有一双和黎顺国一样的新的黄皮鞋。他很有规律地这样。从他黄功肯劳动吃苦这一点——他时常挑着相当重的拌灰的粪从田地里骄傲地走过——来说,他也还像个农民,所以他是有些难击倒的。他最近让他的弟弟黄勤志等人宣传他是富裕户了,他想获得名誉,上社会,上报纸,拿这空头来套取他的前程,为人不好的县政府党委书记是他的支持人,他想用诱婚、逼婚、用坏的手段来对付成功张旺英,而"并吞"掉张旺英这富裕户。他开始种花和种药草,诱骗与阴谋张旺英。他常在张旺英家拿着花盆与药草样子进出,企图敦请内行张旺英帮助他。他也请客、敦请过黎顺国,但清高的黎顺国没有到。而黎顺国对张旺英的出席黄功的请客不满。他说不好。但张旺英说,有一些俗事,她是也得应付的。这句话黎顺国记得,便是因为张旺英在她的房里说这句话的时候带着一种感叹的声调,而轻轻地看了他一眼。

"很好,很好,论文,很好,科技很好,"黄功说,"一篇有不少稿费吧。哈,这真难说出口,我们乡土自小的朋友,稿费多少我算迄,还多加一些弦子奏一奏,我光宗耀祖出个姓名字,你看……这真不好说。"黄功有些窘迫、脸红,笑着说。但他并不怕人们听清楚,说着便看看黎顺芳。

"你说的哪一国话呀!"黎顺芳说。

但是黎顺国却没有听很懂,他在想着黄功所造的关于张旺英的谣言。

黄功的拖拉机上装着去年的黄豆和几筐子鸡蛋,他说他是驾机器到自由市场去的,靠近县城——在更大的市集上。他说这是国家收购剩余的。又说有些是公社的,黎顺国兄妹有些心痛地注意到了装鸡蛋的筐子有两个是张旺英家的。他们还知道黄功最近曾在张旺英母亲面前有礼而乖顺,给了张旺英母亲两三百元钱,——老大婶收下了。黎顺国想,从黄功的有些样式看来,他是会在张旺英母亲那里成功一定的事情的。这种估计和鸡蛋筐子一样使他心痛。

"你刚才说什么,黄干事?我哥哥没听清楚。"黎顺芳又说。

"我说……"黄功,笑了一笑,便将手插在胸前衣服里面,来回走了一步,这种动作,他是表示他的威势,他有礼貌地微笑,然后说:

"是这样的,你黎顺国是学问家,高档人物,县长也请你去过吃果子酒席……你是天才,样样你强,我的试验种豆方案譬如说是偷自你的!"黄功暧昧地说,他的声音大起来。

"谁这样说的呢?"黎顺国说。

"你没有说,可是我是要说的,"黄功,用了很大的声音,蹀躞着,挺着胸,而且扶一扶他的鸭舌帽,把一只手高高地举起来运动了一下,"你们肖家荣副村长家是社会栋梁,而我不是的,你是做文章的李四光,而我没有科学知识。说这些也不相干,"他又举了一下手臂运动一下,大声说,"我说我是你们挡路的。我在张旺英母亲那里煽惑成功了,我要抢张旺英的钱财了,这是你们肖家荣家说的。"

"那我们为什么怕你欺侮单身女劳动者张旺英?"黎顺芳叫着,从牛车上跳了下来,激昂地用了女劳动者的字样,这是张旺英在一次水沟问题和李家衍等人的吵架里用过的。"我们为什么不揭穿你?为什么正派人不仗义执言?"

"好正派!"黄功用激烈的声音说:"我宣布……"这乡场小人物蹀躞了两步说,"我是快要和张旺英结婚的,将来后补请你们吃喜糖不喝酒!"

"你这样说……你自然,你大概有几件家具抬到张旺英妈那里去了吧,但是你以为你的谣言你的势力能成功么?至于什么快要委派你当村长了,李村长并不行,县里面县委书记……这我倒也敢说。我们并不怕,"黎顺芳说。

"你……"黎顺国同时忍耐不住地大声说,跳下了牛车,冲到黄功面前,但抑制住了,恢复了他的冷静,他因迸发激情而面孔灰白、颤抖,在冷静的外表下,他是有这种热烈的激情的。"你以为你能逞!"他说。

"哥哥,我们不怕他!"黎顺芳说。

"你以为你能逼迫、包围成功张旺英!你瞎造谣侮辱张旺英,你贼子!我老黎是张旺英的朋友,许多年来,你这黑暗的蛆虫你多次犯罪,你想包围成功个人生活的妇女张旺英?……"冷静的、不爱说话的黎顺国说,他的心意外地伤痛同时而且甜蜜地震颤着,说到"个人生活"几个字,他的眼睛便有点潮湿了。

"我们这是一盘没有下完的棋!"黄功说。

"你多次失败了,你这一次仍旧会失败!你想包围成功刚强的、有能力的、有文化的劳动模范张旺英……比起她来你是狗屎一般,说到这个我的心里便厌恶,我告诉你,张旺英热爱劳动、科学和祖国,张旺英挺身而出救助过曹大姐家,被你们欺侮,而打官司到县城;张旺英用她的辛劳的钱财帮助几户还困难的人户,而你想把这个钱抠到你手里去,而在河水破堤的那年夏天,张旺英是当麻包沙袋带头堵堤水的,同时她,好品德的张旺英曾在钱贵家失火的时候将钱贵母亲从火中背出来……"

"那是你先跳进去救火的,你想宣扬自己,而我黄功也曾经救过一次火……"黄功说。

黎顺国赞美着张旺英。从他的表情和语言,黎顺芳便感到他是如何地爱着张旺英:这不大爱说话的人发作了。但是他又恢复了他的冷静、理智,当黄功继续大叫着,意图宣扬他已经捏造上市场的各项他的"功劳"的时候,黎顺国便安静地抽着烟。

黄功暴跳着。他说他并不屈服。他是救过曹贵家和老李小王家的火的,他是堵过河堤的,他是在某次因周济穷苦而半月没有猪肉吃的,他说的,似乎也有一些是真的,但是他公然地说,人需要装潢和几分假……

他们都未曾注意到,张旺英骑着车子这时转来一定时间了,站在附近的杨树下,听着这一场吵架。当黎顺国回答看见她的时候,她便窘迫地笑了,而且叹了一口气。

黄功也看见了张旺英。

"你慢走!你黄功瞎说我么?"她面色严厉,而有些战栗地说,她上前去击打了黄功一个动作的面颊。

黄功沉默着,跳上拖拉机发动起来走了。他战栗着,拖拉机便开走了。

"老黎,唉!"张旺英回过头来看看黎顺国,又叹息着。

"唉!"黎顺国窘迫地笑着叹息。

黎顺芳兄妹的水牛车,沿着高速公路耽搁了一两个小时,才到达田地里。

二

黄功包围张旺英,终于向张旺英借成了钱。张旺英这倔强的女人和劳动模范党员,这时正处在孤立的,为难的处境,她的朋友黎顺国和老村长李新等都不能帮她的忙,黎顺国这几天也没有来,黄功对她的包围已经形成了,她的母亲已经又有些同意黄功的亲事的愿望了;许多年来,黄功的声势和伪装继续对头脑简单的老妇女有着功效。张旺英出于痛苦的心理,便同意借给黄功一些钱。黄功很想陷谋将这点钱算做张旺英投资他的在农业贸易市场投机的资本的,这时候国营收购有时候不顺畅,黄功便能较多地投机自由市场。他也表露了他的恶意,他说,假设他还不起钱的话,便希望张旺英同意这些是"帮助他"。张旺英没有理他,她虽然有些孤立,被迫借出了钱,但却仍旧是强硬的。她即刻到李新村长那里去将借款条子存在那里了,她是因为母亲的情形才借这几百元的;她又是有些策划的,她意图争取到和黄功之间的暂时的绥靖,等待对她友好的县长下乡来,她也有黎顺国等人可以依赖。年老的、爱噜苏的村长对她忧郁地说:

"张旺英啊!旺英妹,我说你的各项类的担子挑得也是吃力,你什么时候成家啊。"

张旺英坦白地笑了一笑说,她没有办法成什么家。

"你不该沾惹事故,借给黄功他们钱。你跟他们立了什么契约也正是的。你这旺英妹也是好斗。不过我们村上,我们县里,江南这乡野,祖祖辈辈也是出了有些个出头的,有能耐的妇女。"

李新村长接了张旺英的存条,他说他是能负责,也能压制一些黄功的。但是他随即又要忧郁起来了,他是订了"斗战"的契约的,那契约给他看过而请他签当中间人的字,他犹豫很久才肯签了字。他便显出了因年老而有一定怕事。其实他挺身而出又怕事的冲突情况并不多,教过私塾,"文化大革命"时挨打的他,确实也有许多谨慎的考虑的,这次便正是这样。他便又说:

"你旺英姑娘存在我这里,我不能说一定能压制……但是,我也应该说,一定能压制。"

老男子李村长又有些欢欣地看着能干的、有些孤立和孤高、纯洁的妇女张旺英。

黎顺国来看张旺英,但当他走到张旺英门前的时候,他听见黄功的不成材的弟弟黄勤志和一个流氓青年在张旺英的院子里谈话,黄勤志手里拿着一篓子小鸡。联想到几日前黄功的拖拉机里的张旺英的鸡蛋筐,感到威胁的不务俗事的黎顺国便很有些忧郁,他觉得他很不了解这些是什么意义。他虽然没有和张旺英恋爱,却陷在很严肃的关心的泥坑里了。他在门外偷听了一定院子里张旺英和拿着小鸡篓子的黄勤志的谈话,他听见张旺英的嘹亮的声音说,黄功的几条她完全答应了。这几条是什么呢,黎顺国便当黄勤志出来的时候在路边上拦住了黄勤志想探听出来,黄勤志却不肯说,瞪着眼睛看着他,而因为骄傲,"不欢喜知道俗事"和沉浸在自己所做的论文里面的缘故,黎顺国便也没有再问。忧郁的黎顺国便又想到自己这般没有能力也还是不行,便没有进张旺英的院子,苦恼地到了铁匠朱五福家里。朱五福正在事忙,敲打着一些火钳,他热心地告诉黎顺国说,这事情他完全知道,他打完一把火钳,盖住火把黎顺国带到里面屋子里。他说,他"日昨"在大门口大街上听说黄功和张旺英签了约,由黄功"帮忙"她经营一些市场往来,她付一定的酬劳。如果黄功对他谣言包围和"断定"她不能继续发家的断言失败,策划好的丑恶行径不能得逞,她付这笔酬劳的时候要黄功到乡政府去自打面颊,而且以后取消这种围困,她的富裕户的收入倒了台,而她的清白妇女的名誉损坏,她便不收回她借给黄功的钱。铁匠朱五福说,这事情,张旺英虽然是有气势和自信,但黄功和县城里县委书记这些人的势力,还有是地痞流氓的纠缠,是很麻烦的,不难使人受到损失,所以他便觉得张旺英是不很稳重。他说这是被挑激的结果,黎顺国作为好朋友应该劝劝张旺英,大家应该帮助"打"这场"架"。铁匠说,首先,张旺英母女"勤苦奋斗,早起贪黑",如果钱财落在黄功等人手里,譬如说,他朱五福的女人是要哭的。

"这场斗,该是你黎顺国学士的事。"朱五福说,有些愉快和自信的铁匠还鼓起两腮,斜着眼睛讽刺地看了黎顺国一眼。

铁匠朱五福又去打了一把钳子,看见黎顺国仍然在他里面房里徘徊、发呆,便又进来说,现在情形是不很好的,黄功等人在"文革"的时候将他朱五福和黎顺国一起关过竹林子里面的看守棚,他是不能忘的。村长李新有时不很有力量,黄功等人挑激与胁迫张旺英,还投资张旺英母亲,意图参加张旺英的种花和种有些名贵的药草,这种情形是不良好的。他说,他们造谣婚姻的事情,这两天黄功便收拾整齐穿着新衣服好几次地在张旺英家进出。……

朱五福说着的时候,黎顺国继续在地上徘徊着。这也就是问题,正如铁匠所说的,这是他,黎顺国义不容辞的事情。可是他这时却有些忧郁。到底张旺英"爱不爱"他呢。"痴想!不我的立场,"他立刻自己回答说。他又忽然想到,黄功这样活动,会不会得逞呢。他对铁匠说,张旺英这种行动,说是说得很好的,还签了"斗争"的契约,但是过激是不是会引来动摇呢。而且他还不满张旺英没有告诉他这些,但这个他就没有对铁匠说了。"你看我这人这样想法可以吗?"他对朱五福说。黎顺国还感染了他的母亲的心理,不愿攀附比他富裕的女子。

朱五福又出去敲打他的火钳,黎顺国继续在房间里徘徊着。他面临他的生活的复杂的问题了,他的最后的依归也还是他的科学论文。年龄的蹉跎和朱五福的话刺激了他,使他考虑到他的婚姻,但他想着论文,随即他又转到他该不该为张旺英的困难的情况而斗争。他想到那日公路上他激动地赞美张旺英以来,他的心里的不安静的感情,他又想到这两天他继续着并没有去看她。乡镇里面李家衍之流的言论,独身女子门前的是非,旧时代遗留下来的所谓女人本身总是有着不妥的——虽然这时有很多的言论是赞美张旺英的——使他很忧郁和悲愤。他又想到,他的亲密的朋友张旺英是不是会动摇呢……

铁匠打完了铁,倒了一杯酒进来分了一点在另一个杯子里给黎顺国,黎顺国说不喝,他便不问他喝不喝,亲热地说:

"你喝一口,抽一支烟,我和你说重要的话,像那苗族人唱歌说的。说什么呢?当年竹林里看守棚里的友谊是值得纪念的,希望往下去诸事顺遂。顺国哥,你是我土我乡的能人,你到了应尽你的责任的时机了。你看着张旺英被黄功'铁壁合围'而没有动作,太使人心焦了。黄功说那日你在高速公路上骂了他又赞美了张旺英,那好极,可是到今日你没有再继续便不好了。你那些学问暂时放开一些,你大人物要务些现在——怎样?到了你天鹅般飞在空中落到地上来的时候了!到了!你要不动作,我便不满意你!"铁匠朱五福说,把酒喝光,将手在他的皮围裙上揩了一揩。"今天这是碰到你说的。明天你们结婚,我送你们一把火钳纪念。"他说着便出去拿了一把火钳进来在黎顺国面前晃了一晃放在墙边。"就这一把!"他说。

黎顺国笑笑,没有喝酒,继续沉闷着,徘徊着。

朱五福又说,据他知道,当他黎顺国城里当技术工人回来两月的那一次,黎顺国的母亲也有些积极,王寡妇做媒张旺英也差不多答应了,都几乎快穿上新衣服等待着黎顺国母子来到了,可是黎顺国却不愿,说这不是他的主张,于是,张旺英便淌了一场眼泪,很有些怨恨。朱五福说他这么说自然也夸张了一些,但张旺英心中是有这个创疤的。黎顺国想辩解,那是他那时候想应试技术工人的学习班,虽然他这想要做课室的学习始终没有成功。他想说他不过是说以后再说,他又想说后来回到乡下来他是热烈地拜望了张旺英,进行了无言的道歉,终于和她做了朋友的,但是他仅仅简单地说:

"那是一些人误会。"

"那么你现在呢?"铁匠说,把黎顺国的酒也端起来喝了。"你这人不喝酒很好。"铁匠说,"你是一个理智的人,过去听说你还有一个理由,便是你那时对张旺英理解不深,又是谣言伤她很多,说她骂了你,你现在说呢——现在自然是,谣言也是很多,可是,你不更理解她了么?"

"现在……"黎顺国说。

"你现在要还是那样,我就骂你!不理你!"铁匠笑着大声说,然而他有了一些脸红,显然愤怒了。"你是大人物,知识分子,张旺英就得罪了你,你好高务远些了,头脑不很实际!"铁匠说,仍然继续着愤怒,同时因愤怒脸红、高声而窘迫,便放低声音,加上一句说:"你这人!"

"就你嘴巴强!"朱五福女人在外面说。

"我是应该的,你记着,"铁匠对黎顺国说,"我是参加张旺英打这架的,有空你来找我,先说明,这是你黎顺国的事!"他又大声说,黎顺国害怕他愤怒,看了看他。

铁匠脸上果然又冲上了一点愤怒。

黎顺国虽然没有说什么,却是有些承认朱五福的话的。但是他想他不会交际。他害怕家累,渴望奋斗他的事业,渴望工业化,忙于造就自己的文化水平,他想,这样便在这一点上岁月过去了。对于张旺英的心中的创疤,他想,他是应该负责。现在这年代的这些日子,他常和她谈科学技术和帮助她种花、药草和果木,常和她谈话很久,也谈个人的零碎事情,他的心里有动荡着的感情。他想,他也应该进展些了……他从朱五福家里走了出来。

他心中升起了一阵热情想要增加帮助张旺英。然而他心里经常是有着一种冲突,便是,他又觉得朱五福以至于张旺英都不很理解他,他一瞬间又觉得一种骄傲的孤立。

黎顺国走到张旺英的门口,看着。院子里铁丝网和竹篱笆的鸡棚,大大小小的各色的鸡在铁丝网和竹篱笆里面吵嚷着。院子里还停放着张旺英从农业机器站租来的拖拉机,由于拖拉机进出的需要,张旺英的门槛便弄成了活动的了,这引起了一些流氓的非议,说这是暗示什么的,说暗示她和黎顺国是实际上有关系的。

黎顺国便看见在鸡棚旁边黄功正在和张旺英站在一起说什么,张旺英有着愤怒,忽然便扬起手来打了黄功一个动作的面颊。黄功顿挫了一下,便说:"再说!"往外走出来,也没有注意到黎顺国,走掉了。

"没有什么。"张旺英对黎顺国说,"他拿了两盆花来想说脏话,我本来想告到法院里去的,他散布我的谣言。我不是顶天立地的么?你老黎说,我不是么。"

"你是的。"忧郁而且同时多情的黎顺国说。

"他还让我的物品减少缴公营收购!他经手公社的出产也贪污,还想阴谋别人。"张旺英说。

"你是不应该这样呀!他黄功拿来东西也不少,你应该客气点呀!"张旺英母亲在猪栏那边说,但也就没有再作声,继续喂猪了。

进到张旺英房间里,黎顺国便注意到没有什么话说,首先,现在是劳动时间,其次,他又有些退却到他的论文上。他觉得情形有一定复杂的。他想黄功也不是她张旺英打一个面颊所能驱走的。张旺英的母亲是落在黄功的圈套里了。

他对张旺英说,张旺英让黄功欺侮了,他这时候没有帮忙很是遗憾。他又说,政府号召农民发家,富裕户张旺英正继续往峰刃上前进,而他却又是心里冷淡,很是遗憾。他想赞美鸡,但又想到自身有一些投资在张旺英这里养鸡,便觉得不便再说了。他便说到他觉得张旺英不该借钱给黄功,因为这是可能损失利益的,张旺英也就没有表示意见,直到一定的时间她才说,借给这些人钱,虽然签了约"拼斗",也勉强可以堵塞这些人的嘴巴的,而且她很有钱,自然,签了约"拼斗"是不客气的。

"你老朋友放心我的立场好了。"张旺英说,使黎顺国觉得一种感动。

张旺英说拖拉机坏了一个螺丝,黎顺国便站起来和她一起出来修拖拉机了,而且他很快地修好了,还发动了一下。他说,这台机器是有些坏了,有一台较好的老落在黄功他们的手里。张旺英沉静地听着。他们一起往房里转去。黎顺国再回到房里来,情绪便活跃些,注意地看了一定的时间好些天未来到的这老姑娘的房间。这房间,床铺收拾得很整齐,墙角里和墙边上则有些零乱。墙角里放着一柄锄头,黎顺国便想到朱五福的火钳,墙角里还放着一盆清水,里面养着小鱼和一些虾,这引起了黎顺国的兴趣,走了过去。张旺英便说,他黎顺国应该记得,她上次告诉过他了,她又承包了公社的一个鱼塘。黎顺国说,他还没有说完,她不能证明他已忘记,张旺英说,她断定说高级知识分子是要忘记的。这种幽默的谈话似乎是因谣言而停滞了一些日子的友情的回归和进展。黎顺国又看了看墙边的筐子里的鸡蛋、蔬菜、和水果。同时还仔细地看了看墙边上的几盆蔷薇和牡丹花。他注意到,张旺英的这几盆有些名贵的花还没有落到黄功等的手里。黎顺国正在沉思着,张旺英便亲热而谦虚地说:

"你顺国哥好些日子没有来我这里了,想必你听见很多谣言,那天公路上也说得不够,我和那黄功签了约相斗,没有先告诉你问你意见,请你原谅了,因为我觉得你事忙,也思想清高。但我也正想找你谈,请你吃饭,你再助我种药草还有几十棵果树的下点肥和药粉,我还要说完了你要助我打这场架。"

"那一定的。"黎顺国说,"不过你老签写些陷坑一般的契约,受到损失呢?"

"反正你帮我好了。"张旺英固执地说。

黎顺国又注意地看了看张旺英的桌子,那上面和窗台上不整齐地放着农业技术书籍,其中有他送给她的,还有他送她的一本《资本论浅释》。擦得很清洁的桌边上有着账簿和记账的纸,也有些东西凌乱地放着,有一支旧的钢笔,墨水瓶也没有盖上盖子。从房间里墙角、桌上的有些零乱,表征着房间的主人的奋斗的生涯。张旺英似乎有些羞涩,将墨水瓶盖子盖上了。黎顺国从各种印象想到他的女朋友是独立和十分坚强的,他还想到,张旺英刚才打黄功一个动作;她有一定的吵架的本领,上个月就和乡长吵了一架;而黎顺国知道,老男子村长李新是和她约好故意吵架的,随后有计谋的村长又宣传和她的吵架,又和黄功吵闹,收回来她托黄功卖的十担稻子的钱。但事情就这样下去的么。当然,看来是这样下去的。黎顺国又相当地不赞成她和黄功的签约。爱好冷静的,有些仔细的黎顺国并不很多地提起这,他把张旺英桌上的账目纸拿一张看看帮她叠整齐,张旺英急着说她自己来,他已经走到墙边去帮她拾起滚在地上散开来的萝卜了。张旺英拿起扫帚又扫了一扫地。黎顺国在张旺英的房里好一些次帮忙及发动整理,同情着张旺英的极为忙碌。他知道在偶或不忙的情形,张旺英是收拾得很整齐的,至于黎顺国,虽然爱好替张旺英收拾,但自己的家里的房间,则不一定是这样,张旺英也曾去到,而责难他的奋斗所造成的凌乱。这种收拾房间的动作,表示友情仍旧继续,并不因为市场上的毒恶谣言而中断;好些天没有来,黎顺国心里确实有着一定隔离之意的。烦恼的黎顺国仍然在这一点上有着盘旋。

"黄功他们有送你花么?"他问,他的明亮的眼睛闪耀着。

"是的,那边上靠后窗的两盆是的。我虽种了不少花,但这两盆不是的,这些人不知是哪里弄来的。设是你愿意,你等下助我将花送还他好不好。"

"你旺英姐也有些好斗。"黎顺国想了一想,慢慢地,冷静地说,"你签的那种约,我是觉得不好的,你看呢?"

"我希望你们帮助我呀。我真想有时候请你来吃饭,还请顺芳妹……"

"你养鸡,种药草,种花赚钱,这些都是惹他们坏人憎恨的,可是你却让他们包围你成功了。黄功造你的谣言是很凶的,虽然你刚才打了他一耳光,但是他也骗成功你的母亲,你为什么这样呢?听说你自己说也可以和黄功结婚……"想了好一阵,黎顺国缓慢地说。

"那是我母亲的瞎说。"张旺英沉默了一瞬间,很有些委屈地、不满地说,沉默了。"公路上那天碰到你以后,你又听了不少谣言。我们单身的妇女艰难,但我也不怕,我还是党员,也有人支持,我和黄功签字斗,党支部也是支持的。公路上你还赞美我们呢。"张旺英继续委屈、不满地说。

乡下的知识分子黎顺国一瞬间显出了一种呆钝,仿佛他刚种了几亩地,十分疲劳,但不多少时间,他又显出刚刚说话时的聪明的锋芒,和或种的骄傲了。他坐在凳子上一定的时间了,便又站起来。他不很满意张旺英,他想,他当然是要帮忙的,可是张旺英心中深藏的——假设是这样——"械斗"的激情依他看来有些危险,譬如说,他是不会经营商业的,而黄功等人是有这些本领的……但同时他又想,他这么想也是不友情忠实,也是不对的。

张旺英注意着这乡下的知识分子的芒刺。沉默着。

"我的母亲乱说了不少话,你都以为是我对黄功有些什么么?"张旺英说。

沉闷的黎顺国便想要走了。他觉得张旺英会落在敌人包围里而措手不及,以至于妥协;这虽然是不会的,却又可能更多的谣言纠纷使她失败,而使她对他冷淡。他到底要怎样呢。在忧郁里他觉得张旺英的友谊的态度后面似乎也藏着对他的冷淡。他觉得张旺英两次说请他吃饭便也正是藏着疏远的情绪。他不满张旺英不和他商量而和黄功签约相斗。而在张旺英这一方面也是有着忧郁的,张旺英害怕她的签约引起他不满——果然是这样了——所以有一种防御的心理。

"这两盆花,还是我自己送回给黄功去吧。你不要听有些人的谣言。"张旺英说。

又到来了沉默。这维持了很一阵的友谊果然在无情的现实面前停滞了。

"我是想来看看你。你各项情形没有困难么?"黎顺国问,"黄功这些人,李家衍那坏蛋宣扬说,过两天就要请酒了,这当然没有那回事,"黎顺国冷淡地说,"可是你母亲是否同意了呢,你是否力争……"

"有这回事也怎样呢?"张旺英也冷淡地说。

"当然,首先黄功等人是极不正义的,社会也反对他们。不过我是说你不说服你的母亲么?"

"这是这样的,你譬如你的妈也受宣传说一些谣言,说我骂你,你也信么?"张旺英突然笑了,像刚才的突发的友谊似的,"我看你是中了谣言。"她便从她坐着的床边上站了起来,拖着手臂走了两步,说,"我要骂你了,你不应该不信任我的,那天在公路上你还过誉了我。我请你两件事好吧。一,你等下去交际交际我的母亲,二,你替我写封信给县长,我当然自己也可以写,便是控告黄功他们。你替写好些。和黄功的这仇,你帮我忙打过一架了。"

假若黎顺国的心里不是存着对张旺英的恋情的芒刺,他也不会烦恼不安,违反他的理智的自持的。张旺英的突然明朗起来使他安静了。

黎顺国便整理一下衣服,拿张旺英的梳子梳了一下头发,往外面猪圈里来了。他有礼貌地向老人问好,并且蹲下来看猪,拿过矮墙头上放着的一把刷子来刷着一匹猪。张旺英母亲呆定地,用玻璃一般的眼睛看着他,随后便笑了。

"你不行的,你不会啦,"老人说,"这种事你还是会吗,你不白干啦,你是高人啦,著书的。"

黎顺国便感到痛心了。但是他没有不会的,他仍是乡土的忠实的青年出身的。他刷着猪。

"我没有不会的。"黎顺国说。

"你不,你不!"老太婆蛮横地说,"我们这些人跟黄功一起,不好。"张旺英出来了。老妇女便恨恨地看着张旺英,显然她不久前打了黄功一个动作使她不满意。"你不行。我们不够格。我这老太婆不管她旺英怎样说,不爱你来。"

黎顺国便站起来了,压抑着他的痛苦,面颊上的肌肉有些战抖。

"伯妈,你误会我了。"黎顺国说,走了两步又走回来说,"我以往对旺英她也是有不太好,可是那是……可是也不能怪我呀。"

"老黎,你跟我到房里去吧。不理会她。妈,你太不客气了。"

黎顺国想走开,但看着老人的劳动,心中却升起了一股同情,想象到几十年来张旺英家自从死了家主之后母女俩的奋斗

成名,黎顺国便搬来了一个小凳子,请老人坐下;老人不理,黎顺国便坐下了,仰着头对老人说:

"你老人家放心,我黎顺国是你的儿子一样,不会不帮忙你和旺英的。田地里的事,我也能帮一点忙的。"

老人继续沉默着。黎顺国跟着张旺英回到房里。他想了一想,便坐下来替张旺英向县长写信。张旺英便又出去喂鸡去了。写给县长的信很简单,揭发黄功的包围和谣言。张旺英喂了一下鸡转回房里来,看了信,说好,黎顺国便说他将两盆花送回给黄功去,张旺英便也说陪他一起去,也质问黄功。黎顺国不计较老人敌对他,张旺英内心激动,和黎顺国说话时表情有着增加的亲热,但是她又决定不和黎顺国一起去了。她的表情是一瞬间有着冷淡。她是怕人们造她和黎顺国的谣言和怕母亲吵闹,但她又觉得这是不对的,便送黎顺国到门前又走了一定的时间,有些迟疑着才转去。从张旺英的简单的表情,黎顺国感觉到张旺英并不动摇她的独身的想法,她养活母亲,和亲睦乡里,发家致富。黎顺国在这些的进程中内心有激动,但也不很明白自身内心的动因。热衷自身的科学事业的黎顺国有时有些笨拙,但张旺英的一瞬间的迟疑使他有点不安起来。

"你好转去了。"拿着两盆花的黎顺国说。

"再会了,你常来玩。我种西瓜这春季也有培土还好,很是谢谢你叫顺芳送来的肥料配方。"

"祝你的事业成功,黎顺国。"张旺英又用亲切的声音说话,使他内心里深藏着一种感动。他也不能弄清张旺英对他的立场,但他在她家里呆了一定的时间又很有些对她钦佩起来,他又想到张旺英并不是务钱财而卑俗,她是还是有理想的,从她的表情他这样感觉,从他旧时送给她的一本马克思的《资本论浅释》在她的桌上放着,上面划了不少的钢笔线,他也这样看出来。他想起来,在她的桌上,杂乱的书中间,还有一份她给作文会写的作文的草稿。

张旺英便告别回去了,但是她并没有转去。因为心里有着隐秘的激动,便到铁匠朱五福那里去了,想问问市场黄瓜的价钱,她有早熟的黄瓜,黄功黄勤志这帮人替她卖出四百斤黄瓜,黄功在市场上投机,价钱卖得高了,对她献殷勤,于是贪污她的并不多,她便想将应得的数目以上的钱赠给乡政府辅助困难户。虽然这样她也还有着痛苦,她也曾和黄功相打将钱退回买主,然而黄功的包围更紧,她没法太多跑市场,而且也找不到黄功们,制胜他们。她曾托铁匠去问过这两天市场的价格。她在朱五福家碰见了李新村长,她便和他直接说了。在她说着的时候,进来了精力健旺的王寡妇叫喊着要朱五福替她煅一把锄头。村长李新看看喧闹的王寡妇王春香,有些沉闷地听着张旺英的话,对她的捐赠钱并不热烈,还叹了一口气。

"你是不愿意啦。"朱五福看看王寡妇,对李新说。

"也是这么说。"李新老男人村长说,"年轻些的时候,我很赞叹你好才干的张旺英姑娘,姑娘,唉,我当村长不能助你灭掉坏人,而你在这黄瓜买卖上哭了一回了吧,因为黄功他们卖的是你的黄瓜,而你捐钱呢,我们乡镇村是有贪污的,我要是办不好呢?自然,我是能办好的。黄瓜钱,还有上次的卖两种药草的钱。"老男人说,脸上出现了一点愤怒,"我快退休了,老了,从前你张旺英的父亲和我共同打死过一条蛇。"他继续愤怒地说。

"你这老头村长,"王寡妇说,"也该革你的职了,你有多大脾气呢?"

"有不少的事情没有办好。不说了。"李新说。

"王寡妇,我送你一柄锄头吧,我给钱。"张旺英说,从朱五福的架子上拿下了一把锄头。

"这……"王寡妇王春香说,"这你给我就谢谢了。我和你旺英一伙,还有乡长你,朱铁匠胖子,我们还要打死几条蛇。"她拿起锄头来便出去了,在门口又大叫着:"还要打死几条蛇!我王寡妇这么叫是有政治目的的。"她又转来,对着大家叫着,"我是一个平常的王寡妇,不应该当过生产队队长,那县委书记说。我没有给他们送礼,我是一个平常的寡妇,穷了,在这年头,靠人救济的,不该当官,当清洁工,不该积极扫乡政府面前的地,譬如有人言你不知道,我今天接了你旺英姐给我赠送的锄头,会有人说,你被人造谣的老姑娘是晦气的,"她说,突然脸色有些苍白,使张旺英有些不安;王寡妇王春香到底是有这思想还是想起了自己呢,张旺英判断是后者。王寡妇又说,"人家便会说,我不该接你的帮助。唉,"王寡妇说,脸色又愉快起来了,"我这样说是一种农业学叫做敏感,像黎顺国说,你不见怪我吧。我和你一样是被人造谣的,我是寡妇呢,黄功造我的谣少啦,说到这里,我是顶心疼你的,聪明的好张旺英,我的心乖爱的!"王寡妇王春香说,丢下了锄头,上前来把张旺英拥抱起来,拥抱得紧紧的,似乎也是在弥补瞬间前的唐突话。"我要帮你的忙,看你被人欺侮我心痛,你一千个放心不会被坏人太欺侮的,打架有我一个,我的心乖爱的!"

张旺英呆看了走开去又回头来喊叫"不怕他们"的王寡妇一定的时间,她的内心是愉快的;她深深觉得王寡妇王春香对她的亲爱。她从铁匠那里转出来经过黄功家的后窗户,听见了里面的说话声,她便站下来听着了。她先听见的是黄功的声音,黄功说他是县委书记一方的,县委书记不久要下乡来,他有力量。但是他又说,他并不爱夸耀自己的力量,他是崇尚礼貌、文明、正义——正义就是事情的道理,他有道理向张旺英的婚姻作提议。随后张旺英便听见了黎顺国的声音,黎顺国说,他也是说道理,张旺英的名誉是不应随便伤害的,张旺英的钱是不容许剥削偷盗的,假如伤害与偷盗的话,他是要撕打和说话的,至于他和张旺英什么关系呢,那就是,自小的同学。黄功又说,张旺英这老姑娘,她空口说的话,外面做的事,譬如打他黄功的面颊,都不见得心里真是这样的。她心中有她的"锦绣"。黎顺国便说,他黄功这样是太欺人了……张旺英听出来,黄功向黎顺国坦白他贪污了他劫持经手卖出的她的药草和花卉的一定的钱。张旺英本也知道,也计上账目,等待她个人的情况好起来的,但现在看来真是很难,听见了黄功的话她更是这样觉得,她听见黎顺国质问出黄功的数目字比她核算的还多些,她想,这也算她"老姑娘"的寂寞。黄功说,他不见得不订了酒席预备抬往张旺英家来……听到这里,张旺英便佩服这书生黎顺国倒有一些世故和经验,他问到这些,而且盘查出了这是不久想办理的,于是张旺英便又在心里数了自己方面的力量。张旺英听见黎顺国的一声压抑着的喊声:"可耻!"捶了一击桌子。又听见黄功便道歉他声音高,转为温和的真挚的声调。……他是一个俗恶的人,但也有一定的谨慎,这些年他在城里混了一定的情况,读县委书记讲课的训练班,县委书记和他亲切地握手,便增加了修边幅,文雅,抑制着声音说话,有时垫着脚走路,也做出忠厚善良的面貌来。他的女人死掉了之后他便更装扮起来,经常擦头发油和穿新衬衫。他的这种架势很增加他的快乐,他便觉得适当的伪装是很好的。张旺英又听得清楚的是,黄功在造她的谣言,说她已经加入了黄功等的储蓄会,黄勤志刚才不久将她的一些只小鸡拿出来,便是她愿意增加参加储蓄会。关于这一点的事实是,张旺英说了讽刺话,黄功却将它歪曲了。但是,张旺英的母亲却参加了。关于农业贸易市场往来,张旺英在黄功的威胁下,是让黄功替她办理几件事的。也说付他一定的酬劳的;张旺英认为,既然威胁着她的黄功有伪装着的地方,便也是可以利用的。她有质朴的信心,她似乎是有些偏见的,似乎是幻想地相信黄功等人欺不成她很多;自然,她也正是有事实的困难,然而她却也是坚毅,而且精明地知道事实和从事实来计算她的战斗,而且时常是乐观的,关于伪造张旺英参加他的储蓄会的"果种",黄功伪造得很认真,很像,所以黎顺国有些相信了。关于他黄功和张旺英之间的情况,黄功也说得很认真,而且很有礼貌地对黎顺国说,他不愿重复很多人们的谣言。但是的确他曾和张旺英在田地边上散步,和在张旺英的果林里散步。关于前者,是张旺英田地里归来黄功跟着走在一起,关于后者,是并没有的事情;但黄功的谣言却使张旺英回忆起她的果林里、杏树和桃树林里的温情,去年夏季,曾碰见黎顺国,两人在地上坐着谈天——谈关于桃木可做的家具的,黎顺国还会一定的木匠工。黄功说,既然黎顺国问他和张旺英的关系,他便干脆说,他和张旺英谈过一个多钟点,张旺英虽然还有含糊,但张旺英的母亲同意了;他曾经仔细地告诉过张旺英他的境遇他的优点和他自知的缺点。……黄功的确穿着整齐地、恭敬而有礼地在她母亲的房里坐过好些次,讲述他自己。除了零碎的以外,他又有一日晚间,同样整齐而恭敬地,头发上擦了很多油,带着眼镜夹,手表,钥匙链等,在张旺英的房里坐过相当长的一段时间,讲说自己所喜爱的和不喜爱的。他说他爱好花,所以特地送花来,他说,真也奇怪,因为爱好花,他的性格就温和。黄功便对黎顺国说起来了。他说他会做"生意",这也需要温和。他说他曾日夜在乡政府的秘书职务上辛劳;他曾怎样地为公社办货,讲价钱认真,研究很久。他曾经在张旺英面前模仿着他在做生意,说服人,办公的时候的仔细,柔弱的神气,做着友谊的表情,对张旺英表演起来,现在他说起他在张旺英那里一小时多的情况,便对黎顺国也表演起来。他说他曾跪下求婚,张旺英脸红笑而不答。他这说得很像真的。他想:"这是你黎顺国死无对证的。"他于是便说,假设黎顺国问张旺英,张旺英自然会说这是没有,他说他对这点宣布研究过,不聪明也不笨。张旺英听着便有些恐慌了。她想进去,但又想和地痞愈闹愈没有意思。……黄功,这乡政府的因为背景势力而活跃起来的不小的人物,在黎顺国面前做着戏;和乡下小地方的大人物,也有着他的力量的黎顺国做着搏斗了。黄功带着表演又说,他助张旺英卖这时恰好上市的茄子,在农业贸易市场,是和顾客这般议事的,说明茄子是很好的,上乘的,便费很多时间——尤其是去年卖一批西红柿。当然,有时张旺英和她的母亲也自己卖,张旺英母亲卖的时候很多,而张旺英也很会做"生意"。他说,黎顺国是秀才,书生,不知道生活的艰难,不知道时代精神,这些年人心在钱上,做买卖是艺术,也是时代的要冲,所以,要精明和穿着好。黄功说,对商场上的市侩,要先说到抽烟,有时候要请客在牛头镇上喝两杯酒。这里是江南水乡,通大城市的大路两侧桃李和杏树成荫,人口多而且繁华,是哺养人的地方。自然,他也是一个市侩——说到这里,他便做出愁苦的表情——但不同于普通的那种市侩的便是他懂得人生的疾苦和江南这地点的才情,有柔弱的心。他便又说起他的传记或传奇来,便是他自小很用头脑,自然,也有天才……有时简直像欺负人似地很有天才,其实不是,其实不过是他读过书很多——在黎顺国面前他便强调说读过书很多,在别的对象面前他便会强调别的,譬如说阅历很多,譬如还有一种是说,他拜了许多老师。他对黎顺国的知识丰富有时有妒忌的痛苦。这也是不错,他的房屋里是摆着好多种书籍,也有前些年流行的"干部必读"。他读书还做着笔记,有资格请县委书记批阅,——有时只能请到县里朱之副处长批阅。他冒昧地要求参加肖家荣的作文会,人们拒绝他参加,但是他做的一篇文似乎还可以。他的确也花费一定的时间看书,总是看那几页,有一种是《社会发展史》,有一种是《红楼梦》,记着笔记。谈话谈到这里,虽然冷静,但总是也有些笨拙的黎顺国便有些笨拙了,他看黄功拿出来的笔记本,是抄满书和写满字的。黄功又从抽屉里,床头上,架子上,拿出各种书来,也有些《三国演义》和《西游记》,也有流行的小说,在书上用嘴吹着,吹掉上面的灰,仔细地拿给黎顺国看。黎顺国实在说以前是以为黄功是吹嘘自身读书的,他听说他要挟他的堂房侄子,初中学生,替他做伪笔记,读书感言,然而现在黎顺国研究出来,伪笔记和读书感言是他又花时间抄写过的,而且很多也确实是他自己做的,虽然句子不很通。前些年"狠抓革命","狠抓政治",他是颇读了一点书的样子。黄功时常在社会上发放谣言,说他是打哭了他的堂房侄子初中学生,胁迫他替做读书笔记;他的谣言的目的是要"嗤"一些人"上蛋"。现在黎顺国有些"上蛋"了,但黎顺国并没有改变脸色,虽然他从黄功的书里看到了两种他没有读过的农业科学书,却也还冷静。他翻看黄功有一些笔记又是偷抄某小学教员的。黄功在这里很有得意和"友谊",想黎顺国欣赏他的真的和伪的读书。黄功的读有些书也是确实的,而且颇记得一些书本里的文字,他吸收知识可以"驾驭"人,是他的世界观,而且他的真假笔记可以到县委书记那里去。黎顺国便较深一点地接触到乡镇上的这个小人物了,几乎是他黎顺国的反面或侧面的样式,因为黎顺国也有很多书,也有很多笔记。然而这是个坏人。然而忠实的黎顺国又觉得,这黄功还是记一些笔记,抄写书的,似乎还不完全是邪恶的……黎顺国冷静地翻着黄功的笔记和书,他在这里又接触到自身的知识温暖,在自己的知识的湖泊和河流,也许是海洋里游泳,而近于沉醉了,把黄功都差不多一瞬间忘记了。然而他到底能有多少成就呢,他翻着一本农业技术书想着。他发现了一本他在田坎里丢失的农业技术书,质问着黄功,这黄功便强硬地说是他买的,封面上的钢笔写的"AB"两字是他涂写的,而不是原来的。黎顺国想想,便也算了。他在黄功的值得讽刺的笔记本上看到了很多"敬献给县委书记"的字样,也看到几处县委书记批的"好"和两处"还须用功"。也看到"敬献给张旺英姐"的字样,下面还有张旺英的签字,黎顺国判断是黄功模仿的。……

　　张旺英在窗外的墙边听着,里面较长久寂静,她便预备走了,这时却听见了黎顺国的喉咙的低的,稳重的冷峭的声音。黎顺国说,第一,他黄功的一些偷自别人的读书感言笔记是丑恶的,虽然他自己也做一些,却很低劣,而且很多白字;第二,他还有些自己做,可是目的是爬地位骗人是卑鄙的;第三,为什么伪造张旺英的签字呢。黎顺国平静的谈话,在他的冷峭的声调里,还震颤着知识的湖泊河流——不限于农业书——给他的温暖,——最后他还说,说到书的话,这些书都是可爱的,黄功也应该用功,务正业。随后,黎顺国便对黄功谈到——用着同样的平静的,震颤着冷峭的声调的深沉的声音——他黄功应该立刻停止对张旺英的可耻的伤害。

　　黄功说,他要和黎顺国斗各项目。他要做成或"搞到"一篇学术论文来发表,虽然说早了不宜。张旺英在窗外听见黄功伪造说:"譬如这小凳子,我也要和你斗,是我亲手做的,共两个,你老黎大人物科学家也能做么?"张旺英知道黎顺国是能做的,而且做得不错,但他黎顺国这时却回答黄功说他不会。"一共做了两个,预备送一个给张旺英。"黄功说,"你要么?"

张旺英听着她的自幼小时起的朋友黎顺国和黄功作着斗争。她又听见黎顺国用沉着的、冷峭的声音说到他的立场,他不允许黄功侵犯他的朋友张旺英,同时,他指出,在今天的社会,黄功的进犯是必然会失败的。张旺英听着黎顺国的声音感到温暖。张旺英走开了,但走了几步又回头,听见黎顺国又说着话……在她,张旺英的心里,当她又瞥了一眼村外的辽阔的江南平原田野的时候,她感觉到黎顺国的坚决性格,对她的感情,以及,黎顺国是有理想和有才能的人物;在她的心里,升起了黎顺国的亲爱的,不平凡的影像,她并且简单地回顾了自少年时代以来。……然而,黎顺国是不是有点好高务远呢。

张旺英再一次想要走了,但又站了一下,因为听见黎顺国继续说到她的名字和训斥黄功。她又听见黄功提议和黎顺国到糕饼桥去找人们"赌誓愿",他认为他必然得胜;黄功说,这里他和黎顺国一人先喝一杯酒。于是传出了酒瓶和杯子的声音。张旺英想,黄功是有些厉害的,他有时田地里也积极地干一阵劳动,有两回在街上也主持正义,男年青人的流氓行为;张旺英便觉得黄功散布的谣言是有难破除的了,感到一阵悲伤,企望和黄功辩论的黎顺国能够多打击黄功,使他颓败下来。但是黄功在屋内提议喝酒,腔调带着流氓的样式了。乡场上的文质彬彬的人物黎顺国却没有再教训黄功成功,只是说不会喝酒。后来张旺英又听见酒杯打翻的声音,似乎是黎顺国拒绝喝酒把杯子弄翻了。黎顺国振作起来,继续抨击黄功,说到他的欺侮朱老大婶,占领朱老大婶的牛耕田和放高利贷的事情了。……

黎顺国谈的话比平常要多些。但是黄功扬起流氓的腔调;看来想说服他是不行的,是书生的空想。然而黎顺国却真的有书生的空想,还继续和黄功辩论着正义,连在窗外听的张旺英,她有时候也有一点善良的空想的,都觉得他说的虽然不错,却是有些不够现实了。但训斥黄功总之是训斥,黎顺国又说到田地是正直的劳动者耕的,物品是正直的劳动者的劳动,它转化为商品也是正直的劳动者信用;黎顺国又讲到商业的本质是信用,和货币的本质是……总之,黎顺国也不妥协地说着。但黄功说了,商业是机会,人生的性质是机会。轮到黄功嘲笑黎顺国了。他说黎顺国是书生,很懂些科学也可以说是一窍不通,应该"猛醒","叶落归根",如同一些人说的,应该务实际了,多种点田算了,不要做那些他不"够格"做的学问,他的论文是没有前程的。接着黄功又说,他黎顺国不够资格的地方还在于他没有成家立业。于是黄功便带着讽刺和一种酸涩的感情祝他黎顺国和张旺英将来美满。

"我看你到底是摆架子呢,还是有环境妨碍你,还是张旺英不理你,你怎么一点也没有信息呢,怎么一个女人都到不了手呢。"黄功说。

"你这是错误言论。"

"你侃侃而谈地谈各种大道理,可是你能击败我么,"黄功说。"我们共喝这一杯试试看,我们一同出去,到糕饼桥上去找人作证谈谈。"

"我不会喝酒,"黎顺国说,"我知道击败你是要凭力量的,但我说的这些道理,也是有力量的。你难道一点也不想改恶从善么?"

黎顺国的喉咙震动着,张旺英又从心里升起了对黎顺国的亲爱,和觉得他的不平凡的形象。然而,从黎顺国的那些说道理,他的从冷静里颤动出来的热情,她也觉得他是有些好高务远了。她想她耽搁了今天的劳动了,然而,黎顺国的有着优美的心灵和制胜黄功的愿望,吸引着她。

"也不用什么人作参证,我们两人到糕饼桥去,买块白饼子也买块红饼子掰了吃作证,我这里有树苗,再种下一棵杨树,"黄功说,"你是要败的。"

"也行。"

"先喝下这杯酒。"黄功说。"这我请客。"

张旺英注意到,黎顺国并没有喝酒,但拿出两角钱来似的,说一半算他的;因为他曾把酒弄翻了。在馆子里,肖家荣副村长,也曾这么和黄功这样区分的。于是两个人都走出去了。黄功拿着他说到的杨树苗,这树苗,他要黎顺国出三元钱,说是一人一半。

黎顺国并不是不知道树木的价格,没有这么贵,但他简单地同意了。于是关于她、倔强的老姑娘的命运,两个男人的打赌便进行了。她静静地站着,叹了一口气,便走开了。走了一阵她又想去参加他们,而站在黎顺国这一面,但是她也不这么积极,因为黎顺国也没有表露对她的爱情,而假设是表露了,她也是踌躇的。不过她仍然绕出村去,在一棵大松树下对阴沉的天气里的平坦的田野和发亮的小河看着,小河里有白小英驾着木盆在采菱角,大块石头砌的,一个孔的糕饼桥耸立在小河上。

她看见黎顺国和黄功,此外还有几个人,往糕饼桥去了。这另外的几个人是村长李新、朱五福女人、糕饼店伙计,又有两个流氓小伙子。

"我说我将胜,"黄功走上糕饼桥,用赌咒的声音说,将一块米糕掰断扔在水里。"诸位,我们在这糕饼桥上仿旧习赌咒,我说我将胜,县委书记关心我,我就是他的干儿。我一定会在张旺英面前得胜。"

"你说吧。"李新老头子村长对黎顺国说。

"我说什么呢,这根本是不文雅,也有些无聊的。"黎顺国说。

"既来了你就得说呀。"一个流氓小伙子说。

"好吧。我说你这是侮辱张旺英,你不能得逞。"黎顺国说。

"你还要说你自己呢。"

"我自己……我是张旺英的朋友。"

"但是张旺英将不会认你做朋友。"黄功说。

黎顺国的脸和内心都有些战栗,他觉得受了侮辱了,但是他

043

忍耐着。他将黄功掰给他的一半饼拿着犹豫了一下,仍然吃掉了。

"请赌咒!"一个小流氓说。

"假若我黄功不成功,不要在张旺英那里成功,我天诛地灭,天诛地灭!"

"你呢,"蓄小胡子的,身段很结实的小流氓问,一面用笔记下刚才黄功的话。

黎顺国沉默了一定的时间。

"假若你能成功,我也天诛地灭。"他愤怒地说。又陷进沉思之中,望了望两边的田野,这时候,在小河附近划着木盆找寻今年初的菱角或去年剩余的菱角的白小英提着鞋子,潮湿的脚在地面上劈劈啪啪地响,往桥上来了。

"你们坏人要成,你们天诛地灭天诛地灭!我与你偕亡死,轩辕黄帝说,我也天诛地灭,张旺英姐惹你们黄功啦,说这种赌咒。"白小英说,同时拿两只鞋子在面前拍着,拍出很响的声音。"糕饼桥过去有鬼,糕饼桥赌咒是旧例了,我请各家的鬼魂来说,江南乡野也有才干男女,自封建历朝多伤亡,我们今日假设败了,我们跟这桥共塌亡。"

"那不见得。"黄功说。

"不要说了。"在张旺英站着的这树下的地点也大概可以听见较高的声音,张旺英便听见李新老头子村长的著名的吼叫了。平常温良的老男人会大发愤怒。他因黎顺国陷于被动而愤怒。

"你黄功还有说的么,这白小英就是黎顺国方面说的最好的话了!历时以来人们持正,难道不是这样吗?难道不是这样吗?"老男人面红耳赤,咆哮着。"而你黎顺国,跟他赌什么咒呢,真是缺德!"

张旺英心情很紧张,但她抑制住了她的激动。人们的帮助她使她感动,而且人们使她想到过往的时代;在李新村长的吼声里,也震响着往昔的各时代。张旺英便不禁觉得,村长李新多年伴他的奋斗的行程,也白发而苍老了。

"就这样么?"小胡须的身体强壮的青年说,"就你们方面说的么？村长你不一面之词么？"

"你败类!"李老头子村长咆哮着。

小流氓也有想动手的意思,白小英便挤到中间,从花衣服的口袋里取出一个她采的菱角来,递给黎顺国,要黎顺国咬破。她说,这也算作谦虚,算他黎顺国碰到黄功是咬硬壳果。但黎顺国咬开了。白小英又自己咬一个,咬开了,白小英递给村长一颗,村长也便体会白小英的意思,用力咬开了;他牙齿还很好。人们都咬开,表示不败了。

张旺英便看见这一群人下桥了,黄功手里还拿着一棵小的杨树苗。黄功挑激黎顺国到山坡上共同种这棵树,表征赌咒,谁要是败了,就到这棵树来挨十毒大骂。黄功还借这树讽刺黎顺国不能叶落归根。村长说他不屈了,热心的白小英也回到她的找最早的菱角,和去年剩余的菱角的小河里的木盆里去了。她的木盆离岸很快,在春天的温柔的、澄碧的水里漂荡着。

白小英用力划短的桨,她的有些尖锐的,但也还好听的喉咙带着率真的腔调唱起歌来：

贤惠的姐姐在瓜田里,

贤惠的姐姐在小河里的短途的航船上。……

叶落归根……

偷听、观察了黎顺国和黄功的冲突好一阵的、有些痴情的张旺英便也回去了。

黎顺国又去到铁匠朱五福那里了。他的内心激荡,便想在朱五福那里去写一篇文章,记载今日的斗争,表示他与黄功要恶斗的,交给肖家荣他们的作文会。他想不固定地参加作文会。他也决定文章做好后由张旺英转去,表明他的心迹。

黎顺国在他的深藏着感动的心情中。朱五福面色不快乐,和他的徒弟陈小三在旋风似地、快速地打着菜刀,时刻高声呐喊一句。张旺英的远方亲戚,巫婆吕大婶在那里;站在铁匠外面房里的还有王寡妇王春香的儿子,农机站的工人王富——他父母都姓王。瘦长个子的、谨慎的王富来请铁匠评理他所谓欠巫婆的钱,据说他上个月生病是她吕巫婆前来驱鬼帮他治好的,巫婆索两块或一块钱。朱五福因和巫婆冲突而心境阴沉,而王富在来到铁匠这里之后便又转为骄傲,转为无所谓,愿意付巫婆五角钱,他惧怕黄功等阴谋农业机器站,怕连累黎顺国的地位而整个地又反转来,连累了他,怕讲荣誉、逞豪强的寡妇母亲遭受困难,——来到朱五福这里评理他又退却了。铁匠不愉快,和巫婆有仇,因为这巫婆过去也入侵过他——他又因了王富的退却而不愉快。

"这事情这样吧。马马虎虎给她五角也可以了。"王富说。

"那你给吧,真是。"铁匠说。

"我病快好时她是进屋来指划手脚绕了一个圈子呀!"王富说,说着笑起来了。但又回转为严肃,说他愿意付钱。"因为是这样的,因为我母亲是很恨巫婆的,她吵嚷了会与我不利。"王富说,想了想巫婆绕他的房屋转唱了一句什么,又笑起来了。巫婆还唱"振兴中华四个现代化"。

黎顺国进来,吕巫婆便拉住黎顺国的手臂,要他评理。放高利贷的巫婆是很仇恨黎顺国的农业技术的,所以她同时滋生着要一定地打击黎顺国的愿望;她的胸中藏着恶意。黎顺国冷冷地望着她听她说。最近又涨着势力的巫婆这时相信,在张旺英那里,因为她的活动,黎顺国是彻底地失败了。黄功答应在弄到手张旺英的财产的时候给她一笔钱。

"我是这样在他王寡妇儿子房里跳,来驱鬼的。"巫婆说,故意地做着黎顺国骂过的动作。随后她说,黎顺国"天庭发亮","主发财","主发四个现代化的财","但是眉心紧又暗",与婚姻不利,"女子跟别人。"

铁匠更阴沉些,打铁动作休息下来又更急地开始,这回是徒弟陈小三呐喊了一句,跳起来很高,因为痛恨巫婆和愉快即将到来的战事。他意想的黎顺国、王富和吕巫婆的冲突。

"还有怎么样呢?"黎顺国说。

"女子走翘莲,走角琉璃,不属己。"巫婆说。

"放你妈的狗屁!"农业机器站工人王富说。

"你骂这行吗?你这是文明礼貌吗?我们凭事实!"巫婆说。"我们也振兴农业现代化的!"

担心于他的生活和同情着他的勤苦的母亲的王富,因为黎顺国的在场而冲击了一句,他接着便有些内心紧张,想对巫婆收回一下,他说:"你吕大婶别再碰到桌子碰伤了。"

"女子走翘莲,你不狠,你人没有的。"巫婆对黎顺国说。

学徒陈小三又呐喊了一声,高兴着这场冲突正在起来。

"没有的?"黎顺国说,"什么没有的?"

"这张旺英亲口跟我说的,黄秘书黄功人材落落。"巫婆满怀着仇恨,说。

"放你妈的屁!"铁匠朱五福说。

"你王富拿钱来!"样式"大方"的巫婆不理朱五福,闪耀着眼睛对王富说。

农机站工人,民兵队长,瘦长身材,有些忧郁,懒散而没有理发的王富便掏衣服口袋。他细心地想着,到底应该给多少钱,又想不给,因为怕黎顺国的批评;所以他的掏口袋是假动作。他想着,当他病快好的时候,巫婆来跳一个圈到底有几"深奥"动作,值多少钱;他又想着,他虽然不相信巫婆,但这时却简直怀疑自己有相信的部分,因为在那时他驱逐了两句巫婆却又幽默地想,这巫婆也是费力活动,还要技巧,似乎真是不一定不有点效的。他还忧郁地想到他的他所孝顺的死去的祖母有常常说鬼神是有的。他便头脑里沉思了幻想了一定他的祖母的年代,而因了这幻想他便激昂地说:"我告诉你巫婆,你没有出路的,鬼神是没有的,我们反对的。"

但是王富仍然掏出几角钱。

"你王富不理她。"黎顺国说。

但王富仍然怕巫婆上他母亲那里去造他的谣——巫婆时常干这个——便预备付五角钱了。他认真估计巫婆的动作值几角钱,——巫婆有几个"翘起"的,"驱鬼"的动作,但是他又对自己的认真的估计的思想发笑了。巫婆向掏衣袋的他伸着手,但他笑了一笑把手从荷包里拿出来,说,没有,他不给。

王富在这件事情上决心不妥协了,他笑着,露出洁白的牙齿。

"你母亲不容易养大你呀。"巫婆说,"我跟她说去,你骂县委书记,要倒霉的,你母亲她多年守寡。"

"不给。"王富说,嘲笑自己差一定的情况陷入的错误,又笑了起来;"不怕你们黄功。"

铁匠朱五福放下铁锤。

"你这吕巫婆子还不滚!"朱五福说。

巫婆失败,走了。

王富走到门前。

"你上前走到三棵松,那边没有莲蓬,再转十六湾河道,你便要到关帝庙,姻缘自立生来空,况尔现今是归化,姻缘要个民主评……勤勤律令你过鬼坡。"王富嘲笑巫婆,大声、快乐、凶恶地说,指着门前的路,又进来向黎顺国和朱五福告别,走掉了。

"对,挺对的。"铁匠徒弟陈志陈小三说。

铁匠又啸吼起来打菜刀了。

铁匠忽然唱起歌来。

"你打铁,我打铁,

"打把刀,送给凄凄苦苦的姐姐,送给劳碌田头的姐姐,送给操持家庭的乡里的姐姐。

"姐姐夸奖我,我说我在县长张辽家学打铁,而不是在县委书记吴焕群家学打铁。"

铁匠歌唱啸吼着又看看黎顺国。黎顺国便到里面房里作他的文章了。

"你就不该耽搁张旺英姐了呀!"朱五福又说。

"你不管,我们会打得败黄功的。"

"啊,哎,"铁匠说,"我倒是乐年乐天的,这八十年代是奋斗的年代,举凡奋斗的年代,都带铁匠一个的,举凡奋斗,铁匠是快乐的。我还说,秀才黎顺国啊,你也该赞几句张旺英发家致富,你不该思想些什么钱是俗气的你清高看不起。茄子黄瓜小鸡母猪药草种花还有织布编草帽,还自己盖房子修墙壁,这张旺英够编个歌赞赏的,不过,当然,有一回你是帮忙她修围墙的。"

黎顺国作完文章,便离开铁匠那里往张旺英这里来,想把文章交给她,请她交给作文会,还有,向她表白他的感情,也许试探一下说和她结婚。黎顺国是欢喜把事情研究一定的情形的,今天的情形,他考虑了,他觉得和张旺英结婚也可以是他的愿望,但在往张旺英家中走来的途中,他便又把念头改变了,他想他应该谨慎,他不大能放弃他的做科学文章的事业,卑俗的事没有什么意义,而且,还有他的自尊心,假设张旺英不同意呢——看来会是这样的。于是骄傲的黎顺国便改变了想法了,那些几乎涌到喉咙里来的亲爱的感情的、爱情表白的话便又退却了,而且,他还有些迂腐地想到,他是积极帮助张旺英的,乘黄功进攻的这个时候提结婚,是不是趁人之危呢。

他听见拖拉机的声音,看见女拖拉机手张旺英驾驶着小拖拉机沿着土路往村外去,做今天全村第一个耕地的了。她碰见黎顺国,停下来招呼黎顺国并对他说,她还想代耕一点刘老太婆的军属的地,和村长研究好了的。黎顺国便爬上了拖拉机,他热心地说,他是劳动力,他能帮忙。

拖拉机开到田地里。黎顺国犁着地。张旺英推让了一下,托着腮坐在地边上,坐了很短的一下也就转回去做其他的事去了。黎顺国犁地一直到晚饭后很迟,张旺英给他送饭来他谦虚了一定的情况匆忙地吃了,张旺英又回去了,他驾驶着拖拉机回到村里来的时候,街道上已经很少人,暗淡的、稀少的街灯在市镇大街上照耀着。由于一定的激动,黎顺国想到,这是生养他的乡土了。

他把拖拉机驾回到张旺英的院子里,在张旺英的房里坐了一定的时间,没有把所作的文章交出去,(他想交给妹妹了)便告辞了。他走到门口,听见勤劳的张旺英开始织布的声音,窄条的织布机在电灯光支微弱的厅堂里发出相当大的、轧砾的声音。而在暗影里,张旺英的沉默的母亲在编织着草帽。

三

张旺英送饭到田地里来,黎顺国又很迟地才从张旺英家出来,有些人观察到了欢喜,有些人便痛恨和造出谣言,说张旺英和黎顺国,田头"厮混",不劳动,不良好。造谣攻击的黄功们想,使张旺英的名誉倒掉,也可以有助于他们的活动。然而,张旺英和黎顺国都对这不介意。

因为谣言刺激的缘故,因为愿意帮助张旺英,因为签字于这场搏斗,因为心中颤栗着深刻的感情的缘故,因为自己有些本领和自负的缘故,因为激昂的缘故,黎顺国接连几天替张旺英家也替烈属刘大婶家犁地了。第三天早晨,拖拉机有些坏了,他便驶往农业机器站。这个机器站是旧公社的,但也有张旺英参加一部分的钱买的。他驾着机器转来的时候,遇见副村长李家衍老男人喊他从机器上下来,说要和他谈话。李家衍副村长等他下来的时候对着他的耳朵悄悄地说:

"你专门占老姑娘的便宜了。还有,你假公济私,张旺英妮子个人只出一半的钱的机器你想用便用,贪污张旺英的钱,你这样不行,要么你就明媒正娶。有人说你不居好心。"

李家衍还说,黎顺国当年是拒绝过张旺英的,这样一来便显得张旺英没有志气。

黎顺国听了很愤怒,仇恨地看着李家衍;他预备不理,上拖拉机走开,李家衍又对着他的耳边说:"黄功是一定成功的,看姑娘的心到底落在哪里。她有钱你不配对。"

黎顺国想把李家衍扭往乡长那里去,但又觉得鄙视李家衍,用不着这样;他也怕耽搁时间。李家衍对黎顺国的耳朵说话声音并不很低,所以走过来站着听的一个小流氓听见了。这小流氓便说"哈!"而走过附近站下来的白小英也听见了。她也说:"哈!"

"你'哈'什么?"李家衍说。

"哈你想欺侮人——糕饼桥上掰过糕的这场斗。"路过的、骑着脚踏车的邮递员青年人说。

"哈。"李家衍说。

这时张旺英的邻居,种菜和种花的花匠老男人钱根走了过来。

"你明天吃了打脊梁上冒出来,喝了打鼻子耳朵里喷出来,穿了让连连疮黏糊撕不开,走路打你的毛驴上跌断腿。冰雹打烂你的房子你的屋上的瓦掉下来打你红鼻子白鼻子万恶。"种菜种花的老男人说,虽然他平常是沉默的——他因李家衍侮辱张旺英而激怒了。"我的这种是糕饼桥掰的十毒大骂的二三等,我考虑过了。"老男人说,意思是衡量过可能的灾祸了。而这时穿着红花上衣的很被钱老男人的骂感动的白小英走上前来对黎顺国说:"你黎顺国技术员说是不是这样的?我考虑的是我们现在出口骂他们他们黄功并不能行很多凶,我们方面也有清官县长,对不对?我本来想骂的,钱大爷骂的我说好。"白小英说,有些尊敬地看看种花的钱根。她也像钱根一样考虑过可能的灾祸了。

白小英又显出了一点沉思的表情,黎顺国便想到她确实是考虑过的。她咬咬嘴唇,从她的红花布夹衫的整齐和有精神的、闪耀着的眼睛来看,她有些能力,而从这整齐的红花布衣裳,黎顺国还感到一种鼓舞,因为白小英在农村经济改革以前是有点穷的。但是这时一个小流氓用一块泥砸在白小英身上了。

不妥协的白小英便拾起一块泥来,用力地,恰好击中那长头发青年的脸。

但暴跳的李家衍却指挥刚来的黄功弟弟黄勤志把种花老头钱根的衣领揪住了。本村人的邮递员支架起了他的自行车前来帮助钱根,而黎顺国用着大的力气帮助着邮递员将黄功弟弟黄勤志从钱根撕开,推到墙边跌倒了。

"拥护张旺英姐和黎技术员!"白小英喊叫着。

这因李家衍一方侮辱张旺英而掀起的冲突继续了相当一定的时间,黄功们的目的是使黎顺国陷入殴打,所以黄勤志又冲上来了,而且很坚决地咬破舌头突出了一口带血丝的唾沫。但这黄勤志的冲锋却被较多的过来的人抑制了。

"拥护张旺英姐!"白小英拦在前面喊。

这时候黄勤志便到街边去,拿起了他刚才放在墙边的鸟笼托在手上,——他害怕白小英把它踢翻——一只手叉着腰做了一个姿势,说:

"黄功的旧情缘是要死而复生的,四化的领导是我们!"

李家衍老男人便说,黄功的事情,是张旺英母亲同意的。长头发的青年向这边砸泥巴块和石块,这边的人们也开始砸泥块,其中也有小孩。在互相叫嚷中间,李家衍又继续说,黄功家过两天便要办喜事固然是不一定,但始终要办,而且黄功那次穿新的哔叽中山服,很亮的皮鞋去造访张旺英母亲,张旺英母亲已经收了黄功的几百元钱,几丈红丝绸。……

人们被民兵驱散了,黎顺国和李家衍互相呆看着。黎顺国心中有一种痛苦。张旺英母亲接受了礼物,——李家衍的街头进攻的分量是不轻的。

李家衍所提到的张旺英母亲的收礼物和钱,正是使得张旺英母亲这时陷在内心冲突里。这两天有朱五福女人、黎顺芳和村长李新老头去说服张旺英母亲,连同着张旺英的坚决,有些效果了,重要的是这两天黎顺国的帮助张旺英家耕地,使得老妇女有了一定的动摇。她是很愚笨的,而且黄功也在她的面前伪装。她认为黄功有本领,和她谈得来,黄功有时候也显得还正派和也正派,也读书,也"见义勇为"替军烈属做事情,"见义勇为"地扛走倒在张旺英家草木地上的老槐树枝干,也似乎并没有营私。据说还跟后街的谢老太安盖房子。于是张旺英母亲便接受了礼物。她和女儿谈了几次和哭闹了一次女儿都不答应。僵持到这时候,老妇女也有点注意到她以为是不会管家务只会写文章的,从事着清高的事业的游荡的黎顺国了。最初她想黎顺国是这些年共产党提倡出来的书呆子,最近的年代,共产党提倡发家了,然而黎顺国似乎很轻视这些,连他的妹妹黎顺芳也批评他。但这些时她观察黎顺国不同些了。

事情进展着。张旺英母亲走出来,这早晨,决心先把三百元钱退还给黄功去,看见李家衍老头一群人和黎顺国一群人在街上冲突,她便躲在一边。现在她走过来了。她听见"拥护张旺英!"的喊声很刺激。她便在李家衍面前站下来,当着黎顺国和红着脸、幼稚的老年农妇一些人的面,做了笨拙,然而也豪放的事情,将三百元拿给李家衍,当着很多人说,这是黄功给的礼钱,请李家衍代还给黄功。老妇女并不怕黎顺国知道,但却让一些人听清楚了,而且这里面有着一些好奇的、尖刻的人。老妇女在激动中又说到还有红绸子和一对新的椅子。还有金纸剪的两个大的"囍"字。她说,这个她对女儿也没有谈过,她女儿还是最近两日发觉的,和她吵闹了。老妇人有向黎顺国抱歉的意思,她觉得这回退钱的行为是磊落的;她还说,她女儿有的是钱,但是,清楚地听着这些,黎顺国却很痛心。他真有些以为张旺英的立场似乎不坚决了,没有严格地早一定的时间干涉她的母亲,而且和母亲吵了也没有告诉他。虽然他早就知道黄功的活动,但始终也并不清楚老妇人接受的礼物的具体的情形。

但有一些,张旺英的母亲便没有说了,她心里很刺痛,因为她还给黄功替她写的"收到聘礼"的条子上盖上了自己的手印和偷盖了张旺英的一个图章。

"这为什么要退呢,张旺英她慢慢会有心意的。"李家衍说。

这话引起了张旺英的母亲的恨意,因为她现在想到黄功这人是有所不妥的,正在后悔自己的行为;她这两日看黎顺国帮助张旺英驾拖拉机,她便开始认为黎顺国是英俊少年。她拿回李家衍手中的钱,说是自己去找黄功去,而且颤抖着,扑上来要打李家衍的脸。但她的动作让黎顺国拦住了,她往前走去了,她说:"你顺国老黎有空上张旺英那里去吗。"黎顺国便说好,但内心却有着痛苦,——难以责怪黄功造了很多谣言了,老太婆收了黄功的不少的件。

　　李家衍挨了张旺英的母亲的欲往脸上打的攻击,这时便想喊"我跳起来骂!"做了预备跳的动作,又静止了,因为他看见黎顺国在冷笑着看着他。而走开了两步的张旺英母亲,因为做错了事,在流了满脸的眼泪了。

　　"这是订亲的钱,收了,还是收的,这故意做给你看,脚踏两只船。"李家衍终于想到了一句恶毒的话,对黎顺国说。

　　黎顺国心里冷淡,痛苦。他意识到他又遭遇到人生的患难了。这时远远地县委书记汽车停下,县委书记吴焕群往这边来了。

　　吴焕群脸色很有点苍白,穿着整齐的中山装,笑着对黎顺国说,有点事情和他谈谈。就到张旺英家去谈谈也可以。

　　吴焕群没有忘记他的笑的表情,这笑像是贴在脸上似的,像是他是很谦虚的。张旺英正在家里喂鸡,——大院子里钻动着,颤动着大量的鸡。张旺英游动在她的鸡的王国里,就像浮动在水里似的。敌人县委书记吴焕群还注意到张旺英的院子比去年冬天扩大而且修过围墙了,还增加盖起了一件仓库的房屋,而他知道,围墙有黎顺国的卖力帮忙。这头发梳得很光洁的吴焕群是这样观察张旺英和她的鸡的王国,观察张旺英的新的仓库的,便是他想这些黄功可能到手了,包括那肥沃的田地里的会是种得出色的庄稼;他,县委书记便也能分得一份,而且是现钱,好些张的"大拾"钞票。但他又觉得他的幻想不够殷实,因为他又感觉到张旺英带着她的母亲,有些人帮忙,在她的勤劳的富裕的王国里是很有些气势的。张旺英的版图和领土,她的领有的财产,一瞬间使县委书记甜蜜,一瞬间使县委书记感伤——因为愚昧的乡下人不会享受,于是便似乎是他吴焕群的产业落在别人的手里了——一瞬间又使县委书记受到压迫——他的有些娇嫩的心灵。张旺英在钻动着的鸡群中,而太阳照耀着一些放在台阶边上篓子里的黄壳和也有白壳的鸡蛋。新撑了木柱的猪棚里猪钻动和轻轻吼叫着。猪棚的边上还可以看见后院的一角,地面种植着几层木板拦的架子上也放着很多盆颜色鲜艳的正在开放的大朵的花。地面上铺扒松得很仔细的土,种着药草,和塑料布盖着的,培育的苗。房屋的屋瓦是整齐的,厅堂相当大,侧面放着织布机,中间有油漆得好看的桌子,而厅堂的往后房去的开着门里面,太阳的映照下也看得见斗笠和雨蓑衣,整齐的锄头、耙子、铲子、和一对长亮的犁铧。屋檐下挂着好些串的去年的干菜和也有猪腿,这些显出主人的勤劳和稳健,而且,有着很富裕的景象。张旺英在她的帝国里,——吴焕群便想对她做一种袭击。跟着吴焕群和黎顺国,李家衍也进来了,张旺英母亲也进来了。

在桌子边坐下,县委书记便夸奖张旺英很好,实行党的政策,带头使村庄富裕起来。觉得愤恨的张旺英便带着一点冷嘲回答说:"你书记不反对吧,不没收我们吧,说我们有点财迷迷。"对于用相当凶的腔调说话的张旺英,吴焕群笑着看了一眼,同时回答说:"不反对。向你检讨。"便又看着房里的书籍和墙上的省劳动模范的奖状。由于被侵入的愤恨,由于在自己的王国里面的气势,张旺英也笑着看了县委书记一眼。

"这么多的书啊,"吴焕群说,"真的读吗。"

"做样子的。"张旺英回答,注意到吴焕群已经和黎顺国谈话,便不理会吴焕群,到院子里忙碌自己的事去了。

这两天黎顺国帮助着她,因这增加的友谊和接近张旺英便有着一种烦恼,有了一定的痛苦,因为她母亲不断地想要向她推荐黄功,而她也发现了母亲那里黄功送来的金纸剪的"囍"字,几盆苏州的酥糖和杭州的糕,和相当的蜜枣蜜糖水果。她暗暗觉得她没有制止或知道详情是对不起黎顺国,但是自尊心又使她想到,这和黎顺国也没有什么关系。但是当黎顺国帮她犁田去的时候,黄功却衣冠楚楚地在她房里坐了很久;因为母亲的吵闹,她没有驱逐黄功,而黄功便作了好多关于物质、投机的方法,黎顺国这样的"书呆子"的愚蠢,花的美丽,和有一种鱼也是优雅而美丽的谈话……张旺英便觉得黄功入侵很深了。终于她在酥糖、蜜枣和金纸剪的"囍"字这些项目上和她的母亲吵闹了,她母亲便也有些想排斥黄功了。

县委书记脸上笑容闪烁了一定的瞬间又消失了，但笑容又从眼角起来，他向黎顺国说，"有些群众告发了他黎顺国，说他在农业技术站和农机站过分专权，排斥他人，譬如排斥黄功参加农业试验，排斥黄勤志为'实习'技术员，——和农机站长小学教员邓志宏一起。"捧鸟笼的黄勤志曾经从鸟笼说起，说到他是很有农业技术的天分的，希望在黎顺国的拌化学肥料种豆子的方案上列上名字，两个合作，他便可以呈请为副技术员。在这上面黎顺国和黄勤志冲突很凶，而黎顺国的妹婿肖家荣副村长也把黄勤志痛骂了，宣布不准他上农业技术站。……县委书记来替黄勤志报复了。县委书记还说到肖家荣。他说他们有结帮营私，而且自鸣清高的黎顺国目的不纯，拉拢张旺英；而他知道——他说这是他顺便说到——张旺英，是已经应了黄功的婚约了。

这县委书记看来是不惧怕直接伸手干涉张旺英和黎顺国的。这便使黎顺国愤怒而忧伤，他脸色苍白，尽量压制自身没有说话。县委书记而且说，张旺英同意黄功的议婚是盖了图章的。

张旺英在外面没有听清里面说什么，在县委书记的周围，围着一圈人了，除了街上转来的张旺英母亲和李家衍以外，还来了副村长肖家荣。张旺英的母亲听清楚了吴焕群所说的，便很不安——她这时害怕吴焕群，便又有些倾向黄功了，她庆幸三百元钱没有交还出去，她仍然觉得黎顺国是要差些的，清高而且不通人情。

但是黎顺国却是听清楚了吴焕群的话，他这两天听到王寡妇儿子王宣说，有人说张旺英骂他，说他无能，洁身自守，又说张旺英是向黄功盖了图章而她母亲按了手印的。但他不相信，如同张旺英这两天因为和他接近而有着一种烦恼一样，他因为和张旺英的接近也有着类似爱情的烦恼。他有些甜美的心情。但听了县委书记的话之后，又听到张旺英的母亲说，张旺英是跟黄功有亲约的，便心中很是阴沉了。老妇女说，有一次，黄功来到张旺英房里谈了一些时间，跑到她房里来说张旺英有同意了，而向老妇女磕了头。老妇女并不怀疑这是黄功造的谣,第二天她问到张旺英,张旺英也忙着事情没有听清楚,而简单地不耐烦地回答说:"对了,对了。"便产生了这时对黎顺国打击的效果,——老妇女在厅堂里向吴焕群将一件也说出来了。老妇女也说道,女儿和黎顺国一直是朋友,她今日本想倾向黎顺国的,但现在她又不想采取这了。老妇女是当众说出来的,而且她说到了她盖了张旺英的图章。李家衍说张旺英的母亲说得对,而且说瞬间前路边上那样要打架反对黄功就不对了。但是老妇女虽然笨拙和困难,却很恨李家衍,而且听说吴焕群是坏人,所以便有了一阵痴呆。后来她伤心地坐了下来,两只手放在膝上,又觉得自己的言行是闯了祸。黎顺国便也从厅堂里走了出来。

张旺英没有很听清楚母亲在说什么,她在她的鸡的王国里也沉思了一定时间,便想不理会,转到猪圈又转到后院去看塑料盖着的药草去了。肖家荣副乡长想喊张旺英进来,驳斥一下她母亲的话,但是这时候和他一起进来的刘大婶和钱根老头回答吴焕群的话了,他们一起叫起来说,县委书记是不对的。钱根老头进来的目的便是帮助张旺英,而刘大婶是追着县委书记,想要他批发他扣留的农业和副业贷款的。因为她的忙碌而莽撞的儿子在县里走路撞了他一撞,他县委书记便扣发钱了。同追来的还有申请贷款的军属曹德旺的女人,抱着婴儿,还有曹德旺弟弟曹德勤,德勤不肯赠送县委书记西瓜,县委书记便派李家衍将曹德勤的民兵除名,而且县里拒绝收曹德勤补交的糯米的公粮,说他少三十斤。因为县委书记太骄横,因为张旺英母亲太笨拙而县委书记欺侮张旺英过凶,迅速地便构成了对县委书记的攻击。这里面还有较不富裕户新妇何秀秀,她也因为和黄功冲突而缺领到贷款,而她,何秀秀的结婚,是富裕户张旺英赞助钱两百元的。

"我们家问贷款的,还不赞成,书记攻伤张旺英。"何秀秀说。

"我们家问吴书记也是贷款,再说我们赞成旺英姐。"曹德旺的女人说。

"我们问贷款的事也不急,你吴书记自谓是高官厚禄的,怎么这样欺凌我们人民。"刘大婶、黄兰英说。"你还说公营联营的不收购我们的物件了。"

"我们是赞成张旺英姐的。"钱根老头说。

"你们这胡说些什么?"

"他们是群众,吴书记要听群众意见的!"肖家荣副乡长说。

"我们是群众。"曹德旺女人抱着和拍着婴儿转了一个圆圈,喜悦地说。

"我们等贷款的钱插秧的。"何秀秀说,因为觉得正义方面也有省长和女副省长和县长的势力,所以便将菜篮子里的两个油瓶摇晃发响。

"你们闹什么?"吴焕群拍着桌子,说。

"他们闹的是反对你。"黎顺国说。

"我们是群众,我们赞成旺英姐。"曹德旺女人抱着和拍着婴儿又转了一个圈,说。

何秀秀便又弄响油瓶,而刘大婶拍着手掌大声说,她是要贷款的。她说,她这拍的声音使县委书记和陈建副省长想必一定会动手打面颊的声音,如同那黄勤志所说,她这就"作算"是挨了打了,也还是要贷款的。

但是事情也有另一面。张旺英从后院出来,听着厅堂里面的热闹,正在想着自身也不够聪明,本也可以倒杯茶给吴焕群敷衍一定情形,看见又进来了吴焕群找来向他做汇报的李新老村长和一群人。这时有一件旧衣服飞了起来,打在她张旺英的身上。这是邻居孙秃子女人干的,她走在吕巫婆的旁边。这是一件她张旺英的旧衣服,孙秃子家媳妇问她要的,张旺英便送给她了。但这是黄功们策划好的计谋。

"不仁不义,富户不义,"孙秃子女人说道,"给我们这些烂衣服脏衣服沽名誉,四化先锋。"

"沽名钓誉。"吕巫婆说。

"老姑娘的,不干净。"孙秃子女人又说。

"你们怎么这样呢?"李新村长吼叫,说。

"你们怎么这么样呢?"吴焕群书记看见了李新,便从桌旁站起来,拍着桌子说,"你当村长的,怎么让这些来我这里耍流氓呢?"他指着刘大婶等人说。

"那我怎么办呢?"李新说,"我不干了,年纪大了,没有一件事办得对,是书记说的。你派黄功就派黄功吧。"李新说,看见何秀秀的篮子里晃动的油瓶,和看见曹德旺的女人,抱着婴儿转圈圈,这次是婴儿在哭,而她的抚摩小孩的声音却很大,这也是故意这样对付党委书记的;看见发怒的钱根老头和肖家荣在拾纸头片,吴焕群将刘大婶的呈请快发她的农业贷款的呈请纸撕了;他站起来发怒,做了这光辉的动作。李新便咬嚼地动着他的下颚。

在李新村长这么看的时候,吕巫婆走进去便翘起脚跟来走了两步,说:"吴书记,你不说我们这行要逮起来呀!"

"要取缔你。"吴书记说,笑了一笑。

巫婆看见曹德旺女人在抱着小孩转了一个圈,便也踮着脚转了一个圈。说:"李村长的话说得好呀!"刘大婶便看着沉默着的李新老男人村长。

巫婆于是说,她本是不干了,但是李新村长却说鬼是有的,说她可以干,也有利"四化"。李新对这种话没有反应,他从曹德旺女人的抱小孩,从何秀秀的篮子里的油瓶,想到过去年代的穷寒与苦难,——私塾先生出身的村长,由于年纪老了,觉得自己不行了,而发生了一种对过去的幽暗的感情,当巫婆"套"他的话到第三次的时候,便被"套"成了一句"鬼是有的"。这使他很忧郁。同时他也发生一些增加的对何秀秀等青年人的感情,觉得他们是可爱的。由于对江南乡土的深的感情,由于憎恨吴焕群,他的下颚战栗着。吴焕群想撤掉他而跳格委派黄功为村长,是喊他来汇报的。

"我没有什么汇报。"李新说。

"好,你顽抗。"吴焕群说。

"我们代他汇报,他老李新是办事周到,也是老党员,我们没有觉得不妥的。"刘大婶说,一面想把她的被撕碎的呈请纸拼起来,这中年妇女一瞬间也沉浸在一种侠义的、激斗的感情里面。

"我们说他老乡长自然是可以退了,不过也值得群众挽留。"钱根说,有些颤抖,往院子里看了一看,便走出去对着看着那件向她砸过来的她抓在手里的衣服有些沉痛地发痴的张旺英说:"我说的可是对。我说旺英大姐你不生气,这些吃了打脊梁上冒的想攻评你,我们赞成你。"

"那你说什么啦。"孙秃子女人说。

"我说我是张旺英大姐的受惠户,就说的这。"钱根老头说,"看,门前街边上那两棵杏树的杏花开了,人也要涨一年道义正理了,可是你们呢。"

这时候黄功来了。张旺英便看见吴焕群很有精神地站起来踱着步,皮鞋在地上磕得很响。他预备去赴黄功的家里摆的从菜馆里买来的酒宴去了。于是他问黄功门前栽的杏花开了没有。黄功在门前栽了和张旺英家门前相同大小的两棵杏树,用来和张旺英家对偶和制造舆论。吴焕群对李新村长点点头,说,"你还可以勉强再干两天。"而且僵硬地笑了一笑,但不久他又泛起了得意的笑容,他想到,张旺英的养鸡养猪种花种药草的王国,不久可能落到他手里了。他于是走出来走向张旺英。

"你是很有优点的,要好好地感谢党的政策,你有发家致富,你记着,我一直是亲自领导和指导你们,你的发家致富,但是我反对脱离群众。"他说,大步跨了两步,盼顾着几只从他脚边跑过去的鸡,又带着主人的神气环顾张旺英的辛苦的王国。他便不理所有的人,和黄功预备往门外去,但是又走了转来。他还有目的没有达成。

"你张旺英同志不满意黄功秘书他帮你的许多忙吗?他在农贸市场,在田地里都帮你的忙。"

张旺英便感到一个她的老姑娘的孤立了,原来她并不时时感到这些的,但这两天她和黎顺国有较好的感情和有着内心的惆怅,好像爱情在发动,她便觉得痛苦了,而有些埋怨黎顺国;她想到她这些年来的辛劳。她很怨恨她的母亲使她受到黄功的包围。孙秃子女人将旧衣服摔在她身上,捏着这衣服,她也觉得辛酸。她现在该怎样办呢。

"你的鸡养得不差,是你自己配的食料,还是黎顺国技术员?你要知道黄功他会配得好,黄勤志他也是不错的。"

"我自己配的。"

"哦!"

"我自己看书配的。"

"你要知道……我来看看你的猪……和药草,种的花……"吴焕群说,因为即将吃酒席,发生了兴趣,同时他还觉得他还没有在张旺英这里达成目的。走到猪圈那边去了,随后,便兴致勃勃地走到后面看花和药草去了,而擦了香水的黄功陪着他。黄功对他讲解着张旺英的花的种类和药草的种类和性能。黄功很高声、自信地讲话,犹如同这些是他栽种的。黄功又讲解围墙,仿佛是他盖起来的似的。黄功和吴焕群回转来便又议论着张旺英养的一匹最大的猪,说可以卖了;但是,在他们转回来的时候,便有肖家荣副村长和钱根老头跟着一起走了,肖家荣和带着激动的钱根老头也谈着花,和药草,猪,和仓库的建设。

"她张旺英的工作、劳动、农业知识,都是很好的。"肖家荣对吴焕群说。

"那是很好的。邻里佩服的,她还自己能医猪病。"钱根老头激动,有些笨拙地说,看见吴焕群不理他,他便又向黄功说,"她都是亲手自己做的,也是黎顺国技术员帮助她,他们很好。"

"他们是很好的。"肖家荣说。

"你是他黎顺国的妹婿吧?"

"是的。"肖家荣说,怀着战斗的气概,"我们是善良正直的人,如同县长所说,这村庄要兴旺发达下去,往四个现代化的征途,也要精神文明建设,道理道义上兴旺发达。"

"我们要注重政治上的。"吴焕群说,有些恶地看了他一眼,使他似乎有些胆寒。

跟着肖家荣等走到斜侧去的尚有吕巫婆。怀着仇恨,吕巫婆拔起了张旺英种的一种野菊花。

"这花死了。"巫婆说。

张旺英很痛心,但她听见钱根老头说,"这花活的,这是药草,你是……不对!"钱根愤怒着,随即把野菊花又插到土里去了。

"你的头脑里认识怎样呢,"吴焕群走回到张旺英面前来,对张旺英说。张旺英沉默着。"你张旺英和黎顺国两人都是脱离群众,又严重地好高务远。你们自吹你们是种这样那样的能手,你的房里也有奖状,可是,譬如,你懂得你养的这跑得快的,腿短的白鸡是什么品种吗。"书记说,用他的有些胖的身体往鸡双手扑去,跌倒了,很多鸡飞跳着,他便又爬起来,不屈不挠地继续捉鸡,巫婆也帮忙捉,终于黄功捉到了。

"什么品种吗?"书记重复问。

"日本。"张旺英回答说,不满意着黎顺国闷坐在那里抽烟,同时继续觉得自己有些孤零。

"你说的不对。"吴焕群说,又捉另外一只,共捉了三只,张旺英又回答了一句印度和一句菲律宾。但主要地使吴焕群失望的是,张旺英一点也没有想说把"这只"鸡送给他去当研究的样品,或送给他去吃的话。送给他去吃不遮羞些,但他是并不怕的。张旺英抱着手臂站着。

"你养的猪,太肥了,"吴焕群说,因为捉鸡,又跌倒了,在地上翻滚了一翻滚,脸上又出现了快要飞起来的笑容,"自然,你还是养猪能手。再呢,"因为猪的单位太大,县委书记便来说到鸡蛋了。他总要达成他的目的,"用什么样的饲料才使鸡蛋结实而富于营养呢,这你是也要研究的,你就不如我知道了。"县委书记于是又拿起鸡蛋来看,然而张旺英丝毫也没有赠送鸡蛋的意思。可是张旺英的母亲却过来了,双手拿了鸡蛋,每只手三个,递给了黄功。

"不用不用。"县委书记说,"这是不可以的。你老大娘辛苦啦。"

"黄功他有参加也帮忙我们的。"老妇女说,高兴县委书记对她热情。

"有参加钱的是黎顺国。"张旺英说。

黄功便取出手帕,把鸡蛋包着了。"你参加资本的这鸡蛋好。"吴焕群故意地说,也取出了手帕,将巫婆很快地抓的几个鸡蛋也包着了。"真正的鲜蛋。"县委书记说,便又注视着一只花毛的鸡。

巫婆便去扑那只花毛的鸡。吴焕群便说,"这是不可以的,这拿不了。"但是黄功找到一个塑料袋,鸡便到了袋子里跳动着了。吴焕群的心也跳动着,觉得有些羞,但也愉快,因为达成了目的。他想首先是达成了精神上的抢劫的优越,这比实际得到物品,他称作样品的,更重要。

"县委书记拿到了鸡样品便很好。"黄功说,而张旺英母亲也说好。

"你要很好地培植那些药草。"吴焕群看看黄功,和张旺英母亲,笑着,拿着塑料袋里的鸡看看,又对张旺英说,"县委会是会嘉奖你的。你要注意。"县委书记就想了一下他要说的话,脸上又浮上了一定的笑容。"注意不需要脱离群众个人主义。好,还希望将来吃你的'喜酒'。"他说,又朝黄功看了一眼。

然后县委书记和黄功才走了。张旺英激动中想要夺回鸡,但她也忍住了,觉得自己还是力量不够;她想,他们要去动药草的手或动花卉的手了,有这种感想的李新村长也往那边去预防,但他们却也没有。只拿走了鸡蛋和花鸡。大家都散了,受了侮辱的张旺英有些痛苦,替县委书记拿了"鲜蛋"的张旺英母亲又回到厅堂里去呆坐着了。她也很痛苦,继续想到早晨在街上的反对黄功——她往黎顺国方面倾向了一定情形做错了。但吴焕群拿走了鸡,她也有些安慰。

黎顺国呆坐着不动。他在隐去他心中的这几日的惆怅的爱情的萌芽。张旺英母亲说的情况令他心痛。有关于这些项目，张旺英母亲还说了"戒指"一对。而县委书记的丑恶的话张旺英也并没有反驳——她似乎丝毫表示也没有。

　　怀着恋情的男子容易在这里被伤害。黎顺国便走到张旺英面前。

　　"旺英姐，我回去了。"

　　"好吧。我的事情我自己会办的。"老姑娘说。

　　张旺英也埋怨黎顺国不挺身而出。有一些零碎的谣言在一定时候也会发生效果，张旺英这两天也听见了邻人刘大婶告诉她的人们说黎顺国怨懑她，说她拖累他，说她张旺英俗气"不够格"，还说连街上的儿童也这么说，泥瓦匠也这么说。虽然刘大婶黄兰英说，这是不足信的。

四

　　黎顺国某一日下午到农业机器站去，被躲藏在树后面的黄功指示的什么人砸了一块石头，脸部面颊连右边的牙齿都很痛。李家衍的势力强硬地派进农业机器站当总务的黄勤志和农业机器站站长兼牛头镇小学高小教员的邓志宏正在土坡上，农业机器站的门口冲突着。黄勤志说他学习检修拖拉机是应该得奖金的，并没有把机器弄坏。站长小学教员戴着眼镜，黄勤志便以为可以欺侮他。邓志宏是常来文化站讲课的，是一个热烈的人，站在黎顺国一边不让黄勤志当成副技术员，所以黄勤志很恨他。黄勤志说他不应过问文化站的事情，而在农业机器站，他也不该查账目，因为自有总务人员，而账目是归黎顺国副站长查的。黎顺国疏忽些，在这点上便受欢迎些，而教员邓志宏仔细些，便惹了黄勤志的仇恨。近视眼的、学过机器工程又学过农业的，性情热烈的邓志宏正在一辆拖拉机旁边脱下了眼镜用眼睛靠着纸在看记事簿上一行一行的字，又弯下腰来看看机器的内腔，又戴上眼镜看着记事簿。他是读过几天大学的，家境不好不能继续了。

所以到乡间来,是因为城里就业困难,而他又抱负着这些年代有着的奋斗于远方和乡村的志趣,而且他的未婚妻谋到了县里当秘书的位置。邓志宏很谦虚,然而又固执、激烈。现在他想把黄勤志镇压下去。在文化站那里,黄勤志想当副技术员,他作舆论上的反对,而且揭发了黄勤志偷盗他试验栽的麦苗和黄瓜苗。捧鸟笼的、长头发的黄勤志想用这偷盗骗过李新村长,去当副技术员,被他扭到乡政府去了;加以这回黄勤志进入农业机器站进行贪污被邓志宏发觉,所以黄勤志对他邓志宏很仇恨。

"你没有修机器,这机器是没有损坏的。"邓志宏说。

"没有修?"黄勤志说,拿起旁边的斧头便往拖拉机的机件上敲击,企图敲坏来泄愤和做证实。因为,他认为,他偷到了试验花苗麦苗,他就是技术员了;他砸坏了水壶,便是水壶买来就是坏的了;而他当场故意砸坏机器,机器便是原来损坏的了,而假如修好也会是他修的了。他有这种哲理,而且在这哲理上坐得很稳,他真的仿佛这拖拉机是原本就坏的。他叉着腰站着,说:"你看!"带着恶徒的示威,然而也带着似乎是很充分的实证。"这不是坏吗?"他说,"这而且是真的坏,原本就坏,不过我骗你不了也已然是实证成功了,县委书记有一种哲理,是这样的,还是自美国引进的。叫做什么萨特的存在主义。"

勤恳的、有些特别认真爱好机器的激烈的小学教员愤怒了,他跳了起来就用他的拳头往黄勤志打去,他的和黄勤志的冲突在文化站那里曾经有过一次;和伪造科学实验的证据、破坏豆苗、有梦想技术员的美妙的身份字样的黄勤志扭着相打,因为仇恨,而他的年青人的手臂拳头也有力——他也记恨黄勤志不断嘲笑他戴眼镜。他捶着黄勤志黄勤志便咆哮着把他扭住了。而这时黎顺国走上去就把黄勤志推开了。

撕打刚停止,在黎顺国后面便响起了温柔的、轻的声音,邓志宏的未婚妻从城里来看他邓志宏了。

"谢谢你黎技术员。你邓志宏老邓怎么又打架啊!"

"我很困难,"邓志宏说,"我不能,不愿机器和禾苗被破坏!"

"那么,我们怕你吗?"邓志宏的未婚妻陶世芳于是说,走到黄勤志面前把腰叉起来,和刚才的轻柔的说话的声音给黎顺国的印象相反,显出豪放的气势。

"那你们……"

"那我们便是这样的。"陶世芳说,黄勤志便感觉到,邓志宏和他的未婚妻是很团结和相爱的。

黎顺国便和邓志宏一起蹲下来修理被黄勤志打坏的机器。机器有一个次等的杆轴和弹簧的损坏,教员邓志宏用钳子扳开,黎顺国便找来了一个杆轴和零件。而专心的、温和的陶世芳在旁边看着,后来便用一块布帮忙擦机器。

"我们使你忙乱了。"修好之后,陶世芳轻声地,诚恳地对黎顺国说,"他老邓这人爱和人冲突。"

于是,小学教员兼站长便向黎顺国请假,和他的未婚妻散步往田野里去了。黎顺国,因为小学教员胜利,因为这大学生在修机器上面和黄功等人斗争既未败,在受欺侮时还击也未败而愉快。有过这样一回的斗争。农业机器站夜晚灯火通明,黄功李家衍想夺取小学教员邓志宏的农机站的位置,请邓志宏几小时内修好一辆砸坏了的和一辆次等的损伤的拖拉机,而邓志宏修好了。

黎顺国佩服小学教员,因修好机器而愉快,但黎顺国也并不顺利。很坏的情况在他周围埋伏着。他自己向邓志宏教员承诺扭黄勤志到乡政府去,然而一个扭不动而机器站的两个工人都很忙。终于黄勤志跟他一块走了。然而他心里很忧愁,因为这也不过是敷衍,老男人村长无力,而黄功等人势力强,民兵里都相当他们的人。果然黄勤志不太多的时间便从乡政府出来很骄傲地往他自己家里去了。黎顺国叹息着,遇到了肖家荣。肖家荣的脸色郁闷,很不好看,沉默着。黎顺国便问肖家荣对他有什么意见。

肖家荣说,他没有什么意见。

"你的论文发表了。"

"在哪里?"黎顺国问。

"在文化站。是县城周报发表的,种豆子的。"

"你看了吗?"

"看了一点。这自然很好,你是很用功的,不过有一桩事:黄功是难对付的,县委书记这些人也不好惹,他们说你在论文里有自大的口气,没有说'请各方指正'。当然,有县长支持你,不过我也说你过于清高了,对我这个副村长亲戚也看不上。"肖家荣说,"……你在一些人那里说我是懦弱的个性,是吧。"

"怎么我说你了,你听了谣言呀。"

"我听说你叫砸了石头。"肖家荣说,"你看你脸上伤的,不回去涂点药?"

黎顺国说不需要。

"你是有没有说我挂羊头卖狗肉呢,这是黄功等人说的,你不至于也说吧。"

黎顺国沉默着,估计着肖家荣的愤懑的深度,他感到遭受冤屈的痛苦。

"你顺国,是有人对你有意见,说你骄傲了,见到亲戚熟人都有点生分。我看你在县城里的这论文,也还好。不过也还是有点傲。"肖家荣说,"你说我挂羊头卖狗肉,说我懦弱的个性,可能也是谣传,我想你还不至于吧。你又说我想夺李新的权,这也大概是谣传吧。在你身上谣言很多。你为什么前些时对张旺英很好,常去,这些时候又疏淡了呢。"

"疏淡当然不好。"黎顺国说。

"那你就得常去。"肖家荣说。

黎顺国的妹婿肖家荣,是村庄里的精悍的人物,是小学的时候和初中都很优等的成绩毕业的。他渴望将村庄里的事情办好,他有着自年少时候以来的抱负,在这江南乡土,他而且是有才干、聪明的青年副村长。但是日前他在县委书记面前勇于说话,便有黄功的人们造谣说黄功对他报复胜利了,当黄功欺侮人,打一个欠债的老男人的面颊的时候,据说见义勇为的他这次不敢说话。黄功的人们一般说他好说话好说正义的道理是挂羊头卖狗肉,他不大介意,但这次造谣说到这欠债老男人的事他便痛苦了,他听说黎顺国也说他,他在怀疑中觉得痛苦。人们又说他想篡夺李新乡长的权,他对这有些坦然,但听说黎顺国也说他,他便也难以忍耐。

"我们不说这个吧。我想你不至于说我的。"肖家荣说,脸色有些苍白,仔细地看了看黎顺国,"我们应该合作。我开头说你的论文我有意见,你的论文又有自大的句子,你要知道海是深的。我们沿着这美丽的、流水湖泊池塘交岔的我们的江南乡土走着闲谈吧,我不是挂羊头卖狗肉的,你也不至于是。"肖家荣有些激烈地说,"我们在这美丽养育人的平原水乡,年事渐长,也前见古人,后见来者,我的心灵是常有着感叹的——我这个人,做的事情,你舅郎顺国看是如何呢,我的工作?"

黎顺国沉默着,他曾经和小学教员、农业机器站的站长邓志宏和村里的刘青干事几个人在文化站谈闲话,说肖家荣的有些说话没有能办到,是他繁忙,并不是他怕事。虽然各人的性格都有着弱点,黄功等人说肖家荣"挂羊头卖狗肉",他以为是侮辱,但是他曾经在骄傲的情绪里说,肖家荣也是有缺点的,有时也有些气势不大。有些事情便说到做不到了,也似乎是"挂羊头卖狗肉"。他又说,肖家荣有时又有些任性。

黎顺国陷在忧郁的歉疚里面了。

他对肖家荣承认说,他是有比喻性地说过一句的,说的是缺点,他说的是乡镇上的事很难办。

"那么果然是你比喻性地说的了,我也猜想有些人喜欢胡聊,说办事难,你在家里跟你妹妹顺芳也说过的,那么你是怎样对一些人他们说的呢?又说任性呢?"肖家荣继续有些激动地说,他因为宝贵他的剩余,而陷入了痛苦和不满了。

黎顺国便有些窘迫地解说着,他说的是,肖家荣假设任性会伤了李新,而他说他是对人们强调说肖家荣并不任性的。他再三说,他是仅仅说办事难,像跟黎顺芳说过的一样。这里便是黎顺国的缺点了,他有时有些轻蔑普通人,轻蔑肖家荣。

"不过,"他解释说,"普通任何人是难于事事都办好的,我说你办得还好。"

"你这样说便也罢了。你是有看不起你妹妹和我的。不过,你也不是这样似的,我看你的论文,你还是用功的,不是挂羊头卖狗肉的吧。"肖家荣说,内心有对黎顺国的愤懑,但又有点同情着他了,"你要稳定才好,我是说,你即使说了我,我也能原谅你,我也不再问你了,在我少年时,我想成知识人材,我却并不成,而在副村长的位置上庸庸碌碌了,也叫做如鲁迅氏所说,辛苦麻木而生活,我颇有点盼望你自学成才。我还希望你和张旺英好起来。"他说,因声音有点战栗而停止了。

黎顺国觉得他对他有意见,便也不满地沉默着。

想了一想,肖家荣有一些愤慨。

"你是有轻视人的缺点,有些人说,你要到省城里升官去了。有些人说,你也并不是什么清高,而是有野心。我观察你还是清高,也有学术的野心,这自然好。……我说,我们沿着小路散步往前吧,在这江南美丽的平原……"肖家荣激动地说。

肖家荣于是又批评说,农业机器站黎顺国管的事务有些混乱,附近的村镇没有机器站,很多的拖拉机也往这较大村镇的机器站来,繁忙的时候就有很多的浪费,勤勉的小学教员邓志宏也有过分劳累,自然黎顺国也有很劳累……但是对事务不大管的黎顺国也就让黄勤志一些人发生贪污了。有时候收到修机器一方的收钱条掉了,有时候,整桶的机器油不见了。

"所以你黎顺国便成了挂羊头卖狗肉的了。"肖家荣继续有些激烈地说。"我观察你是忠厚的。我也说我也正是有时是这样。我怎么想呢,我和顺芳是愿你成才。但你为什么在论文里写着'一般人不会懂得的,有些人不会懂得的'那些句子呢?我们的秀丽肥沃的江南乡野,暮春三月,江南草长,群莺乱飞,少男少女我们同长。你应知道……你应该知道和想到,我们人民是锦绣的,是多么渴望文化,他们也就希冀你这个技术员。"肖家荣说,而且声音渐高起来。

黎顺国感到忧伤,他觉得妹夫是应该愤懑的,但他也控制不住地对肖家荣不满。他觉得自己不一定对,但仔细想来,他仍然对于卑俗的生活有些轻视。他也对张旺英有些轻视,而且,从另一方面说,张旺英又是人民代表劳动模范,和他地位上悬殊,也造成他的疏远。

"我们往前散步到那棵已经结花苞的大李树吧,春暖鸭子于池塘里泅泳,又一年了。我听刘干事说,假若你当副村长村长呢。"肖家荣说。

"我说我不想出那风头。"黎顺国冷淡地说,"我跟朱五福女人聊天说,我假若当乡长我是干不好的,因为我不会,"黎顺国带着明显的自负说。他想到朱五福女人欢喜和他聊闲话,说他是书生和心地善良。

"我们走到大李树,好,再往糕饼桥上走去吧……"肖家荣说,继续带着激烈,面色激动,口腔发干,他看见白小英的坐在盆里,在漂浮着浮草的小河里静静地划着桨,摘着去年未摘完的菱角,他便振作起来用嘶哑的嗓子喊:"白小英姐姐!"

"喂,"白小英回答,用着快乐的,有些讽刺的高声,但随即注意地往这边看看,注意着肖家荣的声调里面的愤激。黎顺国很纳罕地想到,在他的眼里,白小英一直是很愉快的。他觉得肖家荣的教诲他是不愿接受的,他觉得肖家荣超过了程度了。

"你能捞到很多吗,不捞小鱼吗?"黎顺国喊。

"捞到。小虾小螃蟹也有,难得你学术技术教员喊我们,你要研究小虾会蹦跳吗?"

"好!"肖家荣克制着他的激动,大声回答白小英说,然后对黎顺国说,"我们继续谈下去吧,我说,在我们的祖国振兴中华的今天,我们谈到糕饼桥和这棵大松树,也是重要的,这棵树真大,夏天能十桌人歇下来避太阳你看。"肖家荣指着巨大的松树上面的天空说,"我观察那是黄鹂鸟那是白灵在飞翔……"他努力地想克制自己的激动,带着一种闪动着的善良和温和,说。

"春天报信,到来了。"肖家荣说,激动地笑了一笑,看了看黎顺国,"我也常想,你黎顺国是我们乡下的小地方的大人物了,这窄小的乡土可能容不下你这大人物的,你说你是想到省城去的,是不是这样呢。另一方面,你乱花钱,是浪漫派,你号称冷静,但这些地方似是不这般了。张旺英赠送人是有考虑地帮助人,而你在农业站文化站为什么要出钱来请一些人喝酒呢?"

"那也是办法,事情便好办些。"黎顺国不满地回答说。

"三十里铺大集镇和老凤镇有农业机器站,你为什么拉好些远道的来这里修理而收费补贴少以至于空呢?"

"那是也有需要,我也要联合人。我是冷静地考虑过的。"

"也是吧。但是你浪费了村里的钱,有些人也并不谢你,少爷。还有你买的茶籽、棉种、花种叫李家衍拦住报账不了你又自己贴钱呢,你便说别人不敢上前。"肖家荣说,又显出了他的激烈,"我当然并不怀疑你是骂我那种。"

"那是免麻烦,我并不是做了不理智的事情。"黎顺国说。"你怪我也没有办法。"

"我想也许是这样的。小学里请你兼课你为什么收入的钱全买了那一点用也没有的稻子种和鱼苗呢,我们村里这两样有的是。你许多事是不对的。"肖家荣说,"我便为难。"

黎顺国不回答。他们走上糕饼桥了。风吹起来了,下面清澈的河流里水波荡漾起来,而白小英的大盆被风吹到河中心去了,在浮萍边上摇动着而转动着。

肖家荣静默了一瞬间。激动中他接着说,他有些尊敬这糕饼桥。他说,他在小学毕业的时候也曾唱国歌怀有理想,后来走过这糕饼桥到大集市上去读初中。家庭和乡土培养了他这个副村长。他在奋斗农田基本建设和修水利的时候,在经济改革的时候,和现在,都是热爱工业化的。现在村镇繁荣,各样都有生气,然而邪恶人活跃,是"文革"遗毒。他是党员,而现在又有黎顺国又使他困难了。村长李新有几次开始举办事情又撤销,也牵连到他的责任,但是那是李家衍等的破坏,他并不和李新冲突。譬如有几处的养鱼塘的开辟和山坡上平燎里的果木林栽种，都还要举办，而村里缺人，黎顺国却有时参加劳动不多。而且表示自己的清高。实在说，乡长李新年纪大了，大家希望增加能干干部，便有些希望黎顺国，但是他黎顺国却是"浪漫派"，有时不理人、冷僻，大家不理解。

肖家荣说，不知道这所说的对不对。

"对，也有些对。"黎顺国不满地说。

"我看，是对的。"后面驾车上挤来的刘青干事说。

"也不完全对。"黎顺国反对说，想到自己投往省城去的一万多字的论文。

"你也是党员，但是联系断了，一直没有办法联系上，但是听说你思想有消极。张旺英也是党员，而且是县党委，她就比你好。张旺英也说你孤芳自赏。"肖家荣说。

刘青干事从荷包里取出一封信来，和一卷挂号寄的杂志，递给黎顺国。这是省城里寄来的，黎顺国的一篇论文发表后，有临县的一个人员和他商榷，稿子寄来给他看他又做了回答的文章，同意一些又不同意一些，现在省里刊物发表了。信则是编辑寄来请他再写稿的。

"比方这篇你的回答吧，我看过你原稿，你就有些负气和不大尊重对方。"肖家荣在黎顺国看着杂志的时候说，又带着他的激动、不满黎顺国清高，怀疑他看不起他，愤慨他在许多地方给他这副村长造成了困难。

然而黎顺国的心灵满溢了，肖家荣的话他没有听进去。

干事刘青是渴求知识的青年，他在黎顺国又看信的时候拿过杂志来看了。

"你看怎么样？"黎顺国说。

"我觉得很好，不过我觉得你有一个论点不太对。不知说得对不对。"刘青在说了这个论点和他的看法之后又说："不知说得对不对？"

黎顺国有些痛苦了。他看着刘青，希望他收回他的批评。

他简单地表示他觉得自己是对的,然而刘青不收回,脸有些红。

人们有糕饼桥上的立志。乡下的伟人黎顺国便又从刘青带给他的痛苦中振作了;他坚定地觉得他的这论文是不错的。他还想,这一站在糕饼桥上的日期,将是他难忘的。然而肖家荣的责难到底对不对呢,他对肖家荣继续不满。

"这河里现在有鱼吗?"刘青伏在栏杆上,对河流里木盆上的白小英叫着,他是欢喜钓鱼捕鱼的青年,不满意着黎顺国不管村里的许多事。他想他批评黎顺国也许有些态度过激了,心中有烦恼,他便对白小英喊叫着。

"有。你看,跳到我盆里来的。"白小英说,从盆里拿出一条中等的,发亮发白的跳动着的鲫鱼。

下午的太阳灿烂地照耀着。

"喂,白小英,糕饼桥是怎样一个解释呀。"刘青说,他也想着在这里立他的奋斗志愿;在这乡镇长久地奋斗下去。

白小英在她的采菱角盆里站起来了,盆有些摇晃,但不久便安稳了。

"糕饼桥是生下来当妈的到这里来喂小孩糕,蒸子蒸的糕的,小孩吃了不吐,便是好,喂盐的糖的,穷人喂不起,便吃白的。我是生人在中华人民共和国的,我是那时吃的盐和糖,不过也有醋酸苦的。糕饼桥是夫妇来到矢志,是友朋来到相亲,离乡来到辞别,游子返来致意,还有成功成名中状元在这里放炮的。是明朝两家状元举人家的梁山伯祝英台在这里吃糕饼打架团圆的,我是说他们是团圆的,并没有死难,黄功他们说没有是不对。糕饼桥也有巫婆闹鬼,就不说了……"

白小英站在盆中,风吹起来了,盆又轻轻摇晃着。

肖家荣于白小英停顿下来时对黎顺国大声说:

"唉,这事情,顺国啊,你是乡土里有才干的人,你不能老说你个人奋斗成功或技术员,你也是有人带领,有许多人帮助你的。在我们这里,江南鱼米之乡,你要拿出一亩一千多的产量的稻子才行,依靠你这样的技术员也是有增长了,你说,你究竟为什么三心二意呢,你说你要到省城去了,你说你要到省城住学院去,不当函授学生。我们乡里是培养人才,譬如你要去经过县里派你去学几个月年把也是可以的。而你刚收到杂志发表了文章诚然可惜,却是口气不接受意见的。"

"你想去吗?"干事刘青说,抛下了和白小英的谈话,"你是聪明人,顶聪明。"

"我并不想去。"黎顺国冷淡地说。

"你可能是内心动摇。"刘青说,注意地看了一眼黎顺国,这眼光里一定的尊敬和对黎顺国的自负的批评混合着。

"你说谎。"肖家荣说。

"唉,"黎顺国说,"你妹夫肖家荣,你是任劳任怨,贤惠的,然而你了解我么?"他的愤怒的、震颤的声音说。

"唉,"肖家荣说,"那么你为什么近来又和张旺英疏淡呢?你不是想到省城去?"

"那,也不是的。"

"你有功名观点,杂志上发表你的文章,人家也说你避忌张旺英的钱财。我还说,我们村里,你倡议张旺英也赞成的农机站增买两辆拖拉机,这么容易坏,你也管事不力。你有缺点,站在正确的立场,张旺英也有对的,你妹妹和我,我们也有对的,我们农民要渐宽裕起来。"

"哈。"黎顺国说。

"你笑,"肖家荣不满地说,面色继续有些苍白,"自然,我对你有一时气呕,你不至于说我和张旺英是挂羊头卖狗肉吧。我觉得你要脚踏实地,而不要言而不实,言东实西,挂羊头卖狗肉。"肖家荣说——想到这是糕饼桥,他就增加了激动的,有点眼力的一句:"这是在糕饼桥上说的。"

黎顺国笑了一笑。

"肖副乡长说的很对,黎顺国哥。"刘青沉思着什么,诚恳地说,又叉着腰着。在这桥上,秀丽的小河上,这年青人有一种激动的心情。

"你还有什么话呀。"看见刘青变了动作而坐到盆里去的白小英又站了起来——她看见刘青似乎身体倾向着这边了——呆看着桥上而喊叫着。

"没有。哦,我说,糕饼桥还有哪些意义。"刘青说。

"哦,没有了,哦,糕饼桥上还有天仙配,是说后来证仙的,总之而言,糕饼桥是证实忠心贤心不移的,你们说对吗?"白小英大声说。

"对。我们说对。"黎顺国有些羞怯地高声说。白小英在动摇于轻微的波浪上的盆里叉腰站了一下,便又坐到盆里去了。

"没有事我就走了,这些时快插秧忙起来了。"肖家荣说,继续带着他的激动:"你也是用功的,在文化站教书写文章,掏出一个顺芳给你的冷包子来便蹲着吃饭,但是,你的文章发表了固然好,而我觉得你的思想,世界观,是有些偏颇的。"

"那就是那样吧。"黎顺国看看肖家荣,冷冷地说。

肖家荣愤懑地,有些痛苦地走了,黎顺国和刘青便到文化站去。肖家荣去看张旺英。

张旺英今日穿上有色彩的衣服,今天是她的生日。由于黄功的几百元和其他,她和母亲冲突了;由于顾惜母亲的笨拙,她便也没有再说什么。她拿着算盘和笔在算她的账,坐在她的养鸡场,她的繁荣的王国里。她这个月收入不少,但有些是黎顺国帮忙的,她便有些迷惘,同时也有烦恼的、冷淡的心情;她想应该在什么时候酬劳他,买什么送给他的母亲。

张旺英落在一定沉思之中。

她像小时候一样地闭上了一下眼睛又张开,在张开的那一瞬间便想起最有意的事情来了。小时候的那种事情便是土改后,合作运动中吃的米饭,和过年吃一个鸡蛋。她的母亲那时很能劳动,而吃用很俭省。她现在很有点财产,她的父亲虽然没有留给她什么,但留给她以正义的家庭历史,他也极能劳动。顽强的父亲的愿望是女儿有富足,不至于有了旱灾水灾之类便逃跑流浪到大城市去,然而父亲死得早,解放后虽然情况渐好,也没有能留下什么。张旺英还时常想到顽强的父亲的颤动的,有肉筋的,黧黑的脸。父亲和长辈们曾说到江南是中华鱼米之乡黄金之地。张旺英便想到小时候她快活地穿着母亲新做的布鞋跑过村外的小路,跑过小河也有很多野花的草地,跑过桥拱高的糕饼桥和别的桥,跑过茅草的水车的亭子,跑过大的满是鱼虾的池塘,跑过流淌着的溪流。小张旺英快乐,爱国,聪明而且忠实。她同情父母和困苦的人家,便决心长大了奋斗——她也有了机会背着书包上学去。她想起母亲是因为旧时受苦,和父亲死亡的打击而变得胆小起来,但是劳动的能力却很大,今天是她的生日,年华渐长,三十五岁。仿佛很奇怪的,有志气的张旺英和前人不同,她"发家"了。她是怎样从穷困窘迫中渐站稳于土地上的呢,她是怎样仿佛长了翅膀一样在这土地上扑击的呢。她小时候上学用功,但她也有着笨拙,她拼命地劳动,父亲死后她和母亲便蓄积钱,购买猪,买猪是那些年代的记忆,母亲还很节省吃得很少。有这么一个张旺英在这土地上,肥沃的、结实的土地上,在共产党的政策下生长起来了,张旺英呆想着,便想到从小到现在的好些图景——张旺英在田地里用少年的脚步量着自己的土地和也量她的果木林——后来她还买下果木树;张旺英在池塘边和小河边张望着水里的鱼;张旺英蹲在田地便看着她的稻子的成长;张旺英数她的母亲和她养的小鸡,渐建立她的王国;张旺英深夜织布和向母亲学编篾篓和草帽;张旺英也向邻居钱根老头学种花和种葡萄、药草。张旺英在菜花地里穿行和奔跑,和破坏刘大婶的菜花地的流氓们打,张旺英也在坡边上将人们砍倒了的枯树的木头送给枯树的主人钱根老头去,张旺英在这宽阔的土地中间,张旺英也在地平线上,和她以及她的村人的,几度的坏的命运搏斗——在共产党领导和许多人的援助下获得胜利。虽然她心里郁闷,因为她听到谣言,说黎顺国骂她是"挂羊头卖狗肉",而一早晨她和母亲拌了几句嘴,但她仍旧是有着愉快和什么样的一些甜美的幻想的。于是午饭前,她到猪圈里她母亲面前去请母亲来到厅堂里,给她四百元,并且向她一鞠躬,又向着墙壁,向她的死去的父亲的相片一鞠躬。她说,女儿是不忘记她所受到的教育的,女儿的鞠躬使母亲也许多年来一样地发一定的愣,这鞠躬似乎是意味着女儿的独身的奋斗。但这对母亲有感动,母亲便也说了,自己也有许多的"糊涂"。

"你请里面坐吧,有事么?"对着来到的肖家荣,张旺英说。

"就这里吧,我没有事。"肖家荣说,脸色继续着和黎顺国冲突的苍白。

"你一定关心黄功他们拿我药草去卖的事,"张旺英说,"还好,李村长帮我拿回一些,我和他们订约清楚的。"

"你那约有缺点。你借给黄功三百元有缺点。"肖家荣说,"我也正是说这事。"

"那也真是。"内心里藏着忧郁和她的强硬的张旺英安静地说,肖家荣感到,这声音里,有着她的和黄功们战斗的贞淑的心。但是他心里激动着对黎顺国的愤懑。

"我听说黄功他们造谣,说黎顺国说我肖家荣和你张旺英也是挂羊头卖狗肉,这你听到没有?"他面色不愉快地说。

"听到了,我妈也听到了,是刘大婶闲谈的。"张旺英说,"黎顺国会这么说么?真也是令人忧愁,不会吧?"

"不会吧。"肖家荣说,"可是黎顺国,我觉得他也是过分清高了,他也是有对我的不满,你旺英姐看呢。"

"那还不至于吧。"张旺英说,忧郁地看着他,

"我想问你这事情,我是老黎亲戚,这方面我很忧虑,你跟黎顺国的事?我觉得你要教训他!""那……我是不行,不那样的。"张旺英说,"没有什么道理,我也独自惯了,我一个人,我也许将来领一个孩子。他老黎自然不会骂我挂羊头卖狗肉。"

"你没有听懂我说的,我很不满意我那郎舅黎顺国,他简直是些真是令人气愤的,"肖家荣说,"狗屁,自鸣得意!"肖家荣说,沉默了一定的时间,眼圈发红、潮湿,便拿出手帕来擦着。"当然我这样说也不对,我也说,他很有优点,"他说,又擦着一点眼泪,"我也希望你教训他,而你们心心相印,是牛头镇美满婚姻。"

张旺英便起来倒水给他。

"我伤心,我这个副村长遇到了黎顺国这个亲戚,而我也觉得对不起旺英姐。旺英姐,你能不能教训好他黎顺国呢,个人清高,不认缺错……但是我也说,他还是有优点的。"

张旺英痴呆地沉默着。

"要插秧了,有什么事情找我帮忙,我是一定办的,不要怕我事忙。"肖家荣说。

这时黄功走了进来,提着一包糕饼点心,还穿了整齐的衣服和新皮鞋。他说他知道今日是张旺英的生日,他是来拜生日的。他很有礼貌地和肖家荣、张旺英说话,但张旺英不大理他。他又对张旺英说,他可以再拿一些花去,明日带进城,城里的财政局人事局都有人要,他要张旺英选一些。张旺英犹豫着,肖家荣便说,他可以帮张旺英送去。他又趁便说,他不知道张旺英的生日,真是抱歉。张旺英说,她不过什么生日,至于卖花的事情,铁匠朱五福那里可以帮忙。黄功便说:"过河拆桥,狡兔死走狗烹了。你是县里培养的富裕户呢,不要我们乡政府帮忙么?"黄功的意思是,他最近也快要升副村长,虽然挤不掉肖家荣。他便说他到厅堂去给编竹篮子的张旺英母亲说几句话——他便提着糕饼点心往厅堂去了。

"老肖,你助我拦住他,不让他送礼。"张旺英说。

肖家荣正也预备抢进去对张旺英的母亲说话,他便上前去了。

"来给旺英姐拜生的,您老人家……"黄功说。

"你伯妈好,我也是来跟张姐旺英姐拜生日的,顺便问您老人家好,身体健旺,牙齿也啃咬得动花生,精神旺盛也编得好这顶呱呱的篮子。"因为和黄功竞争,因为尊敬张旺英和意图保护她,肖家荣便活跃起来,显出了他的聪明和会说话。他说完便举动,同时便伸手抢过黄功的礼品,他说,黄功欠李新村长的一定的钱,他就拿这份糕饼了,他并不怕黄功要升副村长。后来他又说他给钱,拿出了钱,抢过了黄功的糕饼。黄功历来欺人,情绪高涨的肖家荣觉得愉快：今日有点报复成功黄功了。他稳重地数着钱，按糕饼的价钱数了放在黄功的手里。

黄功接过了钱，有些痴呆着。

"那你怎么可以呢？"他大叫着。

"肖荣哥，老肖，"张旺英说，"我谢谢你了，领了你的情和你的物品了，晚上我请你在我家喝酒。"

"那怎么行呢？"黄功又叫着。

"谢谢。"张旺英母亲说，她有些耳聋没有听清楚，她以为黄功拿着原是替肖家荣买的，又听女儿喊叫，便收下了。

"你怎么可以这样呢。"黄功又说。

但肖家荣不理，又向老妇女说殷勤话和有些庄严地献上了糕饼，并随即坐下来，欣赏竹篮子，拿过张旺英母亲的竹篮子替她编起来了。

"那不行的。"黄功摔回钱来。

精明的、也好斗的，有着他的感情和才情的肖家荣便又跳了起来，拿着地上的钱搂着黄功的肩膀将钱塞在黄功的衣袋里了。

"好朋友，"肖家荣说，"多的零头钱不要你找补了，好朋友。"

"是好朋友啊，"弄懂了一些的张旺英的母亲说，也爱着肖家荣，因他的性情而愉快，但她又怕"得罪"人，便积极地说她也请黄功在这里吃饭。黄功说，也行，耸了耸肩膀。

"我这也算送礼了，改天再补给你老人家。"黄功说，便走向院子里，他说他想去后院看看花。他说，他是帮忙张旺英培植花的，他认为他的农业技术也不错的，肖家荣便依恋地看了手里的替老妇女编了两下的竹篮一眼，为了阻拦黄功的活动，跑到了院子里；他说他也是会培植花的，于是跟着黄功往后院走去，张旺英也跟着走了过去。

肖家荣走得很快，便抢到了黄功的前面。黄功是有报复的目的的，县委书记吴焕群来的时候，那次看花，他没有包围张旺英成功，同时让肖家荣攻击了。肖家荣感到这个，便决心像上次一样抢话说——于是说起这种蔷薇花和芍药花来，还说到池塘里的莲荷和小河里的莲花。肖家荣又认真地研究花,蹲下来看花,那些不久前结蓓蕾的红色的和白色的。肖家荣还赞美在院里面墙角的葡萄,他说,上次县委书记来,因为急着要去赴黄功的酒宴,这书记便没有能欣赏院墙里面角落中的三根竹架子支着的葡萄,或者,是令他肖家荣也欣赏的这葡萄已经开始存了嫩的叶子了。花盆里的有些花已经开放了,多半是张旺英每日细心地在夜晚和天尚冷的白昼放在房里的。

"这海棠也是很好的。这荷花它做药可以用吧?"肖家荣看着一个大盆里的在多量的水里伸出来的荷花,说。

"这荷花是顶好的。这种也是,这种也是。"张旺英说,"我托老黎跟县长那回写信是带了一盆花去的。……县长回信他也送了我们一盆花,他说他慢慢地会帮助我们的。"

"那是那样吗?县委书记也说慢慢会帮助我们的……"黄功说,"这矢车菊药草顶好的,这月季也顶好的。"黄功又抢着说,并不怕张旺英提到县长,一面想着县委书记那次来时说过那些花好或不好。又说:"这种是好的,那种是不好。"

"我们江南一带,"张旺英对肖家荣说,"月季花有我们这里种的好,水土适合。"她是重复县长张辽来这里看过说的话,那时这想抢着替她卖花卉的黄功也在。"你看肖哥,这种水仙还好吧?"她又说。

"也很香。"乡野间的感情人物肖家荣说。

"在我们江南一带,种的这种小号螺丝菜有些地方是种得好的。我这里连着小萝卜黎顺国帮我拌的土试验得不错,天冷的时候我增加塑料布的。"张旺英指着后院里塑料布盖着的一小块地说。

黄功遭遇失败,显得很窘迫了。但张旺英便也停止了说话,还向他点点头。这时隔壁住的刘大婶来到了,她听说肖家荣要进城去,她便想请肖家荣替她写一张呈请农业贷款的呈请书给县里,弥补被县委书记撕掉的那一张。她手中拿着几张刚买的信纸和白纸,她的见解是,有一种呈文有人说是用白纸好的。

"这不是你黄功也在这里,听说你快放副村长了,我们呈请这农贷你是不反对的吧,再撕了,我们也再剪贴起来的,像你挖苦我们的。"刘大婶想到她要百折不回地奋斗,但她又想到她这么说是有些得罪人了,便沉默了下来。后来她有些羞涩地从衣袋里掏出一包前门牌香烟来。她知道黄功在这里,她除了找肖家荣以外,也想献一定的殷勤给黄功,谋到自身的解除困难,但她却在献这"殷勤"以前又说了敌对的话,她是因肖家荣的谈笑活泼而有所被煽动的。她痴呆了一定的情形,她便把纸张递给肖家荣,然后笑着,内心里存着痛恨和咒骂,擦了新买的火柴给黄功点烟了。黄功也并不拒绝递给他的香烟。后来刘大婶整包塞在他手里,他也拿住了,但说了一句"不要不要"。

"咦,哪里能不要呢?你黄功副村长是抽烟的呀,先前还抽得少些,'文化大革命'时候起,便一天抽好几包的呀。"刘大婶藏着痛恨,笑着说。

肖家荣说不抽烟,先是回答刘大婶的,后是回答黄功。黄功抽着烟又去看大朵的蔷薇花,赞美蔷薇花。他内心得意,便想到抽烟时看花"文雅"。肖家荣对刘大婶说,他虽不一定进城,但要帮助完成刘大婶的申请农业贷款。

"这大蔷薇别的县里有卖三十元一盆的,我们这里出产很多,"黄功说,"我替你张旺英姐带进城去好么,便宜卖给吴书记爱人,最好送她,她顶高兴你呢。"

"那没有送的。"张旺英说。

"那哪能送呢,谁送得起呢。"刘大婶说,望望黄功衣袋,那里突起着有她送的香烟,——便走出张旺英的养鸡和种花的活跃的院落了。她因为攻击了黄功一句而高兴,她跨过两只小鸡,又说:"小鸡孵出来了。"

还有点激动的张旺英便请刘大婶回来到她房里来,她对肖家荣说,她不陪了,便进房去问刘大婶黄兰英,是不是她很急着需要一点钱,刘大婶说也是有点,女儿读书,要买书,还要去城里看电影。

"你千万不可不要,我送你女儿二十元吧。"张旺英说,"唉!我种的花卖钱,我顶喜欢你女儿的。"

"唉,"刘大婶黄兰英说,便也拿住了,手臂搐动了一个动作,想要送回似的,但还是拿住了。

"这大蔷薇花很好。"院子里黄功的声音说,在太阳下喷着香烟,模仿着县委书记的声音,虽然他也记不清县委书记那次所说的了。

"这蔷薇的确很好,但是是张旺英的。"肖家荣的有些刺激的声音说,"我们这里意义不明地说花好的人不少。"肖家荣的声音又说,"上次县长说的。"

张旺英又走出来了,她有兴致、讽刺地高声说:"那兰花也不错。"她端起一盆兰花来给肖家荣看,"这是那回县委书记这般说的。"她说。

"这些鸡也不错,还有鸡蛋。"肖家荣讽刺地说,看看黄功。

"没有什么不错。"黄功说。

"不错。"肖家荣有些强硬地说。

"你们又来啦,"发现这里的冲突的张旺英母亲说。

"我拿几盆花去拿个篮子装去找人带到市场上,你看好不好?"肖家荣说。

"你大副乡长说的没有不好。真简直像精悍的小伙子。"张旺英说。

"我也能帮忙的,这事我能行。"刘大婶说。

"可是,这事情,"黄功说,"我黄功和你张旺英是有约在先的。"

"那自然不取消。不过不合意的也取消。"

这时进来了农业机器站站长小学教员邓志宏和他的未婚妻陶世芳。他们散步往这里来,想问张旺英讨花种和买两盆水仙花。张旺英不肯收水仙花的钱,后来她只要三元;终于张旺英接收了四元。陶世芳说,她这是带回县城里的。她想顺便问一问张旺英的最近的情况,她说她兼新闻记者。

"张旺英姐最近的情况,"黄功抢上前来,说,"她很刻苦,织布编竹篮子也到夜,辛辛苦苦的钱,她便赠给一些人。"

刘大婶黄兰英便内心和脸孔都战栗了。她便说,她本是今日不该拿钱的。她便简直要把二十元钱还张旺英了,她说,当然她不是对张旺英愤怒。

"我种药草和花都卖钱,除了自己的劳动以外,我是有些经济学上叫机会的收入,鸡也有很多的收入,织布编篮子那是我喜欢干。"张旺英说,"他黄功这种挑拨是很丑的,刘大婶你不用管。"

"我说你是有些沽名钓誉。"黄功说。

"那也便是这样了。"张旺英说。

刘大婶站着呆想了一定的时间,她觉得被黄功的话挑拨了也不会成,便爆炸似地大声说:

"她旺英姐不是沽名誉的人。你旺英姐给我女儿的钱我收了,谢谢你旺英姐!"刘大婶又对小学教员邓志宏和记者陶世芳说:"我拿了,教员和记者你们说对吧,"她又对黄功说:"我拿了,你看,就是这样的。"刘大婶因扭转了她的错误,她不久前陷入的痛心和狭隘而快乐,走出去了。

邓志宏回答刘大婶说对,便去夺下黄功手里正拿起着的花盆;黄功说,这花盆县委书记很欣赏,他将花盆递给肖家荣放在原来的地方。邓志宏很激昂地徘徊在张旺英的被侵的版图和领土上,做出要和黄功冲突的样式,监视着黄功。教员和农机站站长徘徊于张旺英的鸡和猪和花卉与药草的王国,有着作战的愉快的情绪,他觉得得意,忠实的张旺英更繁荣一些了,也有他的一分努力,教小学和在农业机器站服务,发出援助的舆论。他在去年曾经帮张旺英锄过一回地和挖除田垅间的杂草。教员也助刘大婶家劳动,譬如也助何秀秀等家做几回乡村农事劳动。这是他的样式。他来到乡间,想做出事业来。个性多感触和容易激烈的教员便想到张旺英和这些人们的纯朴和他们有时有的艰难。但帮助张旺英干点事,不止是出于这样一种心情,还是出于景仰,也出于张旺英曾捐助小学,很多年来,在张旺英还不很富裕的时候,便这样了,她曾为小学的事情奔忙。教员邓志宏便劳动起来了,他便蹲下来决心助张旺英擦洗两头猪,首先,他从鸡笼里,养鸡的铁丝网里捡出了一些鸡蛋,然而,当他很有兴致地蹲下来刷脏的猪的时候,黄功却过来干涉了,黄功曾经给张旺英母亲一定的钱,当张旺英的母亲买进这头猪的时候——那时候这头猪很小,是很好看的花皮——因此黄功便认为这头猪将是他要得到的了。他便来干涉,报复教员瞬间前夺下他的花盆。

"这猪是我的!"黄功说,因为今天遭受的失败,他很恶毒。

而因为愉快张旺英的成就和爱好他的劳动,邓志宏也激动了。但他和黄功吵骂了几句便妥协了,去刷另一只猪。但黄功又说,这只白猪是张旺英母亲最爱惜的,不准人动。因为黄功这侵略张旺英的语言,因为他激动地爱好的刷猪的劳动又被破坏,他便又和黄功冲突了。

"那你看哪只猪是谁动的呢?"邓志宏叫着说了被动性的话,——他自己也觉得是这样。他继续忍住了冲突的感情,胸中继续增涨着和颤栗着爱好这农事劳动和帮助张旺英的情绪,跑向另一头猪了。

黄功对这另一头猪有再说什么,邓志宏便刷猪毛,一瞬间沉浸到快乐的干工作的感情里去,他觉得这猪圈很整洁,而猪是可爱的,春天的下午空气里有着宁静而温柔的气息——邓志宏也没有不注意到太阳在灿烂照耀着。黄功又来干涉了,他说教员碰到他的猪了,他又说教员刷坏了张旺英母亲心爱的猪了,因为每一只猪都是张旺英母亲心爱的,浇了过多的水,会使猪不长肉。

"但是这猪,我认为是张旺英同志心爱的。"教员说。他更深一层地沉浸于春天的下午的温柔而宁静的空气中,但是黄功说并不如此,又说每一只猪是老人心爱的。

"我说是张旺英同志心爱的。"邓志宏说。

"我心爱的。"张旺英说。

但是黄功说教员碰到他的猪了。

"这猪是你的?"张旺英走过来说。

"怎么不是的?"黄功说。

"怎么是你的?"在房屋里编竹篮子的肖家荣跑过来说。

"就是我的。"

"那是——"张旺英母亲跑出来说,"他出了一元几角钱也要算的呀!哪只猪又是你心爱的?"

"妈!"张旺英喊,她并不知道这情况,于是她便感觉到黄功入侵她是如何之深和如何丑恶了。

"我们自己刷猪的。"张旺英母亲说。

然而教员继续地刷着猪,换了一匹了,但受了黄功的言论的影响,在这猪的身上浇了适量的水;他回答老人说,张旺英是捐助学校课桌椅的。他继续沉浸在他的对劳动的热衷里。他的劳动的热诚弥满了整个猪棚。

"我是反对你黄功的。"张旺英说,"你给我母亲多少钱买猪?"

黄功今天遭了不少次的打击,连教员的刷猪他觉得也是;张旺英走到房里又出来,数钱还给黄功了。但是黄功不要,他愤怒了,他到猪棚里去,猛力地拖着花猪的耳朵,随后又抱一下颈子,又夺了猪食槽上面的一根绳子将猪颈子捆上,拉了就走。他故意做这种行凶的样子,一两元钱便拖一口大猪。这也正是他不久想要办的,他想先试试他的膂力。然而拖了两步便拖不动,花毛猪用前脚抵着地不肯走。肖家荣便推开黄功,而刷着猪的、戴近视眼镜的教员、农机站长便从里面跳出来,长声地吼叫着:"你混蛋!"而用手指头指着黄功的鼻子。

"我和你们张旺英家有悬着的案子!"黄功大叫着,拿下了张旺英给他的钱,便出去了。

教员又回去刷猪去了。教员的在后面餐馆和记录花卉的未婚妻陶世芳也进来刷猪了,过了一定的时间之后,用着轻柔的声音和教员邓志宏说着话,张旺英听出来的爱情的甜美的、柔媚的谈话，女新闻记者记着春天田野的明媚的景色和她的感情，又悄悄地和她的未婚夫亲热着，接了一个吻，然后她又站了起来，在猪的群集中做了两手在头上绕着圈摇摆的跳舞的动作；由于年青和爱情的欢乐，也由于爱好事业，她和邓志宏谈她要时常来乡下小学教学生们跳舞。教员未婚妻再蹲下去，刷着猪，但又站起来两手在头上绕圈摇摆做跳舞的姿势，而且转了一个圆圈——这以后她才长久地刷着猪，但后来，心情有点激动的老姑娘张旺英又听见爱情的谈话的声音，和看见两人在刷猪中又搂抱着接吻，而且说，没有人看见，看见了也不要紧。

两人看见张旺英，站起来笑了。"你们跳舞很好，"张旺英说，有些心跳。

张旺英便留住教员及其未婚妻和勤劳地帮忙编草篓的肖家荣在她的家里吃晚饭了。张旺英有点好奇地看看邓志宏和陶世芳，想象着怎样的情绪两人接吻的。张旺英生日的晚餐，呈显着纯朴的人情。"我们劝你张旺英姐也应该结婚了，黎顺国这人也不错。"陶世芳有些激动和脸红地说。

五

由于许多人们的愿望，由于从各方面看来都很有些相称，由于年龄虽然大了有了惰性和封锁却也有着感情的激动，由于互相的同情心和少年时代的记忆难忘，由于心脏里的激情，张旺英和黎顺国之间解释和溶解了一些误会，他们又经常在一起了，但是恋爱的进展和婚姻的事情并没有发生。两人互相之间是有了朦胧的恋爱的感情的。特别在看见教员邓志宏和记者陶世芳的恋爱之后，张旺英的心中对黎顺国的感情高涨了一点。但张旺英始终有着自身的封锁和自尊心，而黎顺国则确实在感情上并没有在他的家乡"落户"，他的抱负和自负使他向往城市里。他有点不安分的样子，还是不高兴世俗，而热烈地从他的生活的立场渴望着科学和工业化。两个人蹉跎着岁月。但张旺英想，也许黎顺国是对的，他并没有浪费光阴，他，黎顺国，在文化站的旧瓦屋里读书和写作,市镇的电灯易熄,黎顺国时常在紧张的白昼后点着蜡烛度他的不眠之夜。张旺英也是显得多情,给他送过蜡烛。张旺英似乎也就谅解了黎顺国,于这种骄傲造成的和肖家荣的冲突。张旺英想,她也许可以主动些,便几次到文化站去。她难以忘怀黎顺国面前的一堆书和他不断地书写,她想,这些便是她和他之间的隔阂了。但她也被推动了用功,问他借来又几本书,也就好些天每天读半小时不到。

乡间的生活若干变动也吸引了人们的注意力,而且黎顺国和张旺英都是乡镇上的重要人物。张旺英和以前不同些,她不仅到文化馆去找黎顺国,而且也到农业机器站去,自然,谈些肥料和种子的问题,也谈修拖拉机和建筑房屋。她又看见有点瘦但还强健的,有点果断的黎顺国穿着油污的衣服在农业机器站的车床面前忙碌着;机器车间的车床震动着,电灯在缺窗户的屋子里白昼也开着,然而很暗。张旺英很受人们欢迎。她这里那里看看,便也站在黎顺国的机器面前用棉丝帮忙擦机器。

"我看完你的发表的文章了。你有写的几点我不懂,我觉得挺好,不过我听肖家荣他说你那文有一两缺点。"有时她说教员邓志宏说好。又有时她说她听干事刘青说他刘青认为某一篇有些缺点。

说到优点,黎顺国便高兴,而说到缺点,他便不满意,他有时不满意多些,谦虚的张旺英有一次说,她也认为有一篇有一段有缺点和错误,她说论断果木论断得有武断了。

黎顺国便感到痛苦了。

这些话有些是在文化站谈的,有些是在农业机器站。他们也在田坎边散步,因为张旺英说他的果木的论断不好,沉闷的黎顺国便和张旺英散步到张旺英的桃李树林里去辩论果木。黎顺国不大容易接受意见。

张旺英的桃李开花了,邻近的池塘边,是黎顺国家的十几株树。

"桃树皮上结胶很多。"张旺英说。

"总是这样。"黎顺国说。

张旺英和黎顺国相当几次地在这条路上散步了,这次却辩论着,有些固执的黎顺国便拿出小刀来将一株桃树的树皮切开,说,树浆是在春天里饱和的,所以可以少用肥料。张旺英便说她自然不很懂,但是从书上观看总觉得黎顺国有些错,而赞成省城里的和他论辩的那人的。她这么说,除了相信书本外,还想减除黎顺国的骄傲。但黎顺国内心里和她发生龃龉了。他热烈地想要说服她,她便也妥协了一些,黎顺国说有些书是也不一定对的,她便也说是,但是她的不满意黎顺国的情绪又起来,他们又从事辩论了。散步在桃李树开始开花的树林里,觉得初春的草木的芳香,张旺英和黎顺国都度着他们的初恋的时光,他们便抛开那些龃龉,而谈着其他的事。关于两人的家庭的,关于村镇以至于国家的情况的,但也有关于农业技术的。不时地又碰到那个龃龉,两人便回避开去。在农业技术上,也继续还有几点辩论和轻微的冲突,张旺英便妥协着,她也较容易承认自己的错误。两个人有初恋的感情在心中,然而却谁都没有开口,也没有很多表情的暗示。

"他是有倔强的、自豪的性格的,这农业技术的辩论,也许他是对的,那次查了书,他有些认为自己是错了,然而他又继续坚持了,他似乎不屑别人谈到这些,他这是什么性格呢。"张旺英想。"他难道不有时是很冷静的吗?"但是在这些问题上,他就似乎不是这样了。

而黎顺国觉得张旺英很多次地提这一些,也是有些固执,为什么她似乎有点和他过不去呢。那个在省城里和他辩论的人继续和他辩论,他说对方的见解有些浅薄,张旺英也不满意。

树林里有迷人的气息,泥土很软,杂草长很高了,也有野花,树林的纵深处的阴暗和斑驳的太阳光中有早春的蜜蜂飞舞着,几十丈过去有较大的树,那也便又是田野了,但树林的另一面是斜坡而联结着小的山峦,这山峦上有野生的白杨树也有王寡妇王春香的几棵果树,黎顺国和张旺英的特殊的散步是到这坡边上便止了,但终于也有一次攀过野藤到山峦上去。他们的活动惊起了在草丛中鸣叫着的灰色的鹧鸪。

黎顺国在甜美的树木的气息和甜美的心中的激动的同时在冷静地想着,他是有些错的,虽然有些屈折;有一本书上有他说的关于果木的这种,他也提出辩论了,但又有县里面的农村局技术员说他是错的。"他为什么不愿承认呢? 他并不轻视妇女,他也觉得我有知识,可是他是什么缘故,总想对她强豪,说她不懂这些呢? 他是不是狭隘呢?"张旺英想。

在桃树林中的散步,又延长了散步的地点,而且还爬到山峦坡上去,张旺英有点面颊红润而脸红了,她觉得恋情又突破一点了,她的心跳着。她这次还穿着美丽的绒线衣。在山峦上的树林内散步,谈论了绒线好一阵,又来谈论野草和花有很多药物的作用,便又接触到果树的问题了。张旺英有几斤给果树喷洒的农药,然而在黎顺国有两次给果树喷农药的时候忘了拿来,似乎因为这辩论和轻微的冲突,张旺英没有兴致给果树喷药;这自然不是的,但是张旺英的脸色提到这的时候却有着忧虑。

黎顺国看了看张旺英的脸色,想到了许多年来他们的好些次的辩论,有一次关于小鸡的,学问强手黎顺国也不肯认错,但是终于被张旺英驳倒了,后来终于认错了,但是有一次关于种麻的,黎顺国还认为自己并不错。

"我说我为什么不同意你呢? 因为,像那次关于种苧麻的辩论,你是也有错的,而我错的少。我和你是知己的朋友,当然不客气地辩论的,也许我态度固执了,但我是冷静地,理性地想过的。"黎顺国说。

"你顽固。"张旺英说。

黎顺国便不满意。他想谈别的问题,而张旺英要做农事,她的时间很宝贵,她想先走了。黎顺国想到,这些时他们又和好起来,晚间和白昼在一起度过很美好的时间,她也出来邀他了,村镇也为他们愉快了。他这些时晚间去看她,谈话还很热烈,但其中也有正是这一类的小小的爆炸点,除了关于农业技术的辩论外，还有关于他黎顺国向往到省城里当研究生的。张旺英说，"务实"一点好——当然，也可以到省城里去的。张旺英还批评他有些文章虚词。

"假若他作我的男人……你看，我这样想了，……我和他一起是高兴的，可是他有看不上我的地方。"张旺英想。

"假若我和她一起，她作我的妻子，她是会有许多不满意我的——但是我是错了吗？"黎顺国想。

在他们有一次散步的桃林旁的几十棵树那里，王寡妇的二儿子王遥在给桃树喷洒农药了。黎顺国和张旺英便过去看着。

"技术员，"高个子很瘦的王遥说，"你技术员看我这药对吗，配的粉，灌的水。这喷法对吗。"

"你喷得有许多浪费，你要靠边点。"张旺英说。

黎顺国看着王遥的药桶，建议他多增加一点水。但王遥暂时没有到池塘边去加水，他看着张旺英和黎顺国说：

"县长他能把县委书记打下威风去吗？"他并且说到黄功当了副村长。

"可不是。"张旺英说。

"你们两位在论说农药也有分量大小掺水的……"王遥怀疑地看看两人，因为看见黎顺国也很整齐，穿着新皮鞋，有点证实两人是在恋爱，便有些脸红，快乐地笑了；因为觉得这样看两人很不恭敬，而笑了也不恭敬，便脸红，又笑了，显出了他的十七岁青年的单纯。他同时高兴他们是富裕户而他家的收入也渐增。他下到池塘便汲水去了。

"我始终觉得，我写那几篇论文时仔细考虑过这些点的……"黎顺国和张旺英散步开去，黎顺国说。

"我说你老黎要考虑。还有一回你说灭虫剂你改正错误快。"

"也对。"黎顺国说，"我们不浪费时间了，"黎顺国于是跑回家去，拿了喷洒药的罐子，替张旺英的树开始喷灭虫药，张旺英便去到她的春麦田里了。

晚间黎顺国来到张旺英家里。

两人做着文雅的、富于知识的辩论有时直到深夜,温柔的春天的夜晚,到深夜里也有鹧鸪叫,而杜鹃开始啼叫了。两个人没有启口谈恋爱,也没有太多的这方面的表情,而且有时还发生争论,但两人的关系增加密切了。

张旺英把黎顺国夜间送到门外。

"我觉得你还是有错的。"她说。

"我有错我一定改。"黎顺国说。

第二天、第三天继续着,乡下的暗淡的电灯下,黎顺国来到,一直到夜晚,但也有两人都看起书来,也有黎顺国看书,而张旺英开始织布了。这便也搪塞了张旺英的母亲,她有两次曾在厅里叫着:"时间不早了。"黎顺国也向张旺英学织布。

"作物的栽种,是有着它们的具体性质本质的理解的,分解各种果树的树液营养运转,稻麦也一样,在温度适于的时候……"技术员黎顺国在这张旺英的好客的客厅里说,而张旺英的母亲想着:"这黎顺国又在吊膀子了,他们到底哪一天办事呢。"张旺英的母亲这时有些倾向黎顺国。

"我觉得你不对的"或"我觉得你对的"——传来张旺英的声音。

"这些,有多少谈的呢?"张旺英母亲想。

夜晚宁静而美丽,但到底生活会怎样呢,他们到底往哪里去呢。辩论也不停止。一次张旺英的锅盖坏了,黎顺国给钉好了。张旺英说他钉子少了一个,他说可以了,论辩起来,但后来他想,张旺英是对的,便又补钉了一个。

"所以你是不大认错的。"张旺英说。

黎顺国便想到果树和芋麻,还有剩余的种矢车菊莲荷的辩论,黎顺国又脸红了。两人这时有青春的感觉,小地方的大人物黎顺国找到他的合适的论坛了,也受着考验了。

在张旺英的卧房里,在花盆,药草的捆束和鸡蛋的阵势之间,在擦得很亮的放着几本书的张旺英的桌子到墙壁之间,黎顺国有时候踌躇满志地蹀躞着。他说着话和偶尔也吸一支烟,张旺英便用手扇着赶开他喷出的烟,也不停地说着话,有一些辩论是关于花卉的。

"你当然许多地方是对的。"张旺英说。

"不止。"

"你当然也是对的。"张旺英说,"可是果木树呢,又从县文化馆借的一本书呢?"

"那我不一定是错。"黎顺国说。

"那年子,你少年时,将我从黄功包围那里救出来,那时候你的错误少些。"

黎顺国便用闪亮的眼睛看了她一眼。这些日子,这些突然增长起来的友情的潮流在经过着,以至于,在晚上的月光下,他们在院子里的台阶上也坐着谈着;或者,也还纯朴的黎顺国帮忙着做各种事情,学编竹篮,也有夜晚的补喂猪和锄开、扒松后院的土地,增加种植药草和花。

张旺英是聪明的、爱好文化知识的妇女,她和黎顺国的辩论也就继续着,但主要的,她觉得黎顺国有错误。又有关于社会问题的辩论,黎顺国说妇女也可以较多地在家庭里带小孩,张旺英于是又有一定的惊诧,她觉得他过于落后了,或者,他有一种隐隐的男权思想。黎顺国又似乎是主张英雄崇拜和英雄造时势的,引起了张旺英的一定的不安的心理。

黎顺国的坚持已渐引起了张旺英的愤慨。由于张旺英注意自己的利益的缘故,由于她谦虚地读书而且也用点功的缘故,张旺英和黎顺国的辩论便加剧了。黎顺国能干,善良,但他的说话里有时有一定地轻蔑人的腔调,使张旺英继续有着苦恼。

在房里和院落里闲谈,张旺英愤愤地说:

"你黎顺国有好一些错误和个人唯心论。"

黎顺国便笑着回答她,说不是这样的。张旺英回顾以前,在黎顺国少年的时候,是并没有这些的。她注意到有两次她提到黎顺国小学时、初中时和外出参加军队时的生活,黎顺国变得可亲些,但渐渐地这也没有用。黎顺国辩论不过张旺英,便走到后院去做种药草的劳动去了,到鸡棚子里看鸡去了。在激动中从事辩论,张旺英追着黎顺国问话,以至于两人有一次在日光下院子里嚷叫着,不知不觉地走到街上来又走回去。

"我像你这两天给我再研究过的鸡的食料我看就很好,你是能为社会做更多的事情的,"张旺英激动,愤恨地说,"你是聪明人,为什么你有这些错误呢,也许你是曲高寡和,鹤立鸡群了,那么你还是到省城或上海北京去更要好些,到那里你似乎比较适合些。"

黎顺国便想,到那些地方去,对他也可能正是比较适合些。

"你要知道你要注重实践。"张旺英说。

张旺英想到,她现在也成了说废话的人物了。她便揣想着一个"一知半解"地读一点书,爱好初中毕业的文凭,抢着幻想到县城里或在乡里当干部的奋斗的张旺英;她便又揣想着一个差一点的,做空洞的文化科学议论的,面孔贲张,有些不好看的张旺英。她便笑了一笑,而又变得安静了。

"我不是也干各种么?"黎顺国说。

"我说你想到省城里去,看不起我们小地方。"

黎顺国便沉默了。

"你看春天了,杨柳树绿了很多了,田地里也长了野的花和那宽的草叶子也很好看。"张旺英说。

"那种长条的叶子是可以做哨子的,我想到那年夏天摘长条叶子编小笼子,你还下水学游泳。"黎顺国说。

张旺英便脸红了。

"这盆花很好。"黎顺国有些不安地说,从街上走回来,望着月光下屋檐下的两盆花。

张旺英沉默着。混合着感情的激动和深藏在内心的爱恋之情,她有一点烦闷的感觉,她注意着黎顺国的骄傲。

"我们祖国从贫困里往前奋斗,像一个被人打伤的人养好了他的伤继续奋斗往前,而且健旺了起来,这是要许多人的工作的,当然也讲质量,往你所盼望的工业四化现代化前进,党中央的号召……是有力量的。像这大河里,以前没有航船的,翻修了水利工程还通往长江里去了。你觉得对么？我们市镇村庄现在全面供电了。我说水力发电站你也是积极的。再说农村经济改革承包责任制以来农村富裕了。当然现在社会上还有坏人。"张旺英说,觉得一阵烦恼,觉得黎顺国真有些不妥了；而且因此觉得,她是一个妇女,这样扬着嗓子大叫很粗俗,她便放低声音说,"你觉得如何呢？"

"你说的很对。"黎顺国闷闷地说。像这样的谈话,有时他就告别了,但有时还是呆得很久。他也不很理解自己的内心,而张旺英,处在有一定燃烧的、藏着对黎顺国的恋情又对他愤慨的情形里,有些焦灼。对于有着贞淑的心的她,她是很眷恋着黎顺国的,但对于有着更深一层的贤淑的心的她,她便对黎顺国有些冷淡了。

但作为最初的恋爱,或诡秘的恋爱的继续,这种谈话的形式也不是很失败的。他们谈着两人共同欢喜谈的"工业化"和农村所需要的已经进行了的改革。这种谈话不是失败的,还因为两个人都表达自己的愿望彻底,有追求的共同对象。但到底是恋爱强些,还是互相辩论强些,现在是到了受到考验的时候了。

参加这晚上的辩论的,有时有李新村长和肖家荣,有时还有张旺英的母亲,呆坐一阵。镇长李新是喜欢谈经济改革的。也有教员邓志宏来到。张旺英于是也有时请客人们喝茶。大家发觉张旺英和黎顺国也不像恋爱,便也有较多地停留一定的时间。

事情往下发展,便有黎顺国和张旺英一人栽了一棵树,两人表示共同的奋斗和相异之处。这是这一个晚上张旺英当着朋友们提到的。她说,她和黎顺国很久的友谊和黎顺国对她的帮助也很久了,她想这友谊永固,互相不因论辩而负创,再其次,她想看看论辩到底谁对。

这件事情她暴露地来说,是她自己想到的,她觉得这样暴露开说可以避免谣言。

两个人种下了杨树,表示坚强地对立和表示感情的意思。

黎顺国内心有他的战栗。当张旺英对乡亲们说到两人之间的关系(包括共同制胜黄功)又提议种树的时候,黎顺国心里便不安起来,他有一种一事无成的感觉;他有一种"浪子"的感觉,和一种羞涩:他有许多见解确实是错误的而他到现在还不能成家。张旺英的种树的提议是把他暴露了。说到婚姻的假设,他也顾虑着张旺英富有而他穷促。张旺英内心里藏着的烦恼是,黎顺国愈来似乎离开他愈远;她有她的初恋和继续,但是黎顺国进一步坚持他的观点了。关于婚姻的想象,她的有钱造成的她和黎顺国的差距也使她窘迫。她很想在种树的时候说钱财的差别不影响友谊和感情,但她没有说。她提议种树,有一种和黎顺国分裂的感觉。

黎顺国和张旺英种树还经过糕饼桥。

黎顺国想请张旺英不经过糕饼桥,因为这会引起乡人们的增多的议论,而他异常羞涩。但他只是说:"不走糕饼桥吧,绕远。"而张旺英的回答说:"要走。"走上糕饼桥的时候,张旺英又说:"我们在这里共同信实。我坚决打败黄功,但是你帮助我。第二,我们不吵架。第三,我们的友谊。"黎顺国便窘迫地说:"是这样。"

张旺英显出年青的、性情刚强的模样,这是黎顺国时常从她见到的。

这是黄昏的时候:太阳从江南平原上沉静地落下,杜鹃鸟有短促的两声啼叫,而鹧鸪也叫着,鹦鹉鸟在树丛深草中慢慢地拍翅飞开了、张旺英和黎顺国经过糕饼桥,健旺而有些好斗,而黎顺国是有些羞涩和窘迫的。他的骄傲和他的巨大虚荣心使他觉得这种种树没有什么意思。糕饼桥上看到河流的清澈的水里有游动的、背脊浮显的鱼,河流里,王寡妇王春香在白小英的木盆里坐着,正在慢慢地划小的桨,离开一些浮萍;她不是采去年剩下的菱角,她是用一个小的网拖在木盆后面,在捉鱼。她的盆里捉到不少了。

"大婶。"张旺英说。

"啊哈!"王寡妇王春香说,"你们去种树啦,挺好。"她又说,她以为两个人是去种订情的树的。她便离开木盆爬上岸来了。

"我说这样便顶好了。你们也该这样啦。订情啦。"

当王寡妇发现两人面色并不那样的时候,并没有沉默,她又说:

"你们该和好啦。"

"也是还和好。"张旺英说。

黎顺国便有些羞涩和骄傲地笑了一笑。

王寡妇王春香心中对经常帮助困难户的张旺英有一种热望,所以她便对黎顺国不愉快了。她心里还起来了一种痛苦,便是社会到今天还有着坏人,敌对着张旺英。看着张旺英拿着树苗,她心中还有一种颤动,她曾在少年时,和她的丈夫,农村里的强健而能干的农夫结婚前,因为人言讽刺,共同到山峦上去种了一棵枣树,表达两个人的互相的盟约。她有些感叹和感伤。她又不十分满意地看看黎顺国,跑过坡跑上前来,用她的潮湿的手臂将张旺英拥抱在怀里了。

"可怜的旺英,我的好乡亲。"

张旺英有些眼圈发红了。

王寡妇王春香看看技术员黎顺国。她突然走向前来,也搂着黎顺国的肩膀抱了一抱。

"忠厚的乡亲少年英俊。"王寡妇王春香有些忧伤地说。

她没有谴责黎顺国,因为乡土的感情,因为多年来一直注意着黎顺国的成长,她便这时觉得他是忠实的孩子。五十多岁的王寡妇还很身体顽强,她搂抱张旺英和黎顺国的手臂是坚实的。

虽然简单,但这是人们难忘的糕饼桥的记事。张旺英和黎顺国来到山峦坡上了,他们用铁锹种下了杨树,将附近草里的鹧鸪惊得起飞了。

张旺英沉默着,她严肃地看看她的家乡的,腾起着黄昏的烟霭的平原的远处。

黎顺国也慢慢地盼顾了一定的时间,凝望着平原。又大又红的太阳在沉落下去了。

"这样的,"黎顺国用干燥的声音说,"你旺英姐知道,我是许多地方错了。"

张旺英沉默了一下,张旺英并不因此而愉快——她的心里撞击着爱情和因此而来的羞涩;也撞击着论辩和因此而来的不满。便对黎顺国笑了笑,说,"误的农事不少了。"便温和地说要去看一看她的秧苗苗床,在黎顺国之前走下坡去了。

张旺英来到黎顺国家中了,坐在黎顺国的收拾得也还整齐的房间里;窗台上放着张旺英早些时送他的花。张旺英注意这黎顺国的防寨和城堡,提到一本杂志,注意到黎顺国在这本科学杂志上用红笔划着的线。黎顺国又在省里有一篇论文发表,张旺英的来访标志着这件事情。她毕竟为他的这件事而激动,想到农村里的人有这样的水平,而他是她的亲切的朋友,她便高兴。张旺英的来访还标志着另一件事情:省城里的一个杂志发表了教员邓志宏的未婚妻陶世芳写的"介绍张旺英"的文章,说张旺英是"省劳动模范",是乡村中致富的典型,在农村经济改革,实行承包责任制以前,她被"吃大锅饭"的公社情形有所损伤,虽然她和她的母亲的工薪分和副业的收入也还是村庄里领首的,而在承包责任制,"拨乱反正"以后,她便焕发起来了。村里人都欢喜她,她思想很先进,而这篇文章里还提到一句,积极的农业技术员黎顺国常帮助她。还有重要的事情是,黎顺国也获得了单独的介绍,刊登他的论文的那刊物的编后记里,介绍黎顺国是"自学成才"的农业技术员。黎顺国终于盼到了人们在出版物上夸耀他了,但他这些时心中也还平稳。而他也是有冷静的,并没有显出什么激动。张旺英来访,坐在黎顺国的房间里,说到这两文和省城里的科学杂志的编后记。张旺英来访是下午,她除了在黎顺国房里坐了一定的时间之外,还到他的母亲的房里去拜见。

　　黎顺国的母亲没有像以前一般有着狭隘，冷淡张旺英。她曾说她是非多，说她是富裕户而他们家差些，有说过黎顺国是她家的劳动人口。黎顺国家，因为母亲腿部有病，而女婿肖家荣是副乡长，每日工作很多，黎顺国又忙自己的技术员的事情，所以劳动力主要是黎顺国父亲和妹妹黎顺芳……不及张旺英家富裕。黎顺国的母亲没有表露这些，使内心紧张的张旺英落入陷坑里，而是谦逊地要她问她的母亲好。她说，人老了，总有些"糊涂"；说黎顺国不管家事，她很懊恼。黎顺国母亲看这件亲事大约是可以的了，但她仍然在这里有所顾忌，也没有说热烈的话。她责难黎顺国的不管家务和有"出虚风头"的思想。她想，黎顺国有书报上说好了，但是还是差些，因为张旺英还资格多地上了书报。她也"核计"替儿子找一个年轻一点的，没有什么社会地位的媳妇。但她对张旺英是还谦虚的，她觉得这样也可以，张旺英人才很好，而且她知道两人种树表征友谊的事情了。所以，当张旺英拜访临走出房的时候，当张旺英重复说"空着手来"，羞涩的时候，便抓住张旺英的两只手，表露了一定的激动。她说，牛头镇是好地方，自然会出人材，她儿子也挤得一定的地位了，但还是张旺英强。张旺英注意到她的到来黎顺国母亲只倒了一杯水，没有倒茶；但她想自己神经过敏了，而黎顺国母亲这时在她临走时的热烈，也还是可以。黎顺国母亲也正是用张旺英临走时的对张旺英热烈的动作，来弥补先前的冷淡。她觉得张旺英是很谦虚的。

　　"你还送过我们花，那两盆，他顺国可没送过你什么。你过去也时常送东西，连米粮也送来过。"黎顺国母亲说。

　　"他老黎这些年帮我的忙可不少了。"张旺英诚恳地，有些羞怯地说。

　　这句话使黎顺国母亲愉快些。张旺英想到来到老人房里只说了一次这一句话，而声调也不高，她于是这里补说了一句，接着大声地补说了一句。黎顺国母亲便又高兴了一些，说是过年做的,糯米炒米团现在还有一些,她不该没有来得及拿出来给张旺英吃的,——她一直在头脑里考虑——于是便让黎顺国从床底下拿一些。她说张旺英和她母亲也送过她不少糯米糕炒米团了。张旺英便在门口往里看,注意了床底下老太婆的宝库和魔法似的阵容。有这样的桶和那样的罐子、盆子、箱子,张旺英便想到自己也有这些,在将来年老时会更多些。黎顺国翻出大铁桶里的炒米来了,另一个贴着红纸的桶里才是糯米团子,"欢喜团"。老人要黎顺国多拿几个欢喜团,她压在心中的对张旺英的欢喜迸发出来了,当她因各种原因关着门的时候,这欢喜是似乎被消灭了的。

她拿一个布包来包"欢喜团",又从另一个桶里抄出了长条的炒米条,又找出了糯米糕。她要娶媳妇了,黎顺国的志大于文化馆和农业机器站,也志大于田头陌上,景况不良,是她的心思。她也同情张旺英志大于田头陌上。

"你吃一个,你吃。"她说,拿去糯米糕来。善良的、不会交际的张旺英也就吃了。老太婆又递给张旺英一个桃酥饼,张旺英便手里拿不下了,觉得窘迫,因为她这次没有带东西来,觉得愉快又同时觉得窘迫的黎顺国便说:

"她旺英都拿不下了。"

"你说的好。"老妇女说。老妇女便同时想到,张旺英有钱,但也可以两人讲感情以外"核计"着过的。她觉得这是可以的。

张旺英拿着糖和炒米、糕饼从老人家房里出来了,黎顺国还替她拿着一个布包。

"年纪轻的时候好。"老人说,"我们老大了,你们是又一辈人了,田头陌上支持社会。共产党的政策好。"张旺英便很觉得幸运,没有像多少年以前来过一次那样受冷淡和不幸运,几年以来有几次还被退回了她报偿黎顺国的帮助而设法送的东西,又转送给黎顺芳了。

张旺英在院落碰着扛着犁铧的往外去的黎顺芳。黎顺芳很高兴。

"哎哟,风把你吹来啦,张旺英仙子。"

"我们怎么是仙子呢。"

"还不是仙子呀,能人,仙子。那些十恶不赦、十毒俱全的家伙好一阵包围你,你担心他们还要来呀。我说我们将以艰难的战斗,经过屈折的路程,打胜黄功李家衍,旺英姐,你参加我们作文会的呀,我是这作文会的勾子了,黎顺国会这一套。"面孔发红的黎顺芳说。

有些羞怯的黎顺国这时对妹妹说,他来扛犁铧驱赶水牛到田地里去,他应该做家里事了,而妹妹去干别的。

"也好。"黎顺芳说,"我们也承包了一个鱼塘,我妈她会管鱼的,连虾她都能管,连蟹也会管。"

老妇女在屋檐下笑着。黎顺芳便又说"慢点",让张旺英等着,自己跑进房去了。

黎顺芳注意到她的哥哥和张旺英符合村镇的愿望,情况良好了。但她很有些锋利,她觉得黄功这些人在这事上还会再来的。她去到她房屋里拿出了肖家荣草拟的控告黄功李家衍的草稿,黎顺国也还没有看过的。黎顺国和张旺英看了都说赞成,便签了名。黎顺芳以乡镇为己任,征集一些人的签名。她随后又拿出她的向承包鱼塘一个,"内有大小鱼数百,由承包者再下鱼秧"的文件来,有村长李新的盖章。她请张旺英看格式是否合适,张旺英便说这样对。得到张旺英的称赞,黎顺芳便满意了。她又快乐地从房里拿出一双鞋子来,是她做的,专门替张旺英做的,送给她,因为过年后张旺英曾送她百来只小鸡。张旺英接受了,于是和黎顺国一道,又被黎顺芳邀到他们家后院里去了一下,参观她黎顺芳的养鸭子的地点,张旺英说安排是合适的,一群鸭子钻动着。黎顺国既然接过了犁铧,黎顺芳便用长的竹竿驱赶鸭子出后院落,往坡下的池塘边去了。

这强健的妇女的忙碌,愉快的形体使这下午的平原显得活跃起来,在黎顺国的心里,水田和土地仿佛更灿烂了。张旺英助黎顺国赶着水牛,黎顺国卷起裤管下到田地里,张旺英便转去,往她自己的田地走去了。她感到黎顺芳对她的感情的温暖,她觉得自己是很有膂力和殷实的。

看见田边上走着李家衍,黎顺芳便在池塘边的油菜花边上往走在路上的张旺英呐喊了起来。她把鸭子赶进池塘里便拿着短锄到油菜花地边上去种葱蒜了。她大叫着,用手在嘴边做着号筒。这成年的妇女仍旧和少女时一般好斗。

"旺英姐,你送给我的小鸡我忘了说了,我一只也没有死,有些人说我的小鸡都死光净啦,还剩有他的脚踏上的一只。"

"啊,知道了!"张旺英也大叫着,停顿了一瞬间,"顶好!"

李家衍便脸色有些苍白。

"这么叫干什么,大芳子。"他说。

"你旺英姐担心你的小鸡吧,你等着看就是了,"黎顺芳又叫着,她不理李家衍,"田头陌上杨柳绿,江南春风又一年。"黎顺芳大叫着,

"对啦!"张旺英回答,又继续往前走。

黎顺芳和张旺英的嘹亮的声音使得水田、河流、平原都仿佛震荡着。

"我就是经济改革责任制的第一拥护者,不怕有些人反对;我承包鱼塘里面原有鱼数百十,虾一二千,树叶影子三千个。"黎顺芳又叫着。

"是啦。我也是的。"

"叫,好!大芳子!"李家衍老头很窘迫地站住了,往回转了两步又转回来往前走了。

"你顺芳阿姐,乡里妹子,"张旺英笑着说,"我也是的。"

"我承包油菜花地,贪这榨油副业不好,一定榨得一滴油也没有。"黎顺芳说。

"哦,好,乡里姐芳子。我什么时候反对你们承包责任制的啦。但不然,要说反对我自然也正是反对的,怕你们啦。"李家衍说。

"狗屎!"黎顺芳又说:"喂,旺英姐,我们鸡呀牛呀都瘟啦!"

"喂,是啦!"张旺英说。

"乡里妹子!没资格,不及你哥哥本事强,还算乡下一栋梁哩!"

黎顺芳便捡起一块泥土来,有力地砸在李家衍的身上了。李家衍暴跳着,回击未中,黎顺国也吼叫了起来,他便走开了。他心中很是痛苦,因为他一直不能对黎顺芳制胜。黎顺芳站在田里一定的时间,拿着她的短锄,望着张旺英远去,脱下鞋子下到田里;这乐观的青年妇女想到什么,笑了一笑,然后又很深地叹口气,心里有着一点烦恼,望着她哥哥那边。她想到,张旺英和她的哥哥真有些像笨的牛车一样,她又想到社会上还有着坏人,觉得这种烦恼。

被黎顺国亲称作"会做人的"张旺英送来了她家的糯米和城里买的糕饼,还赠送了两个热水瓶。于是被妹妹黎顺芳怂恿着,黎顺国穿着整齐来访张旺英的母亲了,还带了两包有红纸商标、包扎的白糖,这红纸商标包扎的白糖令这乡下的知识分子黎顺国很窘迫,而且动作有些笨拙,还对他自己收拾得过分整齐而有所不满。他的妹妹要他借这包白糖表示对张旺英母亲的敬意,而且表示对张旺英的情意,后者使他觉得窘迫。走在街上,他想,人们都看见,他来从事俗的活动了。老人在房里编竹篮子,在有些阴暗的,摆着老旧的、再油漆过的家具的房里,在拥挤的家具和什物之间,在贴描的画片——骑白马的少女,啼叫的公鸡,金鱼,都市的高楼房——之间,在大的座钟和电视机之间,在一种有一定的酸枣气息的空气中,张旺英的强壮的母亲在编着竹篮。在里面墙壁的一角,重叠地放着好几口红漆的大木箱,而又有新做的被盖堆在上面,黎顺国知道,这是给张旺英婚礼预备的。黎顺国这回进到这房间里对老人发生了一种尊敬之情:在他的面前的,是半个世纪以上的生活。差不多三分之二世纪的生活也是一种魔法,有些压迫着黎顺国的胸膛。老人在若干年前也还获得"插秧能手"的奖状,在玻璃框里挂在墙上。这也似乎增加了这种魔力,使黎顺国似乎是被征服了,他觉得一种什么样的深刻、深沉,有其神秘。老妇女站起来了,很客气地对他笑着,害怕他识破她这时正在沉思盘算他黎顺国的优缺点。黎顺国尊敬地问老人好,并且说老人编的竹篮子好,老人便从桌子上的大的玻璃缸里取出一些新式和旧式混杂着的糖果来。老人盘算着,黎顺国可能比黄功好些,她说,她快七十了,比黎顺国母亲大两岁,耳朵有些不大好。于是这许多年来劳碌不停的老妇女便说到小鸡有一些病了,黄勤志代张旺英去市场卖小鸡,剩下没卖掉的几个有两只病了。老太婆也坦白地说,黄勤志赚张旺英的钱,但是她说,黄功好些。她说,李家衍这些人,也不见得很坏,她直爽地说,黎顺芳老讥讽他不好。旧思想也有用的,她说她是指旧礼节。于是黎顺国便沉默,觉得老妇女这房里,这房屋的——如果像名词所说的——这堡垒和纵深里,是存在着旧世纪的遗留的,而且是沟渠很深的。老人似乎不大满意黎顺国,因为黎顺国并不会说很多客气话;黎顺国也不大满意老人了,因为她说张旺英太聪明了不好,女人应该"糊涂"些才好。黎顺国终于除了向老人问好和"致以敬意"以外,没有能说出妹妹嘱咐的表示对张旺英的情意的话。坐了一定的时间,老人又提到病了的小鸡,黎顺国便借口看病了的小鸡,走了出来,老人便跟着到院子里。这是天阴的下午,黎顺国心里又腾起了对老人的恭敬,而且又很快地转为同情,因为老妇女来到屋檐下,呼唤小鸡,又坐下来编她的竹篮子了。在她的房间里,在她的防塞和旧时世纪的纵深的里面,藏着许多年的不息的劳动混合着守旧的思想、顽固的封建的魔影,老太婆在厅里,和厅后面,和猪棚以及这屋檐的台阶下,为了随时可以编,便摆着一个她没有编完的竹篮子;黎顺国便感到老妇女的这一部分劳动都是联着她的女儿的新的世纪的;但是,在老妇女的屋里有香烛,在后院一个架子上也有,老人还参加过教会;这在老人的脸上的皱纹里,便更可以看到旧时代了。她的充满青筋的手还相当有力,她编竹篮编得很快。黎顺国看看老人,呆想了一定瞬间便去看病了的小鸡,用鼻子嗅着小鸡,又拿着一只小鸡到张旺英的房里找药去了,他又出来的时候,张旺英的母亲已经在拿着短扒子扒大门前左边的一片种着番茄的地,扒番茄根上的草;番茄地里还又种了已经爬上摆着的架子的丝瓜。老人还继续沉浸在研究黎顺国的心情中,她这时又满意了黎顺国一些,因为想起来番茄地里丝瓜架子还是黎顺国搭的,但黄功也会些技术,鸡棚的铁丝网坏了虽然有黎顺国的修理,但黄功和黄勤志也修理了一些;黄功还助张旺英种了葫芦。

入侵者黄功是难得完全驱逐掉了。但观察着母亲的行动,张旺英从猪棚里走出来了,很响的声音对黎顺国说:

"你老黎来啦。"

"今天你允许我帮你什么忙呢?"快乐的黎顺国说。

"他们讲的是外国话。"老太婆讽刺而烦恼地想。这过去受过苦难和不断沉重地劳动的老妇女便又进屋去了。

黎顺国找到了一个盆子,给病了的小鸡用药水洗澡,张旺英在旁边看着。后来,怀着内心的恋情的两人便在鸡棚里转了一圈,走到猪棚里去,往后院去了。黎顺国用一把锄头锄起后院旁侧夹道里的种药草的地来了,他说要把药草间棵。

张旺英便蹲下拔草。

"你把电视机放你母亲房里了。"

"也好,她可以多知道一些国家的事情。我也想再买一个。"

"早晨我想,我们国家的现代化是很稳定地前进的。"

"就是这乡间并不前进。"张旺英说。

"这也是的。"

"我们的经济改革到现在还受着李家衍这些人的阻碍,农业技术也就难前进。"

黎顺国看看张旺英,抑制着他心中这时候起来的恋爱之情。他笑了笑,张旺英也笑了笑。张旺英也觉得,在这和黎顺国的接触里,会要产生新的情形了,她的冷淡的、不结婚的心情已经被击破了很一部分了。但她还是有点依恋她的个人生活和她的由她的勤劳和能力建立的防塞和王国的,而黎顺国也在内心的颤动里想了一个瞬间他的科学书籍和论文稿,他也想到,假若他和张旺英结婚的话,张旺英富裕对他不利,但他也想,他也可以和她"核计"着生活……黎顺国注意到张旺英喊他"老黎"和有一次喊他"顺国",而张旺英注意到黎顺国没有喊她的名字。

"你顺国看那两头花皮毛的猪可以加豆子吃吗?"

"哦,那可以的,你旺英。"技术员说。

"我还对这一鸡种的这一只小鸡有怀疑呢,是不是有人弄了药呢,昨日有打盹。"张旺英说,捉起鸡来走到黎顺国身边,感觉到黎顺国的热烈的感情,黎顺国感觉到她的声音里有着颤动。

"那不一定就是。"黎顺国说,"也有是吃多了。"他说,把那只白鸡抱了过来。白鸡又飞走了。"等下我给它们用温水药水洗洗。"

两人在后院里往前去,经过塑料盖着的药草,经过开放着的种在地上的花和盆里的花,两人走到葡萄架子前面,看看顾顾长长了的葡萄又走回来。黎顺国巡视着他的对象的领土,再又一次地感觉到张旺英是能干和强豪的,然而这时候他还感觉到她是温柔的,黎顺国便对她的强壮的肩膀和手臂看了一眼。张旺英的头发有一部分散了,她便把头发夹子咬在嘴边,将头发抹上去,又用夹子把头发夹了起来;在这动作中,她也对黎顺国笑了一笑。后来她的头发因为弯腰又散了,她便叫黎顺国替她拿着夹子。黎顺国闻到她的头发的温暖的香气;而张旺英,这时候也闻到黎顺国的"男人"的头发的粗糙的、热烈的、亲切的气息。

"这些盆月季花我想可以让收购去,还有这蔷薇。"张旺英说,望着黎顺国讽刺地皱了皱眼睛。"还有两盆我想送给乡政府。"

"你说得不错,我可以帮你去问国家收购,也快收购了,拿给老头李新去,还有城里春天有进行花卉展览。"黎顺国说。

张旺英同时有一种苦恼,她觉得她不想离去她的独身的生活;而黎顺国心中也有他的烦恼,他也同样想着。他的心中便涌起了他的独身的阴沉,和豪杰的感情。

"你看还有这边的一些花,有两棵苹果树苗。"

"对的。"

"我想再买进小猪和小鸡。"张旺英说,"我这个月的收入是三千多元。净收入,当然比高峰收入少些了。我很想送你母亲一些小鸡,你老帮我忙,你父亲想种花不?"

"那他无所谓,而且你送我家很多了。"

"你又不认真了,会幻想的技术员先生。"

"由于我是爱好知识的缘故,由于我是个人自身奋斗的缘故,所以有孤独的幻想。"

"那你舍不得你的好高务远了。你不通。"

"那倒并不是。"

"你这人骄傲。"

张旺英向黎顺国说到家务账也是有着她的亲切的目的的。她继续又说了一些话,便觉得更亲切了。

"你觉得我这个人有哪些缺点?"

"我觉得你很好。"黎顺国说。

"我想下个月多卖给收购站一些花,春季到了,还有药草,以及孵出的小鸡。下个月会多收入钱。你帮助我,我的母亲她也能干一些呆板的。"

"这很对,我帮助你。"

"技术员你不谈学问啦,我真是有点俗气,认真地说,你不反对我我便有些高兴了。你想我这并不是俗气发财,你说对吗?我热爱我的家乡和祖土祖国。我们乡镇经济改革和对付落后与坏人,我是坐标,我要尽我的努力的,我希望你也尽你的努力。你还抱着过去的人生见解想法么?"她问。

"那倒不是的。"黎顺国说,他的脸有一瞬间忧愁的表情。

黎顺国心里是否放弃了他的个人奋斗的骄傲和狭隘和有些空洞的幻想呢,似乎是有些放弃的,然而却也不完全是;黎顺国心中的对张旺英的爱情几乎是比较埋藏得深和有着封锁的,有条件的。但张旺英也有着深藏的烦恼,她的两重性,便是她一方面恋爱着,一方面又留恋她的生活和有着自尊。她的有钱也似乎是妨碍,但关于这一点他黎顺国也会安定,因为他有才能和有农业技术的地位。她这时比较放弃她的独身自持的心理了。

张旺英的内心颤栗着,她心跳着,黎顺国的心中爱情也在上升着。他们快要接触到他们的题目了,但是仍旧没有谁先说话。张旺英想到过去的许多年月,黎顺国一直在她的生活中。他在她的田地和家庭中劳动建立了功勋。她再不是头脑单纯的年轻的姑娘,但她的每一件事情上继续有着黎顺国;然而她又不高兴黎顺国的地方。她冷静地思索,便觉得黎顺国也并没有太多的进展;她便想要再考虑一下了。而黎顺国,也因为觉得他和张旺英之间的沟渠不能轻易跨过,而收回了他的语言和动作。

他,黎顺国,仍旧一个人惯了,他不想结婚,他又再想到他是怕世俗的烦嚣的男子,而且,虽然他有很多缺点,毕竟他是有成就的;乡下人,乡下的卑俗的人们,仍旧是他有点想要摒弃的;他觉得他改正了,但现在他又想,他原来样子又没有什么太不好。

他们便分手了。张旺英陷进悲哀之中;现在是她要对尚存的黎顺国的缺点妥协,而且她善意地想,这些缺点也许过去了。在第二天和第三天,她徘徊于她的和她的母亲同样多的坛坛罐罐之间,抱着手臂——劳动得不太多,在休息着和心中烦恼着。她觉得黎顺国伤害了她的自尊心。她想找人帮忙,然而又觉得害羞,她蹉跎了年月,她想这事便也放弃了。她在她的田地,她的稻秧苗圃边站立着,望着生育她的这乡野,觉得这事便也放弃了。她望着平原里不远的地方火车发出巨大的响声通过,便忆及小的时候她是欢喜看火车的,这钢铁的奔驰激动着她的心,她想,她没有跟着这钢铁的巨大的物件到远方去,她是普通人,她不会有这样的事了,然而,她是有成就的妇女,她也达到了一定的飞翔的理想,她也是像是坐在钢铁的巨大的物件到达远方了;她又想结束。她想,这钢铁的巨大物件是会载走黎顺国的,曾经载走黎顺国,他军队里回来,不想结婚,又到城里去了。这自然也不怪他。在平原里竖立着这些年间建立的高压电塔,地平线上可以看见建了两年的工厂的烟囱。平原是秀美的,快要插秧了,有谷鸟在田垅边上啼叫,灰颜色的,简单地就可以看见它在那里,它并不惧怕人。老姑娘在激动中有点身世的感慨,她带着年老笨拙的母亲,她想她是单身人,不,她有能力,然而不……黎顺国似乎又有些欺侮她,虽然这并不是他的心意。

她在什么时候落入这种在黎顺国看来有点俗气的生活的呢,她在初中的时候立了志愿的,她在高小和初中的时候穿着衣服跳到小河里去游泳和摸鱼,潮湿的衣服贴着身体在河边上站着和又跳到河里去那一次立了志愿的。和男的少年一样立了志愿的。她就是要在田地和家庭里奋斗,虽然有一些时间很痛苦。她痛苦而且同时快乐地过来了,她忧伤然而顽强地过来了,她不到别的地方去,她也不再和老一辈人譬如她母亲一样,她也学习,她还买很多的国库券,她爱她的祖国……她便也渐渐飞翔;对的,她还可以仍然继续是这样,不受嘲笑。黄功等入侵她和欺侮她,她和黄功的似乎有点损失利益的签约和黄功借去了她的三百元黎顺国很不满意;也许她在这件事情上有矜持过分,然而她是仔细想过的,也问过党的支部,她牺牲一些钱也可以保卫成功她的奋斗的生活……然而,这笔竟是似乎是她的弱点,人们也有一定困难,似乎没有谁援助她;然而也不是这样,很多人是援助她的。……可是,她现在觉得黎顺国清高,而自己有些卑俗了。

黎顺国又没有干田地里的活了,他在文化站里写他的文字,也在沉思着。他也在田垅边上站着看着天上的变幻的云,想着张旺英的文化水平不低,作文会的作文描写着映在稻田里的天上的云,和持恒的人性,热爱自己的祖国。黎顺国又躺在文化馆后面的草坡上看着被太阳照耀得发亮的天上的白云。他也听着火车的轰响和望着它的长的、刚强的身段。他觉得这将要载他到什么地方去,完成他的人生;他要尽自己的所能追求人生的意义,他要开阔的世界……炮火通过开阔地——这是他在军队的生活的时候他用他的思想观察和想象的英雄主义。但到底他是有个人主义么,到底他是有个人成就和骄傲么。但是他也应该有归宿了,他三十六七岁了。他的胸中还继续燃烧着对张旺英的爱情,他想她是有价值的,性情和能力美好的妇女。他想他或许应该真的改正他的一些思想的错误了。或者至少前进一步。火车载运着旅客驶往前一站去和又有分岔路驶往上海去,这是几点几分的班车——这里面载运着远的奔向她的壮丽的前程的张旺英,这里面也有无数的黎顺国,奔向他们的更为壮丽的前程。火车起来有力的响声驶过河流的桥,那里面的黎顺国在凝视着田垅了,快要插秧了,他将获得功名和财富,而不必去仰仗他的张旺英的钱财——人们将要以为他这个黎顺国是这般的了,而他是忌讳着这种钱财的。那里面的黎顺国被国家首脑接见了,那里面的黎顺国,唉,带着土气的小地方的英雄主义者,小地方的"洋盘"人物,小地方的"大知识分子"知道而且清楚他的张旺英的爱情是可贵的么;那里面的张旺英提着一篮子蔷薇,她出去依然回到她的美丽而宁静的家乡,下车来经过美丽如梦的田野,和田坎上的水牛推磨子的"责任户"和"专业户"的茅草亭子。但是那里面的黎顺国却在火车头又鸣响汽笛而出发的时候再做着梦幻,他各站都不下车——带着土气和"洋盘"的"乡里哥子"会一直走进什么样的一种虹彩里面。这是会的;这在这样的时代是完全可能的,而且有很多的例证,然而,"他"这个做论文有错误而不肯承认的黎顺国能够么?"他"是否应该写封信给省城里的刊物,承认一两点错误呢?然而那编辑部确实有些捧他,像张旺英所说的,这里面有危险。"错误算什么呢,哪个人没有错误呢?"但是也是应该改正的。和张旺英一起种树那天曾想到改正……然而,他仍然心里颤栗着对张旺英的恋情。这便是说,有些笨拙的黎顺国在内心的激动里并不能很想到什么……不论怎么说,他便决心向张旺英表白恋情了。

然而又一次去了他却又不说什么。

但是他终于去到,和张旺英又几乎是同样地走到后院里了。下午天气很晴朗,张旺英的花在地上和盆里开着。

"你看这月季花,我还想拿几盆出去卖掉了,留几盆等待县里花展。"张旺英说,"我们里是出花的。"

"也出你这样的人材。"黎顺国说。

"你不应见笑我。"张旺英说,脸发红,头发卡子又掉了,于是黎顺国帮她拾起来,她便很快地拢住头发,又把卡子卡上了。

"你的头发好看。"黎顺国说。

"你说……"张旺英于是在黎顺国肩膀上轻轻打了一个动作,黎顺国便抓住了她的手,捏了一个动作。她也用力地回答了,捏着黎顺国的手,红着脸笑了。

黎顺国和张旺英心脏跳跃很响,他们同时想,这关系发生了,这就是恋爱。

"我爱你。"黎顺国说。

张旺英叹息了一口气,望着他又笑了笑,然后说:"我也爱你。"

"你说这红牡丹好吗?"黎顺国说,他迅速地说着这,将刚才的话隔离了;他觉得他年龄也不小了,他应该冷静些。

"这矢车菊艾连草也很好。"张旺英也冷静地说,然而声音里仍然颤动着惊慌。他们走出后院,张旺英又谈起猪和鸡来,她说,她有一百余只猪,她插秧以后还要买进一些猪,她的母亲有顽强的劳动力。

六

人们便看见黎顺国经常和张旺英在一起了,人们便评论这情况的美好。黎顺国还帮忙张旺英上国家收购站去,又帮助张旺英拿花进城去卖给县政府商业局。但是到了插秧的时候,人们又看见这美好的关系不在一起了,黎顺国又经常在农业机器站看书,画什么机器检修图。他又在文化站写他的东西。张旺英也忧郁地一个人往来。以前黎顺国经常帮助张旺英家做什么的,便也停止了。

从刘大姊和王寡妇王春香那里人们知道,黄功又在发出谣言说他要和张旺英结婚了。人们又看见黄功装扮得很华美地和张旺英母亲一起到市场去。

　　黄功和李家衍在黎顺国的母亲那里进行了挑拨,他们在集市上对黎顺国母亲说张旺英母亲骂了她。两家在山峦边的果木树挨在一起,有一年张旺英母亲砍倒枯树不小心在黎顺国家的树上砍了一斧头。由于李家衍的挑拨,两家冲突了,互相有了几句恶言。这事早就过去了,但是市集上这时李家衍却对黎顺国母亲说,张旺英母亲说,黎顺国母亲那年骂她过分了;而且又骂了黎顺国家几句,说他们家是"穷酸枣",想拿几个"欢喜团"就订媳妇。很多骂人的名词和形容词,又加以市场上的有一些人们的有时尖锐的言论,黎顺国母亲便有狼狈,尤其是,她给了张旺英一些糕饼和"欢喜团",张旺英都没有给黎顺国家送什么,她是想送而黎顺国坚决地拒否因而耽搁了。李家衍等人又在张旺英母亲那里说黎顺国母亲"刚才还骂她"。于是在市集上,黎顺国母亲向张旺英母亲问好的时候,张旺英母亲便不理,而在市集上第二次碰到的时候,两人便冲突起来了,张旺英母亲听信谣言说黎顺国拿了张旺英的钱。而在黎顺国母亲这边,则听到了评论说黎顺国为人"忠厚",而张旺英家占了他的便宜。他们便将这意思拿来互相质问了。这还不足以破坏黎顺国张旺英两人,但是几天内两人的母亲就在市场上又冲突了一次,而且黎顺国从张旺英那里拿去助张旺英卖给国家收购公司的鸡被偷掉了两只,黎顺国没有时间用自己家的鸡补上,便补上了钱,但是愚昧的张旺英母亲不收,说钱还要多。同时,黎顺国收到了伪造张旺英字迹的短信,说,"你过些时再来吧。"而张旺英又收到了伪造黎顺国字迹的短信,说:"实在抱歉,以后不能常来你家了。"这两张伪造的短信在这两家母亲吵架的背景上产生了效果。而同时,黄功动员了一批小流氓,和几个女青年在造谣言。初中毕业的女青年钱秀英对黎顺国说,确实的,张旺英在田地边上骂他,又去对张旺英说同样的话。这钱秀英也并不是自己听见的,她是由于虚荣心而传递了其他人捏造的话。钱秀英初中毕业,排斥田地里的和家庭副业的劳动,也不想为村长李新老头的号召,去"学裁缝";在或一阵刮来的什么风里,钱秀英想着她的家庭还可以,而她是八十年代的青年,吃父兄,便游荡起来了。黎顺国教过几天高级小学,也在初级中学讲过一两堂课,就熟悉这钱秀英。当谣言增多,黄功等捏造的信件往返的时候,钱秀英便闯入黎顺国的生活了。有一个初中毕业的游荡的青年会模拟字迹,黎顺国在收到伪造的张旺英的短信之后写了一封追求和询问的信,但张旺英接着又收到了一封人们伪造的黎顺国的信,说着伤害的话,这便使张旺英猜想黎顺国经过内心冲突之后仍然拒绝她了,张旺英也曾写了一封询问的、有点热情的信,但这信没有收到,这信在邮政代办处的铺子里就被钱秀英偷走了。而黎顺国又收到了一封伪造的张旺英冷淡他的信,过了一天,又收到钱秀英给他送来的又一封;而这时候黄功等的谣言又很凶地起来了。县委书记吴焕群在参加指点着这些,要用手段成功,击败县长张辽,使用黄功的包围来夺取张旺英的产业。因此,黎顺国和张旺英的婚姻便是县里的第一类的、政治上的事件。黄功居然筹办了好一些人吹奏着乐器前往张旺英家来求婚了,但是张旺英家关紧着大门,而村长李新追赶着新任副村长黄功——他是被县党委书记直接任命的——的队伍,在他们的前面拦着路,护着张旺英的门户,同时,朱五福铁匠也拿着大的棍棒出来了,黄功的队伍便迫来了。但流氓青年们在街头却包围了黎顺国,向他又砸了泥土。而且朱五福对黎顺国不满。黎顺国来到朱五福家里,因为朱五福冷淡,便想要去,但是朱五福的女人拦住了他,朱五福到里面又来请他坐和抽烟,同时对他说:"是有这种事情吗?太不够漂亮了。"

"什么事情呢?"黎顺国便说,不明白这种情形,但也明白这是因为他和张旺英的关系的中断,但是他想,这是张旺英给他的信的结果。"我个人并没有得罪张旺英,这不能怪我呀!"他说。"也并没有骂你。"

"你这大人物,博士技术员。唉。"铁匠说,面色苍白。"我看你没有给那女待业青年钱秀英写什么胭脂信吧。"

"有那么一回事吗?"黎顺国吃惊地说。"信里还说你们这些人不好吗?"

"嘀。她钱秀英手里拿着的,她那恋爱对象田丁拿着街头念的,田丁就是那个小胡子的——他们是八十年代吃父兄的。"

沉默地坐了一下,黎顺国便出来了。他走到田地上找到了张旺英,他说,他觉得很遗憾,不知为什么张旺英的态度这样。被谣言和伪造的信件更多地伤害了自尊心的过了年龄未结婚的姑娘张旺英便冷淡地望望他,没有回答,又低头扒自己的种黄瓜的地了。

黎顺国和张旺英在田地边碰面的第二天,县委书记吴焕群来到牛头镇上,在乡政府里找黄功谈话,因为李新村长和张旺英向县里控告了黄功了。

黎顺国和张旺英和张旺英的母亲也被找了去。

"我黄功是毛遂自荐的,我自少时结婚前和张旺英家议过亲,我的妻房死了,我自以为我对张旺英是最合适的,我有一定的文化水平,一定的地位,我也会农业技术,而且我接近群众,脚踏实地,我是还有高尚的,五讲四美的情趣,人生的高尚情操和美的享受,不是那种阴阴暗暗的小蚱蜢。"黄功说,穿着他的整齐的衣服,而且有些激昂起来,在屋子里面横着跨着又徘徊着。"我并没有过失,从法律上看,我有张旺英的盖章和她母亲的手印,而那三百元是她参加我的副业商业的。而我对张旺英这万元户的标兵是参加培养的,助你的机会的,"他转身对张旺英说,"而我自己,"他又对县委书记说,县委书记便甜蜜地笑着,"我在农贸市场上经营各种货,又承办国家收购,是辛辛苦苦的劳动,我的仪表也还不错,"他说,"我也是富裕户,我和她张旺英婚姻岂不是正好么?"

"我的图章吗?那是我母亲偷盖的。"张旺英说,"简单地说,我和黄功有农贸市场的合作,但是我打赌他伤害不成功我。我和他不一伙,三百元是投资他的也可以。至于我和黎顺国,也是有吵架的,不过在山峦上种了棵树。"

"虽然有盖了张旺英的图章,黄功仍然是侮辱罪。"李新村长说。

"那不见得吧。错误是有的,但是是有图章。"黄功说。

"是盖了的。"张旺英的母亲说。

"你们认为黎顺国是故意欺我吗?我和他的事情可能有他母亲和我母亲的误会,他有看不起我们乡里妹子的立场,"张旺英有着悸动,面色有点苍白地说,"也许他黎顺国果然是那种不妥之人,我没有看对人,但我觉得他是不那样的。说是那样好关系黎顺国都和我闹翻了,我群众关系可以想见,那么,我张旺英就没有乡长县长支持我,没有乡里支持我,没有祖国和江南的鱼米之乡养育我,山明水秀的广袤平原,祖国的江河点点风帆也昭示正义,我就一定向你黄功投降吗?我母亲也识破了这伪装正人的黄功,我识不破他?我老姑娘忌讳,我老姑娘不方便又怎样,而且你县委书记过分支持黄功。"张旺英说。

"你黎顺国也谈谈。"县委书记说。

但是这时县长张辽进来了。

黄功李家衍这些人说,县长张辽是小学教员和吹鼓手出身,这是因为县长在教初中的时候还教过音乐。没有乐器,他只有一个铜喇叭。他是认真地感觉到县里的伤痛的。这时候他匆匆赶来,便是想到牛头镇上有了张旺英和黎顺国的伤痛了,在他的心里,他的县有了标名张旺英和黎顺国的疾病的痛苦。

县长是跟随着运送一匹货物的八辆载重汽车下乡来的,小汽车让吴焕群坐走了,还有一辆停修。县长张辽感慨于张旺英的艰难,在第一辆汽车的司机台里凝望着大片的水田和密集的秧苗圃。他知道张旺英今年要扩大种黄瓜,这时候应该已经种了,因为黄瓜有营养。八辆汽车有些威武地行驶于高速公路上,这运送下乡来的货物有春种插秧需要的部分化学肥料和农药农具,有电视和新型热水瓶,多量物品,文具书籍,还有好些种新的图案的颜色布和丝绸——县长便想到张旺英会买什么。在他有时瞬间打开灯的时候,他想到张旺英家也打开灯了,张旺英和她的母亲在做织布和编篮子的活动了;在他看见载运稻麦种的车辆的时候,他便想到牛头镇也要插秧了;在他看见县政府里的花有些枯萎的时候,他便想到张旺英的花种得很好。他也阅读黎顺国的有些聪明的论文,还注意到他文字上进步。在汽车中,当他沉思着的时候,碰到迎面的路边几个青年在和村干事刘青冲突,他便停了车,而后面七辆车驰到前面去了。

刘青的眼睛旁有一处叫打肿了,但他也打着了一个长头发的流氓青年,那个蓄小胡须的青年预备砸砖头,刘青也捡起了一块砖头;而女青年钱秀英在一旁呐喊鼓掌,但是她又替刘青鼓了几下掌,因为她显然地也恨一个头发拖长到颈子的青年。

县长弄清楚了,干事刘青骑自行车预备到城里来问他,张辽县长控诉新任副村长黄功的罪行:暗中放高利贷,强迫一些人家贱价卖出副业产品,和侮辱张旺英。黄功的流氓青年们想阻拦他,县长接过控告书来看了。在这控告书上签名的有一些人。

"你们是些干什么的呢?"县长张辽望着瞬间前刚搏斗的战场,看见钱秀英和另一个女青年有脸红,便很讽刺,严厉,大声地说。钱秀英等继续脸红,男青年有两个面色苍白,沉默着。他们的表情似乎说,他们并不知道他们这是干的什么。田地边上高速公路上揪打和逞威风;然而这逞威风又是干什么的,他们回答不出来,一瞬间沉入一种怆惶的情形里面了。"你们这是干什么的呢?"张辽县长又重复了一句。

"我们不过是想刘干事请客。"钱秀英说。

"你刘青很好,你的控告我接受了,但是我也说,你以为你的控告目前会胜么?"县长愤怒地说,"唉,你以为你说着正义的话,你们这上面签名参加者,以为自己的正义会胜,进行奋勇的活动,现在自然不是'文化大革命'的时候了,唉,我不知道我的话说清楚了没有,你看他们打你了,而你的脸伤了。"县长张辽愤怒而有些沉痛地说。"我不是说你们不要控告,但是我县长沉痛,有悲观,先存悲观,也坦白,你说对吗?"他说,眼睛中有眼泪。

"不对！"刘青说。"当然你不悲观。"刘青发怒地说并且突然啜吸着鼻子哭了。

"当县长的说，我们立刻把这件那件事办一办，我们有办法，但是今天我先存悲观，不说官腔，但是我也说，"张辽于刘青的啜泣停止中，望着大片的等待插秧的水田和附近的河流，也听见了几声布谷鸟的鸣叫，含着眼泪，说，"今天不是'文革'那时候了，一九八二年了，是会制胜敌人的。制胜你们的！"县长又对着那一群沉默着的，有的还摆着蛮横的姿势的青年们说。"我实在很痛心，你们'八十年代'的青年！你们要毁了你们的父兄了。"从县长张辽的突然的颤抖的声音，可以听露出来他很诚恳，而且的确是很痛心的。

司机，落后于其他七辆车，因为愤怒和激动而将剩余的路快速跑完，赶上了几辆，他转弯强豪平稳地疾驰着驶进了牛头镇再减速度又加速度，停在已到达三辆车的乡政府门前……县长便快速走下车而进了乡政府了。

"我来谈谈吧。我下乡来是办理农贷，也就是敦促春耕的。我运来春耕插秧时节的需要，八辆车，是我的高兴，因为一些时县里被人阻挠了往牛头镇来的一些货。我在这里接见人户。"他对快速地骑车追了进来的干事刘青说，"请他们来，有控告我和控告黄功和党委书记的也请来，两方面都进来。我再说我下乡来是帮助张旺英同志的。你们这里很严重地捏造张旺英同志的谣言，黄功进行逼婚的犯罪活动而在猖狂进行。张旺英你给我的信收到了。"他对张旺英说，便坐下，搬凳子碰出很响的声音，挤得吴焕群书记不得不搬动藤椅。刘青便出去了，县长又挤了挤，吴焕群又搬了搬椅子。"你，"县长的很响的，带着讽刺的喉咳音说，"县委书记大人，来这里是干什么的呢？"

"农贷在你手里呀。"吴焕群说。他有些面色紧张地说："我觉得不必运来这多货物。"

"我将黄功的副村长撤职，回原来的干事位置。"

"那……"吴焕群说，"同时我觉得货物运来多了。"

"不多。撤职。"

"那我们可不是白白地奋斗了四化了吗?"黄功说。"而且我和张旺英的事能这样了结吗?"

"我慰问你们,张旺英和黎顺国。还有李新老乡长……"张辽说,没有理会黄功。他因运来适时的货物而有气势。

"是有人控告你县长的。"李新说。

"黄功李家衍,你们是绝对不对的。"张辽县长带着高速公路上的豪壮心情也带着路边上的沉痛说,"你们控告我琐琐碎碎办事不抓中心环节耽搁农贷,可是这不是我耽搁的,你们认为不应培养富裕户张旺英,给她农贷优厚,事实上也没有,但你们认为应培养别的人,譬如培养你黄功……我是绝不理会的。"

吴焕群搬着藤椅挤了张辽县长一个动作后,张辽便也搬着凳子退了一定的地点。

"你黎顺国看呢?"

"你县长说的对的。"

"我今天有项成绩很好,我还要说到,过两天要插秧了,现在已经有插的了,我输送了这批货下来。"他说,又搬凳子挤吴焕群。县委书记脸色不好看地说,"我不沽名钓誉。"

"并不需要这么娇惯牛头镇。"县委书记说。

"不是这样说的。"县长说。

"公开说了也好,这里全是干部,党员。张旺英妈妈也是当过先进工作者的农民。货物来了,有些要照我们的定额。农贷本也是我要办理的,拖延的是他财政局。国家收购我也赞成解冻法,一方面也鼓舞私人经营,因为副业品出产有增加。我们核计定额。"吴焕群又说,打开了皮包。

"那定额要再改动一点的。"县长带着一些犯恶的表情说。

刘青带着人们也进来了。县长便先看吴焕群皮包里的黄勤志和吕巫婆的控告他的控告书,说他是批发农业贷款有"营私",支持"思想不纯,骗取富裕户张旺英钱财的黎顺国",等等。县长又看到了一份吕巫婆的放弃巫婆营业,争取入党的申请书。便

看了看随着刘青进来的巫婆,以沉痛然而同时豪放、讽刺地大声说:

"你要入党了!已经我批准了,你明天当牛头镇党委书记,便行了。"

县长的大声以一种有些增加沉痛的战栗而结尾,但他随即又振作起来。有捏造罪名控告黎顺国砍倒果树,控告张旺英向李新村长挪用乡政府的钱的;有控告肖家荣副乡长于插秧前控开沟渠"不公平"的。但也有正当的控诉,虽然有一些控告县委书记,吴焕群藏起来了,但还留着两张。还有一些控告黄功的,有指摘新上任的黄功副村长偷卖山上的公共的林木。国家中央和省的政策要加强和贯彻植树,"绿化",所以这砍树木卖掉树木便也是尖锐的问题了。还有便是也和这有些相关联的,人们控告黄勤志和一群败坏着的青年袭击朱老男人看守的樱桃树林。朱老男人找来樱桃的样品,樱桃已经结得很丰满了。

张辽县长是本省人,他还记得起来小的时候爬上樱桃树去,樱桃树林很深邃,引起热烈的幻想。

县长办理着事情,也推了一些件给吴焕群。他说,控告他们两人的回县里去再议。黎顺国和张旺英都帮着县长办事情。刘青又帮着县长找来了承包樱桃林的几个农民。守樱桃树林的朱其志老人脸色苍白了,他将一包荷叶包的樱桃放在张辽面前,又放了一大篮子樱桃在吴焕群的面前。

"样品。"老头子恭敬地说。他脸色苍白,因为他表示吴焕群是要大篮子的样品的。

"我收了吧。"吴焕群说。

"我不。你老头子也对我有意见,是对的,我也等于收这一样样品。"张辽有些沉痛地愤怒地说。

"不是这意思。"朱其志惶惑地说。后来他笑着说:"也是吧。"

"你不可以上次一样收。"张辽对吴焕群说。

"上次是七百斤。"朱其志老头子向县长冷静地说。

"那我们回去算吧。"吴焕群说。

县长想想便同意了。他想想便站起来,由于回忆少年时和有着有些沉痛的激动,便将篮子里的樱桃一捧一捧地分发给樱桃农民。他叫着,"我出钱,这一篮子樱桃我请客。"他又说,"少年时情谊,曾爬樱桃树,还折断过枝子呢,而你们辛苦了,樱桃林里辛苦了,国家观察今天还是出口货。"

黎顺国张旺英便帮着县长发放农业贷款了。黎顺国观察着县长的沉醉于工作的活动,他觉得县长是热爱他的工作的,并且是充满着爱国的情操,负责努力的。黎顺国沉浸于对县长的感动的感情里面,觉得周围的情况明朗一些了。便也在心中暂时忘记了他和张旺英之间的爱情的烦恼。

"待我来慢慢地看,慢慢来,一件一件的。"县长用拖长的声音说。"要插秧了,张旺英同志的成绩是某些人注意的,张旺英,对吗?"

"对呀!"张旺英说。

"你不怕他们,但我们要度过一定的困难,我刚才悲观的,现在又说官腔了。比方说,这里有一件告状,说我县长欺侮你的钱财,还有,黎顺国老黎欺侮你的钱财,有这样的事吗?"

"是么。"张旺英说。

"可笑得很。"黎顺国说。

"你说了这里不提对我俩的指控的。"吴焕群说。

"但这要提一提,黄功,我是要撤你的职的,也许吴焕群书记又给你恢复,但是我总是要撤成两天的,而且最终要撤你黄功的职的。"县长说。

"那看吧。"吴焕群说。

"你黄功企图逼婚,进行各种陷谋,你以为你能成吗?"县长说,"草原上大路通向远方,在我们这里,平原上大路也通向远方。祖国之爱,四化的强劲的风吹着我们的风帆,我们县也要解决困难的事情,而出航启动了。"

领农业春耕贷款的人们便排成了长条,县长和县委书记亲自发放了前排的几个。

"我看见很大的布谷鸟在田地间叫唤,而鹌鹑产了卵便飞走了,"县长说,发了农业贷款给刘大婶,将钱放在她手里,"你王老头的,是一百元,十个大十钞票,那年子他们坑你两个大十,你便认识到他们坏人的面目。"欢喜说话而且有着哲理的县长用很大的,带着土腔的声音说,"这八张十元币是你洪老头的了,你的女儿进县城去卖花生米,去敲人家的门卖呢,还是街边叫卖?"县长说,"你曹德旺婶子的儿子满月很一阵了,你看我没有能吃上一杯酒。你何秀秀新娘子那年做补活订婚的,县长我记得你吧,你的刺绣很好,将来我请你刺绣一个山花烂漫时的桌布或者别的,送给我们的朋友。"他说,心中有颤动着那种沉痛,沉默了一定的时间,看着张旺英。"这是你陈祥子的,和老作家老舍作的书主角一样名字,而你牛车驾的好,可是驾马车你怕是不行。这是你黄老头的,你看,你的女儿进省城去卖鸡蛋,一块二一斤吧,用粮票换是多少呢?她真有本事赶慢火车,年青人的锐气……"

县长和县委书记先走了。县委书记说,他先回去了,军属曹德旺婶子拦在门口抱小孩给县长看,而且她的大女儿提着酒瓶,斟了一杯酒给县长,酒瓶里面放了几颗樱桃,县长张辽也就喝了。

"我们说县长少年时代在这里爬过樱桃树的。您念着我们。"曹德旺女人说。

"我但愿我在这里一直奋斗下去,而为各位父老幼弱尽力,奋斗我们的四化,振兴中华,而不至于在我老退时,为这些樱桃树,这些桃林和百花开放的杏树,和高大参天的杨树这时和那时被砍掉而痛哭。"

县长带着冷静的神情,心中继续着从刘青和流氓青年们揪打时引起的沉痛,到张旺英家里去了,黎顺国也陪着去了。他想看看张旺英的花,帮助解决一下那些花可以去参加县里的花卉展览会。他想去鼓舞张旺英。

张辽走进张旺英的养鸡的王国,鸡在棚子里和露天里嘈杂地吵闹着,张辽便洒了一些米。他看了几盆花。但他实际上也不一定是看花,他是也想鼓舞张旺英和黎顺国的感情,特别是有着他的妻子的建议,他犹豫着找寻说话的机会。但是他的谈话却遇到了较冷淡的回答。

"你张旺英,他黎顺国我看是对你很好的。"县长又说。

"是吧。县长你不管吧。"

"你们中间是有些信件的问题吧,我听说到一些线索,我看见人们伪造的。"县长沉痛地说。

"那是吧。"张旺英回答,有些辛酸。

"你不要丧气,插秧了,要振作精神来。"带着激动和继续有些沉痛的心情的县长说。

"是吧,你县长放心。"张旺英说。

黎顺国也在院子里呆站着。但张旺英煮鸡蛋给县长吃,煮了四碗,也有她自己和她母亲与黎顺国的,黎顺国也就坐下来吃了。

"老黎,你以后还是常来帮我的忙。"张旺英感动于县长的关心,和对于两人之间的被伪造的信件的一定的捣破,当着县长的面说。

县长张辽乘长途公共汽车转回城里去了,张旺英和黎顺国送他到车站。

到了插秧的日子了。黎顺芳卷起她的裤管跳到水里,开始将昨日捆扎的秧苗束解开。她想帮助张旺英插点秧,但今天到了地里,她有些犹豫了,张旺英的母亲在县长走后继续受着挑拨的影响,她站在田边有些冷淡地看着,当黎顺芳致意和赞美她这么样的年龄还能插秧的时候,她也似乎没有听到,而黎顺芳的母亲也有不乐意的情况。县长撤了黄功的职,但在插秧前,县里的通令黄功又当副村长了。黄功依然在张旺英家进出,而黎顺国也就没有再去。现在插秧忙,而张旺英的田地边上,却坐着黄勤

121

志和一批小流氓；他们一哄而起地替张旺英插了一阵秧，喊着"为军属烈属困难户"服务，又到别的田里去了。是李新村长在压制他们的劣行，他们便来伤害张旺英以"困难户"的字样了。他们是黄功们唆使的，在田地里破坏多于对人们的帮助：将张旺英的秧苗束弄毁了几束，这也便表征着黄功包围张旺英的形势仍然不解除。

王寡妇王春香的田地里在驱逐小流氓们了。

晴朗的春天。大河流涨水，帆船行驶着而渔船在河中间飘泊，又有轮船在这有些屈折的、闪着亮光的大河里鼓动着机器，掀起着白色的波浪。绿色的草在丘陵和小山坡上长得很快，平原里和山峦上的果木林呈显着斑斓的颜色，有些花开得极茂盛。油菜花田里拥挤着黄色的花，而豆田、瓜田和番茄地里也有了深绿的颜色了。因为景色美丽，因为村镇升起着一些淡的烟而房屋的轮廓清晰，似乎也表征着这进行着的年代已经较前些年代绥靖和升平；因为水田里阳光灿烂，因为人们蓄积着精神；因为插秧开始，人们有着普遍的欢畅的心情。

小学校的学生们来到田地里唱歌慰劳和见习了，这是老头子村长李新办的每年的惯例，今年也不显窘迫，也没有耽搁更多的时间，不过李家衍过来制止了，说是这是吃大锅饭，"政治挂帅"的剩余，不应再进行了。然而李新老头没有理会他，李新老头舞动着一根树枝继续指挥学生们唱歌，而李家衍便突然吼叫起来，要学生们停止；他不谦逊地当着群众向李新村长进攻了。他血管贲张地，脸孔涨红地喊叫着"停止！"然而李新不理会他，喊叫着"继续唱！"

"你停止！"光赤着脚的李家衍暴跳着。

"继续唱！唱'洪湖水浪打浪'！"李新说，挥舞着树枝条。他想："我老了，不久退居二线了。"他心里有忧伤——本来这件唱歌的事也有点耽搁学生的时间，然而见习也是学校的有的课业。李家衍继续向学生们叫，他便继续喊着："不停止，继续唱！"似乎因为学生们唱歌的关系，他又想着："我要退休了。在我的江南之乡,年华似水,三十年代教私塾以来,岁月蹀躞,于今又插秧了,我将和老伴安度晚年!"李家衍看见李新老头不理他,便又吼叫着,"你当学生们的面继续吃大锅饭,叫学生们唱,你错误。"然而李新继续不理他,而学生们欢喜和同情李新,唱的声音更高了;李新老头指挥着,拿手里的棍棒舞动着,还自己跟着吼了两句会哼唱的。田地里有鼓掌但也有不走正路的青年们怪叫的声音,这回是李家衍觉得痛心和憎恨了,他想他本是要欺成李新老头一分的。他喊叫着请学生们表示意见,学生们停下来便喊叫说:"我们唱!""唱!"李新说:"唱《太阳岛上神往》和《在希望的田野上》"。

苍白的、有些发抖的李家衍便坐下来抽烟,然后站起来,卷高裤管,在腿上涂了很多泥。这是过去的许多贫苦户被欺侮时的惯习;想夺权的李家衍觉得他是被欺侮了,涂了很多泥回到他的田地里去了。

学生们唱《在希望的田野上》。李新老头也在脚上默默地涂了潮湿的泥,表示奋斗,过去教私塾的生活很远了,自言自语着:"我的老年不会很坏,学生们也欢喜我。"而到他的女儿的田地里去插秧了。但李新又走出来到了张旺英的田地边上,对张旺英说,不要在田地里和黎顺国冷淡,不要嫌忌黎顺国兄妹帮忙。他保证在黎顺国那面没有什么太多的事情不妥。但是张旺英有些冷淡,她笑笑说,不是"这般的原因",而是她自身仍然决定,她一个人痛快。

事情是有其斗争性的。黎顺芳终于没有来到张旺英母女的田地里,而黎顺国被妹妹怂恿着到来了。当黎顺国在张旺英的田地里插上第一颗秧的时候,不走正路的青年们便讽刺地鼓掌,而李新乡长也鼓掌,向着黎顺国和张旺英,他抵抗这些青年们,王寡妇的儿子王遥也鼓掌,愉快黎顺国的行动,而稍远的田地里李家衍也鼓掌,刚才的挨了失败的打击之后,他便想混入李新,所以是中间性的鼓掌。但人们依然感到在这有些兴奋的美好的插秧的日子里丰饶的田地上的有着纯朴的民风和男女的忠实和爱情。张旺英没有什么表现，她只是朝黎顺国笑了一笑，她固执着她的独身奋斗的思想了，这样她便想，怎样回报黎顺国呢。她生活里经常的思想是如何捏死全乡尚有的贫穷和她如何帮助乡里。最近黄功和李家衍突然攻击她是吝啬鬼，这使她有点愤怒。所以她便也很愿意与黎顺国联合，然而这毕竟似乎是不可能的了。想到应该回报黎顺国，张旺英便"硬着头皮"——如她自己所说——往黎顺国父亲的田地里去了。她的这个动作也引起了一些注意，她这个动作与其说是仍然有潜在的爱情的，毋宁说是出于社会的和团结的动因，她插了一行多的秧苗，问候老人好，便回来了。黎顺国插得不慢，仍然在她的田地里忙碌着。

"大知识分子，"张旺英笑着说，"你好休息休息了，真的，我谢谢你了，我体力强，我妈她也能行。"觉得这样说话带玩笑又有点生硬，便沉默了。她到现在，被强硬的造谣所袭，以为黎顺国是出于对她的不满，曾被大约是好胜心诱惑着给了女青年钱秀英一封短的回信。她早已觉得黎顺国的好胜心有点危险。她对黎顺国仍旧维持着冷淡。她看见，头发很长的女青年钱秀英在她的老实的父母的田里哈哈笑着踩泥土，她的父亲便驱逐她，她便从衣袋里掏花生米吃，又拿出口琴来吹了一定的声音，然后提着皮鞋跑到黎顺国家的田地里去了，拿了田边上的一束秧苗插了一定的数目，又掏出口琴来吹奏出一定的声音。黎顺国的母亲谦虚地驱逐显然有黄功等人背景的钱秀英了，这一点使张旺英还满意。

黎顺国和张旺英家的田地，是这一年的插秧大家更注意的。这两处田地很兴旺，黎顺国家承包的地有一处是靠近张旺英家承包的田地的。插秧能手张旺英在她的田地里移行，中午是吃的她母亲送来的饭，她母亲下午也来参加了，告诉她说，鸡和猪已经料理了。张旺英插得很整齐而且快，她间隔着用双手插秧，两只手从胸前的围裙的口袋里取出秧苗来，闪电般地插进泥土。黎顺国下午又来到张旺英的田地里，但是看见张旺英的母亲不大满意——她被黄功们的谣言又袭击成功了——便走了。黄功脱下皮鞋卷起裤管来到张旺英田地里了,张旺英大声吼叫着驱逐他但她的母亲对他笑,于是他便不走,——在田地里插得歪歪斜斜的。……黄功走开的时候还得到张旺英的母亲说谢谢,而他黄功说:"插秧,表示了我们的团结。"这种情形,让附近地看着的黎顺国有一种痛心。

但是,忧郁的张旺英在她的田地里顽强地劳动着,形成机械的、准确的动作。到了黄昏,她的疲劳的母亲把捆好的秧苗继续摔给她,这有规律的动作引起一种愉快,她高卷着裤管,在没膝的泥泞里,一直到人们回去了很多了……她坐在田坎上吃买来的面包。她看见又一只红色的汽轮在大河里航行着,并且看见远远的树丛和树后面发亮的湖泊。她又看见她的村庄,她在忧郁中有点愉快地想,她现在是一个继续父亲的志愿也怀着自己的理想发起家来的乡村里有地位的著名的女人了,她应该对各样事情都郑重,无论是歹徒黄功的包围还是善意的、来帮忙的黎顺国的友谊。她看见黎顺国在附近的田坎上往她这边看着,然后和他的妹妹,像很多人一样,回去吃晚餐,休息了一日的劳动了。但还有少数人留在田地里。黎顺国兄妹的父亲黎志贵留在田地里,继续插秧到天黑下来。张旺英母亲也转去了,忠实的农民老头,黎顺国的父亲,看见张旺英是广阔的田地里留着的少数人之一;看见最后除了他以外只剩下张旺英一个人了,田地里暗了,早春的青蛙开始轻声鸣叫,也有斑鸠在拍翅飞翔,月亮升起来了——黎志贵便喊叫着张旺英,说她也该回去休息了。老男人黎志贵的喊叫很平常,但有着特殊的一点激昂的意义,虽然是与对他儿子黎顺国和张旺英的关系的关心有关,但主要的,这一点激昂是来自张旺英的富裕,单独的姑娘许多年撑门户,有能力,成为乡镇上的重要的人物这情况在他心里所引起的感慨。沉默寡言的老男人黎志贵同情张旺英,而且,关心她的身体,和她的女人,黎顺国的母亲对张旺英以前有时有些消极相反,他一直心中有对于张旺英的尊敬和佩服。老男人站在泥水中,看看自己插的秧也很直,像许多人一样,暗中和张旺英比较着;老男人注意着,和欣赏着张旺英的快速的,在泥水里跋涉移行的,弯着腰的动作。她的成绩比黎顺国要多到三分之一,比老头自己也多些,她是全村或差不多是全省插秧最快的了。张旺英是出众的能手。说到妇女,老男人便记起自己的姨母,也是插秧很快的,在那年月,曾经被雇佣到恶徒家去插秧而被打伤,在穷困的岁月挣得可怜的吃喝的;这回忆也连着他自己的年轻时所遭的困苦,因此他增加一种亲切的感情看着女能手张旺英。老男人弯着腰在暗下来的天色里立在田地里,注意着张旺英的快速的手臂,灵活的、不停的动作,一直到月亮升起来;老人插完最后的一点又抽烟走上田坎,看见张旺英又插了两行,而且在泥水中跋涉着,又拿了几把秧苗插在她自己缝的围裙的口袋里了。月亮照亮水田,宁静之中水田里成了黑影的张旺英的脚下发出轻微的泥浆的声音,张旺英移动着,现在她又插新的一行了。这能力的女人似乎沉醉在她的劳动中,现在冷静中她的心里升起了飞翔的情绪,而且有着一股蛮牛一般的傻力量,这是老人黎志贵觉得的。又一班的红色的轮船现在只可以看见被月光照着的船影了,在月光下移动着,发出鼓动波浪的声音,和尖细的汽笛声,靠在牛头镇的码头了,然后又移动前航了。月光下也有张着帆的船在慢慢地从东方驶向牛头镇,又有两只小的捕鱼船靠岸了;老头看看月光下的大河和附近的小河里的浮萍,便想到几十年前的旧时代他的痛苦生活,他因而更醉心地看着后辈妇女张旺英。他想到张旺英也能和他一样在大河里捕鱼,他想到这妇女是顶努力的了,向一切人询问和学习技艺,在勤勉中度过她的青年时代,现在接近中年了。张旺英热爱家园和她自己的事情,她在这泥水和田地里整日奋斗也似乎不疲劳。她还是乐观和有时哈哈大笑,不像黎顺国时常有些忧郁。对于儿女的婚姻,老头子自然很乐意张旺英,但是他异常的谨慎,不对黎顺国提这些。他几乎是有些反对的。他观察有些不够切实的黎顺国是有会和张旺英冲突的,儿子简直不像想成立一个家庭似的。张旺英比较有钱自然也是问题。老头子这里有狭隘的一面,他害怕这些。河流里汽轮远远地叫了一声便消失在远处月光下的雾霭里了,张旺英插秧又一条了,她在水田里疾速行走,手臂疾速动作像刮风似地,然而,在朦胧的月光下,她忽然抬起头来,看了一看站在附近田坎上的黎志贵,笑着说:

"黎大伯你还不回去呀,天暗了,晚班船过去了。"

"你不回去呀。看你插秧呢,能干,快手。"黎老头说,一面弯下腰来洗他的泥腿。

"黎大伯见笑了。"

"好,好本事的旺英姑娘。"

"哈,"张旺英说,意思是她年龄不小了,姑娘这个名词有些窘迫。

善良的老头和"好本事"的姑娘做了这短的、充满着乡土纯朴人情的谈话便又沉默了。张旺英预备再拿几把秧,黎老头便捽给她了。张旺英便又插新的一条秧,移行了几步了。月亮在什么时候飘过来的白云中更朦胧起来;吹着轻微的风,但白云飘过,月亮又明亮了。附近的丘陵和果木林山坡沉浸在月光下浓厚的阴影里深藏着芳香的气息和人们的幻想。黎志贵老头想去看看山坡上的暗影,又站下来呆看了张旺英很久,他走两步又回头看看张旺英在月光下的动作,和她穿在身上的整齐的旧衣服。他又说:"张旺英,你也该回去了。唉。"张旺英稍迟一点发出了她的回答的声音,说"也是的!"和想到了什么似的笑声。黎老头问她笑什么,她说:"好笑……不说了。"她是因为想到自己"像一个插秧机器似的","像一个傻大姐似的"而笑起来的。

"你是想着什么啊。"老男人固执地说。

"说是我有自作聪明吧。"张旺英说。

老头不大懂,便没有再问了。

"大伯你也生活累。这高速公路建起来了,你不进城去玩玩,新开的又增班的公共汽车。"

"你说我那回对这公路有些旧看法吧,花钱,不必要,有人也说年青人有好多满意的了。然而我不反对了,本来也是。"

"经济活了要好,经济活了容易生计,也增见识。"张旺英说。

"你说得也对。"

黎志贵又呆站着。望望附近的高速公路和铁路,他有一点忧郁地回忆起来;想着沿大路而行便达到异乡,他想起旧时曾漂流到上海、宁波去,艰苦谋生。他继续赞美张旺英,张旺英们和后代不会这样了。在他的思想里,张旺英的形象和她的母亲、姨母也相联着,不过姨母稍瘦一些;他,黎志贵的母亲也能劳动。旧时候有恶霸政府要开公路拆掉了他们家的房子,他的母亲曾被打伤。这回的高速公路,他曾害怕县委书记抓义务劳动。

"我有些落后,你们说的保守,姑娘。"老头子说,"经济死一点,说不定青年人少游荡些。"

"你说的不对,大伯。"

"那你说的对。"

黎老头这时还因张旺英和他的姨母比较而想起了旧时的欠债,房屋倒塌,果木被砍,被抓兵又逃回,以及姨母哭苦命的姨父。张旺英的能干的动作,她的有些漂亮的面孔,在老头心里闪耀着,使他想起他的姨母们。老头便也想到前辈的妇女的勤劳和这村镇里后继有人。黎顺国兄妹的影子也闪烁着,他们小时候的容貌也被回忆起来;现在宽裕了,那时候他们的母亲劳累而辛苦。他再又继续想,觉得过去的苦难中就有张旺英这样的得力的年青人了,他们从历史上走到今天,那就是黎志贵及其老伴,那就是他黎志贵和他的姨母,父母,在风中,月色中,水田里,河滩里,养猪圈,牧牛地上行走……现时候的人们,张旺英和黎顺国们不一样了,强些似的,在这国土上人们奋斗成不止是可以生活了。富庶的田亩和人畜兴旺,果木林、蔬菜地、油菜花地、水田、冬麦和稻秧、草坡和田舍、河堤……这中间走着他的黎顺国和张旺英。

"姑娘,我回去了。"黎老头说。

"还是经济搞活些好。"张旺英说。

"那是。"

更多的灰白的云飘过天空。后来有些灰暗,黑色的云,月光朦胧,田地里静悄悄。王寡妇王春香走过,说:"是你呀,该死,旺英,你还在插秧呀,不要命了。"她这话似乎是每年都说的,张旺英每年春季都有几日插秧到夜里。王寡妇还想脱鞋下水来拖张旺英,但又把鞋穿上了。因为张旺英说:"我也就结束了。"又有村长李新走过,和村干事刘青走过,也有肖家荣经过,扶着自行车,还有农机站长小学教员邓志宏。

"是谁?哦,是张旺英同志。"

"你这晚上农机站去呀,教员。"

教员扶着车子站了很久,和走过的人们一样,有一些感想起来,有一些思念,和一些感触起来。李新也想到旧时代,肖家荣想到自身要和黄功们格斗得更谨慎些,而教员也想到这个。教员邓志宏也想着旧时候的事情,因为他正在教的学生们的课文里有描述过去时代的悲伤。

但年青的教员有欢喜之情。他愉快张旺英的"标兵"不倒,他便在田坎上,还用手电照了一个动作,靠着他的自行车,蹲下来把手电摆在地上照着,在小笔记本里记载张旺英今日插秧的数目字。黄功他们要倒掉张旺英的,所以他便询问这个,而也供给他的未婚妻去。

"你还想再插几条?"

"看吧。"

"我来帮你。"邓志宏,自称为理想主义者的,说。他确实是怀着理想下乡来教书的,因此他想要坚持他的理想,他愉快张旺英也坚持她的理想。

"你不必呀!"张旺英说。

"那不行。"教员邓志宏说,"我要实现我的理想的,我是立了志愿的,说这个也不害羞,要一直坚持下去。"邓志宏活泼地说,卷起裤管,跳到水田里了。他抓着一把秧苗来插秧了。

"你看我如何?"

"你也是村干部,当然不错。不过,你走吧,我明天把猪弄脏一点再请你帮忙刷,这个你不用吧,不然我气了,不然我不干了。"张旺英说。

"那有些危险。"邓志宏说,看看张旺英,研究了一瞬间,觉得没有什么不好,便继续插秧了。

"你要知道,我的成绩是我自己的。"张旺英不满地说。

"可是你也多了时间干别的,我的意思是,帮别人呀。"

"这个事情从现象看来是有它的困难……"张旺英模仿着教员说话,说。

"我也说从本质上看来的,有的没什么困难。"

沉默地插秧了一定之后张旺英又说:

"你走吧。"

邓志宏便也同意,爬上田坎去了。

"你评价我插的还好吧。"邓志宏说,他想到,人生里最愉快的,满意的事情是可能并不很多的,然而他今天晚上很愉快。他还愉快他和张旺英的友谊,他还想到,他这些里面有没有虚荣心。"没有。"他想。

"那是张旺英吧。危险呀,干资本主义,要坐牛驴鸡鸭棚的呀。"经过着的铁匠朱五福说。

"那也真是这样的。"张旺英说,"坐过了。"

"我们一起。"朱五福说。

张旺英在田地里插秧到很深的夜里,大片的在朦胧的月光下如镜子般的水田里好久只有她一个人,田坎上也没有行人了。她愉快而疲劳地深深地叹了一口气,做了结束,由于自豪和致富的欲望,由于要和许多年来前辈人奋斗和国家的历史相称的愿望,由于想要和这富饶的土地、多情的乡土相匹配的欲望,由于她的刚烈,由于她的理想和幻想,她做着这种紧张的,但也快速的劳动。

落起雨来了。轻柔的、大片的灰黑的云现在完全遮没了月亮,细细的、轻柔的、浓密的、甜蜜的春雨。雨渐渐的大一些,田野里除了雨声以外一切静悄悄,水田在雨里静静地敞露着它的快乐的沉醉的胸腔。雨和雨声仿佛是从极高空来的,又仿佛是从果木林和山峦那边来的,仿佛是从遥远的湖泊那里和更遥远的山里来的;仿佛是从糕饼桥边大的树和高速公路上的挺直的杨树里面来的,——小时候张旺英听说故事,而是从大树里躲着的树和尚树尼姑那里来的——仿佛是从地底来的,也仿佛是从静静的宽的清河和多浮萍的小河和白小英的采菱角的木盆里来的。它的声音似乎是唱歌,似乎是快乐的温柔的叹息,似乎是和障碍物斗争的抑制着的呐喊;它又似乎是从沉睡的村庄里来的,从人们,心灵善良正直和有为的人们的心脏里来的。

村镇里微弱的光的路灯照耀着。张旺英经过文化站,看见电灯下黎顺国在读书,抄写书,她为这幅图景愉快,心中涌起了对他的羡慕,但是她的心又紧起来了,她看见,在他的旁边,女青年钱秀英在站着,吃着瓜子,而且在说着话。她没有听清是说什么,急急地走过去了。她走了回来,洗了脸记她的工作账:今日共插秧多少亩,大约多少棵,这是她在春雨里走着计算了一定的时间的。她心情恬静,但因为看见黎顺国后面站着钱秀英而略有点激昂和忧郁。细细的、稠密的、温柔而且同时多感情的春雨在继续落着,张旺英便觉得是她的心里也在唱歌,有抑制地快乐地嘶叫着。春雨的嘶叫从天空、平原和村庄到来,似乎是从她门前的杏树出来的和从她的院子里各色花里出来的。屋檐在慢慢地、有节奏地滴着水,窗户里的灯光照见细密的雨丝,张旺英的大群的鸡在棚子里安静地歇息了,在雨声中偶尔有少数的惺忪的叫声。她拿着手电去看了她的鸡;又走到猪棚里,然后,走到她的种着药草和开放着的各色花的后院里。"这蔷薇顶好。"她记起黎顺国说,但她现在并不悲伤。她又记起县长说:"这月季真好。"她觉得快乐。江南春雨降落着,张旺英的王国是殷实的。

有些激动的张旺英又开了门拿着手电到门口去看了一看。春雨落在各家的屋顶上和落在大街上。张旺英便关上门回来了,想起少年时读小学的插秧也有夜晚从田地里春雨中归来,而且是一散学就参加父母插秧,书包掷在田坎上。她回到房屋里,打开抽屉里一本唐诗三百首来翻着,她又翻出了一本黎顺国拿到她这里来的俄国诗人涅克拉索夫的诗《谁最快乐而自由》,黎顺国并不爱好文学,但什么时候买了这本书。这本书里有写到俄国农民在争议谁最快乐而自由。这里面的沙皇时代"俄罗斯的女人有三条艰苦的道路……最终做一个奴隶之身"的一段,她张旺英读了而且又在某一夜间朗读了一次。这本书算作她张旺英和他黎顺国的那一段时间的亲密的纪念了。

"不觉年华似水……"张旺英有些激动地,翻开唐诗,喃喃自语着。

她有一种辽阔的、深刻的感情,不想睡觉,便朗读起李太白的诗来了。这也是她的生活里偶然有的。这时她便也怀念着遥远的什么。她想,她学问不多,能做普通的文章,她似乎有些懊恼她没有读高中,但她又是安心立命于自己的生活的。她胸中有壮大的感情,她要奋斗下去。

春雨在落着……

肖家荣来敲门,她去开了门。肖家荣说,从外面路上看得见她的房屋亮着,也还听见读书声,不然他便不进来了。他说,有小偷活跃,所以他当副乡长的夜间出来巡逻。他又说,县委书记和黄功李家衍这些人似乎要进一步了,进一步对张旺英逼婚,传些谣言说不久就要黄功张旺英两家合璧了——进一步包围黎顺国和她张旺英,而且他们还要抢张旺英投资的樱桃林。指控他们两人连同村长李新和副村长他肖家荣对县长"阳奉阴违",串联帮派,而且,作农业贸易市场的投机。他们还想陷谋黎顺国和张旺英盗卖公产树木。总之,黄功等企图把他们自己干的一些项目栽在张旺英们的上。肖家荣巡察了一下张旺英的院子,嘱咐张旺英警惕。

"我正是也有这些感想。"张旺英说,带着一种忧愁的表情,肖家荣便看见了她的额头上的一条细细的皱纹。"我想,我是一个单身女子,有困难。你肖家荣也有困难。不过我想,我是光明磊落,我们大家都是这样,不怕他们很多的,现在不是'文化大革命'了,他们这些余孽不一定能成的。"

静默中张旺英听了一下外面的雨声,她觉得,从天空,但是也从人们的心里,从婴儿的微笑和从老年人的安静的呼吸声中,从秧苗的根茎、叶子和灵魂里,从各色的美丽的花的心房中,江南春雨飞出来,光明磊落地落着。

"我说,你张旺英为什么对老黎见异了呢,我对他过去的办法也有意见,他似乎近来也有些还好。"肖家荣说,"而且那些谣言你又听得么?你未必相信他黎顺国和钱秀英有其往来么?"

"人犯点错,也不是没有可能的呀。"

"这么说我就有点寒蠢了,但是不至于呀。"肖家荣说,沉默了一定的时间,他便坐下来,听着外面的春雨。他来到张旺英这里本来不止是来看一看,而且是怀着对她的热情。对她今年又开始的插秧的杰出的劳动抱着景仰,作为副乡长,他是来慰问她和鼓舞她,这也是很多年来的风习,村政权拜访重要的农户。所以他便也说:"插秧了,祝时年好。"他听了张旺英的话,想了一想,便对张旺英和黎顺国的事情——他想到钱秀英可能袭击黎顺国的——不安起来,他便心中愠怒了。他沉默着,咬了两下牙齿,"吓,黎顺国!"他说。但他静默了一个时间又振作起来,对张旺英动情地说:"我的年龄比你小,旺英姐,你是前辈了,我们村庄乡镇的……光荣。"

"我觉得你们夸奖我多了。"张旺英说。

"当这个副乡长我有许多感想,我们,老黎也一起,共奋斗,我于这春雨中,将要插秧,也缅怀过去,和想到祖国的振兴,人生之途有许多感触,旺英姐,我们的村庄将来会更富裕吧。人生,后辈人将更好吧……"春雨声中,年青的副乡长肖家荣带着一种痴情说。

张旺英说是这样的,也痴痴地沉思着她的乡村的人们。肖家荣便出来了。肖家荣从春雨中出来,张旺英关上了门,过了一定的时间,隔着院墙,肖家荣又听见了张旺英的有些激昂的读诗的声音。张旺英的声音有时很急有时慢起来和拖着长的尾音,她的声音充满生活的欢喜又有时带着一点忧伤。肖家荣听了，在雨中一直往前去了。这时他看见远远的街上黎顺国和钱秀英一起在雨中和路灯的微弱的光线里过来了。他迎面走过，黎顺国望他笑笑，钱秀英便站下来说："肖家荣副乡长，你是万元户呢，什么时候请我们客呀。"

"哦，哦！"肖家荣说，"你们这夜晚走着谈什么呀。顺国哥，你也该回家了。"肖家荣站下来了，愤怒地说。

黎顺国和钱秀英站了一定的时间，但肖家荣沉默，在幽暗的街灯和春雨中他们又前进了。黄功帮派"小钱"混入黎顺国，一切是设计好的，意图破坏张旺英和黎顺国，同时也弄到黎顺国和张旺英家的钱财；黎顺国家这两年也有些发达了。钱秀英假装要向黎顺国学农业技术。按照计划好的，钱秀英要追踪黎顺国几个夜晚，在市镇上公开走过，就谈农业技术也可以。于是黎顺国便谈农业技术。这是足以引起怀疑的，何况在深夜里。

但是钱秀英也是有她的自发的。她是不走正路的青年们中间的不太坏的，中间情况，不从事犯罪活动。她觉得农业技术出风头，所以她便想追求黎顺国，而且，她倾慕黎顺国是长得也俊美的男子，"一表人才"。她还注意到黎顺国有点钱。

走慢了一点的肖家荣听见了钱秀英说："你老黎老是说些把稻种放在水里……夜不早了，你不借我一点钱吗？"

肖家荣回头看，便看见黎顺国从衣袋里掏出钱来了。黎顺国有慷慨的性格。这种计谋有一定的巧妙，黎顺国又不好动手打，而且，黎顺国有一定的好斗。同时，这对黎顺国说来是不曾有过经验的，他的格斗的荣誉心或虚荣心似乎被钱秀英诱惑了一些。钱秀英聪明，而且也还美丽。

"你就借我五角呀。"钱秀英说。

"就这些。"

"你大学问家拿得出手呀。"

"就这样。"黎顺国说，而且笑了一声。肖家荣便觉得抑闷。他便走回两步，在雨中喊黎顺国。

"顺国哥,你是一个有理智的人,你不听我的话吗?你该回家了。"他说。他又减低一些声音,带着激动的怒气说:"你和她,这是不好的呀。"

"没关系。"黎顺国说。

"你是有感情的人吗?你是有理想的技术员吗?"肖家荣说,"你回去!"

"你不用管吧。"黎顺国说。

"肖副乡长,骂我们啦。"钱秀英说。

肖家荣喊黎顺国靠近他。黎顺国走过来,小声告诉肖家荣说,因为人们挑拨他,看他是否敢于和钱秀英一起而不动摇任何立场,他便不跟肖家荣回去。

肖家荣看看他,有点怀疑。"你是这样的,怕不见得吧,而这有什么意思呢?而这是令人不满的。"他又愤恨地说。

"那就这样吧。"黎顺国冷淡地说。

肖家荣站着,黎顺国便又和钱秀英走到一起去了。

肖家荣雨中回到家中,碰见黄功在他的房屋厅堂里等着。肖家荣看见制服穿得整齐而且拿着雨衣的黄功便愤慨。快下半夜了,黄功这时来是急切想问肖家荣要牛头镇户籍的本子和一笔办公费,昨天他侵占了肖家荣的办公室,让肖家荣搬到一间较坏的房屋里去了,今天他又被颁布为第一副村长。黄功又说,山峦上的几棵大树被砍,肖家荣得负责查出。他还进一步说,他以为肖家荣可以辞去副乡长了,——在革命的社会里,社会主义社会里也一样,"放漂亮"是比较好的,而且坦白地说话,是流行的好的作风。

肖家荣便想起了不久前在张旺英的院墙外听见的张旺英的读书声。黎顺国似乎又可能犯一点错误了。这人好高务远,有点游荡,这使他悲伤,但张旺英的奋斗仍然使他鼓舞。平常温和的肖家荣也有性情很凶的时候,他没有回答什么,拖着黄功往外走,将穿新皮鞋的黄功推到房门外了;而且他一直拖出去了,将黄功拖到大门外,用力把门关上,过了一下他又打开,黄功仍然站在那里。黄功摔掉了雨衣向他扑来意图打架,双手做着拳击的姿势,而且两只脚跳了起来,肖家荣便急忙把门又关了。

"我过些时要对你不客气的。"黄功在门外说。

"我们也要对你不客气的,滚。"肖家荣又打开门,说,黄功这次没有做打架的姿势,肖家荣也就没有把门完全关上。

"你们家承包的养鱼塘我要参加股份。"黄功说。"还有,你们是包揽诉讼,你们破坏养鱼塘和山上树木。当然,说这些是没有用的,"黄功又说,"包揽诉讼,欺人讹诈的是我们,你没有办法的。"

黄功又跳起来想打架,举起了拳头。他练习过外国式的武打和中国拳术。他对于肖家荣把他驱逐出来,很有点伤心,他以为在他的势力膨胀起来的时候,肖家荣会答应谈判的。肖家荣又"砰"的一声把门关了。

"你不可能夺回办公室的,县里命令我是第一副村长,办公费行政费应由我来支配,临时农贷应由我来支配!"黄功说。

肖家荣沉默着。

"办公费、行政费,临时农贷的抽屉钥匙你交出来!"黄功在门外大声叫着,并且捶门。

"办不到!"肖家荣说,没有打开门。

"你交出来,我明天一早就要办公!"

雨落着,渐小了一些,肖家荣从附近的水缸里舀了半铅桶水。

"我的各项才能要展露出来,光耀我祖宗的,我不甘心于庸碌的一生!"黄功在门外说,"正如同你肖家荣所讥讽的。"

"我的各项才能也在展露出来,也光耀我的祖宗,首先展于我的心灵,我决不甘心庸碌的一生而败于你黄功。"肖家荣也说。

肖家荣突然打开门,将半桶水泼在黄功身上,又迅速地把门关上了。

外面却沉默了。但过了一定的时间又响起了黄功的声音,黄功喊叫开门,但他的声音是一种伤痛的声音。

"你这人太不够交情了。"黄功败了,觉得委屈,意外地淋了半水桶水使他猛然很是伤心;他对着关着的门继续讲着刚才的话;用着几乎是哽咽的、伤心的声音。他要光宗耀祖,这些时候他还特别想到他是心灵柔弱的江南才子,但是他却败了。"你开门!"

肖家荣并不开门。

"你应该对我很礼遇。我今天来是和你论我的为人的,我是想得到你的礼遇,对我谦让的,我黄功是在糕饼桥上不让糕的,我和黎顺国种一棵树我是要胜的,我也愿意和你共同种一棵树,或者一人种一棵。你应该明日一早把卷案给我而现在就把钥匙给我。我自小有些娇惯,我的父母溺爱我……"黄功说着而且啜泣起来了,还渐渐发出很大的声音来。"我决不甘心庸庸碌碌的一生,你要知道我是要展露才能的。"黄功半假地哭着,"你不把钥匙交给我啊,你肖家荣。"

"你哭吧。好家伙。我不交给你。我决不甘心庸庸碌碌的一生,我是要展露我的才能的!我是要展露我的理想的,为祖国与家乡。"肖家荣在门内说。

"你太使我伤心了。"黄功说。又哭了起来,因为他想起了张旺英:"我和张旺英的婚姻是一定要成功的,县委书记是很爱我的。"

"你不会成功。"活跃起来的肖家荣说。

不久黄功又似乎恢复了平静,用有些伤心的声音说:"你不交我钥匙呀?我将来要报复你泼我冷水之仇。我是要恋爱张旺英成功的,我有纯朴的爱情,爱情是最神秘,最动人的心理了。"他说,又哭了起来,啜泣了两声。

"你必不成功的。我肖家荣在世之日,有生之年,你决不成功的。"肖家荣说。

沉默了很久。一块石头击在门上的声音,然后"江南才子"黄功远去了。

不久,黎顺国回来了,肖家荣又开门,黎顺国愁闷地走进了院落。

"你是怎样了呢。"肖家荣愤恨地问。

"不怎样了。"

"你不该和钱秀英一块走的。"

"请你有空转告张旺英吧,我和钱秀英并没有什么的。不,这并不相干。你也要知道,你这个亲戚和你副村长不该那么胡涂。"黎顺国烦闷而忧郁地说,走到自己房里去了。

肖家荣愤恨地在台阶上呆坐着,

没有多久时间,一个民兵来找肖家荣,街上发生了窃案,李新村长找他去。他匆忙地出来便听到附近的吵闹的声音。他赶来的时候,人们已扭着了两个青年。有一个叫陈双,肖家荣了解他是这些天才堕落为偷儿的。插秧的时候,流氓、不走正路的青年说农村富裕,进行赌博,他们还要舞狮子灯,李新和肖家荣不同意。肖家荣看见陈双堕落了,很是伤心。陈双母亲是很勤劳和忠实的,父亲是公社的干部,农村经济改革以后,今年的经济宽裕了,是上升户。陈双在初中里还是用功读书的。

有一些家庭在痛苦地痉挛着,因为子弟犯错误和品行变坏。这夜晚的盗窃活动是赌博的结果。前些天也就有过盗窃案。这些虽然是青年们赌博喝酒的结果,却有时有着背景的。李家衍和黄功怂恿青年往这条路上去,而且犯罪的青年头目对有一些青年进行着流氓的控制。牛头镇的堕落的青年犯罪分子增多了。人们之所以来找肖家荣,是因为他是得力的副村长,会办事,也因为一些家庭要找副村长。肖家荣曾经联合农业机器站长小学教员邓志宏,共同动员一些高小和初中的其中也有已毕业的青年组织一种暗中的监视。肖家荣也拜访过一些家庭。作为党员,他也有找一些青年团员。这也是正派的学生们的监视的成绩,今晚有叫"十八罗汉"的青年偷窃队出动于春雨中,两三个混入他们和他们不一伙的学生便报告给了那些的家庭。人们捉住了这十几个。这十几个中的有六七个家庭赶来参加这捕捕了。肖家荣也正是知道这,预备再赶到大街上去的,他没有料想到人们捉住这些这么快。铁匠朱五福女人,朱五福婶参加这捉捕的,她当过女民兵。被捉住的还有几个女青年。知道这情况,在一旁观察的钱秀英也在细雨和灯光中站着。

有几个家庭在对他们的儿女动手打骂了。这些家庭在痉挛着,病痛着。这些家庭这些年富裕一些了,供给子女读书了,但这中间也有未读书的青年,也有是家庭贫困,也有是父母也有不妥的。被捉住的青年也在痉挛着,有两个像被捉的蚱蜢一样蹦跳着,和民兵及捉捕他们的人们冲突。有一个有小胡子的青年哭了,因为在来到捉他的爱他的祖母面前害羞和痛苦。有一个在大叫着,说是现在的富裕的社会将他们引入歧途了,这社会似乎并不好;有一个女青年也在哭着。和陈双一起被捕站着的是一个有小刀的顽劣的青年。而那边有一个蓄小胡子的也哭了,肖家荣知道,他是假的,是他派遣的地下工作者。几个白发的、满脸皱纹的老头和年老的妇女们站在灯光下和雨中;有些家的人们拿着条把、棍棒、火钳、和鸡毛掸帚。有一个中年妇女打他的儿子而且哭了。很多人在观看,街边上结集着因这事件而起来开门出来的人们,张旺英也在其中,她还并没有睡。这事件的中心还是几个因为闹插秧赌博喝酒,提倡玩狮子灯而开始有着堕落的青年。学校里也赶来了几个男女教师。

在烟雨中嘈杂声又静了一个时候。牛头镇的人们在思索着这事件;这不幸的事件也没有太大的惊诧。人们这几年来在注意着这些不走正路的青年了;各时代有各时代的情况和困苦,现在困苦总算是少了一些。一些家庭在痉挛着,这些家庭的父母兄姐们,他们仿佛扶犁头的长茧的,因操劳而粗糙的手,他们的织布和编竹筐的,烧火和腌菜的手,他们的往前展望的心,和他们家庭的坛坛罐罐,厨房的灶,新买的自行车,钟表,也有新时代的,上海南京杭州的货物、电视机和洗衣机,和他们的烧柴也有烧煤的灶的灶角里的幽暗的暗影,旧时的眼泪和新时的幻想一起在战栗着。各时代有各时代的进展和困难;各时代有各时代的奋发和也有创伤。江南都城上海杭州和南京在这平原里掠过他们的巨影,皮鞋手表是上海、南京、杭州的,自行车和录音机是上海、南京、杭州的……也有香港深圳的货物,人们在社会的进展中吮吸着新的生活的酒。夜车驶过平原,震动声均匀,轻的和重的钢铁的碰击声在平原里过去,仿佛说:这一时代,在搏击中前进。江南春雨落着,牛头镇的街头的灯似乎亮了一些又暗下去。有些青年没有分配和找到职业,他们不甘心田地里的劳动;在电杆下,人们白天里看见有几个待业青年在路边摆着的桌子后面剪裁布和丝绸,做裁缝手艺进行人生前途的活动,街上也有一家新开的饭馆……然而,并不是所有的人都进入奋斗的道路,有些青年便落在歪路上,落在堕落的槽里。今天,这些堕落的青年们是分四个组偷窃,他们挖墙洞和撬开一些家的门。有些主张撬开富裕户的,但有些主张撬开他们仇隙的户的。李家衍和黄功指挥着。正是因为布置了这项活动,黄功便到肖家荣那里想进行威胁的。

祖国的雨和街灯下围着牛头镇的人们。

六十几岁的秦妇女在电线杆旁边爬到白天的青年裁缝们留下来的一张桌子上去了。一个民兵扶她上去的。她的精神和身体都很健旺。

"我说你们这些该死的、砍头刀的……不争气的、忘祖忘宗的、忘本的、辜负共产党的教育的、什么八十年代的……"

"挨十毒大骂了。"一个被捉住的瘦小的青年说,但他立刻大哭了,他是最近被卷进来的,他的小胡子尚未整齐,他大哭又停止了。

"杀千刀的,挨炮子的,没人管教的,没有我管教的,我家的姨侄孙子……小时候在我面前呆过,我带务过的……"

人们吼叫着,那年青人便低下头去了。

"你看我从我姨侄孙子的身上搜出来的刀子,还有他偷到的哪家用功的同学的笔……我真没有脸见人,你小时我没有带过你,你勤俭的父母是像你一样的?这牛头镇的人,不都是手上磨出了老茧,田地里辛劳,手艺上辛苦,正当行业里辛瘁的,但是不然了,你们好有本事,八十年代的青年,吃父兄的。你们背后的是官僚是地痞是牛头镇霸天站出来!……我家里有只饭碗,是我的爹借过东邻西舍的饭吃的,叫要饭也可以是,寒凛寒酸的灶角里我们长大,酸涩的果子我们吃,泥糊的田地泥土里我们养你们后代,好的时代到了。然而你们是学竹林内生的太子,在我的屋子里,在我的灶火里,不能容纳你们!你们这种败家的!……"秦老妇女一直训到她的生活的深处去了。她说她的祖母当过人家的女仆,她说她在结婚以前欠高利贷二十元的账,"驴打滚"的债,她八年才还清。她说,旧的年代譬如潮湿的柴烟辛辣,现在人们不应再被这种呛住喉咙了。她说,她不容许这样的青年,她说,她正是说的不止她的姨侄孙子一个。

雨继续下着,街灯照耀着。

"我们反对他们。"一个青年叫着。

肖家荣一直走向李家衍,因为他看见李家衍在和一个穿着绒线衣的青年说话,那青年听了李家衍的话,便向秦婆婆喊叫起来:各家管各家的事,不用秦婆婆教诲,这不是开会。正如同李家衍欢喜这样看人一样,肖家荣便将眼睛凑近李家衍的脸冷嘲地看着。肖家荣便怀着激斗的沸腾的情绪挤在人群里面,用眼睛凑近去,将每一个被捉的青年的脸都仔细地嘲笑地或含笑地看看,青年们有些怕他,看见他来便闪避着,因为激怒和憎恨,他抓住一个曾砸他石头的小流氓的衣领摇晃着。那青年反抗,他便愤怒地在牙齿缝里说:"我和你们拼斗!"但有一个说了"哼!",他便说"哈!"。有一个说"威风的副村长!"冷笑着。他便说,"正是这样!"也冷笑着。他走向青年田丁,他是和钱秀英恋爱着的,他说他不是被捉的,他是看热闹的;吃着瓜子的钱秀英也说,他是看热闹的。他们都说,秦婆婆没有意思。说话凶辣的秦老妇女是这些游荡、浮浪的青年们很有些恨的,因为日常在街头和田地间她也是骂他们的。

"为什么没有意思呢?"肖家荣问。

"老骂人没有意思。"钱秀英说,她又说她不知道。她说犯案的青年们其实是和有些人家的他们一伙的青年里应外合的,她的快捷的嘴又说,其实这些青年是和他肖家荣一些人,譬如还有铁匠朱五福夫妇及朱五福舅即民兵队长斗本领,有些偷到的是第二天敦请请客缴还的,有些偷到物件是第二天表明一下"斗智胜败"也缴还的。"还有一些呢?"走过来的张旺英问。"还有一些不知道,"钱秀英说。因为钱秀英和黎顺国的"关系",便有人望着张旺英笑了。张旺英的心战栗了一瞬间,秦老妇女,"秦婆婆"下来,张旺英便爬上了桌子了。她内心激动,吼叫了一声,爬到桌子上去了。

"我们认为他们有一定的值得研究!"一个小胡子的青年说,他说他是没有犯案子的,"我们",他又用"我们"这词汇说,"为富为贵者不应不帮助我们,不借钱我们。肖家荣不贷款我们。还有,承包责任经济改革以后我们吃得少了。恢复公社大锅饭!"

"张旺英姐,这话有些对。"游浪青年田丁说。

有好几个人策应着攻击张旺英。张旺英又吼叫了一声,在桌子站着,有了秦老妇女一般的沉重的心情,她瞥了一眼街上的人群,便也感觉到各一些时代过来,今天她张旺英要和李新肖家荣一起扛这局面了。"你们这是要干什么啦。"她说。

"进攻张旺英大姐的是坏人!"一个青年叫。

小胡子的、刚犯案的青年陈双哭了,在雨中哭得身体颤抖着,因为他的母亲来了。他的母亲悲愤地大叫着:"我的儿啊!"大哭了。这个动作妨碍了一些黄功的人向张旺英叫骂以至于扔泥巴土,他们是预备和补充了力量的,预备对付张旺英,假若她也出来说话的话。张旺英有着今夜插秧以后读书的激昂的心情,她又从疲劳中振作。她觉得牛头镇和它的历史使她心中激动,而春雨的晚上善良和正直的人们的活动使她欢欣,但深夜里青年们使她痛苦和嫉恨了。但她还没有说什么,便有一个瘦小的女人,摇晃着身体,叫嚷起来了。

"我们家也有一个不成材的。请问这归你旺英姐管么?"

"你说呢。"张旺英说。

瘦小的女人转动着身体打了她的儿子,一个穿着紧身喇叭管裤子的青年一个动作的面颊,向着桌子上张旺英说:

"你旺英姐是名誉乡长,顶了不起的,你为富要有个泛,泛广济善便是仁,你有缺点这个,而是一个拉拢少数人的。我们家儿子在田地边那天挤了杨老头的柴火担子挨你批骂,但是年轻人向你借钱你为什么不借几个呢?"

张旺英又在桌子上,雨中,发出了激动的吼叫。

"那她张旺英姐的钱不是血汗来的?我们见证三四回,张旺英姐借给他们的。"一个女青年,初中学生,叫做邹敏芬的说,跳上了桌子,红着脸说。

"我们果然是太岁头上动土,他们那些你张旺英高兴的,是紫竹林内生的太子。"

"那你们是这样的。散了,下半夜了。"李新村长痛苦地吼叫着说。

"那你张旺英借钱给我们!"一个青年叫。

"那你张旺英既沽名钓誉就得承担此种责任。"

张旺英又吼叫着。

"那你张大姐的花和药草是赚钱的,你让黄勤志替你买卖,据说他要挟你,那容易吗?而黄勤志那人是投机倒把跟黄功副村长不一样的,而你不投机倒把呀,再说,黎顺国技术员那人是个滑头的,你和他一起,你们一起连着肖家荣副村长在阴着欺负村人呀。"一个披着衣服的,自称是"乡巴佬"的,叫着。

"她看不起黄功副乡长,哈哈,黎顺国那技术员呀,明日要到上海去当学院博士去呢。"

接着有不好听的话,但女学生邹敏芬叫着:

"你们混蛋!你们混蛋混蛋混蛋!"这邹敏芬的心里产生了一种沉痛,她觉得负创,因为她崇敬张旺英。她大叫着和这一群人们叫骂。人们之中,又有铁匠朱五福女人、几个青年和钱根老头在和这批人叫骂。肖家荣也吼叫了一声。有人叫民兵维持秩序,但是这执勤的民兵里有两个是黄功的表亲,抱着手臂摇头。

人们进攻张旺英,用着激烈的、丑恶的言辞,使村长李新老头又痛苦了。人们进攻张旺英,使村镇的正直的人们愤怒了,发起了很多叫声,但有组织的黄功方面,并没有衰弱下去。

张旺英心中激昂地战栗着。她的叫喊无效果。她第一次这样地面对着牛头镇的人们了,也不是第一次,在她少年时,她收割稻子成绩快,曾受到侮辱和攻击,而那次在田坎上,也有很多人是她的一面的。"文化大革命"时也有一次,那两次她是顽强的。她现在也是强硬的,但也许是因为年龄和持续了多年的财富和婚姻斗争的缘故,她心中有些忧郁,也许是因为这有些激昂的春雨之夜,她心中有所战栗,她觉得坏人们似乎很顽固的,而整个的,她也参加负责的牛头镇似乎有所痛苦;春雨之夜应该希望与愉快更多些。她觉得这种痛苦,她的眼睛潮湿了,因为怀着激动之情,因为热烈地关切着家乡和自身的荣誉,因为今夜牛头镇的各情况暴露在她的面前,因为她有胜利的要求,因为激昂发生着,她眼睛潮了,热辣了,但也没有哭。

"你们请再说我有什么不对吧。"她说。

"她张旺英为富户之首有仁爱!"肖家荣方面一个男人叫着。

"她是左右村政府的,李新听她的话的,"吕巫婆说,"我快争取入党了,我说。"

"你是狗屎!"有些土气但是也有她的文雅的初中女学生邹敏芬叫着,同时,她的文雅的一面有些奇怪自己何以这时候她的声音这般粗壮;她是极被激怒了!"你们是混蛋,狗屎……"

"她张旺英姐,你借一点钱给这些年轻人办点行业吧。"

"那归政府借。她张旺英借了一批了。还赠送了许多了。要归政府借。"铁匠朱五福女人说。人们中间便也有青年们应答着,张旺英从银行存款里取钱出来借给他们一批了,不要利息的。

"张旺英为富户应有仁!"那瘦小的妇女大叫着,"我们拥护她和黄功要团结!"

老男人李新村长便发出一声很长的叫喊:"我心痛!"接着便

有泼辣的王寡妇的骂这些人;王寡妇骂着糕饼桥上的十毒大骂。雨继续下着,而人们沉默了。

"你不改正么?"肖家荣对游荡青年田丁说,"你看你母亲,不你方面的,她的眼泪味不咸么?"

田丁低着头。

"你不是说张旺英方面如果胜,你就改正,张旺英不是没败么?"肖家荣说,震着他的牙齿。

"那也许是的。"

"我们并不怕你们结合攻击我们的!"张旺英说,"你们请再说我有什么不对吧。我为富不仁吗?我不曾助人吗?我营私结帮吗?"她叫着。

"你们这是没有道理的。"换了衣服,穿着雨衣的黄功说。

黄功企图报复肖家荣,叫他的流氓青年从附近人家接了一盆水过来,从黑暗中往肖家荣泼来,但肖家荣闪避了,好斗的肖家荣并且将黄功拖了一拖,水便有一些泼在黄功身上。人们继续吵闹着,在桌子上,人们递了一把伞给邹敏芬,邹敏芬便在张旺英的头上张开着伞,雨继续落着。

黄功方面又泼了一盆水,肖家荣被泼着了,也泼到了白小英身上;白小英不一点时间,像刮风那样快,也端出一盆水来往黄功们泼去。于是便互相泼起水来了……很多的面盆,勺子,和铁桶木桶响着。两方关系的民兵们互相架着站在一旁,村长李新和副村长肖家荣制止不住泼水。好些人们和好些个蓄胡须和长头发的青年被淋湿了。

县长张辽和省里的农业贷款局长的汽车经过这里在人群后面停住了。县长从省里深夜转来是因为明天很早要开会,而他还有文件没有预备。县长和省农业贷款局长挤进人群,被泼了水在身上了。农业贷款局局长也被泼了水了。而雨又大起来。

县长张辽前一次因了小胡须的青年们打刘青干事而沉痛,这回他觉得讽刺的情绪,他被泼得很湿走到亮光中。

"你们是没有前途的,"县长对小胡须的青年们说。"你们的情况叫我这么说呀！我当然要说这句官话,除此以外我怎么说呢？不过官话并不是不兑现的,你们是没有前途的！"他说,虽然小胡须青年们这次并没有说话。

"但是张旺英方面可能骄傲了一些。"农业贷款局局长陈耳说。

"不,不。"县长说,跳上了桌子。张旺英已经跳下来了,但又跳了上去,替他张着伞。

"你们是没有前途的。"县长张辽说。"给我提桶水来,"他说,"我报复你们！"他接过了钱根老头递给他的水桶,叫其他人走开,用力往一些小胡须的青年泼去了。被泼中的小流氓青年们跳跃着企图抖落身上的水；特别因为农业贷款局长反对张旺英,他,县长张辽有愤恨。"我们要妥善处理这些盗窃的不走正路的青年。"他喊叫着。

"这不像县长！"小胡子青年们吼叫着。

"我这县长就这样。"张辽的嘹亮的大声说。

然后县长跳下来和农业贷款局长一起坐进开过来的汽车。在坐进汽车之前他和张旺英握手,他的热切使张旺英方面的人们高兴,农业贷款局长也和张旺英握手,他的冷淡使人们注意。汽车开走了。

七

黎顺芳在春雨里,田地边上碰见了钱秀英；钱秀英披着红色塑料雨衣在吃瓜子。黎顺芳急急地走着,但想起了什么似的回过头来,说:

"大叔和大婶都在插秧吧？"

"怎么？那关你什么事呢？"

黎顺芳继续走,但还是站下来了。她披着的蓑衣滴着水。她两边看看,热烈的、愤慨的心跳动着,她因春雨中插秧而快乐,笑着,并且说:

"春雨如油,贵重着呢。你家的油菜地也该收了,你父亲钱叔他先于我们种的。三中全会后许多人家发达起来了,你父母钱叔婶都还有些紧,他们也是老实的乡农,你不可以这样呀。"

"那你不管。"钱秀英说,"也不是你不管,你说油菜花田我有些听信你的话,而我不爱干劳动。我是我家的不肖的女儿了。我有别的前途,各人各人看法……呸,便不提这些了。你要你哥哥借我一两百元好吗,几百元好吗? 我不破坏他和张旺英的门当户对的恋爱,你们全家放心。我可是有伤心的事情。"

"什么呢?"

"没有人同情一个孤独的姑娘的。"她说,眨着眼睛,然后她便说,她闯了祸了,把油菜花地的油菜已经卖给吕巫婆经手的什么一些人了,也不是全卖,而是一块地上的收获,约三百元,钱便用掉了,契约签的是她完全负责。

"你当然已经听说了,"她说,"你能不能借我两百元? 你要你哥哥借给我好么? 也不一定是两百,一百也行。"

"你是真的?"

"是真的。"钱秀英说,哭了起来,啜泣着,掏出了手帕。

"你也许能回心转意,不做错事了吧。"黎顺芳说。黎顺芳是仔细而有着深刻的同情心的。她本来想责备、教训钱秀英的,但现在她却沉默着。

"我花了油菜花的一部分钱了,所以便做一种活动,呃,包抄你哥哥。小的鄙人我有些恐慌,譬如这般下去,我就要成落在汤锅里的鸡了。不过你知道,我是也反对黄功的。县长泼水,我是泼了一桶一边半桶的。我是说我没办法那时候我就和坏人结婚的,然后又离婚,又结婚……"

"私营家中油菜花,没熟的油菜呢。你钱怎样花的呢?"

"请吃东西。一人送一条手帕,他们偷东西的十八罗汉我也送。也赌了一四钱。掷猴子,还买了一双皮鞋。我表现着我的家庭是富裕的,还有八十年代的生活是诗情画意的,不过我们家并不富裕。"她眨着眼睛,笑着,说。

"还有什么呢?"

"还有就没有了。肖副乡长抄走了我们一些字条,座右铭,参考去了,用原子笔抄去了,你不知道?"

"知道。有'爱情是神秘的,诗情画意的爱情是崇高的',还有'不懂得诗情画意的爱情,就是不懂得真正美的人生'。"黎顺芳笑着说。

"不懂得诗情画意的爱情就是不懂得黄金。"钱秀英说,又眨着眼睛,"心灵的诗情的爱情是神秘的,只有你能理解,能理解它的人心灵是最纯洁诗情的。还有一句是大文豪歌德和雨果的,肖家荣他抄走我们这些去干什么呢?我们这也违道理么?我并没有对黎顺国说这。当然这些也没关系。"钱秀英说,忽然显得有些善良,但是又显出一种冷漠的神情。

"然而你们有一些是很不好的,譬如什么说不出口的那类色情的。"黎顺芳说。

钱秀英继续沉默着。黎顺芳也沉默下来。她想这里面前面说的那些也还是有学问的,她一瞬间想,比较起来,她倒是有点卑俗的妇女了。

"你们这有道理没有呢?"

"没有什么道理。"

"你还有泛恋什么吧,给男人一张这种美言条,泛恋不爱,什么的,什么萨特存在主义……也有着一种色情。"

"那自然不好,我也并没有。不过你不想到,这些什子言,那些色情的除外,也有文豪的,不是心灵里有这种心窍和享受美丽的人生吗?而色情的也是浪漫,文豪说,哪一个少女不怀春。"

"那许是的。大文豪雨果吧,哥……什么吧,还讲些什么呢?"黎顺芳说,"他们不说人生要做事情,信实和有为吗?少男少女是钟情怀春,恋爱也不是不正当,你说对吗?还有哪些呢?"

"还有,'我是枯黄的叶子快要落了','她的短促的一生像是死一样','她是一朵盛开着的玫瑰,她死了','她是快要凋谢的玫瑰','宝贵你的芳菲的青春,爱情'。"钱秀英说。"我们是新时代。"她有点坚决地说。

"当然，这些有些也不错的。"有些是老时代的妇女的黎顺芳对表情淡漠而忧郁的新时代的钱秀英说。"但是，说到死，你们还有死亡是甜美之依归，死亡是可歌可颂，还有，黑乌的黑洞洞的死是最享受，人生无道理，无意义。"她说。

"那些我并不那么信。"钱秀英说，说了便顿时地沉默了下来。黎顺芳忧愁地看看钱秀英。问："不信？"钱秀英说："有些是的确不信。"黎顺芳想到她参加的作文会的储蓄会是可以有钱借给困难者的，她想如果储蓄会借一定的钱给钱秀英，再个人赠送一点，钱秀英能改正的话，也是很好的。她注意到钱秀英这时在看着田野。在插秧的田地间，在春雨里，大片的辽阔的水田伸展到平原的尽头——她钱秀英瞬间前的哭似乎是想要改悔的。但是想了一想她又觉得不简单。

"你卖掉油菜青苗是不好的。你能改正么？"她说。她想说她可以考虑帮助她，想了一想她便说："这要看你自己往下改不改了。"便走了。

黎顺芳走了一定的路又回头看，看见钱秀英在田地边上和走过来的田丁说些什么。她看见钱秀英摇摇头，似乎意思是不想和他去游玩。后来，远远地，她又看见钱秀英脱了皮鞋，卷起了裤筒，下到她自己的田地里去了。她的父亲喊叫着她，说那里有石头。她下到田地里插秧了，黎顺芳便有一些感动。她看见她插了几个动作准备上来了，看见远远的一群人，一个青年叫喊了什么，但她想想没有理会，又到田地里去了。

远远的一群人是县党委书记吴焕群，来支持黄功当第一副村长和来巡视插秧的，明天报上要登"县委书记亲赴插秧一线巡视"，吴焕群这么想，"而且是下着雨"，他又想，披着雨衣和黄功几个人在田边上慢慢走着。

看见这一群人，黎顺芳似乎有些害怕似地，进到田地里去了。她想她这不很必要，"就站在田边上怎样呢？"但是县委书记的脸孔实在是阴沉的。加以肖家荣被夺了一些地位，虽然没有交出财务，她有些忧郁。但是她觉得更忧郁的应该是张旺英，这些人又来包围她了。她便担心地往张旺英那边田地看着,看见也同样披着蓑衣的张旺英已经在田地里了,插秧能手张旺英而且已插了不少行,她的那一块块明亮的水田已一半被绿色遮住了,她在雨中的田地里移行着,继续用绿色吞噬着明亮的水。"宝贵你的芳菲的青春,爱情。"黎顺芳想,并觉得这句话的美丽,和觉得自己的带着卑俗的和张旺英的她觉得深奥的表情。

县委书记和黄功等走过,一行人里面还有着昨日来到县里的农业贷款局局长。县长在县里面开会,他便和县委书记下乡来了。

"你这是刚毕业的初中的钱秀英吧。"县委书记对钱秀英说。

"是哇。"钱秀英母亲说。

"很好很好。"省里来的局长说。

"她很聪明。"县委书记说。

"这也是插秧能手。"干事刘青勇敢地抢着介绍黎顺芳,说。

黎顺芳抬起头来,望望人们,说:

"你县委书记来啦。我们不及旺英姐。"

"你也很好,很好。"县委书记说,

县委书记和省里面的局长陈耳走到张旺英的田地边上了。黎顺芳听见县委书记说:"很好。"听见省里来的局长说:"在全省范围里,这样的能手只有几个……"黎顺芳便觉得放心。

"她能两手插秧。"县委书记说。

"那,看看呢。"

张旺英便笑了笑,从围裙里两手抽秧苗,表演了两手插秧;她觉得很有些委屈。

"果然名不虚传。"省里来的局长陈耳说。

黎顺芳便看着这一群人远去了。黎顺芳也便看见穿红雨衣的钱秀英从田地里爬出来了。"得一句说很好。"她大声说。

钱秀英母亲在田地里喊着什么,骂着钱秀英,因为钱秀英在田地里插秧时问母亲要钱。

黎顺国走过田间,往文化站去。他继续着他的忧郁的心情。他昨日回家在房里踯躅很久,今日早晨继续想着他的情况。他到底是不和张旺英往来了,自从钱秀英写信给他,人们又在张旺英面前伪造他黎顺国给钱秀英的信;张旺英对他冷淡,而且人们造谣说张旺英骂他,他也便想到自己的不合适,停止了和张旺英往来了。钱秀英纠缠着他,他似乎成了错误的人物了。他到底想不想到县城和省城去以至到上海南京杭州去寻求他的功名呢;县城里他是有通讯的朋友的。他到底是要做些什么呢;他到底是要远离家乡呢,——譬如说,这年代有到边疆去建设——还是就这样。这种犹豫似乎有雄大的志愿的部分。这种犹豫有是黎顺国这土产知识分子的缺点。他有个人名利的要求,也不是很多的要求,而是心里有着受社会上有着的个人名利的刺激而形成的若干引诱着他的幻影。在他的心里展现着一条他老黎配的道理,当一名著名起来而有着地位的有着意义的人生的人,不再是带着很多的土腔味的"乡巴佬"。于是他便是自负而不认错的,他曾经向张旺英承认过这种错误点,但这些减少了些又起来了。而在另一方面,他,黎顺国的内心又是纯朴的,无条件似地渴望工业化和学问,渴望国家富强;他觉得他怎样都可以,他热爱他的中华祖国。他也可以在乡下奋斗。他内心浮动是因为他缺少朋友,他又怕他的学习摔倒,所以便成了孤单的了。这小地方的奋斗者最近在用废电池在农业机器的马达上充电获得成功。他没有受到钱秀英的引诱而动摇,他是纯朴的,但是内心里还是藏着他的郁闷。

　　田地边上,蓄胡须的田丁来找黎顺国了。他说,他并不是要挟,假若是要挟,就"天诛地灭";他说,他和钱秀英倒没有什么关系,他现在不和她恋爱了,因为她追求黎顺国,但是"话分两头"来说:他仍然关心着钱秀英,钱秀英卖了家里的未成熟的油菜,他也参加用了钱,他们走到绝境了,绝境便是让黄勤志这些人欺侮。其次,他现在是和另一个姑娘恋爱,不和钱秀英一起了,虽然他仍旧爱她;他希望富裕户、学问家、技术员黎顺国津贴他几个钱。

田丁还说,他没有参加十八罗汉等的盗窃,他是爱追野兔、竹鸡、爱掏鸟雀窝的。譬如这里是一棵树,他便这样攀上去,那里是雀窝,便从旁侧和鸟巢底下慢慢地、出其不意地钻出来。他说着,做着动作,他又做着动作说,像这样便能从草丛里靠近鹌鹑、斑鸠、鹧鸪这些。他说他知道黎顺国少年时很会捉这些的,所以他说这些是请黎顺国指教的意思。

"你能捉到,当然是动作不错。"黎顺国说。

田丁想使黎顺国心欢。他于是又说捉蟋蟀捉泥鳅,在黎顺国的传记上,少年时代生活的突出的记忆点,是有着这些的,而且这强壮的青年田丁也并不卑俗,是长得还有些"锦绣"——这青年的头发还很多,很厚。黎顺国在最初回答田丁的时候有着冷淡的矜持,至少是年龄的矜持,但当田丁继续说下来和做着热衷的帮助动作,黎顺国便被击中了一点荣誉心或虚荣心,高兴他少年时的荣耀有人知道。他便愉快和谦虚起来了。

痴心于这件事那件的农业技术员黎顺国开始对这个田丁有些好感,他也研究了一瞬间这后面的黄功李家衍的背景,但是他想这是没有什么的。田丁在讲这些的中间有讲到他的哲学,他说,他是喜欢青年时代,不蹉跎光阴,而尽情地喝醉的;他又说他想过几年便用功了,他要出人头地,将来像黎顺国一样成名。他说,前时代人不会利用青春,以至于过早地衰老,是有缺点的。他说,他的家中现在也富裕,去年副业养鱼和种药草收入不少,连祖父都能劳动,所以他便宽裕,也是一种"高干"子弟。所以便产生缺点了,和钱秀英一起欠了债。

"你同意我的哲学么?"他说。

"不很同意。也不错。你的哲学还有呢?"

"我们有一些座右铭和奉祀的叫做条目,我不会入很多歧途,而入歧途有浪漫,家庭伤感更关心,浪子回头金不换,这是风行的各家哲学吧。"

"那,还有呢?"

"还有便是……有关于爱情的,譬如你,有些迂腐,在青年时代要不幸些,没有理解爱情,它是激动心灵有神秘和奥妙诗情画意的。但是,你要对爱情也冷淡,铁了心不动,北方人说,我们江南也有这句话,这是外国的大文豪也说的。你说对吗?"

黎顺国便想了一瞬间,这田丁的哪些部分是黄功们派遣的。他从这青年身上注意到一种热衷,甚于狡猾。他又问还有些什么。

"你不知道么?"田丁说,很热心地便从衣袋里掏出一个小簿子来,递给黎顺国,而自己叉着腰,看着黎顺国翻他的簿子。

这簿子上有:

"人生是一个箜篌,人生是一个锁琴璜琴,你奏它便发响。""人生是一个噩梦和一个永远过时的人们讨论的问题。""人生要喝醉。青春正是为了酒而有的。""快乐和她的曼妙的眼睛是有距离的。""击拳要震。""金钱是不信用,金钱呀金钱,多少人假你而欺人,金钱是身外长物。""爱情将是春末的繁花被践踏成泥。生命也被践踏成泥。""萨特的存在主义不一定不优美。"

黎顺国一页一页地翻着,微笑收敛了,而显出严肃的神情。他翻到了一些色情的句子。

"你觉得怎样呢?"田丁的得意里开始呈显出一种不安,说。

"你想游荡多久,当多久浪子,才回头呢?"黎顺国说,带着一点愤怒。

"这里面的,"田丁失望地说,"这里面的这些哲理和美言词不能说服你么,你年青的时候没有喜欢这些么?"

黎顺国想说:"我们年轻的时候,奉祀的是另外的神祇。"但是他这时也想到了他直到这年龄,还有着一种不很决心改掉的错误,便有些阴郁。他也是在他的心思的波动中追求着他的人生哲理的,进行着他所谓"探求和探索人生"的思索的。田丁的本子里的这些条言词,使他也注意了一个瞬间。

"你不觉得这些哲言可以说服人么?"田丁带着一种战斗的姿势,说。"你不曾踱踱徘徊过而欣赏其优美么?"

黎顺国还想到这些青年们是时常赌博与喝酒的。他说:"你们不想到前辈人么？现时候也有多数的青年并不和你们一样的。"他说他不能帮助田丁什么钱。

这时远远的田地里吼叫起来了，这是田丁的父亲在吼叫他到田地里去，扬着手叫着。

"你应该到地里去，而不应该很多地偷家里的钱。"

田丁怕羞，怕他的父亲的大声吼叫，便急急地走过去下田去了。黎顺国走到田丁家的田地附近，远远地看见有白的、短的胡须，短的白发的老头，田丁的祖父在泥水里跋涉着插着秧。这老男人还有些顽强。

但是黎顺国看到，田丁的祖父，白发的老人突然拿秧苗和湿泥土砸田丁，在泥水里又向他扑去，于是田丁又逃到田坎上，洗了脚，放下了裤管，不干了。

"你黎大哥应该同情我们吧。"黎顺国这时往回走，田丁便追上来了，说。"干这种种田本没有意义。"他又说。

"不能帮你的忙。"黎顺国说。

"这是这么的，"田丁拦在黎顺国的面前，说，"你看我是能改正错误的吧。"田丁又说到捉山鸡、野兔……黎顺国便在田坎上坐下，田丁也坐下来了。

田丁是想捧场黎顺国的荣誉心，但是因为宣传哲学和家庭吼叫而中断了。但是，继续说着，又引起了黎顺国的回忆了；而主要的是，田丁自己又热衷于游荡的热情了，他的表情热烈而多样，他又站起来说，他如何地，在那一次，捉到了比黎顺国少年时捉到的大得多的竹鸡。他又有点似乎想伤害黎顺国。

田丁看见黎顺国有冷淡，便补偿说，他还知道黎顺国在外出参加军队前曾经于夏季捉到一百五十个蝉，还有呢，好些篓子的泥鳅。黎顺国于是便又有些高兴起来，而显出了有些嘲讽的微笑。

"你还知道我的一些什么事呢？也没有一百五十个蝉，知了，是五十个吧了。"黎顺国说，又露出了一点嘲讽的微笑。

"你一回还捉到叫油子几十呢。"

"那,没有那么多。"技术员黎顺国说。

"我们年青人是很敬佩你是农业技术文章的作者呢。"田丁说。

"好吧,借……送你两元钱吧。"

"也好。"田丁抓住钱,说。

"你要拿它去还债。"黎顺国说,想消灭掉自己的荣誉心或者虚荣心的震动,同时,他又想到了田丁的田地间田丁的白发的祖父,那老人是夸奖他的论文的。"你要拿他去还债,你知道你祖父快七十了吧。他老人家还劳动呢,好吧,再给你两元吧。你要向祖父检讨,下田去劳动。刚才你爷爷为什么砸你呢?"

"因为是浪子呀。还因为下田去吹了一下口哨。"

"好。你去吧。这给你的钱不包括钱秀英的问题吧?你们派遣的钱秀英,我与她有关系?"

"那自然是没有的。但是假若我说你是因为钱秀英呢?"

"那你把钱拿回来。"

"那自然不提,说就天诛地灭。"

田丁便急急走,到了自己家的田地边,脱了鞋子卷起裤管到田地间去了。但不久,他便被他祖父又驱逐上来了,因为他问他祖父要钱。他欠了十多元的债。田丁爬上来在田地边坐着,他想着黎顺国的教训也还有一定道理的,他便发生了他的情况里常有的改悔的有些不殷实的冲动,走到一家人家的田地去了,他和这家议论出卖劳动力赚钱还债而同时他这么做是也想刺激他的祖父。这家人家劳动力缺乏,便问黎顺国看可以不可以,黎顺国便回答说可以试试,但这要问乡长。但不久这家人家便给了田丁几角钱而驱逐他了,因为他踏到了秧苗而工作很笨。他却又进到另一家田地里了,他因为羡慕黎顺国,便有了一种自食其力的冲动,但干了一个钟点他便不干了,又拿了一点钱。这家人家叫做"谢礼",他便也谢谢。后来他到黄勤志的田里去,然而吃午饭以前他又和黄勤志吵架于田地间了,黄勤志责备他没有和黎顺国冲突,他便说他以后想不为流氓了。黄勤志和他吵得很凶他又害怕了，便又说仍然为流氓。他便在黄勤志那里吃午饭……

田丁第二天晚上来找黎顺国，说他想借钱，助钱秀英还账，因为钱秀英的钱有他参加用的；黎顺国白天里曾碰到钱秀英，她曾说她"并不在意"她卖了油菜花地，她的父母会对她让步的。黎顺国看见田丁这青年脸色苍白，田丁窘迫地放弃了他的来破坏的目的，说，乡亲也教育，家庭父母也教育，他是觉悟些了。黎顺国便想到让他到农业机器站去当徒工，田丁便同意了。

黎顺国看见田丁在农业机器站认真地在劳动，便也放心了，但是过了几天，这青年田丁便说他不干了。这期间黎顺国曾借给他十元。一天下午，黎顺国看见田丁交钱给黄勤志请转黄功，黎顺国探听到，黄功在收各人的参加他的"储蓄会"的钱，说准备分配他们的工作。

田丁的母亲在村庄里找到了黎顺国，向他请求，请他再说服和管教她的儿子，再收他的儿子进农业机器站去。黎顺国便说暂时没这能力了。田丁的母亲便走回去，走到村口，用头在树上碰撞着。这时候便走来了黄勤志，说黎顺国"坑害"了田丁家，不给田丁的农业机器站的工资又扣了应得的奖金，逼着田丁去赌博输了钱，以至于田丁的母亲拿头在墙上碰撞。而且，黎顺国引诱钱秀英。

田丁的母亲并不是黄功等布置拿头往树上撞的，但却被黄勤志利用了，黄勤志便告诉黎顺国说，他已经被批准任村秘书了，而且也任了技术员，请黎顺国对他谦逊点，同时，请黎顺国找农业机器站长教员邓志宏同意，在农业机器站增加几个名额。有三四个青年参加包围着黎顺国，做出邪恶的样式和讲着肮脏的话，有一个还捧着一个空的鸟笼，请黎顺国助他们捉一只金丝雀，他们说，据说黎顺国从前年轻时曾捉到金丝雀的。他们给黎顺国取了一个混名称"金丝雀"，是漂亮的知识分子的意思。他们的包围使黎顺国很痛心，他似乎并没有想到过，他会落入这种包围，人们在街头欺侮他，多年用功的技术员。黎顺国酷爱自己的事业,也乐于助人,他还兼教小学初中的书一定的时间,在乡间的正直的青年里受着尊敬,可是他竟成了"金丝雀",受到这般的侮辱。他想,他也许有点"金丝雀"吧,个人骄傲洁身自好吧,却决不是没有贡献于他的乡土的。他想,他真是早应该离开这不幸运的地方了。穿着小裤脚管的,蓄小胡须的,深黄色面油的,大口喷烟抽着香烟的青年把他包围了。黎顺国想到,他是三十几岁的人了,在地方上也有着地位……于是他的心便愤怒地颤抖着。流氓们说到农业机器站和文化站账目钱财,还说到似乎他的农业技术的论文是来路可疑的,似乎是什么地方"抄袭"的,而且甚至似乎说是黄功作的。而且他们还说脏话,说张旺英不久便要归隶于黄功了。人们围着他的时候,黄功也近来了,但是李新村长和一些人也来了。李新便让大家散去。

　　黎顺国继续内心战栗着,痛苦着,他像被一件沉重的物压着,像是被一堵墙挡着,使他窒息,他想要推开它。于是,就在这靠近文化站的街角,他做了于他的生活里是值得记忆的谈话。脸色苍白尽量冷静的农村技术员便对围着的人们讲话。他说,他是爱着他的乡土和中华祖国,热爱他的祖国往现代化去的。他是渴望后来的人们都走上正道的。他说,他是本乡人,家乡的父老乡亲认识他和知道他所有"底细"的。他奋斗农业科学,"从好些方面说,我有错么?"他骄傲的态度和声音说,"我也没有错。"他心中这时对家乡热烈,但有傲慢,将他的农业技术上的若干错误说成不重要的了。但他心中仍旧充满着热烈。

　　"我自少年时起就热爱着我的家乡我的事业,因这些人们侮辱我而心痛。在祖土祖国,这是有我的祖坟。我是追求着我的祖国的现代化的。我愿意为他而献身,万死不辞。过去的年代是过去了,那时候农业技术也幼稚些,亩产量也少些,还较难推广,那时候土地有时有些荒而村庄乡镇较穷,痛苦的阵痛在过去着,现代化的中国要到来。过去的人们完成他们的事业了,我们要完成我们的!"黎顺国说,他的说话不长,但带着他的心灵的震撼和热烈,声音很高,而且有很尖锐的声音。他这时心里又升起一种感情，对开头时的自负和傲慢有些遗憾。

于是人们，刘大婶黄兰英和何秀秀，王富和田丁的走转来的母亲，村长李新，和钱根老头，都沉默着。但寂静了一定时间之后围绕着他黎顺国的愈来愈多些的黄功的人们都有冷笑，一个青年说他是"地方上篡权的"。黎顺国很痛苦了，但一个高小学生说，"黎老师"说得好而为人也是顶好的。而黄功是地方上篡权的。王富也这么说。黎顺国于是心中便快乐地颤动着。习惯于冷静思索的黎顺国判断，他刚才说的这些话是非常必要的。他想，自古以来，都有都市里的人们和乡人们在街边因痛苦、渴望、哀告、控诉、正义、激动和也有诈骗而说起话来，做着有时是困难的奋斗，发出干的涩的声音，做着和命运的搏斗，他乡下人黎顺国也做他的奋斗了。他便内心激动，继续说："我几十年来外出又回到家乡，是快中年人了，我是为家乡奋斗而正直工作和为人的，我站街边讲话了，但不是乞求，也不是诈骗，我控诉！怎么能够，我在什么地方文化站和农业机器站有账目不清呢，我什么地方有不正直的作风呢，什么缘故称我是金丝雀呢？而首先重要的，"他大声说，"什么时候，我黎顺国，顺国，小顺子的农业技术论文不是自己写的呢。我表白我的心灵和情怀，也当着家乡的父老质问这么一些人！"他说，声音很高而脸色有抑制着的激烈。

乡下的知识分子黎顺国是成功的。在他的周围，有亲切的乡人们的面孔在敌对的人们中显得更亲切。太阳照耀村镇的瓦楞和店铺，也照耀着文化站附近的三棵大树，大的松树和槐树，还有一棵是"摇枣"。槐树已经开花而且静静地落花于地面上了。小时候黎顺国爬过这三棵树，也正是捉到过一个金丝雀。

"我是落在一定的错误中么？我是有骄傲自满和有几点不肯承认错误么？那也是有的。"他想，但他心中又起来了一点为自己辩护的情绪，他想："但是我在这里讲话主要是将另外的，……但是，我慢慢地前进吧。"站在这街头，又感觉到面对着村庄里的人们和土地的严肃的情操，他又对自己说。

"诸位乡亲,居然我是会对自己的岗位不负责有贪污,有偷盗他人的论文,而几乎是黄功的。……"他又说。

"那自然不会的。"黄功用酸涩的声音说。有流氓青年的笑声。

"你们这些是什么玩意呢?"钱根老头说。

"我是的么?"黎顺国沉痛地说,"你们这样侮辱人么,简直不敢相信自己的耳朵,但是你们正说这样的,我黎顺国决然和你们奋斗。我十多岁初中毕业外出参军了,自小时,我的家庭也是贫苦的中农,'文革'时打击我,这里我也要说到。我参军是在海防前线,军队也给我教育学会一些技术,复员家乡来一阵我便又到了城里当技术工人,学会机器技术。我的农业技术员是军队里学会些和自修的,对的,正是这样的,"黎顺国回答流氓青年说,"我是自学成才的。也许是正因为这样我有些骄傲。但我希望父老们原谅我的缺点,在我们祖国,我的贡献是微小的。我要努力,但是我是不理会你们这些小流氓的,你们的什么萨特的存在主义,什么人生是刹闪人生是悲惨,人生是神秘不存在的,存在的只是任意的印象!"

"黎顺国,你不要跟他们客气。"钱根老头说。

"那么我的文不是自己做的么?"黎顺国又大声说,"不是我的成绩的,我自然不能狂妄,但我也说,是我的,也还是亲爱的父老和人民给我的。"

"他老黎说得对。"一个抱小孩的妇女说,随即她大声说,"他黎技术员学问认真,他的是偷的你们的哪?"

"人家老黎技术员不是起早贪黑地劳动改良稻种,这改良稻种今年也用,我们去年领了不是丰收一些呀?"何秀秀说。

但是黎顺国仍旧有些沉痛,一则因为他受人诽谤了,二则他也是想到了他继续有着他的缺点,坦白了半句,也不透彻,心中有着对这缺点的留恋,说不定还会和这缺点有相当久的相持。但是,他心里也感觉到对他的周围的一些援助他的诚挚的人们的亲爱。

"我从我的道路走来,党指引我,祖国指引我……"黎顺国说。

"这说的全是读本上的,这么文绉绉的我们也有。"一个小胡子青年说,"你们说我们自称公子哥儿,我们就也是公子哥儿,我们是从前一辈子我们祖国的前人的足迹走来,我们这一辈人是要轻装前行而不苏三前行的,我们享受社会的成果是美的享受,这是祖国母亲指点我们的,你说如何?会不会说?"

"你这是瞎说。"年轻的、短发的新妇何秀秀说,"我说祖国母亲指引我们,"她说,受到人们的和黎顺国的严肃的情绪和境界的鼓舞,提高了声音;从黎顺国,从村边上瞥见的插了秧的田野,她感觉到这种严肃,但是她说不好,有点脸红,而且笑了一笑,"我说我们国家,我们祖国母亲是指引我们道路于各个时候于困难也于顺利中的,我们祖国母亲是容纳你们不了的,你们是忤逆之青年。"

"我们这里正是很多这种。"

"我们自然也是要工作的,可是,谁来解决社会的问题呢?"

"正也是这样。可是我们自己也是有堕落。"若干日前参加偷东西的陈双说。他被他的母亲扭送到县里去了,县里便表扬了他的母亲而给他以告诫。他的母亲告诉他要在有机会的场合都表示改正。但他却似乎表示得不好,而因高声说话而脸红。

这时候有快速火车通过平原,通过村镇附近。轰声过去,人们有些静默,而远远的大河里的轮船的尖细的汽笛声传来。

"家乡父老们,"受了鼓舞的黎顺国又说,继续感到对人们的亲爱之情,"我将向家乡父老们报告成绩,我黎顺国是要继续奋斗,我们前辈的人们为革命事业而殉难,我们是较好了,但我希望后来人也不要怠惰。"他想了一想,觉得这样说还恰当。他想他相当时期总能改正缺点。

提着一篮子鸡蛋去卖给联合的批发商的张旺英经过这里。她想着她应该说一点话,表示她和黎顺国一直是朋友,并没有闹翻。

"各位乡亲,我说一句。我说黎技术员是对地方有功而刻苦做他的工作的,"张旺英说,又转向流氓青年们,"你们不应该这样反对老黎技术员。你们是流氓,歹徒!你们中间有些也不要使你们家人为难,你们这些年青人。"

张旺英的话很简单,但是人们有一种感情的波动;看见她响应黎顺国,乡人们觉得一种美好和严肃的力量。新妇何秀秀便抱过张旺英的篮子说替她拿,但立刻她注意到了一个窄裤管的青年和想到了什么,放下篮子,便奔过去了。

"旺英姐,乡长,黎技术员,请你教训他。"她说,拖出这青年来,这青年是她的姨表弟,"我们两家人从前很亲的,你母亲去世了,她是为人忠厚的,忠厚得一如这老摇枣树一样,在我们的垅野。"何秀秀激动地说,而且眼睛潮湿,掏出手帕来拧着。她想念这青年的母亲和她共同度过的水田里的和夜晚的织布机旁的生活,那时当闺女的何秀秀常往她家去。她看到张旺英便激动了,她看到这青年又激动了。她沉默,叹息,注视了一注视文化站——她尊敬这地点,尊敬书籍——和大片的田野。

"槐花繁了,也快结摇枣了,一年一度。人们你们不能再堕落了,我的姨表弟,你不能再堕落了……而你们这些歹子,污蔑黎技术员,是要遭到严重的惩罚的!他是金丝雀?他的辛辛苦苦的论文是别人做的?你们要遭罚!"

堕落的青年们和黄功又愤怒起来,因为何秀秀好久就在援助黎顺国了,因为人们对何秀秀亲爱并且赞美她的激动的感情。人们时常在乡野间或一屋檐下见到,表现了新颖的才能和勇敢的气魄,"胆识"的男女。时常突破平淡升起或种烽火,和产生闪光,于是新的性情、言论、崛起的性格,参加支持社会了。何秀秀的内心震动着,她觉得她正当有为的青春,而有为的青春要做几件事情,要崛起和坚持社会的正义。"人在青春时要有几回有为,有几回挺身而前,有几回撑住乡里,有几回出头扶老携幼……"何秀秀结婚后这样想着。她信奉这种哲理,她觉得,这国土的乡野间的知识正在增涨,灵魂正在饱满,像春天河水在饱满,她于是向愤怒起来的流氓们叫着:"你们是绝死地要受到惩罚的,你们是贼子！败类！败类！"两个凶恶的流氓女青年和一个男青年向她扑来,但她冲上前去,扭住了她那个姨表弟,摇晃着他的肩膀,大声说:"你要改悔!"但这个青年却冷笑着,将她推到墙上去,差一点跌倒。"你要改悔了！你败类！"何秀秀敏捷地扑回来将他推到电杆下,用倔强的大声喊着,"你要改悔了。"她用更高的、威严的声音喊,那青年便脸色苍白,战栗着,发怒,然而有些畏惧、痴呆了。

"你知道这是黎技术员和张旺英和我奋斗生活的我祖国,母亲祖国！还有李新老村长,张旺英也要问你,你要改悔了。"何秀秀对她的姨表弟大叫着,她的大声使她意外地获得了效果,流氓青年们畏缩,沉默了,她的姨表弟窘迫地笑着;她的在这街头的激昂的大声,是这牛头镇的人们将常记忆的。

黄勤志第二天找到了黎顺国。黎顺国正在果树林里查看和记录正在茂盛地开花的、快要结实的果树的状况。农忙的时候技术员很忙,而这些工作是他乐意的。他在寂静的果树林中孤独地穿行,看看坡下的流水和远近的村镇平原,和平原顶空的纯洁的春天的白云,有着愉快,并且觉得他的生活极有意义。然而,他内心颤动着,因为有着对于什么样的一种"飞黄腾达"的幻想。他觉得这种"飞黄腾达"是可能的,他便有着这种快乐。他在省城的农业科学杂志里有发表了一篇论文。

黄勤志来找他,带着一小瓶酒和一包烟。黄勤志希望他黎顺国帮忙,他说,这里没有外人,他们两人共守秘密,他请技术员黎顺国为他写一段改良无论什么农作物的小小的方案,让他当众去做,而这是决不妨碍黎顺国的,因为黎顺国是有很多才华的;他还想请黎顺国替他做一篇很短的农业技术的文章,感言性的都行,他可以拿给村长做档案,"混稳"农业技术员的身份,自然,能拿到县城里去发表最好。他说,他并不是威胁,是讲乡亲和朋友"义气",但也有威胁,并不客气。他说,过些时黄功还想得到黎顺国的比较长的一篇文,他和黄功并不团结,黎顺国替他作了文他可以帮助抵制黄功。

这乡场的小流氓"崇敬"文章,他渴望做"有学问"的人;他说他从心眼底里佩服有学问的黎顺国,他觉得黎顺国走路都两袖"生风",而两边的青草和绿荫都"生风",金丝雀也啼叫;他说他想这般地进出于市镇之中,光宗耀祖。他说他今天先随便地请黎顺国喝一点酒,……他想黎顺国是愿成全他的。他很客气地请求着黎顺国。他说,黎顺国不说出去,便没有人知道,他便成了真正的技术员了,现在虽然也有技术员的地位,却是很"蹩脚"的。他又说,这件事只有黎顺国知道,所以他也会在黎顺国面前很规矩,很谦虚,而黎顺国既然知道,便也知道他心里面仍旧是很"俗气"的。

他又从衣袋里拿出稻穗,包在纸里的麦粒和几种豆子来给黎顺国看,请黎顺国指点他"学术"的用语。譬如,哪种豆子遇到什么条件会有什么科学词汇的反应呢,哪种遇到什么条件又有叫做什么科学词汇的作用。

黎顺国不喝酒也不抽烟,他说不知道。

黄勤志从口袋里又摸出一柄刺锥式的有皮套的刀来,面孔冷了一瞬间,又收进去了。黎顺国的面孔也冷了一瞬间。黎顺国有一种自负和豪杰的心理,而且他是当过兵的,所以并不在乎这些;但是他想他疏忽了这些了。昨天的流氓们的包围欺侮,使他又一次觉得事情并不简单。可是他一早晨很愉快,何秀秀昨日的鼓舞,英雄的心理以外还加上这些年的他的这知识分子样式的或种脱离环境的,如他自己所说"讽刺的"自我扩张。黄勤志也在自我扩张,他已经在偷到文章以前研究了技术员的腔调和写文章的人的"清高的样式"了。他把刀子收进去预备和黎顺国翻脸,但想了一些,他说:

"你帮我忙,不然我这技术员可是个假的,可能叫顽固老头李新草下来呀。"他说,"你看,当了技术员,就这样说:这种稻的品种不行,……再说一洋文名词,什么海敏脱氏米柯金氏,有没有这种氏呢,不会了,但是也可以随便扯的。"他想用或种"滑稽"

来使黎顺国动心,他想说,"我唱个京戏给你听",但是决定不说了。他心中有着当技术员的狂热的思想,他想今天对付成功黎顺国,于是又显出了一种凶狠的表情。

正在这时几个自称为"公子哥儿"的青年来了,也有一个自称为"小姐"的便是钱秀英。黄勤志飞快地收起了酒与烟,假装是没有做什么活动;果然他是对一切人保密的。但他想,假如偷到文章,怎样交代他"会做"了文章。他近日和黄功一样地拿着一些书在几处走着。譬如说,还找刘青干事谈几句书里的名词。这样他觉得可以了。他对黎顺国拒绝他仇恨,他也对来到的青年们破坏了他的活动仇恨。

"怎么样,老黎?可不可以通融一下,譬如他们几个年青朋友的农机站的岗位?邓志宏说问你。"他当着青年们说。"再,第一个问题,关于几号稻种,你也回答我一个学术的含义。"他模仿着腔调说,"我们这讨论我们的农技工作……"

青年们摆出各种姿势站着。钱秀英走上前来打了一个动作黎顺国的肩膀,说:

"大技术员,好些天不理我们啦。"

黎顺国沉默着,好一阵之后他才笑了一笑。而黄勤志也沉默着。他想他的想偷黎顺国做的文章的事会不会被青年们知道,他们好像好一阵就来到山坡下了。他于是对青年们发怒。

"你们这跑来是干什么呢?"他面色有点苍白地说,"我在这里跟他黎技术员正谈重要的麻烦问题。"

"哈!"一个青年说,他的意思是讽刺,还是抱歉,不十分清楚。

"我们正在谈什么你们听见了吗?打坡下上来。"

"没有呀。"

"咦,怎样的,黎大技术员?你的文章有点儿问题吧。"一个青年说,"听副乡长说,又发表了一篇哪,不请我们客吗?"

"我们正在谈四号稻苗的问题,技术上的事,你们不要干扰。"黄勤志愤恨地,自觉"学问清高"地说;他努力要"清高"起来；"谈的是技术，不欢迎你们这些俗丑的。"

"那好吧我们走吧。"游荡的青年们说。

"我等你老黎。"钱秀英说，理一理头发，在附近的一块石头上坐了下来。

"你也走。"黄勤志说。

钱秀英便叫了一声："不理我们哪老黎！"有些惧怕地走开了。在黄勤志的胸中，升腾着一种对"俗人"们的憎恨：他已经列名于技术员的行列了，而且他可能就要有文章了，他在谈论几号稻种豆麦种，以后可以到一些人家去做着吃菜而且吃饭喝酒了，到县里去开会了。

"怎么样，回答早些对你有益处——你个人有酬劳——怎么样？"黄勤志说。

"那是办不到的。你是技术员？"

"那怎么样呢？"黄勤志愤怒地喊，黎顺国便从靠着的树干走开一步，渴望有文章当"真技术员"的黄勤志便用右手扭住了黎顺国的右手。他们两人掰手。黎顺国被压倒了一下，弯着腰，但是他翻过来了，而且将黄勤志压弯下来，用力一推使他跌倒了。

黄勤志便憎恨地看看他，扑扑身上的灰，走掉了。

☆

黎顺国这一日收拾得整齐，搭长途汽车进城去看县长了。黎顺国有一篇论文投稿县刊物，请县长看，县长带信来，请黎顺国去谈话。这篇论文是黎顺国很重视的，他想在县农业技术会以前被发表和重视，而改变他的生活现状；他想至少调到县里去，所以在论文里附有请县长指示的信，这信的寄出使他心里有一定的紧张。但事情在县长那里却又有着另外一种情况，便是县委书记吴焕群想撤去黎顺国的技术员的职务，从县里派遣一个人去；他不欣赏黎顺国的论文，不赞成县长的意见，不主张如同县长提议的论文在县刊物县日报上发表。他认为论文，关于水稻、豆子、油菜，都有错误。但县长认为，黎顺国这篇是用功的，没有什么大的错误，要说缺点，他仍然是举县里的例子不够深刻，而有较多的书本气。也看得出来一点论文的作者还保持着自负。可是吴焕群书记则说完全没有乡土的气息。于是县委书记和县长两个人便决定找黎顺国来谈谈。

乡下的知识分子怀着他的对他的才华的自负、理想、英雄的心愿和一些羞怯进城来了，他还知道不久要召开全县的农业技术会议。县里盖了若干栋三四层和六层的楼房了，但县政府仍然在旧式的两层楼房里。县长在有事情，县委书记吴焕群先接见了他。

"是张辽县长叫你来也是我叫你来一趟的，"吴焕群说，他的严重的脸色和沉重的声音使得黎顺国担心。不安了起来。他想黄功可能想夺取他的农业机器站副站长的职务和他心爱的技术员的职务了，村里有这样的谣传。但他想他是胜任和问心无愧的。县委书记说，他的论文他已看了，他作的是一篇有许多架空的，科学技术观点有许多不正确的论文，他说，他早已指示过，黄功和李家衍等人有农业的丰富的经验，何以黎顺国不跟他们合作，他又说，目前还是经济改革责任承包是重点，何以不联系这很多。他的意思是黎顺国应该将这论文修改，和黄功李家衍等人合作才发表，但是没有说出来，在犹豫着。黎顺国虽然没有忘记县长会支持他，却更想到有些不良的情形了，他在县里面的前程有些危险了。吴焕群于是批判他的缺点，而且说有一定的意见是农业技术局的党委的。

乡镇上的伟人黎顺国这回很窘迫，他柔顺似地坐着，想着幸而他在省里也发表，而且也可以在别的地方攻进一块阵地，这有土腔味的家乡怕是他不能再蹲着了。

吴焕群慢慢地说着，又沉思着，声音缓和了一些，他说，假若他黎顺国不"目空一切"，和别人合作，便要好些，譬如黄功尤其李家衍有经验，年龄大。黎顺国便心中明白是怎样一回事了，他倒并不是"目空一切"的，他是很谦卑的乡下土气的小知识分子，——当吴焕群骂他的观点不对的时候，他觉得很是谦卑，很

"不够格","地板上有一个缝都能钻进去",但是当吴焕群说到他应该和一些人合作,他便有点近于"目空一切"了,接着,吴焕群便斥责他在村里有点和妹夫肖家荣和张旺英"搞帮派",斥责他的街头的演讲。

县长张辽客气地笑着进来了,一起的有他的妻子廖珍,县中学的教员。吴焕群便站起来预备走了。县长对廖珍说,等下找到技术员黎顺国吃饭,廖珍便笑着说,"听说你工作很好!"和黎顺国握手。吴焕群出去了,廖珍也走了,张辽便坐了下来。黎顺国心里便又对他的论文产生了希望。他是想争取在农业技术会议召开前这论文在县里发表的。

县长拿起了县委书记放在桌子上的论文。他说,论文很好,有才能。但有一点,这论文还有些不够联系实际,但也是还符合县里的需要了。紧张的黎顺国听着"不够联系实际"的话很有些惧怕,心中继续谦虚,他还没有这么谦虚过,因为他这次的论文直接到了县长的手里了,但县长也说了"符合需要",而县长张辽也没有责备他黎顺国的信僭妄。他最初想他有些缺点也是应该改正了,"为什么要急于功名呢?"像张旺英有一次所说。但县长接着说话,又说做什么修改也不必要了,希望下次更努力;论文提交日报发表了,黎顺国便轻轻地秘密地叹了一定的气,他成就了功名了。

"请县长指示还有什么缺点么?"

"没有了。再就是,我支持你,但你不要忽视,县委书记意见不同,不一定是这篇论文,别的也在内,或首先是别的。你们牛头镇的结合性的坏人集帮还是有着力量的……所以,譬如你和张旺英应该团结。"

"对。"黎顺国说。

县长感觉着他和黎顺国之间的戏剧似乎是各时候有着的,在世界各国的历史上也有着不少的当权者接待被困难阻碍着的天才和才能人物,和他们共同奋斗,也在人类史上留下了忠贤的伟大和动人的足迹。他当然不过是个县长,黎顺国也不是什么天才,但是,是有才华而且肯努力,也艰苦奋斗的,他便和他共同奋斗了。想了一想,他便又再说到黎顺国的缺点,便是,论文里,也还是有不够深刻之处和有着一定的自负。但他又说,这次不同的是,有了不少有想象力的、谦虚的部分。而且实际举例有努力。

人们攻击他县长,说他在牛头镇培养一个梳头光洁,面孔白嫩的、说话名词很多而文雅的,反对群众的黎顺国和个人主义唯心论的倔强的老姑娘张旺英。县长便把这一点讲给黎顺国听;他说这样分析起来,他似乎也有些孤立。但他又说,不宜过分强调这些,他还不至于失败,中央政策和省里是支持他的。但总之,他这"县知事"和乡里的秀才黎顺国共同患难和共同奋斗了。

县长说,他目前为着在县里增加农业机器的事情在和一些人有着冲突。县长想,他应该对黎顺国说些亲切的话,想了一阵,他便用对老朋友说话的口气说了这一件。

"春雨淅沥,春雨如油,江南春雨,"县长说,"我这工作牌上前几日写的字。我听说一些事,牛头镇等地的游荡青年也是我们的弊病,有那钱秀英把家里油菜花卖了吧,也有这些浮浪青年把家中的未熟的茄子卖了,把番茄卖了,也有把稻田的青苗卖了,我很痛苦……你这回的论文里分析茄子菜蔬的我觉得不错,我们县的茄子有一种味道木的……你也是农民的儿子,黎顺国,我希望你努力。我们将奔向社会主义的工业化的前程。"县长说,"江南春雨,春雨里还包括着困难的呼吁,包括着母亲们和姐姐们的眼泪。"县长内心激动,便也忆及自己年轻时教小学,以及后来、现在的省委书记对他的提拔和他的青年时的恋爱。他也经过着艰难的奋斗……

"黎顺国的文你发表吧?"吴焕群开门进来,简单地说。

"发表。"县长张辽说,他对黎顺国说:"我发表你的文,希望你百尺竿头更进一步。"

吴焕群的脸上皮肉动颤,看不出来是战栗还是笑,又说:"现在要接见来访者了。"便出去了。

县长便让来访者，经过秘书处群众来访处挑选过的，到楼上来。县长张辽便让黎顺国帮忙记录，他说这里的人员经常很缺乏。

县长的第一个来访者恰好是牛头镇的，这是一个老年的农民，他说，农业技术员黎顺国也知道，农业贷款他受了欺侮，黄功等人贪污。黎顺国便说，他知道的，他认得这陈老男子。

"我们家月兰嫁人后我们家劳动力不够……"老人陈柱子愤懑地说，"这他小顺子知道的，他小顺子黎顺国为人不错，帮助乡里，跟那旺英姐，"老头说，"我说啊，你老黎，顺国，小顺子，你不调走换个歹人来吧？怕你会要到大城去啰，你不走吧小顺子，当然你去也好。"老人说。

老人陈柱子喊着他的小名的时候他觉得荣誉，老头说话的时候黎顺国有些胆寒，他惧怕他揭发他的内心的思想，他忽然觉得他的内心的思想这陈柱子老人似乎是知道的；当老人喊着他的小名的时候的，当老人激动地说着的时候，黎顺国便感到他是农民家庭和这肥沃朴实的土地上成长的。老人陈柱子有些黧黑，他似乎就是这朴实而深厚的泥土本身。

老人说，他是要提意见指出吴焕群书记不公平的。正在这个时候楼下吴焕群的声音很响亮，他和什么人吵起来了，接着便听见牛头镇王寡妇的声音，王寡妇指摘说，吴焕群克扣了十几家的农业贷款，吴焕群说她污蔑。接着有吵着上楼的声音。

王寡妇王春香进来便说，她自己的农业贷款是领到的，她是代表有些户，是第一批里县长曾亲自发开头后来却让黄功等遗漏的，第二批里又一些，而且黄功等人伪造了人们的签字和手印。

"这他黎顺国技术员也知道的。"

黎顺国便说，有些是知道的，他也是村干部，正想跟县长说，但是他有点羞愧，便是有些是他不知道的，而朱五福女人曾经对他说过两个名字，他也忘记了。

"就是这。"陈柱子老人说。

"那么,都说怪我,这话怎么办呢?"吴焕群说,"像王寡妇你们,不也正是黎顺国和张旺英纠合的帮子么?"

县长有些痛苦的感觉。这斗争又开始了。王寡妇叉着腰,说,他们也正是张旺英黎顺国的帮子,而且"死心塌地"的,"粉身碎骨"的,"死后还阳"的。

"我们不是么?"陈柱子老人说。

黎顺国也觉得痛苦,但他这时是有着乡土的热衷和喜爱王寡妇王春香和陈柱子这样的人们。他还有着回顾他的走过来的道路的激昂之情,这是县长和他谈话的时候就有的。于是黎顺国又做了他的要冲的发言。

"我黎顺国自小是在家乡的父老们的抚育下的,我也是农民的儿子,因为什么缘故而有缺点了,我又因为什么一种缘故又和乡亲们靠近一些了,我和张旺英没有组织什么帮派,我爱我的乡土和中华祖国,我接受县长给我的批评,我热爱现代化和社会主义,——你们说,社会主义和现代化有什么不好么?——我说的便是这些,我要百尺竿头再进一步,报答我的家乡的父老和县长,我是不会和……坏势力妥协的。"

"我们是坏势力?"吴焕群说。

"有些人是的。"因为上开始了冲击,当了张旺英和黎顺国的帮派而激动的王寡妇这时惧怕落在后面,她想她少年时以来各种事也还不是退避开去,——她大声地,有些狠恶地说。

"你们是的。"县委书记说。

"我们是的?"陈柱子老头激动地说,"我们是祖国土养的,黎技术员说的对。我们还是当人人的,我叫陈柱子!你这是公仆?你这是贪官!"

"你这陈柱子老头说的什么?你指着我骂我?"县委书记叫着,"我也突然更愤怒了,你们都攻击我,好!而你陈柱子老头特别恶,来了失败一次,简直是欺侮我了,本来我们是要取消这一段落。群众来访了,而陈柱子一类不断利用,乱说贷款,那回我指挥砍树,有这一回事么,还结帮,我说你老头有没有不妥的思想?"

有几个干部走进门来,听着吴焕群的大声。接着人们看见陈柱子站了起来,大声对着县委书记说:

"我陈柱子并不怕你们假使出些'十年内乱'那时的伎俩。我是个讨厌的老头,老头陈柱子又来了,上次是砍树,这次是贷款,这次还是直指着说到你这官呢。还说我们自发,我们这回是跟李新村长说过的。我老头自己也说讨厌,我对田地日月祖茔盟誓,我要赤心忠胆地跟着我祖祖辈辈农民,像县长和小顺子一般地赤心肝胆,对吧。做忠实的祖国之民,拥护党。我也服务于我的神州祖国,不怕你们。我儿子是当年朝鲜战场牺牲的,我不和你们黑势力这种官客气的,不怕你们的。"

人们,包括县长,沉默着。县委书记吴焕群不屑听仇恨他的农民的话,转身走出去了,县长叹了很长的一口气。

"我觉得陈柱子这样说是对的。"黎顺国说,"你老头对。你的国柱牺牲多年了。"

"老头说的对。"进到门里来的干部里面陶世芳说。她静了一瞬间,看见没有别人说话,便很感动地说:"我想访问你儿子当年如何牺牲的,还访问你现在的生活,经济改革后的情况,和你的意见。"陶世芳用很重的声音说"意见"两个字。

"他陈国柱是当年四次冲锋便没有再回来,是在平壤前高阳岱战场,是倒在白岩的山坡上。"

"唉,老头子。"县长说。

"唉。"陶世芳说,"怎样呢。"他也就很快地拿出了小簿子。

"……面向敌人……他就没有再回来。"陈柱子说。

陶世芳便紧张地记着。

"他三次冲锋都回来,第四次冲锋没回来,是致胜的,彭德怀将军说。"老人大声说,而且声音很宏亮,景仰当年的英雄,彭德怀。"我要告诉官僚县委书记说,我儿子是胜的,但是黄功他们说,是败的,我说我的儿子,是胜的……英雄彭德怀将军!"

171

八

县长张辽给了黎顺国一笔县城里发给他的奖金,二百元。黎顺国便很愉快地转来了。他临离开县城的时候从这钱里拿了一些给张旺英和他的妹妹买了各衣料一件,还给他母亲买了一段布。他有些害羞去买女用的衣料,因为他不熟悉情形和觉得各样都好。此刻他虽然和张旺英疏远,但来到城里他又想改变这疏远了,特别由于县长夫妇的善意——县长妻子也劝黎顺国要和张旺英团结——他给张旺英买了朴素的有黄色花的灰衣料。

黎顺国心里带着温暖,晚间回到了牛头镇。他想他不应该在生活面前退缩。和张旺英的关系,也正是他所受到的考验,张旺英大约没有写一封以上的不愉快的信给他,那些他想可能是人们伪造的。但回来的汽车上,望着两边急骤地往后退去的田野和柏油公路两边的槐树,他仔细地想着……他想似乎还是一人待着好些,于是他似乎有些后悔他在前些时候对张旺英发生的感情和今日买的布料了。他想,他一个乡村少年,只读过初中,奋斗成现在这样具有文化水平,固然是国家培养,但他的奋斗也是颇不容易的了。他便又有些同情自己,想一个人继续奋斗,而他的心中恋爱的温情仍旧在颤动着。

爱情的温情仍然胜了一些似的,黎顺国下了汽车便到张旺英那里去了。黄昏,市镇有旺盛的繁荣的春天的嘈杂,路灯亮了。虽然在和张旺英的关系上有着一定的忧郁,但他毕竟从城里胜利归来,有着愉快的、年青的心情。就这一件说,就他的事业成就和决定继续奋斗来说,他是愉快的,在这春天的黄昏,仿佛不是三十七岁而是十七岁了,他同时对张旺英怀着特别的温情,仿佛这两者又不冲突了。

张旺英正在和母亲吃饭,也请他吃,他便也像以前有些次一样,不谦虚地坐下了。很快地饭吃完了,张旺英便到鸡场里去喂鸡,黎顺国便也跟着去帮忙喂鸡,以后,又跟着张旺英到猪圈里去搅拌了一定时间猪食,像过去很多时候一样。张旺英问到县长和县城里的情形,黎顺国说着谦虚话。她又说,肖家荣曾到她这里来过两次,肖家荣曾说到,他保证黎顺国并没有给钱秀英写过信,假设写过,也不过是教训的信,而不是谈恋爱。张旺英说,这件她倒是有点信了,可是她又听军属曹德旺女人说,她曾看见黎顺国和钱秀英有几个时间在文化站附近闲谈;而她张旺英自己,也远远地看见黎顺国和钱秀英散步,当然,黄功们也会策划这些来从事破坏,但到底实际的情形是如何,她便不知道了。

黎顺国说,这是张旺英冤枉了他了。他和钱秀英的谈话是关于钱秀英想学什么农业技术和他们游荡青年之间的纠纷的,他,黎顺国也曾想,作为地方上的也负责的人,教育这些青年。黎顺国又说,在他的一面,他也曾收到张旺英的信,他撕掉了,这信说他是什么不好的人,而且说她张旺英和黄功的关系并不是不可以考虑的,黄功有许多黎顺国没有的优点……他想这信也可能是黄功等人伪造的。

张旺英听了并未回答。由于自尊,由于许多年的孤独而在这方面养成的拘谨,由于觉得黎顺国愤恨地讲话,似乎对假信也有点不怀疑,她便有些气愤而不回答,虽然后来她也淡淡地说了一句:"你想那信是我的吗?"但整个的冷淡便也继续地造成了他们之间的隔阂;因为张旺英还没有提到,她也收到一封黎顺国的信,说他觉得她很"呆死",有些"蠢",比起她来,钱秀英要活跃得多。这信她简直有点相信是黎顺国写的,因为以黎顺国的骄傲,是可能的,而且话也是含蓄说的,再者,张旺英也确曾说过自己年龄大了,不活跃了,有些蠢和笨。

张旺英沉默着。黎顺国想要把这些误会解释,但似乎却解释繁琐,也沉默着。他仔细地看了看张旺英的脸,他觉得张旺英是不至于很不愉快他的,张旺英也看看他,觉得他也不会的,而在这感情中,在两人互相注视中,有一种亲切的柔情闪烁着,在黎顺国和张旺英心中,顿挫了一定的又继续颤动着恋爱的感情了。——张旺英的感情起来迟一点。在他们两人想着他们的事业,他们收到的那些制造谣诼的信和听到的制造谣诼的言论的时候,他们曾有过的和现在心中也有点颤动着的恋情似乎是一种假象,但在他们的恋情起来的时候,他们的独身独处的两个人的骄傲的思想便也似乎是一种假象了。

"旺英……"黎顺国说,内心颤动着恋爱——因为在县城里得到的殊荣,黎顺国便爱情的颤动要多许多;对于三十七岁的年龄和他的修养,他似乎显得幼稚些了,他事后自己也这么觉得,"旺英……"他说,脸红,并且笑着。

张旺英沉默着,眼睛发亮,也脸红,笑着。张旺英的胸膛里被唤醒了恋爱的冲击。黎顺国前来握她的手,但是张旺英突然面孔更红又变苍白些,将手收回了,她又想到了那些谣言和两人之间的隔离,而且,这回是她矜持些了,因为黎顺国有了名誉地位,而人民代表和有钱的她有些羞怯了。

张旺英便又拌猪食。在猪棚里发生的短促的感情,便也过去了。黎顺国也便再想到谣言伤害他的可能性和他的事业了。她还有相当的一瞬间处在两重性之中,他提议到后面去看花和药草,想再发动他的感情,但是,看见张旺英冷淡,他便也停止了,虽然张旺英同意了他往后院去,却很快地转来了。

"这些花是这么好。"黎顺国说,"县里不久要举行花卉展览会,听说。"他说。

"我也听说。"

"我在城里买了一件衣料送你。我说过了,县长给我二百元奖金,我以后要努力的,我本来有些羞,但是我仍然决定将这衣料送你。"黎顺国说,情人隐去了,而出现了亲密的朋友。于是送这件衣料便是情人和友情的混合。

"你得到奖励很好。"张旺英说,他们走回到厅里来,"不过衣料你送我干什么呢?你给顺芳妹吧。"

"她也有一件。我是很笨,觉得不好。"

"好。那我就谢你了,大技术员。"张旺英说。她收了衣料,用来补偿刚才的冷淡。

黎顺国又到张旺英的房里去坐了一定的时间。张旺英很亲切然而有着拘束,靠着桌子站着。这老姑娘和富裕户的房间依然是那样,有着妇女的仔细也有着气势者的豪放和忙碌者的零乱,现在是大批的番茄和黄瓜堆在屋角里。

"我们是好的朋友,你说对吗?"

"你真是很骄傲的大人物。"张旺英说。

"你笑我了。"黎顺国说。

"对不起,冒失了。"

黎顺国看看张旺英,发生了尊敬之情。

"你很有本领,你的劳动力和头脑都好。我很佩服你各项都有点能手,我觉得你仔细之中有一股蛮力,你是村里人爱戴的。县长夫妇很问你好。"

"你夸奖了。县长夫妇他们也夸奖了。我说,你顶有才干,你热爱工业化最好。你的学问用功是挺不错的。"张旺英有点热情地说。然后她又有点讽刺地说:"你,小地方的博士大人物。常帮我们忙好吧。你应该多做村里的工作。"

"你说得对。我过两天帮你跑跑收购站也跑市场去。你和黄功订的那种约,我觉得不好,赌三百元,自己必不会被他们侮辱成功,那自然是不会的,不过他们是很刁顽的。"

"那你说得对,我也是有些懊悔。不过也没有什么,他们也有可以利用的地方。而且,我也是环境情形呀。"

"那对。"黎顺国又有些冷淡地说。

黎顺国这一晚间预备走的时候,田丁和钱秀英来了。他们说,他们是来解释的,钱秀英假设有什么不妥的话,钱秀英希望告贷,问黎顺国和张旺英借几个钱——田丁说他是尽过去的朋友的义务,帮助钱秀英来到的。她后悔了,关于卖掉家中未成熟的油菜花的事,而且她母亲发觉了,现在只瞒着生病的父亲,吵闹得很凶,——她母亲上午服毒了,刚刚医好,同时,他们家也没有钱,她父亲的病用很大。他们又说他们愿意改邪归正。

钱秀英哭得很凶。

这便产生了一种行为。黎顺国和张旺英一同,先到村长李新那里去了,李新生病,便说托他们办理,黎顺国是农业机器站副站长,是村干部,也可以办理,去找李家衍——李新愤怒地说要替钱秀英把钱拿回来,要李家衍等写认错书。于是他们又陪着钱秀英田丁一起,到李家衍那里去了,李家衍便也找来了吕巫婆,在这个油菜花的买卖上,李家衍是也参加的。钱秀英说,她再也不"敢"了,永远"不敢",永远改正了,求黎技术员和张旺英大姐救命,帮忙,钱秀英还说,不然的话,她就要跟着黄勤志那一些"十八罗汉"去跳舞了。她说她还剩三十元。田丁窘迫地说,他还剩十元。他是拿了钱秀英卖油菜花地的钱的。他的家里也对他加了压力。

　　黎顺国和张旺英问吕巫婆和李家衍要出盖图章签字的凭条来看,黎顺国便从衣袋里取出他的奖金的剩余的钱,张旺英又补了一些。他们收回了凭条,张旺英便说应该要李家衍等人写一个"改悔违法条",站在一边抱着孩子的军属曹德旺的女人便赞成说,应该问这些人要一个字条。她说,黎技术员这么痛快地拿出钱来是"太客气","太秀才气"了。

　　曹德旺女人说话之后突然发很大的愤怒,她说,对于李家衍副村长,她早就要说几句话了;她今日也是来说话的,黄勤志等人封死了她的水沟把水引到自己的田地里去了。曹德旺女人说,她还要说吕巫婆他们的暗中的高利贷。

　　"你黎技术员太客气了,这种丑事要使他们吃法诉讼的。要他们写个交代改悔违法条,张旺英姐想到是对的。"

　　黎顺国不大承认他"太秀才气"了,他很痛快地拿出钱来,是想早些回家去思索思索他往下去的作为,而不太注意这件事了;虽然他平常是很冷静的。他心中又动荡着对张旺英的爱情的火苗,因为在街上走的时候人们对他们有赞美的笑容,连曹德旺女人看见他们也这样。他和张旺英便站下来,要李家衍写承认违法的字条和改悔书。

　　"要他们写的。"曹德旺女人胡桂兰说。

"你们得写……"黎顺国说,他坚决地改正他顷刻前的疏忽,于是他又加上说,"村长说的。"

"你李家衍和吕巫婆应该写:'违法引诱青年钱秀英卖油菜花地……'"张旺英说。"你小钱家的地是坡北大松树南吧,"她说,"老黎你草拟个字样吧。"

"违法引诱青年钱秀英卖出坡北松树南油菜花地,付价多少元,我就说了。你们写……"黎顺国说。

"写!"曹德旺女人说。

"还写,"张旺英说,"违法行为确实。"

"再写,如以后反悔或有同样行为,应受法律论处。"黎顺国说,"乡长说的。"

"那就叫再写个改悔书。"张旺英说。

"写个改悔书。"曹德旺女人说。

但是田丁有点阴郁地沉默着,而钱秀英说,她想,不要李家衍他们写认错书和改悔书也是可以的。钱秀英显然有些怕他们。而田丁便说:"我助你钱秀英到这里便不管了。"他往外走去,但又站下,说,"你黎技术员,像这种把事情扩大还出风头,就没有意思了,县委书记他们是不客气的。"便走掉了。

"那你是这样说的。"黎顺国愤怒地说。

"你助我的钱我当然谢谢,但我是怕……"钱秀英说,又停止了,由于有些憎恨张旺英,和又害怕和黎顺国冲突,她便又突然上前,打了黎顺国的肩膀一下,说:"大技术员好威风哟,就不理我们啦!"然后她又说,"我们怕跟李家衍副村长闹翻,明天他怪我们的。"

"那我们是要这样办的,"张旺英有些感觉到这女青年的情绪,对这女青年愤怒地说。然后她又说,她帮忙是因为同情钱秀英的父亲,他是很忠实的农民,许多年来的乡亲。

"我们并不希望你们来帮忙的,我们不要你助这钱也可以!"钱秀英说,投机于黎顺国对她有恋情,但又惊骇于自己所说的话。便哭起来了。

张旺英觉得一种痛苦的战栗。她时候,她便和黎顺国收回这钱了;太简单地帮助人,而不教育这些年轻人,是不好的行为。但黎顺国却说这样可以,慢慢地再教训钱秀英也可以,愤怒的张旺英便不理会,把她加入在黎顺国里面的钱拿回来了。

"你们要知道我富裕户张旺英的钱也是来处不易。"她说。

"算了吧。"黎顺国说,"也对,我明日一起补齐吧。"他对李家衍说。"不过,旺英姐,你看怎样呢,我想你这样也不对,那我们也可以都收回吧。"他又说,怕张旺英不满。

钱秀英便战栗着。顷刻以前太轻易地帮助她使她轻狂,现在她便觉得一种恐惧,想到自己服毒的母亲了。于是她便大哭而跪下来了。

张旺英沉默了很久。她心中也发生了对钱秀英的怜悯的感情,便说:"那你也要写个改悔书来。"

"先要她吕巫婆和李家衍写凭条。"曹德旺女人说。

但是李家衍不肯写。他说,他只是官僚主义,并没有参加欺侮人。而这件事情,钱秀英这么大年纪了,也不过是公平往来,不能一定是谁欺侮谁。受了李家衍的话的鼓动,吕巫婆便用脚跟走了三步,说,她快要入党了,并不惧怕一些人。"有的还是亲戚呢。"巫婆时常乱说各人是她的亲戚。

"你混蛋!"张旺英突发的愤怒,吼叫着。

吕巫婆便跑到李家衍家院子里去,舀了一碗凉水来,猛力地,带着呛喉咙的声音,喝下去了,还有些故意地呛了水,从一个喷嚏里喷吐了出来。然后她便对曹德旺女人说,她油菜花地买不成了,但是她的利贷钱,曹德旺女人是要还出来的。

黎顺国这时便问激动的曹德旺女人胡桂兰,她的丈夫的军队现在在哪里,胡桂兰回答说,开到南方了。曹德旺女人回答了这话便又回答吕巫婆说:

"你不要以为牛头镇村长李新会被倒掉,你们得势。学黎技术员的话,这是祖国祖土,我们家的人捍卫着的。"她战栗着而沉痛的情绪起来了,她为了自己到这时还受黄功等的剥削而痛苦,便抱着孩子,拿过吕巫婆放在桌上的碗来,走到院子里也舀了一碗水进来,当着众人一只手抱着孩子一只手把冷水喝掉了,她没有呛水打喷嚏,但是也打了一个愤怒的假喷嚏,她说,她的当兵的男人两年前回来又走了,他走的时候嘱咐她和睦乡里,勤恳劳动的;她也是勤恳劳动的,当孩子在喂奶的时候是背着孩子插秧的。

"那是这样的。"张旺英说。

曹德旺的女人便说,她还孝敬公婆,她还也帮助姑子,一同上山砍柴,她还到承包的鱼塘里去放鱼秧,而且她也有采菱角船到小河里去采菱角和寻藕。她在灶角里想着旧时候她是勤劳,而不曾卖过油菜花的青苗。在这一带,有油菜花是儿女"花俏"钱的流行说法,富裕起来也可以这么说,但是她是反对青年中间的游荡和不正之风的……她抱着孩子换一个手,她说,她喝口冷水说的,这是她之誓言,她也相信有力量,不付什么加二加一的利贷。她说,她说的这些,也便是她给她的开往边境的男人,那"死鬼"曹德旺的家信。

"现在是这样。"激动的黎顺国说,他有过军队的生活而被激动了。"你李家衍和吕婆子要写出你们的字据来。"

"你们要写出来!"张旺英愤怒地说,她想,她倒要试试看她能不能以正气压住这些人;她的倔强的性情一直是这样,也正是说她需要过问村中的事情,她和黄功签了斗争的契约。

"你怎么样,李家衍?"她说。

李家衍有着惧怕黎顺国刚从县城回来,便同意"替吕巫婆写"了,但张旺英又捶桌子。她比黎顺国还愤怒些。李家衍便把自己也写在内了,题目的"改正书",中间写的是"一时错误"。

吕巫婆也会写几个字,她也看势力转弯了,坐了下来向李家衍要了一支铅笔,写了"愿改正"三个字在一张纸条上。想了一定的时间,又写了"争取入党",但是愤怒的李家衍把她的这几个字撕了。

"你也得写的。"张旺英对钱秀英说。

"我不会写。"钱秀英困惑地说。

"你就写你一时糊涂。"李家衍愤怒地叫着。

钱秀英困惑地继续沉默着。

"一时糊涂，年幼。"李家衍大叫着。钱秀英于是找了一张纸拿过吕巫婆的短铅笔来写着。但她也并未写"一时糊涂"，在李家衍客厅里的荧光灯的照耀下，她写的是"以后再不犯错误了，愿意改悔"。张旺英看了看，便把她收回的钱又拿出来了。

张旺英同情钱秀英的父母，钱秀英的父亲这两年害关节炎病。在旧的时代，是和她互相援助过的，所以便拿出钱来了。这件事情使她为难；黎顺国的慷慨是由于同情也由于自身这时的愉快，但是张旺英惧怕因此使钱秀英更难改正，所以她便拿着钱秀英的简单的改正书看了很久。她接着便又要李家衍等盖上图章或手印，黎顺国和曹德旺的女人也叫唤着这，李家衍便盖上图章而吕巫婆和钱秀英便盖上手印了。

"钱秀英，"张旺英把钱秀英喊到面前，坐下来说，"你答复我，人生的道路究竟是什么？"

"人生的意义是深奥的，是得到别人的同情。"钱秀英带着一点讥讽小声说，红着脸。

"不对呀！你钱秀英！答复她旺英姨要答对的呀！"李家衍说，"我替她答了，是勤勤恳恳还有老老实实。"李家衍说。"我说这事是这样的，我打她两下手心便完了。"

李家衍仇恨张旺英和黎顺国，又对刚才"示弱"盖图章的事后悔了，所以便出来说这些。想用这个替换回交待书。他的声音里震颤着他并不想隐瞒的憎恨。他在抽屉里找了一定的时间找出了一根量衣的尺，便拖过钱秀英的手去相当用力地，发挥着他的憎恨，打了几下。他又在巫婆的手心里打了两下，又打自己的手心。他说，交代书和改正书写过了，是个意思，就请张旺英和黎顺国让步，将它们毁了吧，他是个副村长，不给别人这种字条的——何况他们又自动打了手心。说着他便想到黎顺国手里来抢。黎顺国将他推回去了。但是他继续说着。他想，他的驴子在这夜晚转动着磨着豆腐,他的女人操劳很"伏贴",他获得一些投机自由市场的钱财,而县委书记吴焕群有势力,他怎么怕了呢;瞬间前他被镇压住了一定的情况的交代书最好是拿回来。于是他便点燃了一只蜡烛,他便对张旺英和黎顺国说,"请把交代书拿出来吧,在这蜡烛上烧毁。"他又说,他决不对这交代书认账的,因为并不是主动地,而是被强迫的,尤其是盖图章的这一项。李家衍说到这里便有些辛酸了。他说他的这副村长也是难任的,今日却写下了改悔书了,而他是如同张旺英和黎顺国一样,是爱祖国也爱国家"经济改革实现四化"的。说他反对"农田副业责任制"是错误的,而且现在事情也过去了。他说这些的里面都有着他的当副村长的辛酸。说着他便哭了,还拿头在墙上撞了一下,想要把他的交代书拿回来。他又说,一个技术员和农业机器站副站长黎顺国和一个并不是村政府的职务的"地方贤达"能够逼人写改正书么?"村长真的叫这么干的么?"村长也不行;这不等于是私设公堂。然而张旺英和黎顺国并不理会。李家衍是每件事情上计算着他的损益的,他想他这回败在张旺英和黎顺国手里了。于是他心胸狭窄而更觉痛苦。像有些人们常处的情形一样,做了疏忽的事,而愈想便愈走进狭窄的巷子,异常的心痛了。他是堂堂的一个县委书记方面的副乡长,"怎么可以这么败呢?"愈想愈是这样的,怎么可以被张旺英的势力和黎顺国的凶狠还有曹德旺女人的吼叫骇倒,以至于做出这种写改悔书的事情来。

他买了好些次驴子了,譬如说,这一次买驴子应该是吉利的。他要发起家来,买人家的青苗,代办副业市场,和黄功一样敛起财来,然而他比黄功差多了,他这个人就是"阴错阳差",到这钱秀英家的油菜田的这时——那驴子是买了好一阵了——都没有能发起什么财来。他欢喜做官,他的缺点便是他把力量放在做官办事摆威风上了,而忘记去投机市场刮钱了,他想。他想他"一辈子的痛苦"的原因,是有心肠软。

他激动得把蜡烛吹了又点燃了。他在房屋里徘徊着,然而黎顺国张旺英不理会他。他又学着巫婆,喝了一杯凉水,他说此仇必报。

"你必报不成的。"曹德旺女儿说,将他的蜡烛吹熄了。

而暂时忘了县委书记的势力,想象着他所写的交代书假设使他被撤了副村长的职务,而且被"诉讼"逮捕的李家衍便又啜泣起来了。然后,止住了哭泣,他又想到县委书记有力量而他将更威风,他便不怕了,于是他又喝一口冷水,从房里又拿出一个瓶子来,里面装着几两酒的,往嘴里倒一口喝了。

"顺国哥喝一口吗?"他说。

黎顺国摇摇头,吕巫婆上来要喝,他推开了她。

"你们当然不会还我交代书改悔书的,我刚才是故意的。故意地问你们要。我大小是做官的,做官的不应随便盖图章签字,但是我这做村镇官的是故意的。我说你们强逼我。我们等着看吧。"

"做官做官,你这是什么话呢?"张旺英说。

"做官就是做领导干部的。你们把这拿去吧,我盖了章的——你们是不能得逞,我副村长就是这样的,唉,就是这样的。"

就是怎样的呢。他站起来徘徊着又坐下。他想说,就是威风的,于是像不久前他觉得他是很差的情况一样,他便觉得他是很威风的了。

"哎,就是这样的,就是这样的。"他又喝了一口酒而徘徊着,顷刻前他着急,想象着他被揭发,坐了监牢了,以至于哭了,但现在在做姿态"摆样子"之间他的情绪似乎真的转变了,他觉得他已经把黎顺国逮捕投入狱中了,他已经把张旺英的名誉败坏了;他异常的威风,每日坐投机市场赚到三十元五十元,每日街头走和办公事几件都有人奉承和鞠躬。便也报复了农村经济改革将公社"大锅饭"改革掉之仇了。他想,像曹德旺女人王寡妇这类的人要找他答应一件事,"万难"。像吕巫婆这样,便容易。他意图做出一种威风的情绪来,现在真有这种情绪了。然而张旺英和黎顺国并不理他。不过他们也看得出来,李家衍有行凶的欲望,而他任副村长也是有这种条件。

在李家衍坐下又站起来,想继续想说什么的时候,吕巫婆跑过来把他的酒瓶抱起来喝了两口,他又夺回来了,狠狠地咬着牙齿。突然有点畏惧黎顺国和张旺英,和伤心自己写了字条,便打了巫婆一个动作的面颊,巫婆号叫而哭了。而在这时候,拿着一根木棍的、行路有些艰难的钱秀英的父亲钱泰进来了。

老男人听说卖了油菜花苗了。

他走进来便坐下,望望周围,谈到这件事情。钱秀英沉默着。他转身问张旺英,张旺英想要回答,黎顺国便抢着回答了。张旺英和黎顺国一样,想要隐瞒这事,因为怕钱泰老人还钱;钱泰将很困难,这样便要增加家庭痛苦。黎顺国便说,并没有这事。但他说有一定的没有准备,他说,不过是有青年人向钱秀英提到此种事,他们也是来查问的,没有此事。

"怎么会没有此事呢,哈。"巫婆哭着说,"都写了改悔书了。而我挨了耳光了。"

痛恨巫婆,而在这件事中间找寻自己的立场的曹德旺女人说:

"是没有这事。"

"怎么没有呢?"李家衍说。

"没有?"钱泰说,看看钱秀英;老人有溺爱女儿钱秀英的弱点。

钱秀英沉默着。

"有就有吧,老钱泰。"张旺英站起来说,"但是你老钱泰必须答应一件事,有也不过是百来元,我和黎顺国有钱,帮助钱秀英了,你老钱泰必须答应,不还我们的钱,就是说,你必须领我们的人情,你有病,你本是于乡镇历史有功,也没钱还。"张旺英说,望望光头、牙齿脱落的老乡亲钱泰,心中有点辛酸,而声音也有些战抖。"你要还我们钱就不对了。你答应吗?"

钱泰沉默着。

"你要答应,老钱,旧时你们旧房倒塌盖新房以前曾为邻,我那时年轻,我们也得你多所帮助;你必须答应不还钱。是我和黎技术员赠送的,他得了几个钱的奖金。"

"那我家钱秀英她到底是欠了多少呢?"

"百来吧。实说了吧,一两百。"她说,她仍然说得少些。

钱泰老人沉默着,看着张旺英。

"旧房倒塌盖新房,那以来不少年了,多易寒暑了。"钱泰说,望着李家衍又点燃的蜡烛,突然显出一点强悍的脸色,把它吹灭了,于是屋顶上的电灯便显得更亮,李家衍参加市场剥削,当年赚得他钱泰的钱曾点一根蜡烛。钱泰想,现在他家差一点快翻船翻车了,钱秀英有一个哥哥,然而在省里当工人,结了婚,不大寄钱回来。而他劳累了几十年,女儿卖油菜花"青苗"了。

"买富堂儿女的'花俏'了",他望望钱秀英说。

但钱秀英回答说,穷人家也有油菜花地,儿女多一块糕的。

老头便又沉默着,李家衍又把蜡烛点起来,但这回他没有吹,而是巫婆把它吹熄了,表示一种恶意。他便说,他是不能忍耐的,他平生为人刚强要荣誉。这时候李家衍又把蜡烛点燃,这回是黎顺国把它吹了,也表示一种恶意。钱泰便站起来,发出一声拖长的呻吟,走到门口去,看着村镇的街道和村口的田野,发亮的水田、丘陵,和远远的,星光下的黑色的树丛。黎顺国走到他的附近。

"我一辈子几十年,于这不盐碱地的富饶的乡土,也过过多年水上生活,鱼米之乡。但是也有天灾人祸,辛酸年厘。你们说振兴中华,你们怎么让这些人腐败青年人啊!看见青年人堕落腐化我是好伤心啊,我好苦痛地在泥水田坎芳草冬冷夏热的那有带刺的菱角的池塘里走过来啊,我好辛苦在深夜里堵田坎水涝而春季在小河里摸鱼虾,又那些年在大河里也有一面渔网捕鱼,和一条船,"他说,脸上显出了一种剽悍的神情,"我好辛苦于山头上,砍荆棘茅草那年的收成少,栽果树那年收入少,我又冬季贪生活到小河里捉鱼而病了腿。你们忍心吗?你们忍心啊!"

他跑回来对他的女儿说,"谢谢你张旺英黎顺国,——我过些时还你们钱……"

"你这就不对了。"张旺英说。

"我不能不还的。"钱泰说,又走回到屋内来,从胸腔里发出了拖长的一声叹息,——这有些倔强的老头噙着眼泪了。他便问钱秀英改悔书是怎样写的。他又问李家衍要了一张信笺和笔,坐下来便歪歪倒倒地在纸上写"改悔书"三个字。他请黎顺国替他写。黎顺国劝阻着他,又过去扶着他怕他从不稳的椅子上翻倒。他便静默着,痛苦地颤抖着。

他说,他当过捕鱼人,大河远处连绵的湖泊也去过,遇到过风雨,但没有翻过船,而现在家庭翻船了。捕鱼人和老的农民,正直的家长便要讲讲这时候的痛苦,有一年冰雹灾有着伤痛,而有一年小的渔船坏了修补,连同在小河里捕鱼的盆和小的网的修补也欠了债。他说,农民、渔人……劳苦者的心是一样的,痛恨邪恶的事而有时候很谨慎。他和钱秀英母亲是要好的夫妻,两人很好,他的女人不嫌他那些年较为贫穷,也和他共同忍受现在的困难。许多年前精悍的大河里捕鱼和小河里泅水捉螃蟹的钱泰现在老了,长得还漂亮的女人也老了,原来想,自身忍着困苦,让儿女读书,"可是现在怎样呢?"钱泰老头说到这里,便又叫唤起来说:"改悔了,该改悔了,我和她妈两人特别是我改悔自小娇惯了她钱秀英了。"而钱秀英便哭了起来。老头喊叫了之后便将桌上那张纸撕了而快速地拄着棍子走出去了。

第二天的晚间,钱泰老头来到张旺英的家里,黎顺国恰巧也在那里。钱泰老头拿来了五十元和一张银行的存款是一百元的,他说他问过钱秀英钱的数目了,尚欠的他一定时候归还。这事情发生了纠葛,黎顺国和张旺英一定不肯收,老头子钱泰却很坚持。他们在房里争论着。张旺英考虑到老头的自尊心,想要收下了,但又翻悔了,又激烈地争论着。老头很顽强,说他要到糕饼桥上去罚跪,假若不收的话。他是要以此来教化钱秀英的。而激烈地同情着他的张旺英和黎顺国说,假若他们收的话,他们也要到糕饼桥上去罚跪,他们说他们也正是以此教化钱秀英的。张旺英说,一个捕鱼人,农林、果木栽种者,砍茅草者是辛苦的,老钱泰的许多年的辛苦特别地使她感染,她记得看见过钱泰扛着大捆的有荆棘的茅草从坡上跌下来,她经常看见他在小河里;常远远地她看见他的捕鱼船,而且他也看见过他在稻田和菜地里劳动通宵。张旺英一件一件地数说着,便同情她的老邻人了,而老钱泰也数说着张旺英的劳苦,他也看见她有一个时候采菱角和寻藕,在小河里的木盆里到很深的夜,而也看见过她插秧到天黎明以至于田地边睡一下又继续到第二日……;不用说,他也看见过黎顺国技术员在文化站里读书写字通宵。这便互相表述着而陷在纠葛里了。张旺英的心里还浮显出来青年时代的钱泰是骠勇的渔夫,曾经于一个雷雨天在大河里向河中心游去,救出从渡船里掉到河里的一个母亲和她的小孩——而渡船被吹得很远了。张旺英想起来那时她在河岸上,赞赏她的邻人,她的乡亲的好品德和勇敢。雷雨轰鸣着,闪电光是阴森的,河流面上显出一种恐怖,而钱泰跳到水里去了,他光赤着膊游着,将那小孩用一只手臂抱紧游到他岸边,飞速地又去营救他的母亲了,他揪着落水者的衣领——这一次搏斗得较久,而游泳能力不很强的张旺英也跳下去了。张旺英的回忆新鲜,因这一些钱而含着眼泪了,又想到这忠厚的捕鱼人从水里帮助现在已死去的赵老男人拖网,因为赵老男人病了;张旺英还想起来老钱泰还替卧病的刘大婶家砍过柴……钱老头是村里也著名的热心和见义勇为的,然而健壮和有膂力的年代已经过去,她张旺英看见钱泰病了和老了。

"这钱你收下的。他黎顺国也一样说。"张旺英激动地说,含着眼泪。

"我也一样。"黎顺国说。

"我想到你老钱是大河里救出过落水的人三次的,有一次你救王秋学家的小孩叫你差一点呛水了。你在小河里淌水到深秋,这样你便病了;你在丘陵里山峦上砍茅草助过几十家困难人家也有,而你也是困难的,你不大去想到,你钱泰你的事迹邻里称道,而我们也就浑浑噩噩地过了。你渔夫农民老大于河湖也老大田头陌上了,而我也老大于田头陌上了。就说我张旺英譬如是个村干部——我是人民代表呢——,他老黎是农机站副站长,我们帮助你的。你收下吧,老钱,你收下吧,你也老了。"

在张旺英眼前,展开着默默无闻的钱泰老头的毕生的道路,而在钱泰的面前,也闪跃着张旺英和黎顺国的多少年来的善良而有意义的生活,他们的勤苦的道途。这晚间的纠葛又使他们都有些窘迫和痛苦。钱泰老人听见张旺英提他的旧年的英勇,便也屈服了,将钱收起来了。

然而张旺英的内心却继续搏动着,她激动起来了,她便打开抽屉的锁在抽屉里拿出一个信封来,从里面慢慢地抽出了一张两百元的银行存单。她很想做这件事,完成她的这一桩心愿。她和黎顺国当着钱泰的面商量了几句,黎顺国便说这也正是可以的。

"请你老钱一定不要拒绝,不然我便心痛了,你便是不高兴我了,这些俗气话在我这里是真的,我再赠送你医药费……我拿多了你也会拒绝,便这么一点钱。"

老钱泰又拒绝了,很窘迫地想要逃走,但是张旺英把门堵上了。

"你的病不好。这是我当后辈乡亲的关心你这些年的病的。在各一些时候,我都想及你从前的骠勇的形象样子,我心里是有这个念头的。你知道我现在赚钱较易,我会种花种药草,这两样很有销路的,也会养鸡,我希望和你老钱泰,隔着田坎几茬田地互相望着是知己的。"

"你旺英会说话。"老人钱泰说,淌下了眼泪,便把这一件银行存票小心地揣到腰里的皮夹里了。

然而这时候正有黄勤志在外面偷听着,他最满意他偷听到张旺英说的她"譬如是个村干部"这一类的话。他是黄功那里派出的,侦察张旺英在黎顺国的唆使下"结派别帮口"的。在窗外听着的还有钱秀英,当他的父亲和张旺英争执着而张旺英说到她父亲的历史的时候,她便惊慌地蹲了下来。她听见谈话快完,有着愉快张旺英给她父亲钱,便迅速地跑了。

自这时起,黎顺国便又常到张旺英家来了,有时停留的时间较长。他们在一起共同度过了一些晚间的时光。但是张旺英和黎顺国还是有距离的。张旺英买了枣子和很多的糕,送给黎顺国的父母,作为对黎顺国送她的衣料的回报了。这如果是亲切地送的,便是另外的意思,然而这是带着几分谦逊送的。张旺英还要拿出一半黎顺国替钱秀英还李家衍和巫婆的钱,但是黎顺国不肯,围绕着钱秀英而有的谣言中伤对他们仍旧有着剩余的作用,虽然这些谣言有些淡了下去。他们总之是又接近了,恢复从前的样式了,黎顺国也有时白天来,帮忙做事,助张旺英管理药草地和栽培花卉。于是人们便又以为这一对是确定的了,表示愉快。

他们的谈话被黄功帮口的人们侦察到了一些。张旺英在黎顺国来坐坐的晚上防备谣言,不大关门,人们便能溜进来,钱秀英也有溜进来继续偷听。他们谈的话有敌对的人们的活动,有农事,有时有对村里情形和村长工作的评论。两个人的意见常常是一致的。张旺英常说:"我觉得你说得很对。"黎顺国也常说:"你说的对。"张旺英常说:"你这人真有意思,时常忘事,真是乡下要人。你总把书或什么东西丢在我这里。"但她有一句话是黎顺国略不愉快的,便是:"你年龄不小了,你不成家呀。"黎顺国便以为她有点还想着黄功们使用钱秀英而造的谣言,便回答说:"那么你呢?"黎顺国还注意到老姑娘有时说"怪"话。她张旺英说:"我已经有恋爱过了。""是谁呢。"黎顺国问。张旺英便会回答:"不告诉你,不是你。"觉得这样重一点了,便又说,"也告诉你,是一个幻想的,是你有一回化妆的。"又说,"我喜欢自己一个人。"

人们觉得这里面似乎有恋爱。张旺英的母亲时常偷听。但黎顺国又有一次提到:"我和你两人的事……?"张旺英却说:"我不喜欢说这些。"使黎顺国受到了挫折。黎顺国又鼓起一定的勇气来是不容易的,除了人们的谣言说张旺英曾骂他以外,他也还是想着他的前程,县长的谈话使他踏实些,但不久他又有烟云一般的幻想了。他的向张旺英启口说到恋爱的话,也正是他想忘掉所谓张旺英骂他,继续有所"踏实"些的表现;然而张旺英看出来,他是有内心冲突的。此外,他想慢点能出版一本小书,但却有些观点县城里的文化馆的技术员有意见。张旺英又看出来,他还是有些错误似的。在农业技术上,他黎顺国有时过激,有时又很是胆小地在再三地试验,譬如张旺英种的矢车菊车前草等药草,他将两棵试验死掉了。但他说他的方法没有错,张旺英说他固执,他回答说固执才能达成学问。

从农业技术又谈到村镇的生活上面。

张旺英说:"你老黎整日忙忙碌碌,在黄功李家衍这些人看来,你是有村政府的地位的野心的,你是不是想干乡长副乡长呢,但是我说你是海晏河清才出山的人物,你顶骄傲了。"

"你不也是的?"因为张旺英的话中间包括着讴歌,黎顺国友善地说,"我顶佩服你各样都有点能手。你不怕一个妇女寂寞啊。"

"不的。你猜呢。不,我过惯了。"于是她便又冷淡下来。

"人们说肖家荣想活动县里让位你当副乡长而他挤上一步把黄功挤掉。"她又说,"但是黄功恐怕要当村长了。……你为什么不积极呢?你所以如此这我自然知道。你是很有疏忽的。"但这么说着的张旺英,为了弥补有时的冷淡,也有着深情似的感情的话;也似乎是友谊的话,也似乎是别的——钱秀英形成的谣言似乎也淡去了——譬如:"你要注意身体。""昨天你随便地喝冷水。"黎顺国说:"也是。你也要注意。"两人互相说:"你再不注意身体便批评你。"女的说:"不理你。"张旺英对黎顺国又一次说:"你顶聪明,长得也英俊,你是英俊少年,还是江南才子呢。"研究不清楚张旺英的意思的黎顺国也说:"你办事能干。你长得挺漂亮的。"但张旺英有一次没有回答"你长得挺漂亮的"这一句话,像是没有听见似的。

从黄勤志偷听的看来，这是有着恋爱，于是便有谣诼起来了，而从偷听的钱秀英看来，这是没有恋爱。她也偷听得比较仔细。

谣言继续使张旺英忧郁。

在这一段时间里，春天的江南，秋秧很快地成长，而果树结实了；河流和湖泊、池塘的水充满着活力，而人们的喊声增多着弹力和快乐了。春风温暖，春天制胜了冬天的剩余了，而田野和上坡大片的绿色，白云飞得很高。张旺英在这个时候田地里很忙，插秧种菜过去，又是承包的鱼塘忙碌和鸡孵卵。然而在谣言包围中忧郁的和有时心战栗的张旺英却有一段时间——人们说，因为"恋爱"而玩忽了农事。黎顺国是有些疏忽的，但是他帮助张旺英做事，他欢喜做事，而他们的谈话常是在院子里做事的时候进行的。谣言使得张旺英对黎顺国又疏淡了一些，因为谣言有许多是很丑恶的。而在有些晚间，便有黄功李家衍等人来到张旺英这里了。黄功有时一人来，呆坐着，有点模仿黎顺国似地谈农业技术和本村的经济改革的不很透彻，因为落后的李家衍对改革反对。来访、干扰、破坏是很明显的。黄功坐下说他想买一个电气冰箱，洗衣机则是早就有了，但是请着阿姨；没有妻子很不方便，而他又要忙镇上的事，又要读书，他想他会当成技术员的。他在张旺英家里谈这些，而有时还带来游荡的青年，在张旺英的房里和厅里放录音机里的有粗俗的节拍和柔软的音阶长的歌唱。张旺英不喜欢这种歌曲。他们有两次还在张旺英的客厅里跳起舞来，引起了张旺英的驱逐，黎顺国也帮忙驱逐。但是黄功仍旧来，拘束地坐着，似乎很老实似地，谈些村镇里的事情，也表示同情困难户，赞扬张旺英帮助乡里。黄功这么做着是又配合外面的谣言的，黎顺国有时来，和黄功一起呆坐一定的时间，有时则是坐了一瞬间便走了，外面的谣言也引起黎顺国的愤慨。黎顺国有一次驱逐黄功了，但张旺英对于驱逐黄功有时候不积极，她有些惧怕他，而且，她认为"团结"黄功也可以有用和有一定的必要。黎顺国便责备她了,但是她说,单身的女人也有为艰的地方,黄功也并没有占到利益。到了这时候,春末了,张旺英的立场不变,没有让黄功制胜,逼迫成功她的语言和行为。黄功便在村长李新的压迫下退回了他从张旺英那里拿的三百元。但黄功说他是自愿还来的。他说这种争斗没有什么意义,假设他黄功在张旺英这里得逞了,他的"求爱"成功了,使张旺英对他退却了,他便也可以退回这三百元的,当然,那时便不用退了。这一段落时间,黄功时常出口恶意,张旺英便说他能更改"放规矩点",这样好些次,黄功便承认张旺英胜利,而当着肖家荣还了张旺英钱,撕了那张契约。黄功说他是诚恳的,不是李新压迫的,这次外面起来的谣言应该不是他的活动了。但阴谋继续进行着,而县党委书记吴焕群和黄功往来着信件进行指挥。三百元的退回也传到了县长张辽那里,吴焕群便有些酸涩地向县长道贺张旺英的胜利。张旺英不败,她在一些村人那里的名誉也未受损伤,但是黎顺国却比一般人笨拙些。黎顺国这一日晚间碰见黄功在张旺英的客厅里坐着,张旺英也坐在那里,她没有让黄功到房间里去,但黄功说,天不冷了,春季了,坐在厅里好些。黎顺国见黄功又说,他单身一人有苦恼,虽然他有一定的地位和钱,他很想向张旺英再提出婚事。"请你考虑一下可不可以呢?"当黎顺国坐下的时候,黄功便很响的声音说。张旺英便说:"不考虑。"张旺英对黄功的温和的态度,不到紧要之处都让步的情形,很使黎顺国不满,黎顺国觉得坐着也无聊,便到院子里帮忙张旺英母亲喂鸡去了,然后便走掉了。

过了几天,人们看见黄功和几个人抬着李家衍女人帮他做的"家常菜"往张旺英那里去了,菜上面还有红纸剪的字:"福寿财喜"。黄勤志等宣传说,是送给张旺英的母亲的,也有向张旺英求亲的意思,也有黄功"承包",帮忙张旺英的市场往来物件买卖,曾得到张旺英的利益,回报的意思。黄功说,他这种"承包",也可以是农村经济改革。

这也确实是有"回报"的意思,肖家荣前天曾经在张旺英家里和黄功算账:黄功等逼胁成的替张旺英跑市场,约赚了张旺英多少钱。这是张旺英的生活的委屈部分,但她也妥协了。她安慰自己说,她也有人力和知识,黄功等也不至于赚她多少钱。但是跟随着黄功的图谋的活动便又有谣言起来了,虽然张旺英坚持着退回了"家常菜"……做得很谦虚还很"正经"的黄功还有一封信给张旺英,表明他对她的"崇敬"、"爱慕"。

而另一方面,在黄功李家衍等人的一定的推动下,钱秀英又进一步追求着黎顺国。

钱秀英有一度的悲伤,想改悔的心情,也做了两天田地里的劳动。但她不容易改变,黎顺国和张旺英的对她的钱财帮助,却鼓舞她追求起黎顺国来了,而游荡的青年们便到处传扬着。钱秀英在文化站和农业机器站用柔软的、拖长的,还很好听的声音喊着黎顺国。张旺英还听到有人说黎顺国和钱秀英到果木林里散步去了,而张旺英自己则也看到远远的黎顺国在新公路边上对钱秀英讲着话,而钱秀英扶着一辆自行车。张旺英便在黎顺国到她那里来的时候问他,黎顺国回答说,他到果树林里去是肖家荣要他看看果树用药品灭虫的情况。事实也是这样的。过了两天张旺英也远远地看到黎顺国在果树林中背着药罐子喷洒灭虫药,而且不一阵时间还看到钱秀英在黎顺国的旁边……在这时间,张旺英母亲反对黎顺国也多起来了。

钱秀英的追求黎顺国又一度积极起来,虽然黎顺国对她很冷淡——但也有乐于回答她的关于农业技术的询问。他猜想钱秀英除了有背景以外似乎是也想改悔,也想学习农业技术。所以,人们便也看见一两次钱秀英背着农药罐子在树林里喷药,而且拖着黎顺国一直喷洒到她家油菜花地里。

钱秀英是处于颠簸的状态。在知道了她的父亲的较详细的历史和人们对他的尊敬以后,她也想改变她的若干错误,但她过了几天便又松懈下来了。她认为学习农业技术可以有荣誉;她愿学习也有一定认真,但因为她周围的游荡青年们给她的影响和时刻根据吴焕群的指导对她进行的夸奖,她便虚荣心又高涨——她还以追求黎顺国谈恋爱成功作为学习农业技术的条件。黎顺国似乎劝她学习农业技术的,她便这样想。

她和小流氓们研究黎顺国年龄大了,但是有地位,而且没有结过婚。钱秀英心里产生了一种近于恋爱的情绪;有几天她的情绪的情形,真的是恋爱起来了。钱秀英虽然在张旺英窗下偷听到了张旺英并没有和黎顺国恋爱,却又听到有人说张旺英和黎顺国仍然是"藕断丝连"的。有许多的钱秀英没有偷听"清楚",幼稚的、动摇的、追求虚荣的也怀着一定的恶意的钱秀英写给了张旺英一封信,内容是,她很伤感,她和张旺英可能有冲突了,她希望张旺英在黎顺国的事情上对她让步——假如这里有冲突的话——她说她想张旺英也并不怎么恋爱,而且也并不怎么懂恋爱,一定会同情她。她又说,她也不一定恋爱黎顺国,因为黎顺国年龄大,但她希望张旺英帮助她。她又说,爱情是神秘和崇高的,震撼着她的灵魂。她又带着造谣和任意——因为她相信爱情是神秘的——说,黎顺国也有着爱她。总之,这是一封内容有着自相冲突的信,是幼稚、自私的利益观念和虚荣心及一定的恶意的混合。她在信里还自称她是"八十年代"的青年,她要得到自身的利益,并不要当渔夫而"渔夫沉没海洋里"。——这"新时代的"、"八十年代"的姑娘也是小地方的大人物,怀着一定的恶意,她还有一种勇往直前的气概。她的这封信又是请田丁和几个游荡青年男女参谋的。他们有一些劝她不要写"黎顺国年龄大",但有的一些赞成写这个,表示和张旺英可以讲条件,她便也正是这种意思,所以仍然保留了。她的信后面还写着"没有白字",表示她的初中的成绩好。对这封信,张旺英也研究了一研究她的文章水平,她觉得有些还不错。但是她没有回信。这两天她也没有碰到黎顺国。

几天之后,长得窈窕的,有着一对聪明的眼睛和旺盛的精神的,游荡的钱秀英来访张旺英了。这是下午的时候,钱秀英看见她在家中喂鸡。她招呼她,钱秀英便进来跟着她一起到房里坐下。钱秀英开始的时候似乎是想否定她的那封信的,钱秀英,这幼稚的姑娘,渔夫的走歪路的女儿,似乎是在老姑娘张旺英的威风的王国和堡垒面前惧怕了。她说她写这信是一时冲动。她也是景仰张旺英的。她并不怎么追求黎顺国。张旺英便问她,她的信里"渔夫沉没海洋里"这一句打了一个括号是什么意思。钱秀英便说,这是游荡的青年们有一次听品学兼优的男学生张青文说,便是有俄国的名为爱伦堡的"文豪"说的,"一面是庄严的工作,一面是荒淫无耻","庄严的工作有渔夫为抢救遇难者而沉没海洋里",她记不清了。张青文是来教训他们的,他们便抄录了以从事"一击掌"。她也是"击掌"的,她认为年青人娱乐一些时光也是可以的,因为"韶光易逝","青春易伤",说到这里,钱秀英便又坚持她的信了。她说她来到便是想说明她的信里的意思。她说了便沉默着。她不想和张旺英怎么冲突,因为怕她,但她受着众人的怂恿,怀着虚荣心和恶意,便也想和张旺英斗争;她有着她的对张旺英的盲目的憎恨心理。坐在张旺英面前的便是一个不很简单的对象了。

钱秀英说,她不是她父亲,她的父亲忠实、笨。她说,她也可以像她的父亲,在人生的战场上是不让步的。

"但是,姑娘,你跟我说这些是什么意思呢?你的那些笔记和小条子我听说过了,我觉得没有什么意思。由于我是很尊敬你的父亲的,我们是很好的乡亲,所以你的行为也使我觉得一种痛苦,我想负责教育你,改正吧,姑娘。"张旺英说,"渔夫沉没海洋里。"

钱秀英是上了人生的战场了。她觉得张旺英很会说话,她,钱秀英一瞬间又显得很渺小,而周围的物件,张旺英的洁净的床铺和桌上的书籍,去年稻穗的样品,厅堂一角的织布机……都开始压迫钱秀英。

"我是说,你有些地方是不见得对的。"钱秀英又鼓着勇气说。"你在乡镇上有地位,你有钱,你和黎顺国并不平衡对称,你又是不懂得我们这个时代的青年,你是很专横地坐在你的交椅上的。"

"是这样的'爱情是神秘的、曼妙的、不负责的和享乐的'这些话么,这时代的青年吗?你是继续想谈这些吗?你这年青人,你给我写这种信,你难道不知道你父亲的也有你母亲的劳苦,你就这么不知改正吗?你的改悔书呢?"张旺英说着便把钱秀英的信从抽屉里拿出来,连着以前的一件改悔书送还给她了。"你拿回去吧。"她说。

　　张旺英脸上有着安静的笑容。钱秀英红着脸接过了张旺英递给她的她的信和以前写的笔迹粗糙的改悔书。她把它们折叠起来,拿在手里。

　　"我觉得这你张旺英姨是不看我父亲的面子了。"她说,"你动不动村里的力量对付我呢?我们并不怕的。你的时代是落后了,你不理解新时代。"钱秀英激动起来,便玩弄她的头发,对张旺英冷笑了,"你坐在你的骄横的交椅里,缺乏心灵的情和意,你利用我父亲来压迫我。"

　　"我就是坐在我的交椅里,你父亲是你这样的立场吗?"张旺英愤怒地说,"我有责任教训你!你太糊涂、太邪恶,太离开正路了,你信里说些什么?你又说什么心灵的情和意?你希望我让与你与黎顺国——我和黎顺国,我告诉你,并没有什么关系。你太气坏我了。"张旺英爆发了在她是稀有的愤怒,说。这是她在钱秀英问题上的第二次发怒了。

　　"但是我们青年人有我们的浪漫的幻想和甜蜜的情怀享乐我们的青春为什么不可以呢?为什么不可以呢?"钱秀英说,"为什么你以为生活不是热烈的灵与肉的火焰而爱情是曼妙的心灵与肉体的火焰呢,在一个神秘的,特别的日子,年青人啊,他忘记了自己,他即便错了也是优美的事情。"钱秀英说,手里捏着张旺英退回给她的信和改悔书。还眨了些眼睛又半闭着眼睛做着表情,在她的胸膛里,鼓动着汹涌的傲气,她很多遍地思索过了,她信奉这些,而且她想张旺英不懂得青春,是落后的,甚至是值得怜悯的人。她又看了一看她手里捏着的信和改悔书。

　　"你这样说吗?"

"我说了,我就这些,哎。我说你为人很好,可是没有理想,要么你的理想是低级的!哎!而且也不见得,你为人是专权也是霸道!"钱秀英说,又眨了眨眼睛,看了看手中捏着的信和改悔书。"我们的理想是一种升华,诗情画意的享乐还有些悲观的、空虚的眼睛看着人生,灵与肉的火焰。"

"那就看着渔夫沉没海洋里吗?不抢救海洋里的遇难者吗?"张旺英说。

"我们不的。"钱秀英说,"人是自利的。"

"还有呢?"老姑娘有愤怒和心痛,说。

"我说理想是……我想我们年青人是要高飞的。也许我这不是正路,但是将来我自然会劳动起来……"钱秀英有些胆怯地说,但又说,"但是我说你张旺英的生活理想是没有意思的。"

"你绝对错误!"张旺英说,拍了桌子。

钱秀英便沉默了,望着桌上的张旺英从她的母亲房里搬过来的彩色电视机,因为她的母亲嫌吵。钱秀英已不止一次地看着这电视机了。又看着张旺英的愤怒而严肃的、有些苍白的俊美的面孔,和她穿着的绿色的、旧的绸夹衣,钱秀英便觉得一种年龄的深奥和劳动生活、事业成就的威胁,房屋里的家具、杂物、坛子和罐子、算盘、彩色的饼干盒和糖果盒,也有大的历牌、翻开的书籍、特别整齐和清洁的床铺,和外面的厅里的新漆的桌子,以及院子里鸡棚里的母鸡的咯咯的声音和公鸡的啼叫,使钱秀英又觉得一种惶惑,觉得张旺英的生活有很大的势力,张旺英在发怒之后的沉静、严肃的样子也威胁着她。然而钱秀英的心中又战栗着她的享乐的欲望,钱秀英便不容易妥协。

"我也并不在乎你。"她说,站起来跨到桌前,也拍了一拍桌子。

"你是这样的?"张旺英威严地大声说。

钱秀英便战栗着,又坐下而沉默了。她又想起了她的过去曾在大河和湖泊里谋生的和也在山上割柴草的父亲;她的心中闪跃着她的父亲钱泰在山峦上茅草之间和在大河湖泊的波浪里以强壮的手臂游水的姿势。猖狂了一定的情形的钱秀英便又觉得自己渺小而且害怕了,首先是,错误的了。

"你就说这些么?"张旺英说。

"不……"钱秀英说,眨着眼睛,惶惑地看了看张旺英,在她的脸上掠过了一阵惶恐的阴影,"我也许刚才说的是错误的……当然我是错误的。"

"不过也看出来你是还在想说你刚才说的那些呢。"张旺英说。

"那……当然不是的。不过,也是的。"钱秀英说,眼睛里又闪过恶意的光。

"那么你把信和改悔书都还我吧。"张旺英说。

这时候黄功进到客厅里面来了,张旺英急忙迎出去,请他再外面的客厅里坐。黄功说,他帮助张旺英把鸡蛋、鱼、若干只鸡都卖掉了,共计多少钱——他便拿出一些钞票来递给张旺英。张旺英也便数着钞票。她说,她本是要请黎顺国或王寡妇儿子王遥,或者铁匠朱五福女人的,但是仍然让黄功助她这样,当然,黎顺国这些人有时是有自己的事,黄功那里黄勤志有时闲些,市场上也熟悉,这一点有重要,但是,仍然让黄功入侵她了。她明确地这样冷静地说。她说,她是一个单身女人,不方便,往后她想她请黄勤志帮忙的地方要少些;在这些方面,她过年以来已经送给黄勤志二十元了。当然,仍然也希望有时帮忙的。

黄功没有再说什么,照他自己策划的,他办完了事之后静坐着,笑了一笑,喝着张旺英倒给他的水。

客厅里有难耐的沉默。

"你长得顶漂亮。"黄功说,"为人也能干。"

张旺英忍耐地沉默着,钱秀英来到房门边上紧张地看着。

"你答应我的求婚吗?"黄功说。

张旺英继续沉默着。

"你不说我是英俊少年吗?"黄功说。

张旺英又沉默了一瞬间。

"你是混蛋！贼子！"张旺英说，"我不以为你会包围我成功的。在县委吴焕群的指示下，你威胁我说不请黄勤志代我办贸易，就加紧包围我，造我的谣言，派人偷我的东西，谋我的小鸡和花，你公开地说的，于是我受包围了。这是我这个孤身的女人也是劳动模范的痛苦生活部分了。但我相信县长不会被你们倒掉的。"

黄功沉默了一瞬间，又说：

"那不见得吧，我们地委省里也有县委书记的力量呢。"

"那你们是要胜了，不过我们也有熟人在省里。"张旺英说。

"好好保重身体。"黄功选择了一句冷静的话，便走掉了。

"你混蛋！"张旺英叫喊。

张旺英回到房里又拿算盘算账，心里有点思念黎顺国，苍白的面孔有些痉挛着，眼睛有点潮湿。这秀丽的江南乡间，明媚的春天，也引起她的恋爱似的甜蜜之情；不一定去想具体的是怎样，她又觉得她的生活还是成功的。

她看着钱秀英，想到她的父亲，便有些怜悯和又迸发了恼怒。

"你看见我的生活和黄功的丑恶了。你欠着债么？"她又忍着愤怒问。

"没……不多。"钱秀英说。

"我给你十元钱吧。"张旺英说。

钱秀英伸手接了。

张旺英站着沉默了一瞬间，内心的激动久久不平复，也抱着手臂在屋内徘徊起来。

"我给你十元钱是不甘心的，你拿回来给我！……当然，给你，借给你，你一定时候还我，不，给你吧。怎样教育你呢？我是你钱秀英的长一辈的乡亲了，你要知道，你再不改悔，你便没有出路了，而我今天也被你而拍了桌子，但你知道，我是不容易被欺侮的，再说你的父亲会很痛苦的，我看你的父亲的面子，而且我不给你可能你在家中偷钱。但下不为例了。你要劳动，田里的活你要做。"

钱秀英沉默着,有些惶惑,回答了一声:"你说的不错。"但她的社会和她的思想,她是还要追求黎顺国的,所以又眨了眨眼睛显出一定的傲慢。她并没有被老姑娘的防塞和城堡击败,内心又升起邪恶,她便把钱放下,说:"我们并不感谢一些人的廉价的同情的。"

张旺英便把钱拿回去了。钱秀英呆坐着,惊异自己的行为,又起来了拿钱的欲望,她终于说:"还是给我吧。"

张旺英静静地凝视着她,同情着过去的渔夫钱泰的张旺英便说:"好,还是给你吧。"钱秀英便接过钱走了。她走到门前张旺英又喊住了她:"你是很邪的姑娘了,你的改悔书还在这里,你能改悔吧?"

"怕是……能的。"拿着钱而且怕改悔书的钱秀英说。

"那你就滚吧。"张旺英说。钱秀英呆看了她一定的时间,便走了。

钱秀英仍旧继续追着黎顺国散步;她的流氓社会推动她,她的幻想的爱情又使她对黎顺国热烈起来,以至于真的她象似和黎顺国恋爱了。但她写给黎顺国的"情书"都没有得到回答。黎顺国拒绝她。

"我不相信你黎顺国的心不因为我的热情而感动,我和你是同时显于电视屏幕上是两个黑影,同是天涯沦落人。"聪明的、会说话的钱秀英说,追着黎顺国在田地里和山坡上散步。"你的心没有不燃烧的,你冷笑,你便是虚伪的。没有一个男人不钟情,没有一个少女不怀春,说这话的是大文豪,他该比你黎顺国要学问多吧。"

"对,你说的对。"黎顺国说,不知怎样地有些辛酸,觉得痛苦,似乎对不起张旺英了。"但是你要知道,"强硬的技术员说,"我是决不会,并不和你恋爱的。"

"但是我说,你的心将在爱情里苏醒过来,你才知道人生的果实的美味。自然也是苦味,本来是如此的。"钱秀英说,"我也不一定要和你结婚,假若我不高兴了,我便不别而离开。寂寂的一个暗影走向远处……"

"多谢你了,"黎顺国说,"你决不会成功的,你们。你们使张旺英误解我了,你们告诉我张旺英不满意我,说我说她俗气,她不满意……"

"我仍然要请你说你心里的话的,那次虽然我请你说,但是说的是你心里的话。请你再说一句张旺英俗气还有自高自大。"

"那我为什么呢。好,我就说了,俗气,自高自大。那就是我的思想么?"

"没有不是你的思想的。你的男人的心灵,没有不和一个少女恋爱的。你爱上我了,要不然为什么你和我散步呢?我是有价值的,你跑不掉。"

但是有时候钱秀英淌眼泪了,她说她并不是那般坏,并不要那般坏下去,她说她并不恋爱。但是随即她又说,她是恋爱着黎顺国。便又说起灵与肉,诗情画意的享乐和悲观,空虚的眼睛看着人生……这事情引起了黎顺芳来质问她,但也没有效果。她扰乱着技术员的生活。她的活动是一些人策划的,所以还有游荡青年们相助,说:"好呀,黎技术员和钱秀英,真是人生理想的热恋的一对。空虚的眼睛看着人生。"黎顺国,由于好胜心也由于被挑拨,和钱秀英有了较多的散步,他还认真起来,想教育好钱秀英,教她学会一点农业技术。这样,他和钱秀英在田坎上走着,迎面碰到张旺英两次,一次他正好和钱秀英笑着,和张旺英点了一点头;又一次在说着话,张旺英看看他没有说话,他也被压抑着没有来得及说话。

在田地边上,初中学生张青文站下来向黎顺国鞠躬。他是肖家荣动员来援助黎顺国的。他激昂地说:

"黎技术员黎顺国老师也教过我们几堂课。在祖国的沃沃旷野江南鱼米之乡,黎技术员是走着他的踏着深深的脚印的道路,达成了成绩的。他的成绩使我们后辈的青年激动,江南春雨淋在田野里,而三中全会的春风吹在大地上,黎技术员对人们表现了他的成绩。参过军,当过工人,自学成才的黎技术员表现了他的努力。但是,有人用恋爱的手段想破坏黎技术员,也破坏张旺英阿姨,我们青年人,向这些人提出严重的抗议。"这充满着年轻激情的张青文激动地说,同时看着钱秀英。

"那你是骂我吗?"钱秀英说,"呸,粗俗的句子,不好听的句子,什么春风吹大地,你还有渔夫救人沉没海洋里。"

张青文激动地对黎顺国又鞠了一个躬。

"我以为,"觉得自己的骄傲的力量的激昂的青年说,"我的话、句子,是我的心灵的感情,人民群众的热情。我们不爱说爱情是曼妙的、神秘的、你不懂的,空虚的眼睛,这样的句子。渔夫为救自己的朋友而沉没海洋里仍然是值得歌颂的。我们反对市侩不劳而获。"于是这青年又鞠了一个躬便走开了。

钱秀英便掏出手帕来擦眼泪了。她也就走开去了。疲劳的黎顺国呆坐在田坎上。

"钱秀英,你应该劳动。"他又站起来,看着钱秀英的背影大声说。他觉得这姑娘将头发蓄得过分长。他又大声对张青文说:"谢谢你张青文关心我!"张青文回头向他招手,他看着这青年,觉得他长得英俊。

☆

事情起了变化,由于县城里县委书记吴焕群提拔了一些他的人,由于凶狠的省里面的农业贷款局长陈耳常来活动,黄功在牛头镇便更威风些,不久便把黎顺国的农业机器站副站长的位置撤除了,派了黄勤志:这是可以贪污到一定的钱财的。另一方面,黄功要兼甲种技术员了,他从什么地方抄袭书籍,也抄袭黎顺国的,派遣一些人散布言论说,黎顺国在省城里发表的一篇还殷实的论文是"盗窃"他黄功或与他合作的。这样,技术员黎顺国便落在困境中了,黄功还从文化站的抽屉里偷窃成了黎顺国的原稿;他公然威胁说,他将是全县的最优秀的技术员,将去参加县里以至于省里的农业科学技术代表会议,他逼胁黎顺国写一篇论文由他签上名，算是他的著作。他说他也愿意出一部分钱。他说，不然就要对黎顺国不谦逊。黎顺国再一次观察和研究了自身的情况，像许多人终于不甘心地承认了环境的恶劣一样，承认他已处在很险恶的境遇里了。县长又和县里的两个局长到省里去据说是"学习"去了。黎顺国跑到城里去没有找到什么人，而乡长李新的权力已经被黄功夺了一些了。他便尝到所谓人生的苦味，有点相信田丁和钱秀英说的，人生是一个苦果了；他几十年来都还算顺利的，只是"文化革命"时蹲过几天西瓜棚看西瓜，也没有人想盗窃他的论文和反噬他；他看得比他的生命一样重的他的论文原稿被窃，使他如火焚一般的痛苦。他在县城里徘徊，他在县城里的食品厂的门前徘徊，这食品厂有他的荣誉，便是这食品厂是用了县里的技术科和他的一定的改良方案出品的番茄、茄子、菜花的；他还对着几种鸡和猪有一点贡献。他徘徊着也没有找到什么人帮忙，便回到乡间来找张旺英了。他和他的妹夫肖家荣在进城以前就议论过了，没有什么办法；他找张旺英，张旺英也想不出什么办法。黎顺国和他的女朋友便陷在忧郁里了。黎顺国咬响着他的牙齿，他说他想黄功必不能进一步包围他成功，而张旺英有些悲观。她有些退避地想，让黄功偷到一篇短小的论文换回被窃的又如何呢，但是她随即又考虑说，她设想黎顺国在这上面是很痛苦的。黎顺国不满意张旺英的退让，他想，在经济利益和生活情况上，已经让黄功入侵了。黎顺国于是想奋勇些，写文字告到法院去，然而他想法院也有县委书记新增加的他那一方面的人力。黎顺国终于同意退让了。张旺英忧郁了一定的情形便伴着黎顺国找黄功谈判去了，她说，日常没有和黄功闹翻，是也有利益的。

张旺英帮助她的技术员。她很温和，谦逊地请黄功不要再对付黎顺国的论文。她笑着说：这样便不好了，大家都是乡亲，而黄功应该知道，黎顺国技术员是许多年苦涩的寒窗的。为了这，她张旺英愿意再给黄勤志一些帮忙经济活动的机会，而不去找朱五福女人。

"你能不盗窃我的论文？将我的一些原稿还我么?"黎顺国忧郁地,用苦涩的声音说。他也不愿意张旺英增加因黄勤志等的活动而可能损失的经济利益。

"他黎顺国是含辛茹苦的,十年寒窗,为人正直,勤于学习,于地方有功,于乡里也有感情的,不是不讲感情的人,"会说话的张旺英说,"他老黎也曾对我说你黄功很有才干,于地方上办事也不少,勤于学习,会自修养成为甲级技术员的,又有丰富的经验,他愿意和你互相学习……"张旺英说着温和的、谦逊的、赞美黄功的话,由于对黎顺国的多年感情,由于爱好农业技术,老姑娘说话带着有些激动的感情,黎顺国也听出来她对他的同情,但是,黎顺国仍然觉得张旺英谦逊了,他想她应该提到县长不久便会回县里来的。

但是黄功却因为张旺英夸奖他能够学成技术员,夸奖他有经验而且聪明,显出了一定的愉快。

"你说……"黄功说,"你说我……不说了。"黄功说。

"什么呢?"张旺英问。

"你说我能当甲级技术员么？有聪明经验么?"黄功热切地问。

"你有,你聪明而且也用功,你有丰富的知识呀,而且你文章也不错。"张旺英恳切地说——继续说着赞美黄功的话。僵硬的、冷淡的黄功被这赞美果然似乎变动了一些。

"你说我能行么?"黄功又问。

"那自然是的。"

"那自然是的。"黎顺国也说,嘴唇痉挛着忍着一瞬间一闪的讽刺的笑容。

"你既然这么夸奖我,那我愿意让出购买老黎他长的,而改短的。原稿我也愿意归还。"黄功说了张旺英计算着说的。

"而且也请不要伤害老黎,譬如,你对他的农业技术反正有帮忙帮助有功劳就是了。"张旺英冷静地说。

黎顺国看着张旺英,他便增加认识到老姑娘的另一面了,张旺英是有人生经验世故的。张旺英的这种措施，增加了他的对她的生活的同情和敬仰了：他想到她是尝过不少辛酸的。高蹈的技术员认识到苦辛了。不过他仍然担忧：如果张旺英过多的妥协呢。这在这乡村里，没有什么力量帮忙，也是普遍的事。但他又觉得这还是不会的。

黄勤志想对他动刀子，想他告诉"技术秘籍"，想冒充成真的技术员，希望他对他的行为守秘密，而黄功在这里公开地要偷文章。

"你看，你旺英姐看我能做成文章，当甲技术员吗？"黄功问。

"你能的。"

"那就好吧。"黄功说，"我花一定的钱买你老黎的一篇短的，养鱼的也可以。"他说，并感动得流泪了。

"你就不在乎地说你是买的？"黎顺国苦痛地，笑着问。

"那倒不。没有这大势力。"

"假设势力大呢？"

"那就不用。不过也说自己做的，有味口。而说不是自己做的，是有威风。写文章是顶舒服极的事情了，我就恨你们写文章的——欺负人。"黄功流泪说。

"你老黎看怎样呢，也许会平息一点乱说呢。他老黄这人是讲感情的。就做一篇吧，你老黎，做短的，养鱼的就行。我承包的公社的鱼塘也有可研究研究。"

"不行。"黄功说。

"不行自然算了，县长方面也还是有力量的。"张旺英说，"还有女副省长。"

"好吧。"黄功说。

"我看也好吧，你老黎说呢？"张旺英又说。

"怎样议价呢？"黎顺国说。

黎顺国忧愁着答应了。他答应做一篇养鱼的，短的，为张旺英提议。于是张旺英便和黄功议价，黄功只肯出县里稿费的钱，后来说，增加一成……终于张旺英再夸奖黄功，便以县里稿费一倍的价谈成功了。

"哈,"黄功忧郁地考虑着,说,"我当技术员了,养鱼的……改为种果树的吧……好,就是养鱼的吧,其实养猪更好些。"想到自己快成甲种技术员,光宗耀祖,黄功心中便欢喜,而想象着要买一套新衣服纪念,他又流泪了。

"这些技术,都是无聊的。"他说。

"那么,能不能呈请县委恢复老黎农机站呢?"张旺英说。

"那恐怕很难,看吧。"黄功说。

张旺英和黎顺国拿回了黎顺国的那一份原稿,走了出来,张旺英叹了一声气,说,和这样的人,这样妥协点也似乎可以,但是这情形,她说,也许她张旺英话说多了,做了主张了,影响黎顺国了,她觉得很忧郁。也体会到了黎顺国的十年寒窗的不容易。这样张旺英便站住了一定的时间,觉得委屈和伤心,擦着涌出来的眼泪。但黎顺国说,他想过了,并不这样,张旺英想这样的办法,也是可以的。

人们过了两天传说黄功掉到他的弟弟黄勤志家的养鱼塘里去了,他想到水边去看鱼,滑跌下去了。泅水了一阵叫他的一些游荡青年救了起来。他觉得他快当养鱼技术研,所以他便试试这鱼塘。他说他"买"到一篇养鱼文章了,黎顺国的,他说他公开一次。将来也公开他愉快的次数。

"你们要捧场我的这种。"他对游荡青年们说。

这事情往下的情况是:黄功让黎顺国恢复了几天的农业机器站副站长,然后又将他撤职了,因为黎顺国骂他。后来黎顺国还被污蔑为在文化站贪污,盗窃公款,结帮口,于是又停止了黎顺国的技术员的职务……但黎顺国与张旺英坚持着,他们等候着县长的归来。

黎顺国的文章交出去了。他将钱捐献给村里了。痛心地在田野间,在菜花与豆田中间乱走着,遇见张旺英在收获豆子,张旺英望着他忧愁地笑了笑;她说事情糟下来了,黄功可能篡夺为乡长,而李新老头又害着病。她说卖出一篇文还是也可以有点利的,根据李新说,黄功们原来还想污蔑黎顺国"盗文"将黎顺国关"反省"的。

"这不是这样的,旺英姐。"黎顺国说,"你不要为了卖文那件事难过吧。我又听说你骂我了,我想不至于吧。"

这中间的情节是,钱秀英又给张旺英写信进行挑拨,田丁们又在黎顺国面前散布谣言,说张旺英说的,她劝黎顺国卖文黎顺国不满又显得"自大"了。

当两个人在田地边上忧郁着的时候,走来了初中学生张青文和邹敏芬,走到地里来帮助张旺英收获豆子了。黎顺国也便下到田地里,他很快地努力、热衷地工作起来,将豆子拔起,放倒在一边。张旺英赶到田地边上来的她家的牛车停在附近的池塘边,而水牛在那里静静地站着。

女学生邹敏芬是村长李新的亲戚,她是得过张旺英的一盆茉莉花卖的钱赠送她买课外书籍的,而张青文是父母告诉他要各时候站在张旺英、黎顺国一边。文雅的女学生邹敏芬在田地中劳动,头发有些披下来了,她笑着说她拔得不好,露出洁白的牙齿。在她的有些土气的文雅里邹敏芬有着有力的嘴角动作,拔一颗蚕豆她的嘴角动一个动作,而每当张旺英和黎顺国看她的时候她都微笑,她谦虚,怕弄坏了豆子,觉得自己拔得不好。她流汗而脸红。张青文是严肃,怀着理想和梦幻和怀着年青人的英雄的心情的。

在拔豆子略休息的时候,张青文向张旺英鞠了一下躬,然后向黎顺国鞠躬,大声地说:

"我奉父母和教师之命,向你,被人谋陷,被人偷文,失去岗位的曾经获奖的黎技术员致敬,也向乡里的模范人物张旺英致敬。我为黎技术员抱不平,我说,"他又弯腰向黎顺国敬礼,说,"我们祖国一定要现代化和工业化。我不忘记黎老师的教诲,黎老师也教过我们的课。当祖国最需要农业现代化的人材的时候,你黎老师的成就使我的年轻的心激动,号报春讯的鸟雀啼鸣于杏花枝头,像春雨灌溉于祖国的江南原野,也灌溉我们少年的心;当你前进着的时候,他们官僚主义欺侮你了,使你受侮伤了,而且偷盗你的文章,去到县城的报上发表。然而,看几十里外湖泊那边正在建成的电塔,看湖泊那边大河畔水电站的发动,看天地里拖拉机收割机喷烟而大河里点点风帆,我相信我们的祖国是不会停留它的脚步的,我们牛头镇也会消灭掉官僚主义和贫鄙丑恶的人物的。我上次碰到黎技术员没有说透彻,那时他们也还没有谋成黎技术员,我说这些是正式地说,我也得过张旺英老师帮助过;我奉父母命说这些话。"

黎顺国便和张青文握手,张旺英也和他握手,说谢谢他年青人的心意和他的父母。而这时,却正好来到了他的父亲张又贵老男人。白发的身体强壮的老男人远远地听见他的儿子在田地里郑重地说话,便把扛着的坡边上割来的茅草在肩上颠了一颠。

"他说的还好么,黎技术员旺英姐。"强壮的白发老人说。

"好。说得我都不好意思了。"黎顺国说。

"我愿望,"强壮的、扛着茅草的张又贵老头以哄亮的大声说,又把肩上的茅草颠了一颠,似乎这点重量是令他愉快的,他并不想到要放下来,也并不想立刻就走。"我愿望他张青文读书成功,文明礼貌,我们砍柴人种萝卜的户便安心了,我还是有点手艺的花匠呢。我们活了一辈子,不识很多字。"老头笑着,突然眼圈有点红,但注意到没有人看到,便将茅草换了个肩膀,又说:"将来他张青文也当技术员,也和他们斗,叫撤职,哈,但仍旧斗,总不会不胜。"白发而强壮的老头张又贵讽刺地说。

"那是那么的吧。"黎顺国说。

"我愿望,儿女成才,江山不改,本性不移,却不再有困与苦,繁殖乡土;我愿望,"老人继续扛着打捆的茅草说,"江河永奠,国事蒸蒸日上,后辈青年成行柳成荫,像村长老头说的,我还愿望,天下有情人都成眷属。"老头说,笑着,注意到自己的愉快,健旺的话有了愉快的效果,便是张旺英笑了一笑,又注意到自己的瞬间前有点眼泪的弱点被遮拦过去了,便预备走了。老人张又贵声音哄亮而且快乐,像年青人一样。

"你说得对。"黎顺国说。

张又贵便走了。

这时钱秀英来到田地边了,她说她这两天也帮家里收豆子,她愿意来帮助张旺英。张旺英观察她有点是想借钱,但她也没有启口。而跟着,浪游的青年便来了一些,吹着口哨,将录音机放在田坎上,放着柔软颓靡音阶的歌曲。他们大家都下到田地里来帮助张旺英了,而且有的将豆子踩倒了也不顾惜。

"你要知道,我和他们不一路了,他们想要我找旺英姨借钱。"钱秀英说。

"那么你还宣传不宣传你的世界观呢?"张青文说。

"对啦!"邹敏芬说。"我们昨天吵了架的。我说……"土朴的姑娘邹敏芬脸红着说——她激动地脸红到耳根,因为她想起了昨天吵架小流氓们有粗话,因为她思想波动在石头上绊了一个动作,她悲愤起来了。她想想一句恶毒的话来骂他们,但是想不出来;她同时又看见游荡的青年们踩坏了她拔下来的豆子了。由于爱读书,由于尊敬张旺英,她便和游荡青年们结了仇恨。这时她心脏跳动很激烈,她想:"他们这些骂人和弄这种音乐是多么的丑恶啊,而张旺英姨她是多么高尚情操啊。"

"你们难道……不能爱好劳动么?"她说,因为斥骂敌人成功了而脸红。

"我们就是这样的。但是你不应该不公平,昨日吵架我是中立的。"钱秀英说。

"你不是要改正吗?"张旺英说。

"我这就是改。"

游荡的青年们像一群麻雀一样,看见黎顺国和张旺英板着面孔,便一阵风一样提着他们的录音机走掉了。

但钱秀英还留在田地里。

"顺国哥,我找你去散步好吗?"

"没有空。"黎顺国说。

"那你难道不管我了吗?"

"你这是什么话?"黎顺国说。

"你说你有不在乎跟我散步的,哎,讨论爱情的曼妙的意义,那篇小说里,后来曼丽是跟技术员结婚的……"

"那等下再说吧。"

张旺英的脸色有些苍白。

"你和她签了这种约吗?做这种斗争吗?"她问。

"也可以是这样……跟小流氓们。"黎顺国说。

"我说你是丑恶的,"邹敏芬因激动而脸红,对钱秀英说,"你们那些是卑鄙的卑鄙,丑恶的丑恶,可恨而特别可恨。"邹敏芬说,因为自身骂得有力而愉快,便掏出手帕来擦着湿汗的潮湿的面孔,并不隐瞒自身的愤怒,看着钱秀英。

钱秀英心中涌起了一定的邪恶,从地上拾起一块泥土来,面孔苍白地战栗。

"你要干什么?"邹敏芬激动地说。

钱秀英便有些怕,丢下了泥块。

钱秀英便走开去了。邹敏芬骂她使她很伤心。黎顺国不理她,她又和小流氓闹翻了很多,有着绝望的心情,在田地边慢慢地走着。

九

张旺英到城里来找县长张辽了。

黎顺国遭受着打击,而且黄功被任为乡长了;村长李新被宣布为官僚主义,又称为"退居二线",调为副乡长。张旺英想找县长支持他们,牛头镇的正派的人们。然而张旺英不能见到县长,传达室说他不在,又说他在开重要的会;传达认得牛头镇的女"社会贤达",而他是县委书记方面的人。在传达室遭遇着冷淡的张旺英便抱着她的手臂在县政府的走廊里徘徊着;穿着绿色的绸单衣的张旺英收拾得很整齐,头发光洁,而皮鞋也是明亮的,还背着一个帆布的书包。县委书记这时从楼上的玻璃窗里偶然伸头往下看,看见了张旺英,便观察张旺英是很有些自信的；和做着发怒的神情的传达一样，观察着牛头镇来的女"社会贤达"，人民代表张旺英，便判断她很有些钱，"很翘楚"，很有些豪强的。张旺英自己也觉得她是从事着一种以前没有的和命运的决斗。美好的人材张旺英几十年来继承父老和命运搏斗，她已征服了旧时的贫寒与痛苦，而建立了她的防塞而且巩固起来了。县委书记偷看着他的敌手张旺英，觉得她还是很稳重的，她的俊美的脸上有着端庄的嘴唇，而她抱着手臂叉着腰在传达室前的走廊和小院子里徘徊的姿势是安详、自信的。县委书记想着："不值一晒"。但是张旺英的镇静的在传达室面前踱踱的姿态仍然对他产生了一种压力。穿着绿色单绸衣和灰色细布裤子的张旺英踱步到门口去了，向大街上望着，又慢慢地走了回来。

"你能通报县长么？"她再向传达室说。

"他有事。"传达说，再观察着"万元户"张旺英的衣着，想的是："很有几个钱的，但是舍不得吃穿。在地方上沽名誉。"

"我是人民代表。"张旺英说。

"知道。"传达老头说。

张旺英便不觉想到，当张辽刚就职这县的县长的时候，几十年前，她张旺英是镇上的女拖拉机手，和公社生产大队的副队长，曾经和李家衍等因池塘和小河里的作业分配不公平冲突，李家衍和黄功们说她"纠合"青年人扩大势力结帮派，而和那时一度回到乡间的黎顺国是一同的；说她张旺英等抢占小河里的藕和养鱼塘，违反规章捕鱼，过分扩大副业，反纲目，她张旺英曾经驾着拖拉机到城里来找县长，那时她已是县人民代表了。这走廊里张旺英那时穿着现在已旧了的红绒线衣，受到了县长张辽的欢迎，得到他有力的支持，自那时也开始了和县长夫妇的深的友谊。许多年过去了，她仍旧要奋斗。她有些感慨自己靠近中年，同时，她同情乡间被欺侮的人们，同情有些莽撞的黎顺国，被降了位置的李新老村长，而且同情譬如铁匠朱五福的徒弟，他被黄勤志等打伤，同情刘大婶家的鸡被偷窃，昨日黄昏哭到她这里来。天气渐热起来了，田地里的稻子长得很高了，但是有譬如被李家衍的驴子损坏的。游荡的青年们不见减少,而不少正直的人被黄功等剥削……

县委书记回到自己的办公室去批了两个文件,又到玻璃窗后来看张旺英,觉得阻拦她很是痛快。这女人有着一种妩媚和深刻的表情,继续表现着自信和倔强,在初夏的阳光下和走廊的阴影里继续徘徊着。

这时县长张辽从前门进来了。

他看着张旺英亲切地叫嚷了一声。他很有精神,他说他开完了会从后门到农业贸易市场去了,捉拿经济投机犯,有一个是黄功他们的人。他说,他去了解情况,他同时也知道了牛头镇的情形一些了,便是,人们狠恶地在对付黎顺国。

但他也带着一些忧郁。他走过院子深处对张旺英说,牛头镇的事情和别的事情,得是要有着斗争的。他还叹了一口气。

县长张辽看着初夏的、收拾得整齐的张旺英,又愉快地笑了一笑。

"你是我的力量。"他说,带着张旺英走过院落。"我现在被人取了混名,叫做仙子。也叫着翅膀客,是会飞的意思,超现实。你张旺英和黎顺国也被取了混名,叫'仙子'。"他说。他又说:"你是我的力量。"

"那是这样的。"张旺英说。

一个年青干部快速跑下楼梯,回头看看县长和张旺英,说:"咦,张旺英,天仙配。"张旺英回头,便说:"我都忘记了你是小曾曾国旗吧,牛头镇出来的初中生。"

"正是。我不是坏人,旺英大姐。"曾国旗慷慨地说,"黎技术员好吗,我知道有人破坏你们。"

"也没有太多的事情。"张旺英温和地说。

"哦,那些谣言太多了,那就不好了。"

"你小曾刚才喊我天仙吧?你们说的吧。"张旺英大声说,青年人便有些窘迫。"我说,你们要发挥仙子精神,我们要斗下去的。"

211

"这对。"年青人说,注视着张旺英一定的瞬间,因看见张旺英有精神而快乐,迅速地走下楼梯去了。

县长张辽带着张旺英一直走到县委书记吴焕群的房里去了。

"你带来牛头镇的民意也不行的,黎顺国是错误的,"吴焕群简单地说:"天仙。"他看了看他已观察了好一定时间的张旺英说,他决定用力量压制她,但也和她交际。

张旺英想了一想,也决定交际,她便说:"大书记笑我们啦。"

"但是黎顺国和你仙子都是错误的,还有肖家荣也是,你们……是一个帮口。"

吴焕群便在房里踱步,偷着又看了看张旺英:她的自信和有些坚决、豪情使他注意;他想决定,到底是和她交际增多些呢,还是压力增多些。

"你承包的公社养鱼塘你能对付得了吗?你不要跟着黎顺国走,他是很顽梗的唯心论。你母亲还好吗?"决定交际增多些,县委书记吴焕群便这么说,"今天来,在我这里吃晚饭吧。黄功好吗?听说你鸡卖了一些了。你是鸡霸王。"他说,他便想到张旺英的鸡的王国,和那回吃到的鸡蛋,那次设想的好些张十元钞票,"好吧,你这党员,还是党委呢,过组织生活吗,黄功李家衍他们怎么样?你也要知道,他们也是有许多值得学习的呀。"发现张旺英脸色有些苍白和愠怒,吴焕群便说。

这时进来了省里的农业贷款局长,这身材高大,有些粗俗的局长陈耳说:

"要接受群众意见……"在这粗俗的人的头脑里,也闪过若干张十元钞票。他知道张旺英这养鸡能手养的鸡的数目。

"你进城里,没有带几只好的鸡来请我们吃吗?人民代表?"陈耳说。

"真是,忘了,也嫌俗气。"有些委屈但是也决定忍受这委屈的张旺英说。

"俗气,不能说群众的风俗是俗气。"

"那也是,刘大婶和钱根老头进城有一回是带只鸡的。"张旺英冷笑说。

"还通知你一件事情,"陈耳亲切之极地说:"半月后开花卉展览会,县长和我们主持,你张旺英的花,兰花啦,茉莉花啦,白兰花啦,蔷薇啦,月季啦……县里记者陶世芳替你发表过的……"陈耳就没有记清楚了,说,"你张旺英要来当干事。"

张旺英便看看陈耳和吴焕群,沉默着,想到,假设这些人坦白地说的话,她要拿来多少只鸡,多少鸡蛋,还有鲜花。但她也决定交际。"陈局长省里的大局长照顾我们了。"

"还有技术员会议。"县长张辽说,"应该把黎顺国的职务恢复一下了,他是好技术员。"

"那有些为难的,"吴焕群说,"他那种唯心论,他跟叫钱秀英的乱搞恋爱吧。"他说。

"那是次要的事情。那大概也并没有。"张辽说,"我说是我这就打个电话到牛头镇,改正对黎顺国的污蔑,恢复黎顺国的工作。"

县长便打电话。县长故意对张旺英大声说,不要看这拨个电话很简单,他是一早晨和吴书记和陈耳局长商量好的,"而且我已经调了一个年青有为的同志为人事局的副局长了,我因下面几个镇的情形牛头镇的情形增加实力,也还是省里支持的。"张辽严厉地说,便拨电话接上了牛头镇。

陈耳便有些惊异似地看着他。

"你们二位看呢。"他继续严厉地说,张旺英注意到,张辽的神情里还有一定激动。张辽爱荣誉,惧怕不能帮助成张旺英,但他觉得自身要冷静。

"我们,哈……"吴焕群说。

"也好吧,也好吧。"陈耳说。

"我说再说吧……"吴焕群说。

"不。"县长严厉地说,他想他这是给这时候来到有求于他的张旺英的最好的礼物了。

"大局长党委书记原谅一点黎顺国他的冒失和过错吧。他是顶能干和忠心的。"张旺英说,有着违反她的交际的想法,有一定的愠怒浮起在她的嘴边。

"不,不行。"吴焕群也严厉地说。

"电话已经打了。没有不行。"县长冷淡地说。他又说,"张旺英是党代表,我和你吴书记之间的冲突一直是对她公开的,对人民也公开了。"

但是吴焕群又打电话,让牛头镇暂时不恢复黎顺国的位置。

"吴书记,我以为还应该恢复李新村长的位置。"张旺英继续带着愠怒说,但沉默了一定的时间,她笑了起来,——她想她忘了一定时候以前决定的交际的话了——她说,她真"该死",忘了"下次来城里一定带两盆花来,请书记局长指点"。

"那您局长大人和书记生我们的气啦吧。我们幼稚,就宽容我们呀。"张旺英说。"我真是忘了该带两盆花来的。"她说,有点讽刺地笑着,以至于吴焕群和陈耳都看了她一眼。

这时候进来了陶世芳和青年干部曾国旗。陶世芳听说她的未婚夫小学教员邓志宏的农业机器站的位置也动摇了。曾国旗则是关心着李乡长。这房里牛头镇黎顺国方面的势力又增加了。进来的两人都在门口听了一定的时间,他们,陶世芳显得忧愁,而曾国旗显得愤懑地看着吴焕群和陈耳。

"小陶,你打个电话。"张辽说,站起来走到桌边拿了一张纸,写着:"技术员和农业机器站副站长黎顺国恢复职务,改正一切对他的污蔑",然后签了字。他让女记者兼秘书陶世芳把这字条用电话通达到牛头镇。"其余的再说。"他说。

"你大书记是知道我们牛头镇的情形的,黎顺国他也十年寒苦窗不容易,像你吴书记一样,是自学成才的。还有陈耳大局长,也是自学成才,连中学文凭都没有,这么比喻他黎顺国当然是不妥的,不过你们上级是爱惜干部的,提拔他的呀。"张旺英带着一定的嘲讽,带着镇静而有力的笑容,说。

这也发生了一种结果,助县长的意图贯彻,吴焕群没有再做声了。

"你们乡下还有困难吗?"他有些"下台阶"了,——为他自己心里所想——他斥候和张旺英交际还是有用的。

"困难哪能没有呢?"张旺英愉快地说,"我就说农贷到今天也有一些户没有解决。我们附近的新凤乡的集镇的投机市场可为害啦。你吴书记最近亲自查情况的便知道。"张旺英带着文雅和假装出来的兴奋说,"要不是党委书记亲自控制,我听说,就要更差啦。"她说。她也知道吴焕群和陈耳都是那里做投机买卖的。

这时候陶世芳继续在电话里说着话。她忽然提高了声音,说:"对啦,你是牛头镇的黄功,乡长,你当然是,这知道……"她听着电话,回答的声音慢了起来,想了一想,便大声说,"可是我们说,你各项不妥是终于要被注意到的。就是这么说。"她说,猛力搁下电话。

"你这是干什么呢?"吴焕群愤怒地说。

"就是这样的。"陶世芳说,眼睛闪灼着,看了他一眼,走出去,猛力带上门。

站了很多时间,年青而精神健旺的曾国旗,觉得他这么站着也是一种对吴焕群和陈耳的压力,便继续站着。

"我呀,忘记了带两盆花了,"张旺英又说,接着便亲切地笑着看着曾国旗,又带着一点讽刺说,"也该带一盆送你曾国旗的。"

"那可是好。"曾国旗了解张旺英的讽刺,说。

"带给你,你会说花顶好,香、色也好。"

"还种得好,颜色红的、白的都好啦。"年轻人笑着说,"可以做研究的样品,红的、白的最好还是绿牡丹,愈研究愈快乐。"

"带给你,你大干事会帮助我们啦,以后会各事方便。"

"那一定是这般的。"曾国旗说。

这讽刺的谈话一瞬间充斥房间,空气中也充斥着曾国旗这年轻人的无畏和快乐。

吴焕群和陈耳便有些面色紧张。

"那一定是这般的。"曾国旗又说。

张旺英的几百盆花运到城里来参加花卉展览会了；但到了城里就少了些，黄功临时向她买了一些盆和租了一些，伪称是自己勤劳栽种的；在走得很慢的几辆牛车上，几十盆由黄勤志追来搬去了。牛头镇上参加花卉展览的，还有张青文的父母，砍柴割草的生活多的张又贵老头会养花。女学生邹敏芬家也有几盆花，此外是李新"副村长"的女儿，和白小英，老头钱根。江南富饶土地，牛头镇上种花的人家不少。

恢复了技术员的身份的黎顺国也有几盆花。他和张旺英仍然有着隔阂。张旺英虽然为他恢复职务而做了奋斗，他却不大清楚。首先，张旺英回乡后收到一封伪造黎顺国笔迹的信，说是"并不很感谢她"；而黎顺国又听到说张旺英说他应检点自己的行为。钱秀英停止了几天，又继续追求黎顺国了，在文化站请黎顺国讲故事。张旺英和黎顺国对于所收到的信和所听到的话并不完全信，但也都存着怀疑和忧愁。黎顺国继续来帮助张旺英解除忙碌，张旺英也对他保持着友谊。张旺英在送花卉进城以前曾经做菜，请黎顺国吃饭，她的目的是抵御黄功的袭击：谣言和时常闯入客厅。她装作和技术员是很好的，黎顺国便也适应她的意图，这样的情形，无意中造成的两人被谣言隔阂似乎破除了一些了；黎顺国说，他听到所谓她说他的话了，但他想未必是真的，她也提到她所收到的短信，黎顺国清楚地否认了。但是饭后她说，她劝他对钱秀英要注意些。黎顺国便研究着，这句话和"检点自己的行为"是有距离的，那么大约张旺英仍并没有说这一句了。黎顺国说，他自己知道"分寸"，便也没有再谈。张旺英找白小英和王遥帮助她把花弄进城，因此也请白小英和王遥吃饭。黎顺国这天也来帮助捆扎花卉和挂上写了花名的字条。

花卉展览会，在县政府农业局的美丽的草坪大园子里举行；

市场街头有热闹的零售摊子和增多来往的车辆，张旺英便当工作人员"干事"了。后来又升她为秘书。

张旺英的花是人们注意的，人们也说这里面有黎顺国的心血，听说两人不太接近便很遗憾。黎顺国也来到城里了，因为在同时举行着县的农业技术会议，他是代表；他看见黄功镇长也佩着代表证，他也是代表。张旺英找到黎顺国说，她是单身女人，请黎顺国假设对她有意见的话，也常常来到她那里。这件事情成了她的情面问题了，也不完全是的，她所以这样，她说，因为县党委书记要替她介绍婚姻。她虽然未说，但她的思想是，即使黎顺国写了那傲慢的信给她，猜疑她对黄功有过什么过分的让步，她也亲善黎顺国。她倔强，并不在这件事情上太伤感，而且同时她对黎顺国有谦虚。她还有着忍耐的让步的性情。由于几十年来的若干风霜和坎坷，她也是有着深沉的思想和小小的策略的。

黎顺国在农业技术会休息时去看花卉展览和帮助张旺英。他远远地看见，佩着工作人员证的、头发梳得整齐的穿灰色的张旺英在花卉前面徘徊着。他看见，县里农业贷款局的一个干事，在向张旺英介绍一个四十来岁的、秃顶的、很粗鲁的干部：省财政局的一个科长。张旺英和他握手。他便听见这叫做俞强的科长的粗哑的喉咙说："就随便在这里散散步吧。"黎顺国又听见张旺英说："不吧，我有事。"俞强说，"这事自然也是事。是这般的。他们介绍了你，我对你表示倾慕。"张旺英便有些脸红和恼怒，她说："我有事。"这俞强便又说："你的品德和各项都不错，是我们省里的佼佼者；你是像这些花一样的单纯和心灵纯洁。你还是我党的优秀党员，致富勤劳又开动脑筋。"这俞强又说："请原谅我不会说话，"因为说完了准备好的话，便有些脸红，一方面觉得自己说得唐突了，一方面是没有话说了。粗鲁的俞强又说："我真不知说什么好，我想到什么说什么，并不是先导预备的。我是很直爽，又木讷于言辞，我的人生哲学是务实际。"这秃头的科长粗鲁的红着脸说，他希望问张旺英借钱，他的这种冲动一方面是由他想他的活动已经能威胁张旺英，一方面是由于贪鄙。而且他想，这样也就造成男女的纠葛关系了。但因为他说话笨拙，他没有能启口。

张旺英说，"我并不希望和你交朋友，你误解了。"

"我说的不对吗？"俞强粗鲁地说，有些骄傲和好笑，摸摸自己的秃顶。这俞强败了，预备走开去了，但他前程又是顽强的，他便脸红，猛然地说，用费不够，想问张旺英借二百元。张旺英站下看看他。俞强说："我们永为朋友吗？"张旺英便冷淡地回答说："并没有。"黎顺国便看见这秃头俞强科长走开去了，便听见他对县里的戴灯罩帽的干事说："有点出我预料之外，我没有经验，你看我怎样办呢？也不能达成突袭借二百元。"

"你要有耐心。"干事说。

"县委书记吴公给我的参谋是，先说赞美的话，再说个人的喜爱与疏淡。我是喜爱运动的，喜爱冬季游泳，冬泳，这些可不可以谈呢？你李成看？"

"那我怎样知道呢？"干事，叫做李成的，笑起来说。

"你一点不认真。我有好条件，是一直未婚，蹉跎青春了，念过党校补习班，党龄不小，身高一米六几，基准，这是这八十年代很注意的，还有我没有不良嗜好，抽一点烟，平常不喝酒，喝起来就粗鲁些，自然这也是缺点，这是与你说，再我不欢喜聊天，话少，不浪费钱，但也体贴人，而且身体健康。还有，我是忠于四化和拨乱反正的，我曾蒙冤七年。我没有犯过错误记过缺点，只有一个党内批评。这你是知道的。"他说，又远远地看着张旺英。

"那你老俞科长是的。"干事李成说。

"我还很爱好农业。譬如我爱好插秧，插秧能手我都能当的，插秧便要长时间弯腰，左右脚变动稳，"他弯下腰做着动作说。"我也会收割，刀在手里要这样拿。"他又弯腰又做着动作说。

"你跟我说有什么用呢。"干事说。

"还有播种，譬如种豆子，先挖坑，要一跳一跳地跑着播种，脚要均衡。"他说，甩着手表示播种，用两只脚跳了几次。

"那与我有什么关系呢？"干事李成说。

"那，再说吧。——播种是最讲均衡的——"俞强说，又跳了一次脚，"这张旺英太骄傲了。"俞强说，往这边看看，便走掉了。站在附近的黎顺国，很仔细地听见了每一句话。但张旺英却没有听，她走开去了，在向着参观者解释着几种兰花。

张旺英其实是也竖着一些耳朵的。她在阅历她的人生了，她想。黎顺国看看张旺英，忧郁着，他想到他也近中年，他也在尝到他的人生的滋味了。但是张旺英到底是不是时常骂他，他便不清楚了。

而这时候，穿着红绸衣的钱秀英来了。

"我是来参观的，我的母亲有两盆花。你老黎陪我参观，告诉我有些花的种法好不好。"她的很响亮的声音说。

"我也不会。"黎顺国说。

"你还不会呢……到底我和你两个的友谊你怎样考虑呢？"

钱秀英这时是有痛苦的。她的父母责骂她，她曾想改正一些，曾下到父母的田地里去，曾去收割油菜花，但是受到了游荡青年们的嘲笑，主要的，她并不决心下田地——她这样下去往什么地方去便是问题了。她害怕下田地，她比较愿意去读书，这是她考虑到的。但是她父母不让她升学，她曾又到张旺英那里去求教。她的邪恶暂时放弃了似的，她犹豫地请张旺英教她缝纫机。张旺英有个缝纫机——她踩给她看。她便又到铁匠朱五福女人那里去学缝纫剪裁布了，但是却把朱五福女人的水瓶打翻了。她觉得在这世界上她没有地方去。现在，她想向黎顺国说这些。多色花的展览和热闹的人群使她兴奋，邪恶又有点起来，同时她想，她是最寂寞的了。

"你一个人不无聊么？"她说。

但是黎顺国说，他的事情很忙。

"你看我走哪条路好呢。"她问。

"你要劳动。"黎顺国温和地说。

但这时她的母亲过来了，说她又偷了家里的钱出来了，对她大骂着。钱秀英站着，便哭起来了。委屈地哭着的钱秀英用手帕抈着泪,走到几盆蔷薇花面前去,又继续呜咽着和啜泣着走近几盆大的月季花。她抈着眼泪又继续流着眼泪,走向一盆大的茉莉花。

"你没有出息的,回家去收拾你。"她的母亲说。伤心的,不断地想着她的孤独无依的生命和依恋她的"诗情画意"的钱秀英哭着。

"人的一生是短促、空虚的。你的青春是你自己的。你应该享受你的青春。"她哭着,内心里面说。她的内心里面又说着:"我的父亲是在大湖里漂流过的,我……要怎样办呢。"

后来她又走向黎顺国。

"你能再借我几块钱么?"她说。

黎顺国便给了她两元钱。钱秀英想拿这钱去交游荡青年们的"储蓄会",但是她又想不干了,想去买糖吃,她欢喜吃糖;但是她又想去买一段布,从过几日起,便要当待业青年,学裁缝了,先缝一件衬衣。她走到大盆的红的玫瑰花前,又抽噎了一个动作,咽下眼泪,她想,花是同情她的,便又往前去看一盆石榴花去了。

她终于在花卉的售卖处买了一块布藏起来。

黎顺国这时看见县委书记吴焕群进来了。后面走着大步跨着的俞强科长和李成干事。张旺英正对几个人讲解花卉告一段落,往这边过来。

"你张旺英,"县委书记说,"我跟你介绍一个朋友,他是不错的,刚才他们不会介绍,"他说,"这是他俞强。"他说。

于是俞强又伸出手来握手。张旺英便明朗地握手。

"你们互相会谈得来的。"吴焕群说。

"我希望是这样。"俞强说。

"我,"张旺英有点窘迫地,但恼怒地说,"我说过了,我不需要朋友……"

"那么你们便简单地谈一谈一种假设可不可以呢?"

"县委书记,"黎顺国走过去说,怀着他的似乎是英雄的阴暗的自负心的黎顺国,有着一定的战栗。"请你介绍一下。我是黎顺国,牛头镇技术员。"

"这是俞强科长。"吴焕群厌恶地说。

黎顺国便和俞强握手。而这时候,穿着红花布衫的白小英很快地走了过来。她拿着一片竹叶子在嘴里吹响着。

"我们往前散步谈谈可以么?"俞强对张旺英说。

"我来向导旅游。"白小英说,"往这条弄堂走,全是蔷薇花,那边有我家栽的美人蕉花,是深圳地方的特产,我们引进的。"白小英说,又把竹叶吹响着。

白小英的身上像有一种强力和吸力似的,因为张旺英的冷淡和黎顺国的握手而窘迫俞强便跟着走了。

"那边是水仙花。我最喜欢的还有莲花荷花,那边有,还有芙蓉,出污泥而不染的,他们和尚尼姑佛门这么说;这是电视机介绍的。请你看,这是旺英姐的月季,这是我们村长女儿的长串枝子花。花卉花展是说的使祖国可爱,振兴我中华。我祖母卖过花,在上海、杭州、南京也有赣州的巷子里,"白小英说,"我祖母叫唤:卖茉莉花哟,白兰花要哟……"白小英说,没有再吹响竹叶子了;她活跃地走着,又对俞强说:"我们乡下,莲荷也是很多的,这俞科长你自然知道。"

"这是知道。对不起,我有事情。"俞强说,便走掉了。

第二天,黎顺国在农业技术会议后来看张旺英的时候,天快黄昏了,花卉展览销售会没有什么人,但黎顺国看见省农业贷款局长陈耳坐在一张凳子上,对站着的张旺英在谈着话,黎顺国便走到一条花卉的夹道里去了。他听见陈耳谈的是并不是他陈耳不帮忙,他认为张旺英跟着黎顺国感染了一些唯心论的缺点,倒如这花卉的展览销售,为什么张旺英把几盆好的花降了价钱卖给县秘书陶世芳介绍的人呢,影响了大家的售价;为什么张旺英介绍张又贵这种花匠来,以至于掰坏了他陈耳喜欢的那一盆张旺英的兰花呢;他认为是掰坏了的,他陈耳预定了,并不希望花匠掰坏;譬如张旺英也推崇的有花匠手艺的钱根,也弄错了什么事,而所谓科学技术能手的黎顺国,捆绑的茉莉花并不好看。陈耳又说,他喜欢的那盆张旺英的花他仍然愿出比原来的价半价的优待种的价钱,并不是不出钱。张旺英便沉默着不作声,黎顺国听出来,陈耳是想敲索成功几盆花的。他大约想凑成二十盆花回到省里去。他说,他以为黄功"栽培"的花是优秀的,甚至比张旺英还优秀。他说学生张青文的父亲张又贵的那盆蔷薇比较好,白小英的有一盆也比较好,还有钱根的……而别的市镇的,自然也有好的或更好的。

"我做不了这许多主呀。"张旺英说。

"那你能不能调度一下,增加从你名下给我呢。这是展销,我们便不谈我是首长,如果一谈你便赠送,而这是不良好的,赠送的除了送些样品。这也并不像曾国旗那种青年所挖苦的……我愿出标价的三分之一,或者多一点,你看如何呢?"

"我们也不送样品的,这也有规章。"张旺英说。

"那么你带我参观一下吧,我看有些盆是可以的,至于我们机关,我接受你的赠送了,附带说一句,你也曾说过的……不会出尔反尔吧。"

陈耳便站起来,张旺英便伴着他去看花了。

"我们不赠送的。"张旺英抢着说。

什么时候在陈耳和张旺英的旁边出现了村里的一个游荡的小胡子的青年,穿着极紧的小裤管的,胸前还佩着一朵红花。陈耳对他说着什么。他便服从陈耳的命令,动手搬张旺英的花了。

"有些花即使卖出,也还要到展销会完了再拿。"张旺英说,"有些是非卖品。"

"不,现在可以拿的。"陈耳说,"人们说你张旺英服从组织的意见,你为什么违抗我呢,人们说你很慷慨的,你为什么这么狭隘呢?"陈耳说,声音里震颤着愤怒。黎顺国听出来,他是很想要痛击张旺英的。黎顺国便感觉到张旺英的患难和她的冤屈,痛恨了。小胡子青年继续搬花,但走过来学生张青文,将花搬回到架子上去了。小胡子便动手推他,却又走过来花匠张又贵,将小胡子推开去了。

"那么你们怎么办呢?"陈耳说,显然的他很愤恨,而且在劫持花到手的欲望受了打击之后有一种伤痛。"这便是你张旺英的帮口吧。你张旺英是和黎顺国结帮口的。"

"她旺英姐一个单身女人,你当局长的是应该照顾些的。"张又贵说。

"那我算服了你们了。不是有分明的规定,团体购买是可以便宜的么?我真是很伤心,事情很忙,主持这个花会,和你这么小气狭隘的张旺英麻烦上了。原来你是这么小气,怪不得你是万元户呢。"

"您这么说我便为难了。"张旺英说。

看见当记者的县政府秘书陶世芳走了过来,陈耳便沉默了。然后他便扬起很高的声音说,依他看来,张旺英的花是过分"高档"物价了。

"其实并非是这样,你这么说我便为难了。"张旺英说,"你这也简直是'文化大革命'时一般了。"

因为仇恨张旺英和仇恨女记者,陈耳用激昂的声音说着话。他说张旺英说他和'文化大革命'时一般是一种侮辱,他说'文化大革命'并没有干很多红卫兵,也不过是一时不了解政策,而现在"文化大革命"没有了。他又说女记者陶世芳建议的花的排列的样式不好,他说姹紫千红的花要和素淡的花间隔段落短地排列,而兰花和蔷薇摆在一起是要更互相衬托的,现在却这么隔离了。他提高而拖长的声音便进入有关花卉的漫长的谈话了。他认为他是应该得到利益的,他为刁难成功张旺英而愉快,怀着恶意;现在他为继续刁难张旺英和敌对女记者而扬起他的长篇谈话的声音了。黎顺国在花的夹道中走着,便站在一棵树下。他看见这陈耳点燃了一根烟谈着了。他说,素淡的兰花应该有一定的集中,一定的分开。而长得高的大盆的玫瑰和月季花应该分散一些。他便指点搬动两盆,张又贵便来搬了,他表示了一点满意,又指点搬动一盆,叉着腰看着。他说,新闻记者要较多地报导花会,而且要懂得花,以他看来陶世芳不够内行;他又说,他

223

是花会副主任,他想建议花会主任党委书记吴焕群把有些的标价修改修改。他又说,有些又订得低了。

黎顺国下午到这里来,是因为知道这时有陈耳的刁难张旺英。陈耳上午曾在农业技术会议的走廊里对人说,他是要制服这唯心论的张旺英的。黎顺国也听说他们这时还要给张旺英介绍对象,他们一定要使她就范的。黎顺国便看见,这时候便来了一个很文雅的,叫做朱之的县政府教育局的副处长。

当这朱之走近来的时候,陈耳仍然在高声谈话;他在调动花盆,用这来报复人们,刁难敢于反对了他一句的张又贵。这身体强壮的花匠和樵夫老男人急忙奔跑,搬着花。陈耳当朱之来到之后一定的时间像没有看见朱之似的,继续指挥着搬花,喊叫着把一盆高耸着的石榴花搬到角落里去,而从另一排搬来一盆白色的月季,又从另一角搬动一盆红色的兰花。他十分得意,而张又贵老男人只好奔跑着。同时,那小胡子的青年也奔跑起来了。陈耳继续发出命令,学生张青文也奔跑起来了,陈耳又叫把第一排的"美人蕉"搬过来,于是女记者陶世芳只好便也去搬花了,而陈耳继续喊叫,张旺英也去搬花了。他对小胡子青年叫着把一盆搬开的花又搬回来,考虑了一个时间,又叫喊着搬走,小胡子青年便搬走了。

这叫做男女爱情之前办搬动花,办"流星赶月",有善意的和恶意的陈耳也亲自搬动几盆,身体颤抖着奔跑着。陈耳在向张旺英介绍朱之之前,办着威风的活动;他同时也是对张旺英表示"郑重"。

这搬动花继续了一定的时间,陈耳局长继续表示不满,他因为没有人指出他这样搬是任意的,并没有什么道理的,虽然他总说着一句道理——他因为这而得意和更横暴。

"我觉得这原样可以,比你搬动的要好些。"张旺英终于说了。

"我也这样觉得。"觉得敌意的陶世芳说。

"那你的见解是不对的,花是要讲对称的。"

"但是并没有必要搬,党委书记和委员会勘定的,"陶世芳说,"我也是委员。"

"你这不对,年轻人,不要时刻正义凛然。"

"你搬的而且是差些。"陶世芳大声说,"我就是说你错误。"

"你怎么这大的脾气呢?"

"你们这是干什么的呢?"陶世芳说,看看站在那里微笑的朱之,感觉到陈耳朱之的活动,仇恨这对张旺英的袭击,她的一个堂姐恋爱和结婚,她受到袭击,而她和邓志宏的恋爱是平康的,在自己的幸运中同情患难者和警惕袭击者。"你们这是丑的行径。"

"还是有两盆得搬一搬。"陈耳说。

于是那小胡子青年又搬花了,而文雅的、教育局的副处长也搬花了。

"张旺英,这一盆你搬动一下,这一盆是盛开的兰花。"陈耳说。

"我来搬。"陶世芳说,她敏捷地动作着。又回头看看教育局副处长。

"还有什么要搬的呢?"初中学生张青文说。

"还有什么我来搬吧。"黎顺国从树后面走出来,愤怒地说。

陈耳望望大家,便说,要搬还有一盆芍药花,和一盆枝子花对调一下;再便是架子下面的一盆小的蔷薇花,是牛头镇钱根的,拿到那边角落里去。张青文便把芍药花搬走了,黎顺国也看了看陈耳,做了一个愤怒的动作将蔷薇花搬走了。陈耳高兴他是胜利,便对张旺英说,他来介绍一个朋友给张旺英,他想张旺英是高兴这个朋友,愿意和他谈谈的,他,是很敬爱张旺英的。

陈耳又温和地、嘲讽地笑着说,他希望多谈一些时候。"多谈一阵,"他对朱之说。因为陈耳发动了搬花的动作而幸福的朱之便回答说:"那自然。"陈耳便说,请大家散一散吧。

人们便走散了,但仍然站在附近望着。陶世芳想冷静地在附近站着,陈耳做了介绍,朱之伸出手来,但张旺英并不握手,假装在口袋里找寻东西,又掏出手帕来擦擦衣服上的灰。

"没有什么谈的。"张旺英笑着说,"这怎么好呢?"她说,希望黎顺国过来,但是那小胡子的青年在和黎顺国谈着什么。"好的,谈谈吧。"张旺英说,"你看我说这话都错误了,我没有谈的。"

"谈谈吧。"陈耳说,向陶世芳走去,"女记者,我愿请你谈,你是对种花有兴趣的……你看这样搬动法好不好呢,我一直就说这几盆花红色的堆在一起差了……"

"我不懂怎样排列花。"陶世芳说,不理陈耳,而注视着朱之,她觉得她生活还平康,而恋爱有甜蜜,但她现在更知道生活里有许多艰难了;而且怀着她的离开学校以来的理想,她尊敬着张旺英的奋斗。

朱之请张旺英一同散散步,他说,他很愿意和劳动模范做一个朋友。张旺英犹豫了一个动作。便跟着他走了,但两步之后又停下来了。朱之又说:"走走吧。"她便又走动了,而陶世芳希望她停下来,仿佛为了满足陶世芳的希望似的,她走了两步又停了。

朱之便站下来说,他的妻子前年故世了,这是很痛苦的事,家庭中儿女也无人照管。

"这,这与我有什么关系呢。"张旺英说。她脸色苍白,有着愠怒。朱之要她仔细地听他说,他说,他是私生活很痛苦的,他的妻子很好,有文化水平,教书,可是死了。朱之又说,他的儿女们也都可爱、聪明,不是愚顽的少年,而是很有思想的。朱之反复地说着他的家庭,从他和他的妻子共同买的家具,一直说到他欢喜猫,他和他妻子共同养的猫。他又说到他家里也有着一些花……

看得出来朱之是骄傲的,他的口气是,以他的条件,张旺英是占他的便宜的。他反复地说着他自己,又补充着说他是极渴想振兴中华和实现四个现代化的但说了这便又说回来反复地说到他自己。他从自己的爱吃的食物一直说到他欢喜穿整齐的衣服。他说,衣服的质料都要做到好一些,他又说到他喜欢哪种皮鞋,哪种袜子,哪种鞋油,听见一个人这样谈话和说着他自己,而且含意都是伤害着她的,张旺英脸色便有些苍白了;听到他轻蔑地说到乡镇里面的她张旺英,"可能不十分理解这些",张旺英面色便有些愠怒;但是她也有一些畏惧,因为他是"副处长"而且,衣着是整齐的,很有些仪表,很自信,似乎有些难以测度。

朱之继续说下去,张旺英脸上又恢复了谦逊的笑容。朱之一定请她往前走着,她便也回头看了她注意到的陶世芳,跟着朱之在花的夹道中间走着。朱之又说他碰见张旺英很愉快,因为他是很爱花的,他的死去的女人也爱花。他说,人们说红色的花最好,他则是认为,白色的更好,"素淡是比繁华好的,"他又说"你认为是吗?"没有等待张旺英回答,他便又说到他家里还有一件折叠的椅子,是他的亡妻经常坐的,他也爱坐,但他最爱坐还是藤椅,他最欢喜吃的菜是栗子红烧鸡,他问张旺英爱不爱吃,以及会不会做……

"我不爱吃,也不会做。"张旺英冷淡地说,觉得又碰到险恶,但也惧怕伤害了他而结仇他,客气地笑了一笑。

朱之宣传自己到这里,心灵里面便很舒适、甜蜜了。他又歌颂了自己几句,他说他是"聪明的","办事能力很强的",上级也夸奖他,他便准备离开私生活说到工作了,但是他又说到他的妻子,他觉得这是必要给张旺英做楷模的,他说,他的妻子是如何的贤惠,他和她感情很好,她很听他的意见,她是大学念过几天的……他帮助她奋斗"四化"。事实并不是这样的,他是欺侮他的妻子的,时常互相打架,他的妻子也并不对他好,家庭并没有感情,而且他的妻子也没有读过大学。他这么吹嘘他觉得是必要的,他在这里要达成的目的是,他自信仪表"不凡"还是"美男子",地位高。一个"乡愚"女人,不过有点钱,是不难谈判成功的,而且,他也"不爱钱"。他的确这样想,但是他同时心中颤栗着,想着张旺英的他探听到的据说是数十万元钱财。

他说,张旺英应该了解他。

在花盆的夹道中间,朱之副处长和张旺英又转了一个圈圈了。

"我的工作是很忙的,我也爱我的工作,现在祖国往四化长征,我对每一件工作都很认真,我是很精悍的,你不久便会知道。哦,我还忘了跟你说,我的家里现在分到的房子是很够住的,主要的我是说,我晚间喜欢用那种荧光灯……你只要知道我的习惯就是了,我还欢喜用新的毛巾,一定旧了洗干净我也不要,当然,譬如你假若和我感情佳美的话,这是譬如说的了,我也是勉强可以马马虎虎的……"

"啊,"在花的夹道中走着的张旺英说,望着周围有她的花,她便心里辛辣,她想,她离开牛头镇的她的田地已经好几天了。她的脸色很严峻起来。

"我喜欢吃豆糕,绿豆糕,黄豆糕,在我小的时候,我的母亲时常给我吃,我单独一人吃,姐姐妹妹弟弟都不准吃,我的那妻子也时常跟我亲手做……我一个人吃。"

"啊,"张旺英说,内心因仇恨而战栗着。她觉得这朱之对她仇恨。

"我对于衣服扣子掉了是很注意的,这小事也是极重要的,我的妻子她时常很快就跟我缝好。不耽搁半分钟……"

"哦。"张旺英说。

"我每天要换一次手帕。我的工作很好,将来我是可能先提干的……"

张旺英沉默着。

"我对你很了解,看过你的材料。你很好的,很好的。自然,你很平凡,有许多缺点,但是素淡的花也可以有一种朴素的美,不算什么缺点,你很平凡,从另一面说呢,你是很勤劳,但是你有粗野的缺点,不过你有一些钱,我也是需要钱的,而像黄功那样逼胁是不对的,我忘了,我还是应该向你致敬,你是劳模和人民代表。我刚才说到钱,我也补说这是我们党的政策,我们县的领导,自然,你勤劳发家也是要讴歌,所以我也有比你低的地方,万元万元的钱不简单的呢,所以,我便向你三鞠躬了。"他说,便站下鞠躬。"而我再补说,我们和县委书记领导你发家,有功劳,你不要把我看低,但我也要说你,你不要把我看高了,我也是个平凡人,我也是需要钱的……"

他们站下又走着,张旺英便注视着前面的路上有一块谁耽搁在那里的石头,跨过去了。她想,生活里有挨人们石头砸的,也会落入陷坑,这朱之副处长的谈话就像砸了一块石头一样使她很痛;人们,从省里的一些人到县委书记,到朱之,人们对她"万元户",对她的钱财和人命布置着什么陷坑。她心里有憎恨沸腾着。

"你要知道,我和你将有长期的机会相研究呢……"

"哦!"张旺英说,"我想还有点事情,不陪着你走了。我说,你是见解不对的。"

"哦!"朱之愤怒说,"你怎么这样呢。"

"我怎样呢?"张旺英说,"我说你是……不是什么好人!"

"你这是完全唯心论的,和那黎顺国一样唯心论的。"朱之说,"你怎么可以这么没有礼貌地说我呢。"

"再会!"张旺英说,"说了你了。"由于觉得受侮辱较凶,被石子砸得有些痛,张旺英又补充了一句。

"好人坏人,这是一个唯心论的区分。我说。"朱之说,"好是还可以转坏的,也许你不明白我的条件,而你的条件你是一种自视甚高! 你的价值到底是怎样的呢?"

"放屁!"张旺英带着吼叫说,觉得她是像小时候愤怒骂人一样。

"你才放屁!"朱之副处长说。

"我觉得你不可以这样说到她张旺英同志的。"年轻的干事曾国旗,在旁侧听了一定的时间,走过来对朱之说。

"她是人民代表。"初中学生张青文说,被黎顺国和陶世芳支使着,他也追随着偷听了一定的时间了。

"你们这是哪里来的呢,还有这种学生?"

"我们是调来服务的。"张青文说。

朱之副处长便往抽着烟继续在那里观察花的陈耳局长那里

去了。他大声嚷着:"笑话笑话……"陈耳往这边看看,耸了一耸肩膀。张旺英便冷笑笑,抱着手臂站着。而女记者陶世芳从花的夹道旁的杨树间走了出来,走向朱之,冷笑着说:"你说得很好听啊,憋着很长的一口气了,来说一句:你是狗屎!"

"谁在乎你呢?"朱之说。

"你是狗屎!"激昂的陶世芳说,脸涨红,颤抖着,"我不说这一句不甘休!"她说,怀着仇恨和兴奋,又抑制着兴奋,从地上拾起一朵搬花盆时掉的玫瑰花,看看张旺英,向她笑了笑,走进一条夹道里去了。

张旺英也拾起了地上被什么人掰落的一朵玫瑰花,拿在手里看着,看看走道旁侧夹道去的陶世芳,也看看自己的长着茧皮的手。她便在手里甩着这朵花,往花盆的里面的夹道里走去了。

然而她听见隔壁的夹道里,钱秀英和黎顺国谈话的激动的声音。

"我怎样花了钱你又为什么要问呢,我现在怎样办呢,我问你借难道不可以吗?"钱秀英并没有说昨天黎顺国给她的钱她买了一块布,因为什么样的一种心理,她对她所做的不错误的事隐瞒着,而假设昨天的钱是和游荡青年们喝了小香槟酒了。她现在内心里面想嘉奖昨日的行为,再问黎顺国借钱去玩乐。但是黎顺国说:"没有钱。"而钱秀英说:"我还称你是老师呢,你进城来开会不是有伙食津贴吗?最重要的,县日报上发表了黄功的问你买的文,也发表了你的呢?"然后黎顺国便对钱秀英说:"你再拿一元去吧。以后不借了。"

钱秀英拿了钱站在花盆的夹道口。这有些秀丽的,穿着很紧身的红绸衣服细裤脚管而动作仍然有些土著气的姑娘呆站了一定的时间,她想,去找游荡的女青年出钱喝小香槟酒,同时想干别的事情。她又想把钱还黎顺国。

"你钱秀英干什么呢?"张旺英问。

"我想赶车回去了。今早晨又来的。"

"没有什么玩的。"

看着张旺英拿着一朵花,她便问张旺英要了。她一直走过去,看见没有人,她便又有邪恶的情绪,犯过失了,用手掰了两朵白兰花。张旺英远远看见她似乎在掰花,而且拿着和手里的红色玫瑰花比了一比,出去了。她去找县里面的,她认识的女游荡青年去喝小香槟酒去了。张旺英有着忧郁。她继续怀疑钱秀英和黎顺国之间有什么关系。黄昏了,她往花卉展销会的门口走去,遇见了农业技术代表会的代表黄功。

"张旺英,听说有人介绍你朋友了,我们乡亲有意见。"黄功粗俗地说。他并不是开玩笑,他是真的这么说。他又说:"县委书记未免对我不照顾了。"

"歹徒!"张旺英说。

"我又发表了一篇文章了,给你看。"他拿出衣袋里的一分报来,说。

"是买的黎顺国的。"

"将来自己作的。这回是养猪的。你想要揭发我不成的。"

"那自然是不能成功。"

黄昏了,花卉展览的门由张又贵老头关上了。张旺英拾了地上的一朵蔷薇花拿在手里,往县政府来,预备向县长汇报之后今日回去一趟。她心中有一种激情。前两天她住在县长那里。但她看见黄功追着来到县政府而且上楼,走进县委书记的门里去了。她听见黄功声音不小地对县委书记说:"干爹,我对陈耳局长给张旺英介绍朋友有意见,对你干爹也有。"然后她便听见县委书记说:"提拔你当村长还不够啊。"还听见县委书记很响地打黄功面颊的声音。

拿着一朵蔷薇花的张旺英便推门看,果然是黄功在蒙着脸。

"你自己要努力。"吴焕群变成和平的声音,也带着一点对他的打有些后悔说。

"不砸掉我们的位置吧。"黄功说,哭了起来。

"那自然不的,这你放心好了。这介绍的事,我也是并不甘愿的,我有些心烦,我是属意你的。张旺英很有钱,我们是说这种富裕户太不平衡了。"

他故意说着让张旺英听见,然后他对张旺英说:"看什么?"

"不看什么,你县委书记说我和你是很不平衡的。"张旺英说,愤怒地关上了门走了。

花卉展览会的又一日,花匠张又贵和他的儿子张青文和省里来的俞强科长发生了冲突,他们揭发俞强盗窃和指示小流氓们破坏花卉,特别是张旺英的花卉,而被反噬为偷窃了。张又贵被开除花卉会的杂务和看守员的职务,被责令赔款。于是他们问张旺英借了钱。张又贵很害羞,似乎真是偷窃似的,他觉得对张旺英歉疚,张旺英劝他不要着急,便去找县长的妻子廖珍。廖珍赶来的时候,张又贵坐在那里发呆,廖珍说她当想办法揭发出来,问他失踪了几盆花。他说是四盆,他说他是看守人,认这种赔款,已经叫儿子张青文回家去拿钱了。

"你竟是这样呆笨么?你好像是认了你是盗窃似的,你是觉得县长不能办事,而有官僚主义的么?"廖珍焦急而且痛苦地说,并且带着一点讽刺笑着。

张旺英也观察出来张又贵老头的痛苦和愤怒。张又贵有一种伤心的感情,因为他敬仰县长,因为他也敬爱和佩服张旺英,因为他看儿子张青文有看守的职责,因为他是平生纯洁的,有着严厉的家庭中农的他的祖父的家教,正直慷慨为人,因为俞强科长公然冤枉他他很悲伤,便像许多人一样,几乎是承认自己是盗窃的了。他说他叫张青文回去取钱了,一两百元他也赔得起,但是,焦灼的廖珍问,他是不是偷窃的呢,不是偷窃的便应该检查,他怎么又收回了他对俞强的检举,他的态度,似乎盗窃的就是他了,他便说,他是盗窃的也无妨。廖珍和张旺英也了解到有这种人的,砍柴割草种树木的张又贵老人在若干年前就有着这种性格,像是小孩一样,承认了李家衍对他的污蔑,说他偷他李家衍池塘的鱼,后来叫李新调查清楚了。他这种人很仇恨坏人。

但是廖珍说,这也是很不好的,增加繁琐,"为什么要像一个尼姑一样,退避认冤屈而没有斗争性呢?""为什么要像小孩一样'闹意气'呢?"

"那不是的。"张又贵说,"我自然没有偷,可是现在世事并不顶好,我何必惹你们上司麻烦呢,况是我有看门人的职责。"

"那也对。你要这么说也行。"廖珍愤慨地说,"你不是检举了俞强科长和小流氓了么?"

"我还有些怕他们……反正我也有钱。"

"至少我们知道你这老头是忠于职守的,爱自己的花匠行业如命的,那么你是心思陷进坑里去了,我是说,你先要说追查盗窃者,花卉也可以报损失,也有着一条的。"县长妻子,女教员廖珍说,她想,她还没有遇到这么令她着急愤慨的事情,要说当然也有,譬如顽劣的少年学生不肯改正和不肯认错。这些都不是什么大事却也是繁琐的事。但张又贵花匠陷在他的激烈心情里面,他一定要自己赔钱。

"你这老头顽固得很,一定要把你捉起来。"张旺英说。

"真是顽固,哎呀!"廖珍徘徊了几步,将突出的一盆花摆端正,说。"你看我都着急了,"她笑着讽刺着自己的焦急,说,"你这老头花匠真是个小孩一般的,你要知道,糊涂地让你拿钱是我们错误,是不可以的呀,俞强他们偷花是确实的,追不回来也不能问你,至于看守人的职责,人多挤轧,我宣布了不能怪你。"

"那当然……那不是那么说的。你们保证你们县长不陪出钱来吗?"

"我们正是也可以报失窃的……"廖珍说。

"那还是我赔……"张又贵说。

"我赔吧。"张旺英说。

"你看呢?"看门人老头张又贵说,沉默了一个时间,他又说:"我有钱,我种果树的。"

他的儿子张青文急急地赶车跑回家里,想着他的父亲和他是被陷害了,假若不幸,便要去坐牢,而这是人们熟悉的:他想他和他的父亲将承认偷花而去坐在监牢里；他和他的父亲将一直坐到结案的日子，一辈子承认偷花，怀着激昂的心情，和对于偷花贼的愤恨，和悲伤的想象，从家里取了银行存折，再坐长途公共汽车赶回县里，到银行里取了款。但在银行附近他看见一个流氓青年在卖花，他认得这花是张旺英的玫瑰花，共七朵，花盆的样子也认识，他便扑上去扭着，但是他被打击伤了脸，而且衣服也被撕破了。他到一个同学家去找水洗脸，而且将破衣服换了，借了同学的衬衫，往花卉展览销售会来了。

他在街边遇到了钱秀英。

"你这么急急跑干什么呢？"

"我有事。"

"我一早晨又进城来了。"钱秀英说，"我像城里人的样式还是像土包子？"

"不知道。"

"我不是欢喜浪漫的生活，我说，你的父亲很土气的，俗气的，你是初中了，不嫌他么，他叫你跑你就跑么？"钱秀英说，张青文呆看着她，沉默了瞬间，她又说："你们的花会丢了花了吧。有三盆花在钱根老头跟那王遥那里吧，他们扭着了俞强的。俞强说他追求成功张旺英的。"

"你胡说。花在王遥那里？"他说，心里继续闪跃着进监牢的思想。

正在这时候王遥和县政府的干事曾国旗钱根端着花转来了，张青文又带着一个杂务去追顷刻前的另一盆，也追回来了。

当他跑回来的时候，他的父亲张又贵正在看守房里被陈耳局长训斥着，而县长妻子廖珍和张旺英站在一旁。花卉展览场上又有了下午的增多的参观人了。

"这是你负责的么？"陈耳说。

"这是我们负责的。"张旺英说。

"这是我负责的。"廖珍说。

"我希望有些人要引以为鉴，他们这些牛头镇的全不负责，水平极低。"

"你是说我么?当然是说我,我们县长不干也不怕你们的。"廖珍说,脸色有点苍白,她想她闯祸了没有呢?她也历尽许多沧桑了;她想这样于张辽的位置有没有影响,于她的生活、她的幼儿有没有影响,她想她也应该退让一些,但是她仍然奋斗了,因为张又贵的忧郁刺激了她:"我们指出来,你陈耳和那俞强都是想搞到几盆花的。"

"你不适宜在这屋子里说这些,让外面的参观者都听见了,你没有修养,你缺乏四化的修养,四化便是要忍着困难的新的长征。"陈耳说。

"我们这也是竞争着和你们比赛长征,"廖珍凶悍地高声说,但看看外面她又降低了声音,"我也可以接受你的意见,但是我要办对你们的揭发。"廖珍有些委屈地说。她惊异自己以外的愤怒,她被顽梗的老人花匠果木匠张又贵刺激了。

"花找回来了。"能干并且孝敬父亲的张青文说。

张青文想,在过去的时代很多,这时代也有着读了书轻视自己的土气的父母的,"我会不会这样呢?"他想他不会的,不会像钱秀英所说的。

"你是他张又贵的儿子么?"陈耳说,"你对你父亲这般土臭气而落后无知识应该有意见呀!"但张青文沉默着,把花放在地上。他正在想着钱秀英的话。他的父亲在这里受这些人轻贱,使他很痛苦。他继续有着坐牢的思想,虽然花已经找回来了。他这时看见了县长妻子廖珍,不认识她,但看她的地位还高,听出来她是看重父亲而且同情他的。

"今天四化,你这中学生应该怎样反对不尽力守门玩忽职守的父亲呢?"陈耳说。

"我追回偷花的来了。我和我父亲我们是一起的农民。"张青文说。"我们追回花来了,不坐监牢。"他忿怒地说。

张又贵叉着腰着大声说:

"我们土臭气的,也对,我们花找回来了,我们还钱给张旺英姐,我们不坐监牢。青文,我们不干了。"

"我告诉你是不能欺人的。有话我们等下谈好了,"廖珍对陈耳说。"但是,张又贵,你还是要干,算是听我的意见。你有困难跟我们说,我和县长是重视你的劳动的,你看么?"廖珍又恢复了她的焦灼、同情、不安的声音说,她惧怕在这件事情上错误,因为张又贵是旧年代就闻名的"花儿匠"了。

"你会修葺花么?"陈耳问张青文。

"会,学我爹的。"

"你是我们县里的人材。"看着仍旧有想走的意思的张又贵,廖珍又说,"你好好地干,我和县长是知道的。"她再温和地,用着婉转的、好听的声音说。"你干,对么,好老头子,你这顽固的老头,真是顽固,你说我说的对吗?要为四化奋斗,你张又贵,我们不会弄错你的。"她说,害怕着工作有错误。

"那就干吧。当然干。"张又贵说。

听出了廖珍的身份,快乐而怀着崇敬的张青文,当廖珍看看他的时候,便鞠了一个躬,说:"干的。"他因县长妻子尊重他父亲而觉得灿烂的光明,内心升起严肃的、庄严的感情,看着这在他看来是亲切、仁慈、善意,而有力量的、美丽的县长的妻子。

"我们干的。"乡下的诚实的少年,张青文又鞠躬,贪婪地,说。看了看身上穿着的同学的衬衣,想起了不久前和流氓撕打,又有点沉痛地说:"我们干的!"

"对!"顽梗的、身体强壮的花匠说。

"你这老张他的儿子,你叫什么名字?你脸上怎么伤了一点呢?"廖珍用在张青文听来是极好听、美丽的声音说,流泪,并且轻微地战栗。

"在一棵树上碰的,我叫张青文。"

"这你穿的不是你的衣服吧?"张又贵说,看看温柔的廖珍。

"是的,妈去年买的。"张青文说。

黎顺国在县城的农业技术会议间心情有着动荡。他有孤寂的心情,因为黄功又偷了他的文;他而且对自己的土著的身份觉得羞涩,许多别的镇来的仪态有比他漂亮的,而县城里技术局的人们则是很使人倾慕的;别的县来列席的和省城里来的人也有说话响亮,友朋众多,而且知识丰富些似的。他觉得忧郁,但他想他的能力和知识是不错的,他的自负的心情在受了些挫折之后起来了。县农业技术局长在所做的有关成绩的报告里没有提到他,牛头镇黎顺国的名字。但是在开会第三天的补充报告里,在补充的一批名字里,提到他了,而且说,开头的报告遗漏是很令人遗憾的。这样,他在招待所里所写的一篇直到开会尚未写好的感想文字,原来写得很简单谦虚的,便被改得有精神起来,而且,又有着自负,膨胀自己的句子了。其实这也是本来写了又涂了的,虽然开头的报告里没有他,他也有着他的尖锐的芒刺。他在县日报上的科学技术短文给人们良好的印象,他便有再一次觉得他要到省城里去或什么大地方去,至少来到县里,而摆脱土腥味的生活,摆脱那些钱秀英和张旺英了。远大的前程的渴望自然是好的,然而,人们,常陷在泥泞里的黎顺国的曾通过信的县刊物的编辑,指出他的错误和有些技术见解的粗糙,他却不愿接受。他原来想改正自己的这种自负或者不用功彻底,所谓"没有念过大学,错一定的没有关系",——这也是他心里常有的思想——现在他又复发了。他想,有些观点,落后与先进,有一定作用或很大作用,副作用不好作用和正作用比例,是不能一定做出鉴定和肯定的,人们从事着争论。他们这种简洁,和他的生硬的、研究疏忽的,相信自己是天才的观点,遇到一些驳斥了。虽然也有几个人和他一起。县编辑在分组的会上指出了黎顺国的错误,他似乎表示接受了,因为被指责错误的人不少,但他内心里仍旧不谦虚。但也不是这样简单的,从深沉的夜到乡村的寂寞的早晨,乡间的纯朴的男子黎顺国奋斗过来,许多日农业机器站、文化站的木凳子,熬五支光灯光,和先前熬蜡烛和灯油……黎顺国是也承认他的错误的,但是这却堆积得时间太长了,而且反反复复——他已承认过一两次错误,做出改正的决心了,但他又蹉跎过去了,而变得寒酸。他的不谦虚和自负是因为他想着到什么一种灿烂的都市去。但他是内心冲突的,他心里仍旧又是一个乡下的纯朴的男子。他对县刊物的编辑说,他是认识到自己用功不够,有错误的,但他随后又改成,他是"可能有错误"的,而且说他要改正很难。人们看见有这么一些钻研者技术员是这样,他们是很精细负责的,但是有时候却悲观,把事情弄糟了。

黎顺国除了因为被黄功盗窃文稿而忧郁外,同时又因为人们不断包围张旺英而有忧伤,也有对张旺英的误会和不满。他听说人们又对张旺英"介绍"对象了。

黎顺国在这一天下午休会的时候,带着忧郁到县政府文化局去看他的新结识的县刊物的农业技术编辑孙永祥。黎顺国被拦在文化局的门口了,像张旺英曾在县政府门口徘徊一样,他也在文化局的门口蹀躞着,传达很冷淡地说人不在,没有时间。他觉得自己很寒酸,一直不能改正自己的几点错误,站在文化局门口也很寒酸,这时却忘了县委书记是打击他的,因为他到底站在牛头镇这一要冲上。文化局里也有着他的敌对者,而且这时候人们正议论着张旺英的财富。他想起来传达的冷淡大概是因为这是下午疲塌时候,已经等了二十分钟了。他预备走的时候碰见王遥从里面出来,王遥进城来在花卉展览会当杂务工,是给文化局的什么人送两盆他们购买的花来的。王遥说,他想花展结束前就回去了。这时教育局的副处长朱之从里面走了出来,看看黎顺国,说:

"你是黎顺国吧。我知道你,你和张旺英搞恋爱吧,张旺英那个人是很骄傲唯心论的,你也是一个唯心论,你们这些,"他简单地说,他简单直接,使黎顺国有些惊异,黎顺国又简单地看看他,觉得像这朱之这样的人,是也不少的。

"请你朱副处长不要扣帽子吧。"黎顺国冷淡地说。

"好,抱歉。"朱之说,"不过我是闲谈,对于你这技术员……你这又写的一篇给县日报的关于种花的什么分析论文,我以为是不可发表的,我就是这事到文化局来的。你以后一定恨我,我并不怕你们恨,我对工作是很认真的,所以你要仔细想起来,你将来会想到你会感激我不发表你的,我是编委,你应该知道吧,我是教育局的副处长朱之,以前也待在过文化局的。"

"那……知道。"黎顺国说,他很痛苦,因为他的论文不能发表了。

"你站在这里干什么呢?"朱之转身对王遥说,"你也是牛头镇的吧,你们牛头镇有一个帮口,唯心论的,你黎顺国要记着,我是十分重视四化的建设而反对帮派的。你还要记着,我是很注意农业技术的,我有时候都心痛,我有脾脏炎的轻微,丙级现象以下的现象,但是你们这些是令人烦恼的。"他看看黎顺国又看看王遥。

"哦,那是。"黎顺国说。

王遥也说:"哦,那是。"他本来预备走了,但这时他故意地站在这里,而且抱着手臂,但这自利的朱之副处长却并不很注意。

"我是一个爱好学术,办事仔细、严格的人,你以后便知道了。我是很注意唯物主义的各一些基本观点的,你黎技术员的论文是没有或根本没有好些基本观点的。"

"那他黎技术员的论文不能发表了。"王遥说,因为朱之没有听着他,因为突然的大声,而有些脸红,"那他不能发表了。"他又说。

"他不合适发表,唯心论的,是这样的。我的立场是很坚定的。"

"是的,"沉默了一瞬间,王遥用像当兵的一般严肃的大声回答说,声音里面震颤着讽刺,"你的立场是很坚定的。"他说,脸红,但有些得意;他站着,私心里愉快着对这朱之的——他看见朱之有些脸色发白——的胜利。

"你这是什么意思呢?"朱之说,面色继续发白。

"我是说你的立场是很坚定的。"十七岁的王遥说,面孔没有表情,当朱之沉默着的时候,他便急想保持这获得的胜利而走掉了。

"你转来!"朱之喊,但王遥回头看看,没有转来。

"你好,你好。"朱之沉默了一瞬间,说,对黎顺国点着头,又和他握手。

这时候编辑孙永祥出来了。

"我说他的论文不发表了吧。"朱之说。

"我打电话来请示县长和我们文化局长了,他在技术代表会,他们说,发表。"

"那……那不见得吧。县委书记呢?不说他有缺点呢。"

"县委书记说他没有看,最好是不发表。"

"那无论发表不发表,我个人说你黎顺国要好好学习。"朱之说,"我是最欢喜一个干部好好学习的,以后便可以得到提干。"

"你这说的是很对的。"孙永祥编辑说,他很激动,想要在感情上制服这朱之。编辑孙永祥年青,是科长级,他是好斗的干部。"你朱之副处长也是这么教训谕言于我们这些干部的。"

"那是没有什么的。像他黎顺国这种农业技术论文,无非都说的化学肥料掺兑,掺和,连草本植物的性能都说得不清楚。我有个档案,他黎顺国是有错误一定点的,农业技术局的文件。"

"那自然是有错误的,不过也并不是都是化学肥料。他老黎是十年寒窗的。我们固然不能把缺点说成没有,也不能到处都是缺点;固然不能把缺点说成优点,也不能相反地,把优点说成缺点,你朱副处长以为如何呢。……"孙永祥讽刺地说,继续说下去了。他在不断地含着讽刺的说话里制胜着朱之。而得到孙永祥对自己文章的肯定的黎顺国便十分愉快,内心里欢喜地颤栗着。因为年轻气高和憎恨朱之,孙永祥便从文章的优缺点说到他认为朱之新买的雨衣是不好的,所买的衬衣是脱扣子的,所买的毛巾是买贵了的;而他又说到,依他看朱之所写的,预备下期刊发表的论农村教育的文章是不好的,有严重缺点的。

"那是我万万不能同意的。"朱之说。

"但是是不是分明有缺点呢?我孙永祥年青,阅历不多,但我们是接班人,八十年代的春秋,容许我们有得到提干的。而我对于你,则是要提出你的论文就是有一部分是抄书的。你不要以为黃功得逞。他的论文不是自己作的,是我们的可怜的朋友黎顺国作的。你的论文,则是抄书。中小学教师并没有朗读,而是你自己在家里朗读还请我们去了的。你有一回伪造中小学教师朗读。"孙永祥笑着嘲笑地,突然又有些亲热似地说。他显现着年青的情感的火焰高。

"哦。"

"那当然也不能怪哪,因为你听错了话了,以为说你的文被朗读了,对吧。这点也是容许的,你这位副处长老兄,老朋友,好朋友,其实也是心地并不坏的,你是挺讲交情,让于我们的。"孙永祥说。

"那并不对呀,那是有说学术会应朗读我的论文的呀。我不让与的。"

"你让与的。"顽劣而嘲弄地笑着的孙永祥说:"为什么不呢?你是热衷于四化和现代化,讲团结,所以让与我提你的缺点的,你还有一篇论文就是省委的报告的抄录,对吧;像你的衣服扣子有一颗是副省长符建掉下来你捡到了就缝在自己衣服上了,这难道不是吗?而且正是要说你缝上了洋洋得意,这难道不是很好吗?所以你让于我们,向党委会指出,你还有一篇论文是直接抄自中央文件和省书记的报告,说不定还抄了我们县里的什么人,你既然是这样,你便应该让于的。"

"这里黎顺国是外人。"

"他不是的。"

孙永祥的嘴唇边有一个激烈的笑容。他心里有着明确的复仇概念,便是这朱之昨日欺侮了大家尊敬的张旺英了。他看他的攻击有膂力,取得了不容易的胜利,便愉快地笑着了。

"你还有一篇论文……"

"你不用说了……"朱之说,"我是很伤感的,你是很好的同志,你快要提干当副处长了,还是我也帮助的,都这样打击我,你知道我有许多事情是很心伤的,你伤我赤子之心……"他说,因为认为自己是感情人物,便眼睛潮湿了。

静默了一定的时间。黎顺国看见朱之眼睛里渐渐浮上一些眼泪了,看见他并不遮拦,还看了看黎顺国,拿出手帕摘下眼镜来擦着。显然,流泪也是他的一种自我表白。他觉得他是表白了他的"赤子之心"。

"每个人都有不愉快的事情。"黎顺国,嘴角浮起了一定的嘲笑的笑容,说。

花卉展览会的最后一日,花的卖出量比较大,县委书记吴焕群和省局长陈耳责难张旺英和县长妻子中学教员廖珍的"唯心论"——张旺英降低价格卖出,而廖珍支持,同时黎顺国建议卖更低价的一种。吴焕群和陈耳在花的夹道中走了一趟,看见黎顺国在归纳花,同时标上低价牌,便责难他的"越轨"的活动,指斥他并不是花会的人员,没有得到批准。吴焕群和陈耳的思想中,黎顺国是很"反叛"的。前两日在文化局门口,县日刊的编辑孙永祥骂了朱之,而黎顺国的论文得到编辑的欣赏,使得吴焕群很恼怒。但他尤其恼怒黎顺国在这一日早晨降低花的价钱,因为,根据陈耳的建议,花卉的高价卖出,县政府和省的农业技术局是得到钱的。

吴焕群和陈耳便把黎顺国叫到墙边的大树下。有一种斗争在进行着。在不远的花的夹道中间,张旺英在对参观者们大声地讲着话,这是陈耳促使人们挑起来的,想要使张旺英出丑——她必然无法回答许多花卉的学科问题,但是张旺英大声而确信地回答得很好。她又突然停顿了,跑到这边来找黎顺国。她对人们说,她的花是黎顺国帮忙栽种的,黎顺国比她懂得多些。黎顺国便跑过去了,而陈耳和吴焕群都很愤怒,因为他们曾暗示和要求张旺英,在提到种花的成绩、种花的技术的时候,应当提到领导,提到是他吴焕群和陈耳亲自指示,亲自帮助的,陈耳爱好花,而吴焕群在这上面有学问:"县政府内的好些盆花岂不是他指导栽种的么?"譬如县长,便并不过问。还有,这次花卉展览的时间是延长了的,由省里运来陈耳亲自栽种的花,高大的"仙人掌"和高大的玫瑰,有一盆叫做"遗失的玫瑰",这一品种据说是陈耳"发现"出来,栽培起来的。花卉展览从省里的花运来时起用红色的花在白色的绸子上缀了"振兴中华"的字样,而代替了原来的书写字;这书写字是廖珍的笔迹,她会写字,但这也是一种不合适,"捧场"个人,是主观唯心论。省里运来的花振作了花展览,但也增加了技术员归纳花、降低花价的罪名。

"我们问你,牛头镇你黎顺国是技术能手,但是你在农业技术会小组发言有唯心论的味儿不好闻,你说说看仙人掌和美人蕉的你的培植方法。"一个头发涂了很多油但又弄得凌乱的小伙子说。

黎顺国便回答了,他说,少浇水是一种办法,定时浇水。

"那么,白兰花要怎样间枝呢,修葺呢?"一个矮胖的,十分快乐的人说,他面色红润,不断地笑着。

"是春天的时候……"

"这是谁都知道的。"

"那么你说,蔷薇花要怎样培育大朵的?"

"使用适当的肥料,和间枝条。"

"牡丹花呢?"快乐的、肥胖的人说,他是邻县来的农业技术副科长,他叫谢松,运来了邻县的花,声明是陈耳局长选来的。由张旺英的花作为主要单位的县城的花卉展览有一定的轰动,而由黎顺国助张旺英等人栽培的花很受欢迎,而陈耳和吴焕群等想打击黎顺国与张辽县长,"搞到"好的花,其次也还想压倒张旺英等,这花卉展览的暗中的潜流。

"月季花呢? 茉莉花呢?"快乐的、肥胖的、叫做谢松的说,他快活因为他"搞"到了一些钱,暗中掉换了邻县的花成功,而他又让人来赞美他的次等的花;他快乐是因为人们等下要介绍他和张旺英"交朋友",最后,他快乐是因为陈耳这些人赞美他。

"你们这些的立场是不对的。"一个邻县来的科长反对谢松说。

"那么我问你,这许多兰花能经常在太阳里晒么?"吴焕群说。

"那要看怎样了解。"走过来的廖珍说。

"那么这种石榴花呢?"吴焕群又说,他曾拿走一盆石榴,却让黎顺国派了钱根老头又拿回来了。

黎顺国忧郁地沉默着,他想活动到县城里来,所以这些天对党委书记有谦逊,他只拿回了一盆石榴,而两盆白色的牡丹他便没有拿了。但他想他这是并不妥的,并不最正直的,所以他有着忧郁。

"县委书记,还有两盆牡丹在你那里,你是说拿给你的爱人看看的。"黎顺国用有些生硬的大声说。

"那值多少钱呢,你不是建议降价么?"

"事情不是这样理解的。"

"你倒学会了不少文词傲言的。"陈耳说。

"我们是乡间来的,没有什么水平。"黎顺国说:"就我个人来说,我是有许多缺点与错误的,关心我的人也时常指出这点,"他说,看看他旁边的张旺英,再又觉得她是他的朋友,心中又颤栗着美妙的感情,但心中也颤栗着对目前的环境的畏惧。昨日他有对朱之的仇恨,朱之打击他的论文,但他没有说什么话,今日早晨他从县日刊的编辑知道,他的论文仍然叫扣留了,是县委书记对县长谈的,所以他便怀着仇恨,但他有畏惧,然而他是一个固执的人,他时常也陷于狭隘,他又激昂起来而焦急地、迫不及待地对吴焕群攻击了。"我对于我的唯心论,我的结帮口是要检讨的,假若是这样的话,但我认为吴书记陈局长……是官僚主义。"他说,但他的气势却不大,而他的畏惧在说话之间增长着,不再像他在农业技术会小组会上发言似地,能克服畏缩,讲出骄傲的话来。面对着城里面人们的莫测高深,面对着他们的华美的穿着,和面对着威严的上层干部他突然畏缩,便说得很晦涩。

他的对张旺英的美妙的感情也就因此隐藏了；他的骄傲一瞬间也隐去了。"我们是乡间来的，土著，但我也有我的立场——假若我是吴书记这样的领导水平的话，假若我欺侮人们辛苦的文章和种植的劳动的话，我也是很差的！"这小乡人带着一些激烈说，终于他也还是说出了有力量和深刻性的句子。

"你是很愚昧的。"陈耳说。

"你是很愚昧的。"黎顺国猛烈起来，说。

"哈，"县委书记吴焕群说。

"像你们这样的高级干部，是不能振兴中华的。……总之，"小乡人黎顺国，做了一个激烈的动作，也克服了他的畏缩，说，"这是一眼就可以看出来的，有些人们的心灵，他们并不美，但俗丑地看待我们种的花。吴书记的牡丹两盆，应该拿回来。"黎顺国说。

"当然……我也可以付价。"吴焕群说，改了口气了，"当然，你也有对的地方，你向我们提意见。"他说，"你的意见是宝贵的，而我也并不是不欣赏你的才能，我做过报告，中间提到过，黎顺国是有才能的。"他说，看看旁边的廖珍，由于心中隐藏着仇恨，便以特大的声音说："总之，你的意见很好，这次花会是成功的。"他的特别大的、气势强大的声音，使整个花卉展览场都听得见；这便是他是一个很厉害的官僚了。"希望你们好好地工作，好好地总结这次花卉会的经验，好好地向友邻各县和省里学习……"他的官僚的大声震响着。

他取出皮夹，付了两盆花的按原标价的钱款。

黎顺国便不清楚县委书记的行动，是表征他的话，他的意见被接受了呢，还是表征他黎顺国被打倒了。他觉得很懊恼。

另一方面，张旺英也有着她的焦躁。花卉展览会的闭幕很忙碌，要评奖和发奖状，吴焕群等想把张旺英的等级评次些，虽然不能成功，却是在进攻着张旺英。因为张旺英也是委员，陈耳便希望张旺英自己看可以拿哪一级的奖；于是人们中间便传扬着牛头镇的劳动模范张旺英骄傲，说自己的花好。陈耳坚持说张旺英自己和黎顺国都曾说张旺英的绿牡丹和高大的兰花是并不很强的,"不很够格"的,而参观者写在意见簿上的意见也有一些说陈耳从省里运来的他陈耳自己的花好,而最大朵的张旺英的绿牡丹较次——这是一些自称是县里的"公子哥儿"的游荡青年的活动。人们曾要钱秀英这样写,她便写了一条她觉得黎顺国的花不够好,而没有说张旺英什么。她觉得她有"资格"损伤黎顺国,而关于张旺英,钱秀英则有着乡镇的荣誉心。但后来她又去问黎顺国借钱,有些羞怯,在借到一元钱之后便把她的这一条"批评"黎顺国的涂掉了。于是便有人说黎顺国舞弊,想使钱秀英去"举发",钱秀英便没有同意了。人们传扬着张旺英骄傲,因为钱秀英代替了对张旺英的花写坏意见,在传扬着张旺英骄傲。她说张旺英三四次回答她的问话都正如许多别的人问她一样,说自己的花很好和最好。张旺英其实没有这样说,但她怕她的谦虚被利用了,便不回答她的花的好坏的问题。评判委员们在花的夹道中穿过,张旺英也是委员,当陈耳和俞强说她的花不大"出色"的时候,她曾辩论,她说她赞成县长和文化局长的意见;人们特意问她关于她的几盆花的时候,她沉默着,这样便有朱之趁评花的队伍松散的时候对她谈了两句话,批评她骄傲,而她便想辞去委员的职务了。但她还是忍耐着。当吴焕群要再评一评张旺英的大的绿牡丹的时候,她便也走近了这绿牡丹,想着乡间的不眠之夜,她在来到参加这花卉展览的前夕辛苦地整理着花卉,而人们竟在这盆花上面打击她。当吴焕群问她自己觉得这花如何的时候,她便说她自己没有意见,吴焕群便说,这也是对的,她自己应该赞成他吴焕群的和群众的意见。她便笑着,在吴焕群看来有着冷笑,而这时在旁边浇水的、被从上级花匠降为二级的牛头镇的老头钱根便甩一甩水壶,对吴焕群说:

"这花有不好吗?"

"你说的么?"吴焕群严厉地说。

"正是说的。"钱根恼怒地说,"要是不好,吃了打脊梁上冒……"钱根说,预备骂人,但忍住了。

"哈！你是黎顺国的帮子人马,这技术员发展你为一级花匠的?"

"昨天叫你降了……"钱根继续有点战栗地说,"连着我这被降,牛头镇的张旺英的花,白小英的花,李新女儿的花,都叫你降了,说等级不对……"钱根说,脸色发白,又说:"吃了打鼻孔里冒!"颤抖着便坐下来了,但又站起来,拿着水壶浇花了。

"你这杂务员要怎么样呢?"走上来的快乐的谢松对钱根说,"你们的工作是很好的,但是首长指示你你得听好,"看见钱根老头不回答,他又说,"我是很欣赏你们的工作的,吴书记也许有不周到的地方,我替他补一补。"

"好吧,你补一补吧。"吴焕群说,又变得很活泼,显出愉快的神情来了。

"我是邻县的,你这老头叫什么名字,这些牛头镇的花是很好的,我说是这样,我有一种特殊的感情对牛头镇很友好。这你就会知道的。"谢松说,因为张旺英在听着他。他快乐地、很有把握地设想,他已经"成功"了,张旺英的财产和她的这些花已经属于他了。自然有一些要分给吴焕群和陈耳局长。这矮胖快乐的人还有一种离开旧生活的感伤,他已经设想他是很累地在牛头镇里当"万元户",而背着犁铧种地了。他听说过,在张旺英少女时候,激烈的奋斗,牛病了,自己背着犁头跋涉于田地间。他坚信成功还有他的朋友们的对他的鼓舞,说他又是副科长,会料理了,在政治上经营上都可以帮助张旺英,而且身体很好,能劳动,是最合适的张旺英的对象了。"你这老头叫什么名字?"他问。

但是钱根不回答,他的脸有些战栗,继续忍着他的愤怒。

"钱根。"张旺英说。

"好,钱根,你看我来把这散了的红塑料绳子捆好,捆塑料绳子是用手指先持平的,你一定不会。"于是他捆一盆枝子花,"我是最爱劳动的,我愿向你学习。我最是乐意于种花的劳动了,而且,我还欢喜交际。"

钱根仍旧不作声。

"这一盆是硬的萼的花,这一种是大的花萼的,而这一种花萼就小些,老头师傅,你看对不对?"

钱根继续浇着水。

"你们牛头镇的人很骄傲,我不久也会很骄傲了,我是最乐观的,同时我是运气很好的,好运道,像这天气,太阳好,空气新鲜,美好的旅游的时光,我要一直旅游全县的乡镇,你觉得对吗?"

有一定的僵持的沉默继续着,钱根老人便又坐下来了。他用静默地坐下来抗议这骚扰他和进攻张旺英的胖科长,忍着他的愤怒。这是旧时候的财务和采买一类的人,张旺英的邻人钱根旧时候是受过他们的剥削的,旧时候钱根就是花匠了。"牛头镇是产花的,比龙凤镇还产花,而你张旺英劳模代表……委员的花养得好,是祖传的吧。"谢松说。

"也有黎顺国和这钱根他们帮助我的。"

白发的老人钱根抬了一抬眼睛,望着张旺英亲切地笑了一笑。

"我看这就用不着介绍了吧。"吴焕群说,他让张旺英跟他走开了几步,小声地对不久前攻击他一句,说和他"很不平衡"的张旺英说,这是他负责地,经过仔细考虑,替她张旺英找的对象,希望她要好好地考虑了,中央的政策,是要帮助和筹办大龄男女的婚姻的。他又说,谢松是离了婚的,没有孩子,他原本的女人不好。原来也在本县,他,吴焕群很是喜欢他,欢喜他的快活的、活跃和交际的才能,尤其是经营的才能,这对张旺英是很合适的——吴焕群做着手势大声地说,显然地想让谢松自己也听到;他的大声说话还有一点秘密的心理,便是他很有一定把呆坐在那里的忍着愤怒的钱根老头看成眼中钉,他也很想他也听到。

"我来介绍一下吧。"吴焕群说,"这是谢松……这是张旺英。谢松也是先进工作者。你们好好谈谈吧。"

谢松便脸红,快乐,笑着,看着张旺英而谦虚地轻轻地鞠了一个躬。

"我没有什么说的。"张旺英说,心里忽然汹涌着对于黎顺国的爱情,但是想到钱秀英,又冷淡下去了一些。

"这两天有人说她张旺英骄傲,我看还好。"吴焕群又说。

"我早就很想认识你劳模张旺英了。"谢松说。

张旺英沉默着。

"你的绿牡丹是冠军,我谢松的见解,你的好多花的冠军,那钱秀英说你自己捧场是不对的。但是为什么不可以自己捧场呢?"

"我没有对自己捧场。"

"我愿意加入你一起,作为你的朋友,我歌咏你的劳动和才华,你是牛头镇和这县里的典型八十年代的成功的和风流的人物。"谢松说,也没有忘记用一个"和"字,"有人对你张旺英和你的花有意见哪!这意见可不简单哪,但是我是替你辩护的。我说你张旺英的花是不会评二级奖的。你看……"说着这谢松便敏捷地跑步,一直到大门口传达室,把参观意见簿拿来了。"你看,这墨迹是我的意见:张旺英的花,大绿牡丹和茉莉大架子是杰出的,可以分明看出她是劳动能手和学习了政策。我是签名的。我被这花会陶醉了,所以我又第二次提好评,写的是:张旺英同志的花是气象万千的。我和吴书记的意见可能不一致。"

"可能不一致。"吴焕群说。

"哈!"花匠老头钱根说,面孔又有些愤怒的颤抖。

"你'哈'什么呢?"县委书记说。

"哈!"张旺英说,"谢谢你谢松副科长了。"张旺英也鞠躬,带着一点微笑,说:"我和你不交朋友,不谈什么的。"她的心里涌起了一种激昂,也涌起着对她的花卉,她的田地,她的县和乡镇和她的学者黎顺国的感情。她想起早晨人们在攻击黎顺国。她的心里有着伤痛而又同时甜蜜的颤抖。她想,经过着坎坷,她总还屹立着,她也爱她往前去的奋斗。

"你不要拘束吧,你们谈点振兴中华,热爱四化工业化吧,他老谢谢松是真的热爱工业化现代化的,不像……有些人那样是唯心论。"吴焕群说,他犹豫了一个瞬间,没有说出黎顺国的名字。

"是这样的,书记说得好极了。"

"可是并不。我说,我不交朋友的,这你吴书记听清楚了。"张旺英说。

"真的?"谢松说,因为期望过高,认为必然成功而遭到猛烈的失望,便怜惜自己,痴呆了一个动作,自己也没有料到的涌出眼泪,哭起来了,而且怜悯自己是一个有才干的人,便发出很长的啜泣的声音。

"哈!"钱根说。将手中的浇水壶放开,拿了一块石头猛力地砸在道路中间。"欺侮人的……"他喊,又静止,沉默着。

"老钱,你帮我把这几盆花收拾往那边去吧。"张旺英说,钱根便站了起来,张旺英便和他一起转过花的夹道去了。

这时女记者陶世芳跑了出来,访问谢松为什么哭,谢松便继续哭,说他觉得祖国太可爱了,祖国妈妈把他养大,太可爱了,今天这花会太令人激动了。

"还有怎样呢。"女记者问。

"天令人激动了,真的领导。"谢松说。

"还有怎样呢?"陶世芳的冷峭的声音问。

"各色花,美的享受,太可爱了。开放政策体制改革太可爱了。"谢松说。

"还有哪些呢?"陶世芳带着冷峻的嘲笑说。

"一切都是可爱的。"

"再有哪些呢?"陶世芳强硬地问。

"你既然知道就不用问了。"沉默了一阵,谢松说。

"我什么时候知道呢,我怎么可以知道呢?"陶世芳顽强地说。

廖珍在花卉展览会结束的时候找到了黎顺国和张旺英。廖珍在花卉展览会的隔壁,建设局的一间房子里找到乡镇来的技术员和张旺英,两人正各据着一张桌子坐着,手里拿着笔;黎顺国张旺英被吴焕群叫到这房屋里来做检讨,因为黎顺国张旺英不断地"骂"他们。而廖珍来到也是为了援助这牛头镇的技术员和张旺英的。她说,他们可以不必写了,县长张辽支持他们,已经和吴焕群和其他人说过了。但是廖珍没有能胜利,走进来了陈耳,和廖珍冲突了起来。但接着也进来了县长张辽。"我的意见是不应该叫他们写,"张辽说,"他们没有错误。"

"我也是这么说的。"廖珍说,"我是主观唯心论,使这花卉开得不够群众性,带着宗派性的。"

张旺英很痛苦地坐在那里,不知写什么。她想她还是县委委员,是够稳重和忍耐、谦逊的了;陈耳和吴焕群们已弄到了她的好几盆花,非卖品收拾的时候陈耳还劫持了一盆。她看着坐在她前面桌子的黎顺国,心中歉疚,想到是她连累了他的。她想到她和他是好多年的朋友了,但她淡淡地又想到,他和钱秀英到底是怎么回事呢?但她觉得现在她和他是有着共同的命运,不必要想到这些,而在黎顺国心里,虽然一次又一次的吴焕群等给张旺英介绍对象,也引起了他的忧郁和冷淡,他责难着她为什么要和这些人谈话,她"是不是想和这些人'交际'呢"。但此刻这些便也消逝了,他觉得他们是公共命运,而觉得温暖。

县长张辽和陈耳争论起来了。他们争论"宗派性"和"张旺英黎顺国的'帮派性'"。陈耳的声音很大,因为他还想得到几盆花。而王遥等人已经把张旺英的不卖品的花运回,不剩几盆了。陈耳还说到他说张旺英和黎顺国有帮派性,是从事实根据做出论断的。他说他对张旺英和黎顺国宣布,他们是唯心论,思想不合逻辑;他论断是这样。

"从各一些方面论断,你陈耳局长——"县长客气地笑着说,"我们到外面的屋子去谈吧,"进到了外面的房屋里,他便用很高的声音继续说话,他的目的是想压制陈耳,他的喉咙和他的心脏都在憎恨地颤动着。"你从各方面都是不能论断清楚的,从观点的方面,"张辽大声、隐藏着仇恨,笑着。因为一早晨陈耳用"观点、方法"等名词攻击了张旺英和黎顺国。

因为憎恨的缘故,张辽县长便重复地说着一些抽象的哲学和经济学的话句,并不说到底从哪些方面"论断"。他仇恨陈耳这一类人欢喜说"逻辑论断"。"从各方面论断,你从各点上论断这花的性质,譬如这里是一盆玫瑰花,但你论断得不周到,而我从各方面也论断,你提出的这一般假设的玫瑰花,不是什么人生产似的,不是我们国家的似的,我论说它的性质和你说的性质迥异,你的结论是它不是玫瑰花,而是几张你个人得的钞票,而我论断它是种植者劳动,因此你的钞票是剥削和至少是低级无理想,我是全民经济的活跃,商品经济,而且更多钞票。而我是并不缺乏论据的,老战友,我也并不反对开放和活跃经济。"县长说继续说着,并不思索:"从这一侧面那一侧面,从事物的这一性质和本质,从你的见解的这一本质的性质……玫瑰花是你的利润,机关赚钱,福利,奖金,变相贪污和庸俗经济学,简单的赚钱观点,提倡高价,而不是推动市场,较低的价格趋着农村富余而达到广大人民。"

"庸俗的赚钱。你陈耳是认这一本质的形式。"廖珍帮忙说。

"唯心论的本质是忽视事物的条件和各个有效的侧面,有一主要的侧面是有我张辽和你的个人利益奋斗,而维持生产者的利益和国家观点。你忽视我,便以为你一定能得到这盆花了。"张辽说,由于仇恨和轻蔑陈耳这一类的官僚说"逻辑论断"欺人,他便继续着他的激昂。

"你县长和我说这些我并不懂得,我是哲学的白丁。"陈耳说,虽然这样说,但因为头脑被哲学名词和县长的愤怒所压迫,面色有些苍白。"我是从逻辑论断一种帮派性而且是根据事实。"

"玫瑰牡丹花是有人间的劳动的帮派性,它们的本质是劳动者的伟大的劳动,它的生产是绿化祖国和美,也有食物和药物,而你的论说心目中是指一般的花,而不是此时振兴中华的奋斗,所以不值一哂。而且只是'机关'少数人的赚钱。我辩论花卉的市场扩大增加商品流通和效益,而你反对低价出售。我的经济效益是活跃商品经济,而你是落后冻结的。我和你的冲突便是这样解释的。"县长说。

"花是振兴中华的,是热爱祖国的观点的。"廖珍帮忙说,"中央政策指示正是这样。"她补充说。

"花的本质是环卫效益和经济,还有精神文明,它的本质并非你陈耳的个人样品的性质,"因为憎恨,县长继续说名词,"而是全民经济和精神文明高涨的性质。"意识到这些话已经说道理,而且使对张旺英要名词的陈耳恼怒焦急,县长便停了下来,笑着,"我说的你明白么?"他又说。

"那当然是明白的,你说我是个人眼光短浅吧。唯心论吧。"陈耳说,他突然大叫着说:"但你不应该用这些哲学经济学名词来说我,摆架子,这不是正的党风。"

"那并不是那样的,我说这些名词,是说,你是错误的。"县长说。

"但是黎顺国张旺英仍然要检讨的。"陈耳说,"他们是唯心论的花卉观点,奢谈振兴中华个人出风头。"

县长张辽出去了,不一定时间,拿来了一盆张旺英赠送给建设局的、次等的蔷薇花。

"这是张旺英黎顺国赠送你或你的局的。"他伪造着说。

"那好……"陈耳说,"那他们停止检讨吧,我也正是说……"

"这也正是。你倒也坦白说停止检讨了。从我这一侧面也侦察出了你不妥的贪利得的这花其实是张旺英送给建设局的,我也妥协,算我买了送你吧。希望你和县委书记还有省的一些人对我客气。"县长说。

"我也并不怕的。就拿了。"陈耳大声说,"我个人从事研究的,也不提奖金。"他便拿着花预备走掉。

这时候走进来一个五十岁左右的、谦虚的人,是县干部局的一个干部,他的头发梳得很整齐,身上还擦了一些香水。他还拿来了一盆兰花放在地上。陈耳便让他等着,说他就去通知张旺英。县长妻子廖珍便说：

"你是王学群？"

"是的。"

"是陈耳局长介绍你来跟张旺英谈话的么？"张辽问。

"是这般。你县长看行不行？"

"是这样的吗？你说说吧。"张辽说。

"没有什么说的呀，我想也可以试试。书记吴焕群也介绍的，我年纪大了可是精神身体都还好。"王学群说，谦虚地笑着。

"那么你说说吧。"廖珍说。

"既然县长同志爱人问到，我就说吧。我死了爱人好些年了，家中一个儿子也结婚了，我本不想再结婚的，可是这八十年代国家好起来都提倡这个，而且吴焕群和陈耳同志都劝我研究研究。……我不抽烟，只喝一点酒。"

"昨天已经通知张旺英了，她说的是自然也可以谈谈，并不是我陈耳套话。"陈耳说。事实是陈耳这回接受了王学群的送礼，烟酒和花——老头子王学群是欢喜种花和养鱼的——便对张旺英严肃地说她不应该唯心论不理会人，但却并未说"可以谈谈"。

王学群便走进见面屋子里去了。王学群和黎顺国握手，黎顺国看看张旺英便走出去了，隐约地听见外面的谈话，他有些不满意张旺英事先没有和他说到。王学群便走向张旺英，和她握手。

"我想请你吃饭。"老头子王学群说。

"我没有时间，要回乡里去了。"张旺英说。

"我是不抽烟的，只喝一点酒。我简单地说，假如你同意我的条件，我便会很高兴地永远帮助你。"

由于什么县城的小流氓的，在老头子王学群面前乱说，王学群便真以为张旺英是急着找对象而且欢喜年纪大的，"恰恰"像他这样的了。老男人是认真的。他还有点脸红，心脏强烈地搏动着。他观察张旺英很好看，很沉着，脸色也没有什么变动，他还观察张旺英是似乎有一定笑容的。

"我会理财,你张旺英同志的钱、家产,我可以替你理得很好,日用开支,较大宗的进出,说是万元户,你每月收入多少呢。"

"千来吧。"张旺英有点骄傲地讽刺地说,"有时更多一些。本不想和你说这些,但也说说。"她愤怒地说。

"我也有几个存款,万把几千元吧,我是很小心的,自从妻子逝世后,积起来的。"王学群说。他是吴焕群和常来县里的陈耳的心腹干部之一,虽然地位不高,可是却在这些年间"抢救营业"营利了一定的钱,他所以是有些骄傲的。"我欢喜储蓄,我不欢喜乱花钱。"

沉默着。

"你欢喜花么?"王学群又说,走回外面便把他带来的兰花拿来放在刚才黎顺国写字的桌上,"你看我这盆兰花培植的,好的么?"

"还好。"张旺英忍耐着,痛苦而讽刺地说。

"花是开得很茂盛的。"王学群说,"我今天请你吃饭,也送你这盆兰花,希望你也送我。"

"那不需要吧。"张旺英说,内心里有着冷嘲的、观察的情绪。

"我还有一只表,是我的过去的那口子的,你看好吧。"

张旺英看着他手上戴的两只表,便说,"你戴着吧,看见了。"

"你的表我看看呢?"老头子说,指着她手上的表。

"不吧。"张旺英冷静地,有着凶恶地说。

"你进城来,我听说你买了洗衣机了,而那黄功买了电气冰箱了,其实洗衣机你不必买,我有。"

张旺英便很愤怒了,但她忍耐着,她嘴边有一个嘲笑的笑纹。这老头王学群还自称是情场能手,情场圣手,他和一个小流氓打赌他必然成功的。这情场能手便看着稍稍有些痛苦,但嘲笑地笑着的张旺英。

"今天天气有点凉,并不像昨天那么热,我观察你张旺英穿少了,是不是呢,你这个人,我最注意这些了,人的心是有体贴的,我是我,你不要看我年纪老。……"

"还好,不冷。"张旺英说,由于他年龄大,也由于环境的不利,对他谦逊着。

"你看我的话便对了,我来看看你的表呢。"王学群固执地说,同时嘴边和眼角出现了一个凶恶的表情。

张旺英冷笑了一笑,便把表从手腕上拿下来给他看了。他打开仔细看,而且听了一听。他便掏出手帕来替张旺英擦表了,因为情场能手总是这么的。

"我这花请你收下了。再呢,我今天很高兴,买了几条女用手帕,"他便从衣袋里拿出红红绿绿的手帕来,"献给你,和这盆兰花一起。"

张旺英讽刺地沉默着而县长妻子廖珍走到附近来了。

老男人有点脸红了,同时脸上继续闪过一点凶恶的表情,他想着,按照"情场能手"是有赞美女人及其他。他买了很大一包糖果,这时也拿了出来。

"很不好意思。"他说,看着张旺英。

"谢谢你了。我不需要。"张旺英的声音嘲笑地颤抖着说。

于是情场能手老头王学群想了一下,便做了这样的讲话或致词:

"我这送你我栽了几年的兰花,亲爱的张旺英同志,我这是和你永定金兰的意思……我说,你是品德崇高,劳动勤俭,而又生得美丽的八十年代的先进,而我是……要紧紧地追随你,从你的眼睛我看见你的灵魂是多么的纯洁,而从你的谈吐,"他说,虽然张旺英并没有谈什么,她在想着黎顺国是有点愤怒而离去似的,心里很懊恼,"是多么的有水平,于这振兴中华,实现四化的年代,你是多么地勇往而前……"

沉默着,县长跟着陈耳也来到了附近,可是这老头王学群却并不畏惧,他又说:

"我在学校里在我青年时代是很积极的,我也决心老而不衰,跟随着祖国前进……而你……我爱你……"他说,静默了一瞬间,接着他又说:"我并不怕当着众人说,县长他们是知道我的坦白的……我爱你……"这情场能手便又说。

"你说完了吧。"张旺英说,"……我不和你交什么朋友,"她严厉地说,"你是丑恶的,言论丑恶,狗屁!"她忍耐不住地大叫着。

"难道不可以吗?"王学群问。

"不可以。"张旺英回答说。

"你过来吧,你算了吧。"廖珍说,拉了一下王学群的手臂,使他退到后面而跌倒了,他又爬起来上前抱起了他的花、手帕和糖果。

"你张旺英同志,我个人很气愤地说两句。你陈耳和吴焕群,进攻张旺英也够了,我都觉得羞耻,我们县的这样的情况。张旺英同志,你是纯洁、坚强和令人佩服的。我是决心和你共同奋斗的,还有你黎顺国同志,"他又对走过来的黎顺国说,"我们县的妇联也支持你张旺英。"他说。

县长突然非常愤怒了,"滚,混蛋!"他向着王学群大叫,颤抖着。

走进门来女记者陶世芳,拦住了抱着花盆往外走的王学群。

"我访问你为什么向人民代表张旺英送东西?"她有点凶狠地说。

"你们记者为什么问这个呢?"

"你一定要答复的。"

"我不答复你,你这记者过分狂妄,我决不答复你!"

"但是我请你一定要说!"陶世芳严厉地说。

两人便大吵起来了。陶世芳觉得自己的忍耐力不够,但是她实在愤怒,她也许这回幼稚一点了,但是她一定要达到她的目的。她指摘王学群伤害张旺英,而张旺英是高尚的。王学群放下花盆,面色苍白,有些觉得被欺侮,沉默着,似乎要凶恶起来,但是辛酸于"情场能手"的"不幸",便流泪了,拿一块手帕擦着。

"你不要忘记我访问你。"陶世芳对王学群说。觉得年青人总要做成一些事情。

"我是尊敬张旺英的高尚情操和她为四化所做的贡献的。"王学群说。

"回答的也有用。"陶世芳说。

"她对精神文明改革体制振兴中华都有贡献。"

"也有用。就是,还有呢?"

"没有了。"王学群说,懊悔自己妥协了,颤抖着,啜泣了一个动作的鼻子。

"那你走吧。"陶世芳说,觉得到底逼出了一些答复,这回的做新闻记者也有成效。

十

张旺英和黎顺国从县里回来了。张旺英又回到她的田地里和鸡的王国里,而黎顺国不久便被黄功县长又撤了农业机器站和技术员的位置,因为夏季的山坡上很多的茅草着了火而烧着了一些树木,而在这之前又发生了私砍树木,村镇公产树木失窃的事情,便有吕巫婆告发黎顺国。黎顺国还被新增加的流氓民兵关了禁闭,在村政府的一间房屋里。

陷谋者黄功在房屋里啸吼着对付黎顺国,技术员会议和花卉展览会获得一定的荣誉,虽然也受了些挫折,但仍旧幻想着他的生活能飞腾起来的黎顺国遭到打击了。县委书记和省里的农业贷款局局长陈耳的报复落在他的身上了。

张旺英曾来到黎顺国被禁闭的后窗口;这窗口是朝着田野和澄碧的小河的。

"黎顺国!顺国!顺国哥!"她低声地喊着,"我张旺英,我旺英,你放心,我能救你出来。"

张旺英考虑着用什么办法救出黎顺国。炎热的夏季有着晴朗的感情和忧郁,张旺英的下午的剩余的时间在小河里采菱角,她找刘大婶帮她抬来她的大木盆,木盆在水中漂浮着。张旺英摘得很快,她的粗糙的手很准确,她便有想到青年时,黎顺国从军队里回来；许多年月过去了，那时年青的黎顺国沿着河岸走和小河上木盆里的她谈着话。这许多年，他们没有成就了一些什么事情，他们也成就了一些事情了，但这家乡的情形却如此之坏。钱秀英来到河边上找她了，钱秀英说她还给黎顺国两元钱，张旺英便让她自己递到黎顺国的窗户里去。钱秀英便跑过小的桥，出现在黎顺国的房屋的后窗口了，她跳了一跳又叫着黎顺国的名字，后来要将钱扔进去，但黎顺国要她不要扔，以后再说。黄功便出来问她干什么，而她和黄功尖锐地吵起来了。她也要求释放黎顺国。带着一些土朴又有着学生气息的，穿红色有花的衣服的钱秀英很凶恶。她现在正徘徊在她的十字路口，用她自己的话说，"人生的焦点"上，她痛苦以至于绝望，既留恋她的游荡，也想改变思想学手艺或者下田地里去种地。她在家中想过升高中，她曾经请黎顺国帮她在县城里谋工作；她又在乡镇大街上年青的裁缝个体户的桌子面前徘徊。这样她便在家里抱着她的旧时的书包和她的一些格言录痛苦了。她的格言录里增加了一些抄写的字，是严肃的人生奋斗的格言，其中有着黎顺国给她题的"人生是一场为了自己祖国的庄严的战斗，我们要为工业化而奋斗"。和张旺英题的"青年人要乐观而严肃地走向他的生活"。她现在来找黎顺国还钱和黄功恶吵起来，她的思想里便有着这些。她不能保证她明天还会不会彷徨歧途，但是她这次问她的父亲要钱是诚恳地要来还账的，她拿黎顺国的钱不少了。在她和黄功吵架的时候，黎顺国便在里面撞门，这样，黄功便把钱秀英叫进房屋去，说是可以释放黎顺国，但是需要进献给县里三盆上乘花，问她依她钱秀英看，张旺英会不会拿出十盆花来，钱秀英便说她不清楚，而将两元钱拿了出来。

"我贿赂你两元钱好了。这虽然比起三盆上乘花来要很差，你不是到小学去训话，很赞赏报上登的反对收贿吗？你这个人是要从反面看的。我钱秀英也是这样。"钱秀英很有精神地说，"所以我替黎顺国□师父贿赂你二元，你不用开收条。我们互相之间也没这事，这种话我说的像吗？"

钱秀英便一瞬间像一个聪明而尖锐的,怀着正义和恶谑的女学生了;但是她又是愚蠢的,她心里继续着甚至加强着对于黎顺国的恋爱之情。她在哭泣之后再一次想,为什么她不能追求技术员成功。她认为年龄没有什么关系。而她在这上面绘画着的前程是黎顺国帮助她读高中,而后助她在城里工作,或者她也可以不升高中而黎顺国助她在城里工作。而且,她认为黎顺国也可以也到城里去。

黄功的脸色苍白了。他明显地对两元钱嫌少,觉得这是戏弄他,他说黎顺国是有放火烧山的问题的,他不能释放黎顺国。

"那么你可不可以让我探望一下黎顺国呢,这个我送你一块钱。"她说。她扔了一块钱在桌上,黄功便打开抽屉将桌上的钱迅速地抹到抽屉里去了,像抹去一块脏一样。但钱秀英又开了抽屉,动手来抢回——她有些失悔了。她说,这也给一块钱,太蠢了。黄功便也还她,她又把钱丢下来了,这一次黄功便把钱拿起来,很仔细地折成对折,放到上衣口袋里去了。

黄功便开了门。

"我来看你黎师父。你受委屈了。"钱秀英说,"我带来一块钱,给你坐这监牢用,也是还你的钱。"钱秀英把钱放在床板上,但黎顺国并没有拿。钱秀英有着为正义而坐牢的这年代不少的想象,所以看见黎顺国坐在木床板上,便很感动,以至于眼睛有些潮湿了,但房屋子里很黑暗,所以黎顺国没有注意到。钱秀英便拿出手帕来假装擦鼻子而擦了眼睛。依照激昂的想象,钱秀英便要向黎顺国像以前一样说出爱情的话来,她心里悸动着,觉得到这时候说出这些来正是合适的;但又困难起来了,觉得喉咙被塞住了,现在说这些话不如所想象的简单。她又觉得黎顺国年龄大了,与她不相干,她并不恋爱黎顺国,她恋爱的是一种她也不知道的,不可知的东西。

"我的父母他们问你好。"她说,"……我来看你,是想说……"她又沉默了,她心里又涌起了对黎顺国的爱情,不再觉得黎顺国年龄大,她像以前一样想年龄大也是可以的。她想这并不是为了钱和地位,而是纯洁的。

"我觉得你黎顺国大哥是正义的,在世界上,正义是必胜的。"钱秀英突然说,她的激动的话从她的喉咙冲出来了,"我说,敬爱的黎顺国大哥,我是敬……爱你的。我认为人生爱情是崇高的,爱情是纯洁的,你对于我如同重放的花朵……"钱秀英的句子到这里便也卡住了,她觉得激昂的话说出来了,然而末尾很笨,她实现了她的想象了,她到监牢来牺牲自己,救她的情人了,虽然末尾说得很笨。

黎顺国沉默了一定的时间说:"你说的有些话不对。""在人生里是有爱情的开放,为了理想人们牺牲自己,英勇的行为不是人们都会记忆的吗,不是……很崇高吗?"钱秀英不理会黎顺国,又说,说到后面,便有些脸红,觉得笨拙。

"很是赞美的话,也可以说很是谢谢你,但你说的那些话是不合适的。"黎顺国有些感动又有些茫然地说。

钱秀英有些混乱地沉默着。很久之后她说:

"你对我,你觉得对我有什么意见么?"

黎顺国沉默着,懂得她的意思,忧愁地看着她。

"我想……我不说了。你说吧……你觉得我的前途怎样呢?"

"我听了你的谈话了。"黄功在门外说,"哈,在这里来谈这些。"

钱秀英回头看看黄功,便大叫起来:"你黄功恶歹!你分明陷谋黎顺国,他黎顺国什么时候放火烧山偷砍木料的?"她说,跑了出去。

"难道不是证据十足吗?"

"证据十足?"钱秀英说,"我难道不知道你们的陷谋人吗?……"说着她沉默了一定的时间。她又跑进来对黎顺国说:"我觉得对一个人一件事太尽忠了也不好,虽然理想是一种奇遇,我不吊死在一棵树上,我替你老黎说话多了怕也不好……你以后帮助——你报酬我吗?……"沉默了一个瞬间,她又说:"但这回我还是替你说的,说完了。黄功你们是不对的。"

"这一块钱你拿去吧。"黎顺国说。

"也好吧。不过,老黎,我是一个幼稚的姑娘啊,你看我是土里土气的,我找不到前程啊。我的父亲钱泰是青年时的捕鱼人啊。"

钱秀英拿回了黎顺国的钱,又很恶地扑向黄功,从他的衣袋里夺取那一块——她也夺回来了。

钱秀英走了以后,张旺英又来到黎顺国的窗子面前,她敲敲窗户说:

"老黎,顺国哥,李新老村长来助你了。"

李新老村长老男人带着民兵分队长王遥,进来便宣读一张纸:他李新和签名在纸上的人们全部负责,假设黎顺国是有放火烧山盗窃木料,李新和人们愿法律制裁。同时,黄功等非法拘留黎顺国,应付责任。

在这张纸上签名的有他李新和张又贵、钱根、张旺英、肖家荣、朱五福、王寡妇王春香、邓志宏教员,还有钱秀英的父亲钱泰。

李新副村长附加声明说,他们的签名件的后一句,也可以暂时谦逊不提。

黄功便说也是有点误会,把黎顺国放了。

李新王遥走了以后,黎顺国便和张旺英走到小河边。张旺英采了半木盆的菱角了。黎顺国在岸边也站了,张旺英便继续采菱角了。

"我记得你二十年前从部队回来,我曾在这地方碰到你。"张旺英说。

"我今天很感谢你。"

"你今天来我家吧。你总好像对我有意见似的。"

"没有。"黎顺国说,看着他的女朋友的长着茧的手。县城里的繁华荣誉的印象从黎顺国心里掠过,在县城里,他也怀着一种激昂的心理,可是现在他又是没有办法的黎顺国了。

"你也好像对我有点意见似的。"黎顺国说,"你,旺英,我想……"黎顺国说,脸有点红,又把话收回去了。他的心中又短促地颤动着爱情,但是他又觉得这是僭妄,和同时觉得对张旺英的不主动提这个的轻微不满。他便又怀着用功的和改正缺点的谦虚的志趣了。

日子在普通的情况里过去,黎顺国被恢复了位置,这样便到了秋天了。钱秀英继续追求黎顺国,事情是重复着的,人们许多便认为黎顺国将被钱秀英追求成功了,他和张旺英有了隔阂了。黎顺国陷在困难里,钱秀英的继续活动又成为有背景的样式,秋收的时候,人们看见每年都帮张旺英两天忙的黎顺国迟迟未到张旺英的田里帮忙,而也不干家里的劳动,而经常逗留在文化站。这一日,黎顺国到张旺英的田地里面来了,却是和钱秀英一起的,像春耕的时候一样,钱秀英纠缠着黎顺国。人们看见张旺英很有些冷淡,黎顺国和钱秀英又走了。黎顺国介绍说钱秀英愿意改正,她希望帮张旺英割稻子,跟张旺英学习,但张旺英拒绝了。她不信任钱秀英,钱秀英时常破坏。这时的事情是黎顺国被游荡的青年们挑拨着要教育好钱秀英,黎顺国也受到了钱秀英父母的委托,而钱秀英却想"学习"张旺英,包种家里的田,在两三年之后成为个人富裕户——她立了于她说来是过分不现实的、巨大的计划;她以为张旺英的各项能手有什么秘诀,而她也没有去仔细想。昨日她曾来张旺英地里,将稻子割坏了许多。

钱秀英便在田坎上苦恼地走着,黎顺国告诉她说,她应该回到家庭里去劳动,为人应该勤苦,像张旺英那样勤苦,但钱秀英都不理会,她说这些话她都会说,为了救黎顺国从被囚中出来,她说了很多,她走到各家的田地里去了。这彷徨着的姑娘这时的感情是胁迫她的父母。她想到各家田地里帮一定的忙,问人们借钱;她仍然又去和游荡的青年们赌纸牌了。他们时常在果木林里和糕饼桥上,秋收又是他们游乐的季节,钱秀英走到刘大婶田里了,刘大婶,因为钱秀英和黎顺国的关系而谦逊,递给了钱秀英一把镰刀;钱秀英不一瞬间时间便又走了,到了铁匠朱五福女人的田地里了,朱五福女人也客气着,刘大婶便走过来递给钱秀英五角钱,但是钱秀英拒绝了。善良、尊重黎顺国的刘大婶脸红着说是她愿意借给她,而且又增加了五角。钱秀英仍旧不要,她陷在不知如何是好的情况里面。

"你姑娘欠债么?"朱五福女人问:"老黎,你这跟着她转,听说你跟她还好啊。你会遭误解的。她不是又跟田丁他们打牌么?钱秀英,我这一块地里容易弄,不需要你帮忙。"

"未必我不可以找个学习的机会么?"钱秀英说。"你们太自私了。"

"你小钱姑娘怎么骂起人来了。"铁匠朱五福女人说。

钱秀英这时把刘大婶的一元钱从刘大婶夺过来就揣在衣袋里面了,但是固执己见的朱五福女人爬上了田坎,将钱秀英衣袋里的那一元钱掏了出来递给刘大婶,自己给钱秀英两角钱。

"就这些,我代刘大婶给,多了没有,借与送你都一样,也不在乎你老黎假设帮她忙。"

"我并没有呀。"黎顺国说。

"她小钱秀英说是那日她救你出禁闭的,你黎技术员是老跟她在一起呀。"

"也不是这样的。"黎顺国窘迫地说。

"我就拿你的两角钱。"钱秀英说,便跳到朱五福女人的田地里,拿过镰刀便割起稻子来了。朱五福女人也就叉着腰看她割,看见她割歪了,又看见她把附近的稻子踩倒了。

"你知道不容易吧,姑娘,人生之途是不容易的。"铁匠女人大声说。

"容易的,我们八十年代的青年是容易的,我们要和老一辈子人走不同之路。"钱秀英说。

"你说的真是令人害怕,有不同之路。"朱五福嫂说,"是不那么容易的。"

钱秀英便继续猛烈地割着稻子。她想丢下镰刀了,但是仍然埋头割着,因为她有些惧怕和尊敬朱五福女人。她想,假若她遭到了困难,可以帮助她的人除了一些人以外,还有这个她一直觉得是很乐意助人而且温和的朱五福女人。但是她意外地碰到铁匠女人很严厉而且坚决——她彷徨于歧途,内心痛苦,找寻不到出路,便有些惧怕她,想得到她的友善,这就是她一直往前割稻子而且认真起来的原因,太阳还有些热,聪明的钱秀英姑娘割了有三丈长的稻子,汗水流在手上了。但是朱五福女人似乎不同情她。

"这样行吗?你割了这些?"朱五福女人说,"还差得远。"

"并不。你要我们怎么好呢?"

"不行。"铁匠女人说。

"你看呢?"又割了一些的钱秀英说。

朱五福女人沉默着。

"不行。"铁匠女人叉着腰,眨了一眨眼睛,说。

钱秀英便丢下了镰刀了。

"不行的。你不是要学习张旺英吗?你干了这一点,又不干了,所以不行的。"朱五福女人严厉地说。

钱秀英便又捡起镰刀,又割起来了。然后她说,两角钱不要了,把钱扔下,但是又怕朱五福女人,又捡起来了。

"这样的,我叫李桂兰,认得我的人都知道我不客气时不客气。"朱五福嫂李桂兰说,"我说你姑娘你这不行,还欠好一些,你不行的。你还欠多少斤'老哈'牌的钱?还有喝那种橘子水?小香槟酒劈里啪啦地跳舞。两手一摇一晃。"

"我都记不清了。"钱秀英说。

"你今日穿了布鞋,还好。"朱五福女人李桂兰说,"你要打听打听,你父亲过去干一天,活在旧时代写几个字一天,只狗屁,也不给吃的。月底还欠他账你要老老实实地知道是这样:打你一场送你进官府,所以你钱泰女儿钱秀英姑娘这样下去是不行的。我这说的是什么?"

"你说的是有时候。"钱秀英说。

"也不见得是有时候,也没有多少年。不行的,我说。"朱五福女人说,看见钱秀英快哭了,便笑了。说:"姑娘你要改正,不然我说不行的。知道了吧。我给你两元吧,不要你还。"

"那就谢谢你了。"钱秀英说,接过了钱,眨了一眨眼睛。李桂兰说:"不过你还要割两下看看你正不正……你有点正了,还是不行。"

"你说一句正吧。"钱秀英说。

"好了,姑娘,你要学正。"李桂兰说。"黎技术员你说呢?"她又说。

"我说,你对。我说她……你钱秀英要爱好劳动。"黎顺国说,"走生活的正道。人们挑激我能不能把你钱秀英和那几个打扑克牌打架的教训好,教你们农艺,可是我有多大办法呢。"

"我们也是看你老黎答应得有些过分豪杰了。"朱五福女人李桂兰说。

游荡青年们继续是有背景的,他们挑拨黎顺国张旺英教育好游荡青年,黎顺国由于正义和豪杰的心理,也由于有怎样的一种荣誉心,答应做这场奋斗了。他的奋斗是对青年们讲话和碰到时教训他们,但是他被钱秀英纠缠着了。

意识到她的情形有讨好人们的钱秀英,拖着黎顺国往前去了。"我说你这人是不对的,你为什么走得这么快不等我呢。"钱秀英大声地说,让人们都听见;她因瞬间前割了一长条稻子而自豪。田地里有不少的人抬起头来。

但是朱五福女人李桂兰追了上来。

"你要是不改正,耽搁老黎的时间,"李桂兰说,"我们就要骂你了。我们给你钱是不是不对的呢,"怀疑自身有了严重缺点的朱五福女人说,"我说的是,你要走正路,和那田丁几个,你们有几个是不太坏的。牛头镇为你们很着急。为什么要走歪路呢,老一辈的人容易哪。"

"那这说得对。"田地里有人说。

朱五福女人看见钱秀英沉默着,便也判断自身给她两元钱也还不是什么大的错误。

有些害羞起来的黎顺国便丢开钱秀英,坚持走到自家的田里去了,而钱秀英也走到自家的田地里去了,虽然她不久便又在田坎上坐着。

钱秀英思考着她的生活,呆看着父母在收割。她的父母自她小时候溺爱她,现在家庭不止冲突过一两次了,她的母亲很责难她,而父亲钱泰有些笨拙,也有些偏袒她,她犯过失卖了油菜青苗,严厉了两天以后继续是这样,不大管她的事,和以前一样"护短"。事实上钱泰很痛苦,而且觉得羞辱,他现在整天地不和女儿说一句话。但他仍然反对女人骂女儿。老实的钱泰有替女儿默默奋斗的想法,偷着给女儿一定的钱,他观察女儿能改正;他的内心绞痛和战栗着,盼待着女儿的"浪子回头";从什么时候起钱泰溺爱他的女儿以至于家庭遭到伤痛了,这一点他自己很知道,但他现在仍旧不很责难她。看见他女儿自动下到地里来了,他内心便有欢喜的战栗,他便用温和的、愉快的声音来和女儿说话,看见钱秀英又呆坐在田坎上了,他便内心煎熬起来。他想起自从女儿卖油菜花地而自己在李家衍那里大叫,写"改悔书"以来,女儿似乎好些了。因为衰老和害病,因为女人吵闹得凶,他时常有"息事宁人"的想法,他远远地看见钱秀英在朱五福女人李桂兰那里割稻子后来有地边上的纠纷,他观察他的女儿没有注意到,便也没有作声。张旺英助他的钱使他看了几回病,他在夏天以后关节病以外地好起来了,所以秋收的田地里的劳动便有不太负担。钱秀英的母亲也能干和逞强于劳动,像刮风一般地用镰刀砍倒稻子和收割着。看见钱秀英还继续呆在田坎上,钱泰便过去坐下来抽烟,想对女儿说让女儿继续下地劳动似的,但他很笨拙似的,抽着烟,似乎不知怎样向女儿开口。他的心又因女儿的偷懒而绞痛了。他几乎要答应女儿去上高中来换取她的积极,给她荣誉使她到地里来劳动了。邻近的人们在看着他们家。他没有抽完烟气愤自己笨拙而又到田地里去割稻子了,钱秀英仍旧在呆坐着,他又跑到田坎边上来了,犹豫了一定的时间,有点没有表情地简单地说:

"干点活吧。"

钱秀英抱着膝盖。她想了一阵，便站起来走到田地里了，于是老头便很欢喜，走到他的地点去继续割稻子。

钱秀英有些景仰父亲的青春时代，钱秀英窗下偷听张旺英和她父亲谈话的那晚上，她增加了对他的景仰。这种因素使她变好些。但是认真的劳动在她仍然是艰苦的事。她也不很清楚她父亲的痛苦。老男人时常窥探一定的女儿的行踪，内心战抖着。各时候老人盼望女儿变好，盼望"燕子归来"，——他们夫妇生育钱秀英的时候有燕子在屋檐下结巢。好几年间有燕子来到，所以他便想到燕子，听见钱秀英的割稻的声音，老头子喜悦着，便在内心里说："燕子慢慢归来了。"

钱秀英发狠地割得很快，而且也还整齐。小时候她在地里拾过穗子，长大了父母给读书，也认真地做过几回劳动，也驾过牛车，但这两年她是飞出去的燕子了。她感觉到她的父亲希望着她。她的母亲和她割到并排又超过她了，衣服汗湿的母亲也在心里说着"燕子"。于是钱泰家的田地里秋收的这一日有着欢喜，钱泰追上他的女儿了，钱秀英感觉到他心里的愉快的悸动。钱秀英又追上她的父亲了。"我今后是长期的这样一直到老当农民呢，——裁缝我也不想学了——还是谋我的新办法，我的前程？"她想。

秋天下午有灿烂的太阳。各家的田地里腾起紧张的、忙碌的空气，田坎上小孩喊叫和人们互相在田地里喊叫又片刻地寂静无声，秋收进行着。辽阔的田野中人们感到互相亲切，感到田野、作物、河流、水沟、树木都和自己相亲密。人们仍旧注意张旺英割得很快，黄功和李家衍仍旧想要暗中斗倒富裕户张旺英，但他们注意到钱秀英从他们走开去不少了，燕子要回到父母那里去了；钱秀英在田地里割稻很快，在一片稻子割完的时候叉着腰休息了一个时间便来割第二片了。

游荡青年们的气焰这几日被压下了一些，黄功虽然当成了村长，可是张旺英和黎顺国夏季都在城里获得了荣誉，黄功没有因禁黎顺国成功,而秋天的时候,张旺英被选成省人民代表了。……几个游荡青年,其中一个是田丁,来到钱泰家田地边上了,可是王寡妇家的王富也来到钱泰家田地边上了。

"钱秀英,不理我们啦。张旺英黎顺国城里转来你也跟着有了架子啦。"长头发的青年叫着,他们又打开了录音机放送唱歌,他们还说,秋夜是要大玩特玩一阵的,牛头镇没有玩的,便到龙凤镇去,到县城里去。

王富让他们把靡靡之音的坏的歌曲收起来,和他们冲突起来了,有了短促的叫骂。后来又寂静了,但是青年们却没有走。

"给我们面子吧,钱秀英。"这些青年叫,也有一个女青年,叫朱小丽的,在田地边上叫着而且唱歌。朱小丽和田丁恋爱了,田丁又落入错误,他们偷出家中的钱。但田丁被嫂嫂时常监视,而朱小丽快要到县城里去升学去了。

钱秀英的母亲和朱小丽父母田丁父母都很有青年时代的友好。捕鱼人的女儿长大,走了歧途,又有些想回头,在市镇和田野里徘徊,使她想起青年时。人们也发现过去的捕鱼人钱泰的妻子钱秀英的母亲叫刘香的仍旧有着一些旧时的美貌,她的一双眼睛是很有精神的,她在田地里待青年们这里走过来,驱逐他们,骂他们是"混蛋",同时她便说,她要告诉几家的父母去。青年们说她过分凶,管制成功了钱秀英,但是譬如朱小丽的母亲并不这样的。青年们中间沦为罪犯的黄勤志的一伙便很坚决地攻击起钱秀英的母亲来,和王富又爆发了短促的冲突。

"我们今天还是能把钱秀英喊出来的,钱秀英,你说对吗?"
钱秀英沉默着。
"你们伤天害理,你们遭雷劈火烧。"钱秀英母亲说。
"你们是坏蛋!"王富大叫着。

但是王富的女人在那边的田地里叫起来了。王富便大叫着回答说,他今天这时有事,忙着当民兵,服从肖家荣副村长的命令,对付小流氓们。这样他便和小流氓们继续叫了;这些青年便叫喊着肖家荣夺黄功的权。在村镇里,是进行着这种斗争。现在斗争的焦点又落在钱秀英身上了。

"小钱,你出不出来玩,我说,你怕你爹妈啦,"朱小丽喊叫着,"我都无聊死了,你不出来陪我玩,我便要回去了。"朱小丽说,她又说,她说不定要到城里去升高中去了。寒假的时候也许去考。但也许她并不考,考不取她也不在意,她就玩两年……

这种叫喊使钱秀英动心了。她的头发披散下来她又抹上去了,拿着镰刀站在稻田里。她看看父亲,她对她父亲说她想玩两年,但是她说的和朱小丽不同,她想读高中。

"我们没钱,有钱家中也没劳动力。"钱秀英母亲说。这时她便向远远驾着牛车走来的朱小丽的母亲喊叫起来了,声音亲热而且尖锐——有些凶狠然而又有着软弱的钱秀英母亲处在激昂的心情中,因为她的女儿有了重新飞回到家中来的征兆了,但看样子又要差了,所以她的心颤抖着而仇恨着流氓青年们和他们的后台黄功李家衍。

"是呀,钱泰婶,我们好几个月没见到了,"朱小丽母亲曾兰说,她驾着牛车来到田地里来,参加这秋收了。她的大儿子在省城里当干部,她的二儿子媳妇是家中的劳动力,而她的读过书的丈夫在县里的副食品店当经理兼司职账房。这当账房也是钱秀英渴望的工作,她希望到县城去,在镇上也可以,当账房,而有剩余的钱买得起面膏油和皮鞋。所以她注意地看着朱小丽的母亲。

朱小丽母亲比钱秀英母亲年轻,有些胖。她是骄傲着她的家庭,有些看不起邻里的,但是对钱泰夫妇却很温和。她年青时和钱秀英母亲结拜过姐妹,那时钱秀英母亲和时刻捉到鱼的钱泰也帮过他们家的忙。她也长得俊美,后来到城里去了,在牛头镇,她常干乡政府的文书。

"好几个月未见了。"坐在牛车上的朱小丽母亲曾兰说,"我听到你用这样声音叫便想起来了,我自然也没有忘记你,我们也并不生分。你桂芬不愿来看我们呀,我想起你说的话了,人有阴晴圆缺。"

"不懂这些呀。"

"小丽,你又混着玩到这里来了。"朱小丽母亲曾兰说,"你请叫了人没有呀。"曾兰也能劳动,用鞭子甩着牛,牛便蹦跳着,牛车便一直往前冲。但到了王富和青年们这里便停下来了。

"你看不起我们呀。"钱秀英母亲说。

"哟,我们怎样和你们比,你们家,是顶顶著名的呀,还是县人民代表。你钱泰老头好,关节病好了吧。哟,还有话要讲的是,你桂芬姐,可并不是我们朱小丽把你们家的钱秀英引上岔路的呀!"她说,谈到两家这些时的冲突的关键的问题了。

"谈这些做什么呢,不赞成!"王富不满地说。

这时朱小丽母亲曾兰的牛又蹦跳起来了,牛车便在较宽的田坎和一个土坡上打转。有些势力的,头发梳得整齐的朱小丽的母亲曾兰猛力地甩着鞭子。她的这驾车的活动,是因为家中也缺乏劳动力,而她也对张旺英等人有她的愤懑,她表示是参加田地的劳动而且会赶车子的。王富对她也很愤懑,因为她曾骂王富是黎顺国肖家荣的"臭走狗"。肖家荣和黄功的势力在斗争着——王富因此也不想帮助她拉住牛车。

钱秀英的母亲李桂芬往田坎上走来,她帮助把牛拖住,但牛又蹦跳起来。当牛又蹦跳起来的时候,王富让了一让,他仍旧想不帮助,因为他不仅因为仇视这穿缎子背心的女人,而且知道她下田地来的目的。钱秀英母亲李桂芬再一次用力,那些游荡青年都叫好,而且有一个跳了过来,帮助了困难,但牛又蹦跳了。王富突然在牛蹦跳的时候跳上前去,把牛拉住了。因为觉得帮助牛仍然是他应做的,因为田地里的秩序是他要维持的,而对发生的迟疑觉得一点懊恼。曾兰从车上跌了下来,但又骄傲地爬上去了。她并不对钱秀英母亲和王富说谢谢。

"你好呀,曾兰姐,你看得起我们呀。"钱秀英母亲说。

"你看得起我呀,你不骂我们就是好的了。"曾兰说。

"你们生活好呀。"有些辛酸的李桂芬说。但她的动作表示着,她并不羡慕曾兰这样的"生活好"。

"你们勤劳致富呀,责任制致富呀。"有时当村文牍秘书的曾兰又说。接着她便对她的女儿说:"小丽,你到这里来,你叫过伯妈没有——要请叫问好呀,不要显得我们家太摆臭架子了。"

钱秀英母亲李桂芬继续增多着傲岸和也继续增多这悲辛的感情——她想着她的不成材的女儿,她的田地的收获困难。傲慢的曾兰却不断地说着,坐在她的用水牛拉着的车子上。

"一个人要学着有理性、礼貌,不要到一处都是臭狗屎的样子,见到长辈要有问好的话;"曾兰的脸色很严厉,用很高的声音对她的女儿说着,但她的女儿并不理会,"不要自己有点架势整日在外游荡拖累了别人,瞧我们这里,那边糕饼桥,要在桥上赌个咒,不能老是臭狗屎的样子。"她继续说。

曾兰说了很多事,还可以再继续下去。她是暗指着李桂芬——钱秀英的母亲一定在心里骂她和她的女儿。

"这么说干什么呀……你近来好吗?也是多久不见了。"

"我们有什么好不好,青年时代的结拜姐姐。"

沉默了下来,这过去的结拜姐妹一个坐在牛车上,一个站在牛车旁。这时围在周围的青年们愉快起来了,他们是恨着李桂芬的,便有一个吼叫了一声,扭动录音机,便在田坎边上,围着曾兰的威风的牛车,跳起蹦跳扭肩膀的迪斯科舞来了。曾兰的女儿朱小丽也跳起来了。

"这是干什么呀,你们这些不成才的。小丽,你还不过来请叫伯妈呀。"

披着长发的朱小丽便停止了跳舞一下,听不出来她喊了一声李桂芬伯妈。

"也是要这样的,也是要喊伯妈!"有些胖的、穿缎子背心的曾兰又说,似乎不愉快她的女儿真的喊了,"你小丽不要跳了,你站下来我看看。"朱小丽站下,曾兰便欣赏了一阵她的女儿,说:"人也瘦了,整日在外面游荡……而且伤损了别人家的飞燕。"曾兰说,受着人们赞美的钱秀英父母,田地间的劳动,似乎也对她产生了一种压力,这种压力使她觉得她变成恶劣者是不幸的。

于是曾兰忽然有所辛酸似地,掏出手帕来擦似乎是涌出来了的眼泪,——她以为是这样的——望着金黄色的,田坎上堆积起收获物来,而人们忙碌着,牛车奔波着的田野。她真的也觉得有一种凄伤。

"我们家不幸,有你这个女儿。不准跳了,回去预备功课去。"她说,鼻子有些酸楚,她便用手帕掩着。而她耸着肩膀,真的也啜泣了两声。"要不然,人家会说你拖累他们的名望高的家庭的姑娘了。"她又说。

"并没有这么说呀,谁是名望高的呀!"李桂芬说。

"站好,刚才喊的不确,跟伯妈道个歉。"

"道歉了。"朱小丽傲慢地说,但是钱秀英母亲李桂芬沉默着。她是不对人让步的,不像她那钱泰那样,但是她内心又是愿向她的过去的结拜姐妹让步的,她有些留恋和期待着从前的友谊;她并没有骂过曾兰,不过抱怨了一些句,而这里便有着黄功等的活动和造谣了。她呆望着田野。金黄色的稻田一直到地平线的边缘,而白色的、闪着光的大河里红色的汽轮行驶过牛头镇,尖细的鸣响着汽笛了。

曾兰的牛突然又蹦跳起来了,拖着牛车和车上的曾兰在坡地上绕圈子而且危险地侧歪了,青年们都没有动,王富预备过来,但忧郁的李桂芬又跳起来追逐着牛,她追逐着和牛一起蹦跳着,几乎显出她青年时代的模样,把牛又制服了。而抱住了牛头,傲岸而带着辛酸地叹了一口气。

"我们帮忙向钱大婶道个歉。"几个游荡青年讽刺地说,虽然他们被李桂芬制服蹦跳的牛压制了一定的情形。他们仇恨这个妨碍着他们的李桂芬。他们有几个便向李桂芬讽刺地鞠躬。

"我们道歉了,"朱小丽骄傲地说,"我们的车骚扰人了,"她又向青年们说,"我请你们一人吃几颗瓜子。"从衣袋里拿出瓜子,她又抓了一把塞在她母亲手里,然后,她又向钱秀英母亲再鞠躬,说,"道歉了。"便动着肩膀,带着一些挑战,跳起舞来。

"吓,这样的呀! 这是什么玩意?"李桂芬说。

"不要跳了！……让开,我走了。"曾兰大声吆喝着,一面将手里的瓜子摔到田里去了,但没有动。仇恨着钱秀英母亲的朱小丽便继续扭动肩膀——钱秀英母亲想绕到田坎边缘走掉,朱小丽又拦在她面前继续跳舞。钱秀英母亲曾经在田地边上碰见朱小丽而骂过她。曾兰的牛车又拉动了,但朱小丽继续在跳着舞,她现在没有阻拦李桂芬了,但是她的动作是针对着李桂芬的。

"钱秀英,上来一块玩呀。"朱小丽说。

李桂芬很伤心,她因为过去的朋友的这种欺侮而伤心,她沉默着,面孔苍白而严厉,又走到朱小丽面前了,朱小丽惧怕她的严厉的表情,便停止不跳了。她转身预备回到田地里去了。

"你不走呀,你哪天到我家来吧,我们谈谈,老姐姐呀,人是不会那样势利的呀。"曾兰说。

李桂芬站下,沉默着,在她的有着很多皱纹的脸上,眼睛很亮。朱小丽便不恭敬地来拖她,希望她让路,朱小丽对她一瞬间有着亲热,但是她推开了朱小丽；于是朱小丽又对她抱着仇视了。李桂芬辛酸因为女儿卖过油菜花——虽然没有成功——而自杀过,她辛酸还因为曾兰曾经得到了钱秀英的卖油菜花的钱五元,曾兰是很无情义的,而在"文化大革命"的时候,曾兰是和李家衍一起当红卫兵,而且用树枝打过钱泰的。

"你看得起我们呀！"李桂芬说,冷笑着,又预备走,叫朱小丽和一个青年拦住了,两个人在她面前又扭动肩膀。但突然觉得委屈与"娇贵"的朱小丽奔向她的母亲曾兰,用哭泣的声音说,"妈呀,她伯妈骂过我是坏姑娘呀,差一点打我呀！"而突然也因受了什么一种委屈而愤怒起来的曾兰却迎着她的女儿跳下牛车,拿鞭子击在她的女儿朱小丽的肩部一下,把她推开去了。她便又因为懊悔和仇恨而推了一下李桂芬的肩膀,李桂芬又推开她,沉默着,而青年们有两个叫嚣起来,有的过来似乎想劝阻,又跳起舞来,扭动着肩膀；他们还又开起了录音机,放松嘶哑声音的歌曲。

钱秀英母亲李桂芬和曾兰对峙着而静默着,青年们跳着舞还绕圈子,他们又喊钱秀英上来玩,这时,回想过去的友谊和今日女儿不成才的处境的李桂芬便伤心地真情地哭起来了——胸腔里颤动着一个巨大的啜泣,但努力抑制着。青年们停止跳舞了,但有两个还蹦跳往前,这蹦跳往前的两个被王富拉住了。朱小丽又开始奔跳,她因李桂芬的哭泣而有快乐,她的动作使王富觉得憎恨,王富过去想拉住她她却一直跳到李桂芬面前去了,王富便跳上前,拖住了她,而曾兰便张开手打在王富的脸上了。

"你们是有不少走卒。"曾兰对李桂芬说。

王富用手蒙着脸,因为对方是女的,所以痉挛着没有回击,而沉默着。李桂芬制止了哭泣,望了望金黄色的田野,她说:"我并不伤心你这般恶,我伤心我们钱泰一家,我们旧时捕鱼人的几十年的生活啊!"她举起手来想要打曾兰,但又停止了,而且拚干了眼泪。

青年们仍然跳着舞,放送着很多敲击声的音乐。

曾兰呆望了一瞬间李桂芬,她的胸腔里跳动着势利的、不善良的心,然而这时由于打了王富之后的惧怕,她便觉得似乎孤单,她觉得伤心起来了,显得似乎有点善良。

"钱秀英她母亲李桂芬,你不要怪我啊,我想我是有时候社会势利了,不像以前,当我们年青的那时候;我是有些忘了事了,你的哭倒使我清醒,而且你王富,我打你耳光也向你道歉。我也是不该欺人。我们是一个村子的人,我对你老姐妹桂芬说,我们是自青年时代一起,度过了好几个时代的,我们都老大于田头陌上,至于你王富,譬如你过去在河里捉鱼……我也是很感动的。"

王富看见打了他一面颊的曾兰一瞬间变得似乎很有点善良,而且用并不虚伪的声音说这些。便有些窘迫,仇恨地看着她。

"我是也一样,多么爱我的家乡的土地啊,和你们捕鱼出身的人一样,我们过去也是困难户;我也是没有忘记我们曾是善良的人家……我还说,大家互相帮助,我们以后有缺乏什么力气活什么的,也还是请你帮忙呀,乡亲,你缺什么尽管到我家拿。"曾兰说。

王富很是有些增加着窘迫,而且想着挨打之仇,仇恨地看着她。

"我们也还是说到振兴中华,修我长城,热爱祖国四化现代化的,像那张旺英黎技术员所说的:我们不过是这两年有点办法就是了,刚才我打你王富,我也是很伤感,不能负责的,因为我心痛。各事情都有机会,你们也不能反对我们比你们家强些呀!而朱小丽前程比你们钱秀英远大些呀。"曾兰又对李桂芬说,她的脸色由红变白,声音很大,又回到原来的腔调上去了。

王富便继续看着她,他觉得安全,便是曾兰并没有突然就变善良,而是也还是那样丑恶。王富还内心痉挛了一痉挛,想要打曾兰一下面颊,报复刚才的屈辱,他便抬起自己的手来看了一个动作。

"曾兰你要知道……"王富说。

"怎么啦?"曾兰说。

"你要知道我王富是并不好让你欺的……"王富说,血冲到脸上,声音很大,但看看曾兰,他又叉着腰停止了。他脸部肌肉有些战栗,但他冷笑了一声又抑制了。

田地里,钱泰喊叫着王富,意思是慰问他的被打,王富便跳下地去帮助钱泰家割稻子了,而钱秀英继续在沉默地割着。她渐割得有些歪,显然是疲劳了。青年们继续喊叫她,她便到另一边田坎上去喝水,然后她对她父亲说,她不割了,有事去,便绕到田地这一边来了。钱泰便觉得心中有伤痛,他心里紧张:女儿并没有太多的改变。但同时他也有些高兴,女儿到底割了好一些稻子了。

李桂芬回到了田地里。背后披着长头发的钱秀英看看自家的田地和她割的几条稻子。她和游荡的青年们到卖糕桥旁的草地上去打牌去了,是输赢一两颗糖到一瓶汽水小香槟酒的。钱泰远远地看着便用身体的移动遮拦着这个,企图不使他的低着头割稻子女人李桂芬看到。

曾兰爬上牛车,一直驾着往前去了。她的示威继续着,对这个人说,她的大儿子寄了钱回来了,而且,她的"老大"很孝顺她,每个月都给她写信,又对那个人说,县里的朱之副处长给她来信了,她给送了自己的果林里的水果去;她又说她们家的"老头子"在县里很好,可能是要被提拔,升到副处长级。她把牛车停在她家的田地里便跳下来把割了的稻子抱往车子里,她不一些时间便装完车走了,然后她又来到,装第二趟。她远远地对人们说,她家的田地大约亩产一千一百斤。

她劳动给人们看,所以她响亮地叫唤,然而她也还是能劳动的,她前些年也有劳动得还多,她继续地又驾了车子又从家里转来了,天快黄昏的时候她还到地里去割了一定时间稻子。

后来她到了张旺英的田地边了。

"你旺英姐估数,你升了省人民代表了,县长和女副省长真强,但你的田地今年的亩产量呢,你从事政治活动了,你就不信你的亩产像他们所说今年也是最高的,我觉得你今年差些,黎顺国帮忙的农业技术我觉得也并不怎么行。"

曾兰因自身能劳动和半下午的奋斗而高兴、骄傲,她响亮地叫唤着和张旺英谈话;张旺英在田地里迅速地割稻子,弯着腰向前移动着。

"你说你估的是多少呢?"

"一千八九百吧。"张旺英说。

"你这就有点吹嘘了,他们说你这个人会吹嘘,懂得政治,我还不大相信。"

"我是……这亩产也许估计并不确,大概吧。"张旺英说,看看她,又迅速地割稻子。

"你看,又不确了。"曾兰笑起来说。"刚才说话是跟你开玩笑的,你又认真了。"

张旺英,在曾兰的攻击下仿佛是老实的青年姑娘,不作声。

"你的稻田,"曾兰走进张旺英的稻田,说,"稻穗子也不见得比我们家的结实些,当然,结实也是结实些,但是一千八九决没有的,去年你是多少?"

"去年,……是一千八九,二千吧。"

"我也怀疑你去年你恐怕是报的虚数目字,你不要怪我。"

"我们是实事计算的,你大嫂说的这就不对了。"

"那也许吧。你今年花卉展销会很赚了一笔钱吧,你不及以前勤劳了,你有跟黎顺国……你的娘还不错。"她望望田地另一端弯着腰割稻子的张旺英母亲,说,"你决没有一千八九二千。"

"那许是的吧。"张旺英说。

"那你为什么又说有一千八九呢?"

"我说一千八九或二千以上。"张旺英有点强硬地说,温和地笑着。

"你很有涵养,懂得政治。你是政治挂帅的。"曾兰说,"我们谈另外的吧,我们那口子在城里的要好的朋友朱之副处长他来信说,问你张旺英好,他说花卉会买了你旺英的一盆花,到现在开放得很好。他还说花卉展销会你骂他那是你错误了。"

"那……他的花买的是白小英的。"

"那也一样。你觉得他那个人如何?"

"不认识,"张旺英改变说,"我刚才弄错成建设局的谁了,买的是白小英的花。"

"哟,你瞒着我们呢。"

"曾兰大嫂,这么说可不是不好。"

"那也许是呢。不过,又有什么关系呢?"

曾兰便注意地瞧着张旺英。曾兰会说话,她这样的女子是能挑动成或一个局面的。

"我说旺英姐,你看,我这情形,"她更改了话题说,"你看我还有没有必要在乡下这牛头镇种地呢。我们农民富起来了,我在家里带领我们老二夫妻也够多的了,我就预备到城里去了。"她说。

"那是。"张旺英说。

"我就是闲聊,关于你的婚姻,"曾兰又转回来说,"你不高兴黄功,可是城里那朱之副处长为什么不可以呢,他那个人呀,又能办公,廉正从公,又细心体贴,又将来也还有提干的希望。"

张旺英割着稻子。

"你看如何呢?我们许多年的朋友乡亲了。"

张旺英迅速地割着稻子。

"我并不认识。"张旺英恼怒地说。

"不认识我明天等他下乡来跟你介绍。你不要老乡里妹子似的。"

"哦。"

"他那个人呀,很文雅,你一见到就知道是个尖子,有本事的,当一把手二把手都行,他也从不计较什么官位,跟我们老头子也一样。"

"是那么的吧。也是这样的吧,你的老头子。"张旺英说,但觉得自己这攻击不够有力,便迅速地割稻子。在她的心中,藏着愤怒和对于朱之这一类人的骄傲。

"你看如何呢,你看吧。你看我住不住在乡下呢。"曾兰又转换了话题,说,"我说,你再跟我建议建议我这样是不是进城去好些呢,我也懒得为儿女做牛马了。"

张旺英迅速地割着稻子,没有再回答了。她的这迅速也引起曾兰的憎恨,她便站在稻田中,看着表,沉默着。

"我看你一分钟能割多少。"

张旺英也看看自己手腕上的表。

"你割得也不为多。我的老二他就割的比你不差。……你为什么上回说你一分钟能割一百几十……镰刀呢?"

"也没有这么说。"

"那你自然是。不过我们是很好的朋友,乡亲,你看,我到底进城去不呢?我自小爱劳动,这些也不是假的,而我们进行改革,我首先拥护包产到户的。乡土田禾,我也是不忍心离开的……"

她还说到"点点风帆"和优美的景色,人情的优雅、糕饼桥的美丽,那田地边上水车的亭子的草的棚顶的美丽。和这时正在通过的附近的快速的火车,——火车的钢铁的碰击声强烈地传来——,和高速公路的壮丽的景色,以及采菱角的小河的美丽。她说,她也是农村姑娘长大的,在前一些年,她并不这么卑俗,也并不常到城里去;她也能成为张旺英这样的各样农事的能手的。她不过"不想干"就是了。

她眨着她的大的、美丽的眼睛说着话,她说她的心灵是最富于同情而且是柔弱的,她说她是同情她张旺英的。她攻击着张旺英的强大的防塞。派出一队兵又一队兵——发出她的响亮的和说服的细密的语言,她的心灵显得柔弱了。她也正是渴望击倒什么。她渐渐觉得有些可以击倒成功了,但对方的力量还是很强,终于她觉得她击倒成功了。她回顾自己,讲着家乡的时候又曾掏出手帕来扪着眼睛,而且真的是眼泪流出来了。她还稍稍有点哽咽——她又说她要不走"俗物"的道路,当一名"俗物",她也是会当各样的能手的。她觉得这次这一句击中张旺英了。她又说,她这是从"某些人"的眼睛看的,这些人认为她是"俗气"。

"那么,你张旺英姐的亩产量到底你估今年是多少呢?"她又觉得忿恨,说。

"哦。"张旺英说,又看看她。

"我不是打扰你,我是说,你到底是多少呢?"

张旺英割着稻子往前去了,她也追了上去。

"我说,你热爱祖国,振兴中华,实现四化,科学现代化,国防现代化,工业技术现代化,农业现代化,你是有贡献的。"曾兰突然用明朗、凶悍地大声说,便和她的命运搏击了,"你的亩产是这样么?"

"你看呢。"

"我看,你旺英姐今年一定说多多了,今年你没有往年勤劳。"

田地里静默着,只有张旺英的镰刀的声音。曾兰有看表,她又坚持说张旺英一分钟不能割那么多的数目字,她说这看表明白计算不一定不确实,因为这时张旺英是特别用力的。她又说这并没有什么意思,放弃了看表了。她又讲着她想搬到城里去,怜悯自己每年要忙着割稻子,她说看到钱秀英母亲的憔悴,她觉得她自己也老了……后来她便又说到了朱之。

她说朱之爱花,爱吃甜的,是苏州才子,又说朱之是顶细心的,是女人的最理想的对象了。随即她又说到劳动——田地里的谷物和收割。她重复说张旺英的稻子今年的穗不一定很结实,她还说张旺英今年图存钱,使用了黎顺国建议的较多的拌粪肥的肥料,也较多地灌水,是会有差的,而她家的田地化学肥料使用得多些。但接着她又大声地猛烈攻击张旺英的婚姻问题了。

这时候,游荡青年田丁来到了张旺英的田地边上,蹲下来听着曾兰的议论。他无聊地拍手掌,似乎是在拥护曾兰的议论。

"你不结婚,你这算哪一种的标新立异呢?不结婚有什么道理呢,政府还提倡大龄婚姻的,我跟你说黄功也好,朱之也好,都是比黎顺国好些的,"因了田丁的来到而又振作起来的曾兰嗥叫似地说,"而且黎顺国又并不一定看得上你。你看他那个人傲的,那小钱又不断地跟他哎哟哎哟的。"曾兰说,"我看你也老了,姑娘。凭良心讲,田丁你这小伙子说是不是。"田丁迟疑了一迟疑,便说是,曾兰便又继续喊叫说:"对吧,人也老了,叶落归根,你张旺英起早贪黑为什么呢。"她以柔弱的声音说:"你累断了腰为什么呢?你说。"曾兰在柔弱的声音之后又严厉地说。

"各人各人的理想。"张旺英说,脸色也有点严厉。

"你这分明是不对的呀。看我们江南风光,鱼米之乡,民情优美,你这唯心论,一个人反对群众吗?一个人留着钱到火葬场去吗?为什么黄功朱之不好,而且他们也有更助你致富的。"曾兰继续厉声说。

张旺英预备说:"你别的地方去说好不好?"但是痉挛了一个动作把这句话从喉咙里咽下去了。关于这一类的事情,她决心尽量冷静地对付,而采取温和;但是她也不得不遗憾她的脸色变了,她的骂人的话快出口了。她叹了一声气,便脸上的肌肉有点颤抖地大声愤怒说,"我不知道,混蛋!"

"你说你不知道?这真是,那么想必你有同意的因素了。还有那个王学群我也预备替你介绍,他不过是年龄大一点了。"

"田丁,你来这里干什么呢?"张旺英站了起来,用衣袖扪着汗,大声说。她怀着轻蔑曾兰的情绪,因此她假装没有听到曾兰的话,同时她怀疑田丁是来帮助曾兰的,"你到底怎样呢,你现在改正了你的错误没有?"

田丁便笑了,两手拍了一下手掌。他说,改是改了一些了,就是每天玩半天。还有,便是在田地里掰半个萝卜吃。有时也挖土豆,和向日葵籽。他有点在张旺英面前示威。

"还有池塘的菱角,"田丁又说,"藕和鱼,我们当然也劳动。小菜吃不多,我个人改正些了。"他又谦虚些,说。

"你来这里干什么呢?"

"我呀,是想,向您借两元钱,好不?"

"那没有的。"张旺英又低头割稻了。

田丁遗憾地拍着手掌。

"你们不改正,是没有谁理会的。"张旺英说。

"很像。"

走到附近来的王富蹲下,对田丁说:"像什么?"

"像个村长呢,不能说?"

"那当然可以说。我们那边地里也不是听不见。你这边来以前就在那边说了旺英姐很多呢。我王富不赞成你。旺英姐呀,我们富饶的乡土,这鱼米之乡,也是大家牵念着你的情形呀。你起早贪黑的,为了什么?是为了让他们不正之风之徒剥削你吗?"王富说,"这些人不一直反对你吗?你还借他们钱吗?"

"怎样呢?看你说的。"曾兰说。

"看我说的呀。"王富说,也拍了一下手掌,"你曾兰那时是反对她旺英姐带头经济改革承包责任制的,不对吗?吓,你不是也借她的钱没有还的吗?田头陌上又一年扬绿,又一年春雨,又一年夏热,又一年老牛饮水,糕饼桥未婚夫妇相会,又一年秋风,又一年冬寒,旺英姐你为了什么呀?你可不是为了他们不正之风呀!"王富充满感情地说,"我不是游荡分子,我吃大锅饭那时是,你曾兰那时是村秘书吧,反对责任制。我是有这么一些想法的,反对一些人,赞成自己人……旺英姐,你为了什么呢?为了是工业化,四化,国富民强,过去,往年岁月的贫穷,我们家父亲死后的贫穷……我们是不赞成一些人的。"

"是吧。"张旺英嘹亮地愉快地说,便沉默着,飞快地挥着镰刀,在田地里移动向前。

曾兰的面色苍白,但是她说,"是这样的。"她仍旧怀疑张旺英的成绩,譬如每分钟割稻的数目字。她说,刚才是散漫地看的,现在她想正式地计数一下如何呢。她想王富和田丁也可以作证。她是不见黄河心不死的。

王富便说也可以的,田丁便鼓了掌,张旺英说也行,于是人们议定,张旺英停了一停,曾兰看着表,而高声喊了"一二三",她便开始了。她在田地里移行,而人们跟着移行,而齐声地数着她的镰刀挥动的数目字,人们的声音中有飞起来镰刀割倒稻子的声音。

"到了,停!"曾兰高声、严厉地喊。田丁和王富便去看表。

"共计一百一十七。"王富大声说。

"那不过是偶巧的,我今天助兴了。"曾兰大声地,而且继续着她的严厉地说。

☆

钱秀英彷徨于她的企图,她又来到张旺英家里。她带来了一口小猪说是有放在张旺英这里,她说,她隔一日劳动一个"点"。张旺英正在忙碌着给猪洗涤,从附近的井里挑进水来,她对钱秀英的小猪很犹豫不决。钱秀英便说她来帮忙挑水,张旺英说不必要,她便去制胜猪,但不久她便又去抢水桶了。张旺英也就让她去挑了,水井距离很近,转弯的小巷子便是。

钱秀英想要学成张旺英这样,她想每日做艰苦而勤勉的劳动而致富起来,但在她的幻想里,有些事情是过分容易的,而且她想她是聪明的。当然,她现在想的是隔一日做劳动而隔一日游玩。她在家里养鸡,来问过张旺英养鸡的方法,然而鸡死了几只,她又要母亲替她买两口小猪,然而她的猪和别的猪溜到院落里到处奔突,她也并不去理会了。她又忽然想到把猪存到张旺英这里来,而且这个念头受了黄勤志和几个游荡青年的挑拨,便成为有背景的了……她把小猪抱到张旺英家里来,来参加和学习挑水了;她在家里也曾挑过几挑水的。人们在巷口喊叫着,两个游荡的青年说她要摔倒,然而她挑成功了。她因这而高兴,又来帮助张旺英刷猪,她沉思着什么,以后她又拿起水桶出去挑水了。

有的人们叫好——当钱秀英连挑到第三桶水的时候。她想奋斗成张旺英,干艰苦的劳动,这是她昨夜听见她母亲啜泣的时候想到的。在她挑第三桶水的时候,她便很有气势,觉得这没有什么艰难。她沉思了一瞬间产生了一种动机,她想"突击"成功,她想让人们注意到她,人们将传说钱秀英挑水了,于是她的名誉会好起来。她便也和几个游荡青年冲突,并不惧怕他们的吼叫。现在她钱秀英挑第四桶水了。

第四桶水她装得过满了,泼翻了一些;水桶撞在电杆上,又泼翻了一些。钱根老头帮她把绳子捆好,但游荡的青年陈双和别一个在叫着。这陈双没有再参加偷窃了,但是游荡仍旧不改。在这件事情上,村长李新和副村长肖家荣召集过各有关的家长的会议,各家长们都叹息着,但是有的青年改正些了,陈双是属于改正一些的,他和家庭讲好,每天外出游荡两三小时,用他自己的话说,是在外面参加待业青年开会,学习;村庄里是也办起了缝纫训练班和农业技术训练班,但他并不学习。钱秀英来帮张旺英劳动,是有着补过的心情的,因为她终于把黎顺国在城里给她两元钱所买的布卖掉,用来吃小香槟酒了。挑水是对于她的家庭的和对于她自己的良心上的安慰。

"你们为什么笑话呢?"钱秀英凶恶地吼叫着。

"请我们吃巧克力豆吧。"一个青年说。

"你们是无赖的。"钱秀英说。

"你要这样挑水,姑娘。"穿缎子背心,和黎顺国一道走过来的曾兰说,做着颤动肩膀的动作。

陈双因为钱秀英的凶恶的叫声和又撞在墙上泼了点水而又叫唤起来,但是发现黎顺国在注意看他他便脸红到耳颈项了。陈双的母亲是要黎顺国教他一些农业技术的,他曾买了一本书和一个笔记本,找到黎顺国那里来听讲零碎课;黎顺国也愿意为家乡的青年们而奋斗。钱秀英发现了黎顺国,也脸红了,她的想改悔和积极挑水使她忽然感到羞怯。

"我说这挑水是这样的。"曾兰用教训的声音说。

"这不对。"黎顺国说。

钱秀英便停歇下来,站着,听着他们。

"你老黎有办法信任你自己么?你那二号豌豆的品种试验,"曾兰不愉快地说,"和四号稻种,还有陈土朗桃子,国光苹果,在我们这江南,你果真是能收获那些?"

曾兰带着憎恨,和黎顺国从文化站出来,沿着村镇的街谈着话。她说她根据城里面农业技术科的研究,黎顺国是有错误的。她想说服黎顺国,黎顺国是错报了他的成绩的账,而有一些错报账也是无所谓的。她又说,她以为张旺英受黎顺国的影响很多。关于张旺英的婚姻,她说,"城里面的朱之副处长为什么不好呢?""善于联系群众"的黄功也没有什么不好……

"我觉得,你是不应该坚持你的唯心论的,"过去的村文牍秘书曾兰突然严厉地说,"你为什么要坚持呢?我告诉你,"曾兰又突然温和地低声说,而且靠近着黎顺国的耳朵,又用手掌遮着嘴,"其实张旺英有接受朱之的心意的,她的心意我是知道的。"

"那你是错误的吧。"黎顺国脸色有些苍白地说。

"好,我们再往那边去仔细谈点吧。"曾兰说,虽然说是这样,他们走到井边又停下了。"这口井那年打起来,还是我家出钱多的,李新村长他是有些糊涂。人说张旺英出的钱多是不确的。"

这时候从张旺英的房屋里钱秀英的小猪嚎叫着跑出来了,张旺英的母亲吼叫着用竹条打这小猪,而张旺英追出来了。

人们都跑到小猪那里去。钱秀英挑着水来到张旺英旁边,放下水桶抱着小猪了。

"这是你的?"和曾兰一起又走回来的黎顺国说,他听说到有游荡的青年和曾兰挑拨这件事。

"为什么不可以?"钱秀英说。

"真的,为什么不可以?"曾兰说。

"你现在用点功不呢?"黎顺国说。

"不知道。"钱秀英说。

这时走过来精神很好的秦家老妇女来,穿着一件黑色的绸夹衣,秋天的风把这衣服吹了起来。

"我说你们游荡青年。"她说,"我说你曾兰吧,还有黄功李家衍吧,你们这有什么意思呢,这小猪是你们有背景吧,在这小猪的事情上,捉弄钱秀英和她张旺英。"

"钱秀英将猪存在张旺英这里联合,这又有什么关系呢?这是值得提倡的。"曾兰说。

"这是不良的。"秦家婆婆说,"我叫何惠,你们都知道的,你黎顺国小时候我家有个堂房姐有这种花样,捉弄人,在你家存一口猪呀,他家有一只鸡呀,每日来帮忙呀,是这么种痞术,你曾兰参加这是有黄功李家衍他们的背景的。"

"我们为什么有背景呢?"曾兰说。

但是秦婆婆说,有背景的。

"黄功他们老说黎技术员二号豌豆苗不好,我也听见你说这个,你是有背景的。"秦婆婆何惠说。"我们有背景的?就说黎顺国吧,你不能老怂恿他说他是天才。他是分明有错误的。"

"我是有的。"黎顺国,由于尊敬秦婆婆,说。

"你有伤人,你是不好的女人。"秦婆婆大声喊叫起来说。

"我是有背景的呀,我还拿县委书记的鸡蛋糕吃呀,我还在花卉会接到几盆花的涨价二手钱呀。"曾兰说,脸色苍白,便走到张旺英的院落里,走进厅里了。摆着威风的样子坐下来,用手支着头,休息着。

"我把猪存你这里是有不好吗,没有吧?"钱秀英着急于她的目的,抢着对张旺英说,"我是来向你万元户学习的。并不存着痞癞将来闹架。"

人们一起走进到院子里了。张旺英有时候忌讳人们称她万元户,她这"万元户"的灾难看来是愈发多起来了。

"为什么你不是这样的呢?"秦婆婆继续对曾兰说,捶着桌子,她激昂地大怒了。"你到张旺英家来破坏,我就来对付你!"

"我为什么是破坏呢?"曾兰也大声吼叫着说。

"那么我为什么说你呢?"秦婆婆说,"张旺英是牛头镇的好把式手。"

"是那样吗!我们不一定不有另外的意见的。"曾兰说。

"是那样的!"秦老妇女,秦婆婆大声喊叫说。

钱秀英抱着小猪站着。她决定站在曾兰一边,而不站在秦婆婆一边了。她心中重新有点邪恶,而人们教育她一定时候利用小猪和张旺英借钱财,她也是并没有从心里拒绝的。

"你张旺英姨知道,她秦奶奶说的不对,我是自己抱猪来的,不管有没有背景。我是要学习你张旺英,发起家来的,其实万元户不过是机会,而按参加小猪的计算譬如我也挑水要能计多一点的。"

"当万元户的。"小流氓们说。

"当万元户的!"钱秀英说,她又对小流氓们说,"你们说的不相干。"

"我是怎样呢,难道我是错了么?我不爱振兴中华么?"曾兰说,狂热地大叫着,她恨秦婆婆,"她张旺英难道不是我也帮忙的么?好,我就订正了一个罪名了,反对万元户张旺英经济改革,而在'文革'的时候又是一个红卫兵。"

"我该怎样呢?"突然发生了愤怒的张旺英说,"难道我一定要受你们这种进攻么?"

"谁进攻你啦!"

"你。"张旺英说,"还有这钱秀英。"

"你也伤害我黎顺国的。"黎顺国对曾兰说。

"你是一个贼子!贼子!"秦婆婆吼叫着。

"那么我是这种人么?坏了坏了,我哭的地方都没有呢,这真糟极了,我快成为黄功的帮凶了,他黄功是有若干缺点的。坏了坏了,我心痛极了,谁让我又碰上黎技术员谈几句话的,谁让我这么积极的,无非是振兴中华实现四化呀!我心痛极了,坏了坏了——难道我不是为实现四化而劳动的么?"曾兰说。

说着她便拿起了墙边地上一个编了一半的竹篮子,看了看,用指头数了数目字,意思是手指头几动可以帮助竹篮子一穿梭,便受:"我是什么人,我一定要这么热心?我们也是编竹篮子的,这也不难,这种万元户我也会当,这种技术员我也会当,"她又瞥了一瞥墙角的两盆花和一些蔬菜,说,说着她便有些本领地搬动竹条,编了两下竹篓子了。"手生了。"她说。她又站起来对秦婆婆说,"我不和你生气,我们见事实好了,譬如这有什么稀奇呢,多么勤劳呀,技术员多么秉烛待旦呀,"说着她沉默了一定的时间,想了一想觉得有些胜了,便改成温和的声音了,她说,"我也是有许多对不起你张旺英和黎顺国,希望你们原谅。"然后她便编竹篮子,但编得很笨;她便又跑过去坐在张旺英的织布机前。

"我来试试好么?"她说。

"当然好。"张旺英说。

曾兰便坐下织布了,她踩动着踏板——她也会织一些,她想到她从什么时候变得这么恶劣,但是她想邪恶也有好处的,可以占利益。她便脸色苍白,继续又织了一点布,而且还高声地唱了起来,"春雨又秋雨,织布不停息。……"

为了免去暴露出她织得很坏,她便在唱了之后停止了。

"我是这样的,你秦奶奶。"她说,"我以为张旺英她和城里朱之科长是可以研究一下的,我还以为四号稻种,黎技术员的那件,和那篇省城里的论文,是值得研究的。"

她还想要到张旺英房里去操作一下缝纫机,意思是她爱劳动,想霸占社会。"这种万元户我也会当。"但张旺英喊叫着:"我不欢迎这种人,他们想欺侮我。"看见张旺英发怒,而曾兰也面色苍白,秦婆婆便面色严厉地坐着,秦婆婆想了一想便站起来走到织布机面前去了。她不久便织起来,渐渐更灵活,织布机均衡地震动着。

"唧唧复唧唧,木兰当户织,不闻机杼声,惟闻女叹息。"秦婆婆高声唱。后来她关了织布机,走过来看看曾兰,大声说:"张旺英,你替父从军了……曾兰,黄功,我们和你们斗的!"她说,便走了。

人们走散,钱秀英便抱着小猪到猪圈里来了。她因又发作了错误的思想,而张旺英回击了她一句而怯懦和心伤。她想帮忙刷猪和喂猪食。

"你到底是干什么呢?"张旺英说。

"我想向你学习呀。"钱秀英说。

"你不是街边又伤我一句心吗?你这小猪,你抱回去。我们并不一定怕曾兰黄功这些人的。"

"那么我改说万元户是勤劳的……我本是来学习的,敲你竹杠的动机并不多。"

钱秀英眨了眨眼睛,便流下眼泪来了。她看看站在她旁边的陈双,便将猪递给他,命令似地说:

"你替我抱回去。"

张旺英又有些窘迫。钱秀英还挑了四挑水的,她便拖住钱秀英到房里来了,抓了大把的糖果给钱秀英,又增加了几角钱,钱秀英也就爽快地将糖果和钱装在衣袋里了。

陈双站在张旺英院子门口,抱着小猪等候钱秀英。钱秀英出来抓一把糖给他,钱秀英要他把小猪放在她家猪圈里面,他又要再增几颗糖。看见张旺英在看着,陈双便大声说:"那不要了,可以了。"他羞怯而有些颤抖。而小猪在地下逃走了。钱秀英便追了过去，陈双不安、惶惑地看看张旺英，也追了过去。

想奋斗成各样能手的钱秀英仍旧追求着黎顺国。她处于困难的境地，因为她接受了李家衍给她的一件衬衫；黄功找她谈话，说是不计较过去她有对他不恭敬，希望她多妨碍黎顺国，因为村镇上人们是很恨黎顺国的，她便同意——但她觉得这件衬衫又是她的"失足"。另一面，黄功唆使，则小流氓们说她得到了黎顺国的"甜头"，有用砖块砸她，而她也回击了。她为这衬衫对父亲害羞，她这时候又觉得一种孤单。

"我看你黎顺国和张旺英是危险的，他们黄功一些人想要害你们，其实与我不相干，我不过对你说，希望你仔细些，你能再借给我一点钱吗？"她说。"你到底是怎样的，你教我技术，我能学去吗？你到底爱我吗？我希望到城里去工作，你能介绍我吗？我能像张旺英一样著名，成为万元户吗？"

黎顺国想查明她的背景。钱秀英无意中说了，她得到一件花衬衫，是黄功李家衍他们盗卖树木的钱分到的。她说，她很是犹豫不决，因为她的父亲很忠实于人生的道理，而她成为"浪子"了，但她又想这是不重要的，但她仍然便伤心地哭着。她还对黎顺国虚构了一件以前还拿了一件衬衫，哭得更伤心的。她又反悔说以前她没有接受，但又说不一定，而这次她是被李家衍女人软化了，李家衍女人说是连以前的"功劳"一起总核算。而且她这一次赌钱输了，请游荡青年们吃糖也多了：人们祝贺她追求技术员获得成功。

她说，她得衬衫还听见李家衍说，城里朱之副处长问好她。

黎顺国很同情钱秀英的父母，忠厚的倔强的旧时捕鱼人钱泰曾来访他，问他农业技术，顺便请他多指导和管教钱秀英，其实钱泰是专门为了女儿的事来到的。在路上，技术员又继续遇到钱泰夫妇行礼问好，而钱泰特别有些谦虚地问好，因为他的女儿在烦扰着黎顺国。在这种心情里面，黎顺国便以师长自任，来教训钱秀英了，然而没有效果，钱秀英追求着他，她说她是聪明的，她和他一样希望到城里去，她不愿当家中的劳动力。黎顺国终于替钱秀英还了衬衫的钱了，也弄清了并没有以前的一件；他说衬衫不错，像前一次钱秀英卖油菜花时一样，但这次他没有告诉张旺英。

这件事情，加上钱秀英在文化站夜里在写文章的黎顺国旁边坐着吃向日葵籽，像以前一样，人们便怀疑黎顺国和钱秀英的关系了。有一日夜深落雨，黎顺国送钱秀英回家在田坎和街上一同走被李家衍等人注意了，钱秀英要他送的。钱秀英看样子又真的爱他。他也因此——因人们的目光——而有着一种不安和羞怯。这些时间他又停止了到张旺英家去了，在年龄的冻结和各种挑拨中，他和张旺英互相之间又疏远了起来。

钱秀英要黎顺国猜，她究竟爱不爱他，她自觉是爱的，她还要他说明他对她究竟如何。在秋天的村镇的下午，糕饼桥边，街上，高速公路上，树林中，他们一起走着而且热烈地谈着什么——钱秀英要求黎顺国这般走的，她便向黄功等人报功，向她不知不觉间崇敬的县城的朱之副处长等人报功；一面有游荡青年们奚落她，讽刺她，一面他们有时也欢迎她；黎顺国的教训和他替她给了衬衫钱，并没有促使她有很多的改正。

黎顺国谈论农业技术，谈论黄功等和朱之副处长都是不妥的人；谈论他的人生概念和崇高的理想。受着钱泰的委托，黎顺国对钱秀英的教育在继续着。钱秀英便也向田丁和陈双朱小丽们汇报她成功了多少——但有时她也有点似乎不愿汇报。这汇报还传达到曾兰那里去。钱秀英知道，工业化、现代化的谈话项目，能引起黎顺国的激昂来。

"你有这么多的能力，你的能力很大呀，你是大学水平，我希望你到城里去，到北京去都行，你能带我去吗？""你再跟我说说工业化和农业机械化好吗？""你觉得我配得上你吗？"但有一次钱秀英说："我对你谈恋爱是假的，因为我有人推动，这你知道，不过我有点真爱你的,为什么不呢,你帮我研究研究。"

"你这话说过了。我并不会爱你……我是很想到城里去。"黎顺国说,"可是你要知道我有缺点,我想到大地方去学习是可以的,但是这里面我有缺点,我不肯承认我有几点错误,我有好高务远骄傲过分的缺点。"

"这难道不是每个人都可以的吗?不承认缺点,是每个人的自尊心呀;你是不必承认的,就这样,有什么关系。"钱秀英说,"但是是哪些缺点呢,我希望你和我谈谈。"

但谈不了好一瞬间她便厌烦了。由于黎顺国想摆脱她的追求,由于过去的渔人老年的钱泰要他多教育钱秀英,黎顺国便说到他的缺点。他想,他也是真有这样的缺点的。

"你还不愿改吗?"

"慢慢的——我愿改的,增进学问。"

"你要慢慢改也对。他们说,缺点是一种美。而且缺点引人注意,也出名。"

"你这不很对。"有些痴心于他的理想的黎顺国便说。

"生育我们的,是祖国的人间的大地,这沃沃乡土,我们继承着前辈人的伟业,度过我们的辉煌的年代;遥望新的工业基地林立,遥望现代化的工业建立起来,我是很快乐,你不快乐吗,我是十分的渴望。你看在大河清河过去的湖泊的那边,有了新型的工厂了,我们是祖国之子,我们是很自豪的。所以缺点是不好的。"

"但你不是也同意说缺点是无所谓的吗?你不是过去也说吗?"钱秀英心神恍惚地说;这又一度的激烈的追逐;钱秀英想,她又一度地听黎顺国谈感情的活动和道理了。"我觉得你这个男人很还不错,但其实你恐怕也是假的,伪君子,"钱秀英说,"你对我这个很年青怪依从你的姑娘为什么不——譬如说你揩点油呢。"

"你这么说便不对了。生活不是这样理解的。"黎顺国说,面色苍白,严厉起来。他又说:"我三十七岁了,我阅历了不少的时代了。"

但是谣言很多地起来了,说黎顺国骗成功了钱秀英。这情形中间,人们动员钱秀英控告黎顺国"玩弄"她,她不同意,人们便要求她在街头重要地点和黎顺国吵架。游荡青年们说,这将是他们的荣誉,对付成功县长方面的技术员;他们在周围策应。爱赌博和贪吃的钱秀英同意了。但是这一日下午她和黎顺国走到了糕饼桥边她站住不动了,她想后面有盯梢着他们的两个青年,她可以折中,不大激烈,在这桥上吵,看见的人少,也可以和自己的那个团体报账。她面色苍白,想说黎顺国欺侮她,但是在这里她受到考验了,她对黎顺国有着友谊,尊敬——黎顺国对她所做的帮助在她心里浮显了出来。她站住看着糕饼桥下的小河的流淌着的水面紧张着。从文化站出来的时候她就紧张着,想扶住黎顺国的手臂被黎顺国摆脱了,她想借这来吵架。但她觉得自己很卑下,觉得自己是没有灵魂的。

她继续有面孔苍白而又转为脸红,战栗着。

"怎么,不走了,不走我就回去了;你有病了。"

她沉默着,她想说一句"你欺侮我",然后叫唤起来,但她想,像巫婆那样是可恶的。她继续沉默着,又变为苍白和凶恶,但终于还是呆站着不动。

"我拖你出来,我是一个坏姑娘,你不怪我吗?他们要我损伤你的名誉……你走吧。"

黎顺国对她看了一看。

"你这样很好。你很正派。"他说。

"并不……你走吧。哦,你不要走。"

黎顺国又站住了。

"你整天忙些什么呢,你不可以玩玩吗,做你这种工作,你不是说你的论文有错误的次等的货有坏的骨头筋吗?你作它干什么呢。"钱秀英说,她心中的邪恶有点升起来。

"不,钱秀英,你知道,生活的真理和意义,像你也会说的,我们国家要前进的。"

"生活的真理在八十年代迷糊了。"

"不,不是那样,不迷糊的。你是好姑娘,会走到正路上来的,你很聪明,你要爱好学习便好了。"

"在糕饼桥上谈这些吗?……糕饼桥下的水会不会淹死人呢,但是我也并不会吓你,算了吧,你黎技术员……但是我说,"邪恶起来的钱秀英说,"你欺侮我!你不是好东西,"想到她后面的两个青年她便声音提高了,"你玩弄了我!"

"你怎么这样呢?"黎顺国惊奇地说。

"我警告过你了我就是这样的,你没有办法的,你要教训我吗?"虽然有些怕,但钱秀英仍然说:"你欺侮了我,你玩我姑娘!"苍白的黎顺国沉默了,然后他大声吼叫着:"混账!"钱秀英便浑身战栗着,觉得闯了祸,呆站着不作声了。

这时钱秀英的父亲钱泰过来了,人们告诉他钱秀英在街上要和黎顺国冲突而流氓们将打出手,钱泰便找寻来到,到这糕饼桥上来了。钱泰脸孔发红,他看见两个流氓青年因钱秀英的对黎顺国发难而冲向黎顺国。他们在黎顺国的吼叫下和钱秀英一样呆住了,黎顺国又对他们吼叫,他们便对钱秀英冲上去了。钱泰便向他们冲去,而掰住一个的手,将一个踢开了。娇惯女儿的钱泰这时便打了女儿一个面颊。

"你怎么样呢?"他对他女儿叫着说,"你在这里叫些什么丑话伤他顺国哥?"他又说。

"也不怎样。"黎顺国说,"她年轻人,受愚弄了。"

"这河里现在鱼少了。"钱泰望望河水,用有些战栗的声音说,"黎技术员,我们家的事,秀英她很是伤了我的心了,她居然这样成了流氓了。"他说,面孔抽搐着而喘着气,全身都有着颤抖,由于不知说什么好,便沉默着。

钱秀英恐慌地呆看着她的父亲。她因为一无能为,和迟迟地彷徨于歧途而也有痛苦,又因为丑恶的流氓行径而恐慌,她现在被父亲打了,父亲钱泰在糕饼桥上对小河里的一瞥令她注意,她便想到母亲曾经自杀;同时她便又想到她那日在张旺英窗前偷听到的和她的父亲的谈话,想到她的父亲的历史了。

"我没有什么事……我不了。"钱秀英说,恐慌地看看父亲又看看小河。

"那就好。"父亲严厉地说,战栗着。

"我是来找黎顺国大哥教我撑船的。"她说谎说,看着桥下的岸边停着的乡政府的小木船。

"那也是的。"黎顺国遮拦说。

"不要瞎说了吧。"老头子钱泰说。这时两个流氓青年走到一边去了。

"那也是那样的。"钱秀英说。看看父亲,不安地两边看了一看,"我要学到当一些的能手,你黎技术员为什么不教我池塘里养鱼呢?"

"哦。"

"不说谎了。"钱秀英叫了起来,说,"……我以后再说,不,我现在说,我再不了。我能改正吗?"不安的、苍白的钱秀英便跑向桥栏杆,往河水里看,黎顺国便走过去抓住了她。

"那回去吧,顺国也有事。"老头沉痛不安地说。

但是钱秀英跑下桥去了,她在岸边解开船的绳索,跳上去拿着槁子撑开去了。

"你干什么?"黎顺国叫着。

"你撑回来。"钱泰说。

"没有意思。我想读高中,你不是有几百块钱吗,"她向钱泰说。但接着又说,"没有意思,我当然并不读。"

钱泰追到坡下,看着他的被他娇惯的女儿。

"你撑回来!你停着!"钱泰喊,观察到女儿没有什么危险他说,"你的读书的问题可以商量,再说,也可以的,但是也不可以娇惯你的!"钱泰又愤怒起来,咆哮着,他溺爱女儿,但现在他看见女儿到边上了,但他也到悬崖边上了,他便咆哮着,"你想吓我吗?我告诉你,我和你拼了!你再要干丑活动我和你绝了!我拼了!"这时几个青年过来了,其中有邹敏芬,也有另外的人们和挑着挑子的王春香王寡妇。

"读不读高中不要紧！"钱秀英说，后来便沉默着。

"读不读高中也许不要紧，也许要你读，我跟你妈便增加田地里的活计，因为家中缺劳力，但是你要改悔！你要撑船过桥！你要先学会几桩，"钱泰说，因为女儿的撑动船只。到了河流中间，在愤怒中他心中也闪烁起一种激动，渴望女儿表现和进展能力，于是他说："这里是乡亲们，这里就考你撑船，看你能撑过桥洞？你要改悔你对技术员耍流氓！"

"还有呢。"钱秀英沉默了很久，脸色苍白然而有些涨起来，在沉思着，站在船上在阳光下眨着眼睛。

"还有便是养鸡，怕当着众人说是吧？不怕！"这有些羞涩的老头说，"看羊到冬季一只不死，这是你妈说的。"

"第三桩呢？"钱秀英说。

"回家去打场。这日子没有那么闲的。你拿了人家的衬衫没有？"

"三桩，好吧，我就试第一桩，钻桥洞，也改正对技术员的耍流氓，"钱秀英说，"……我拿衬衫的钱我还了……不过我也许并不读高中，就业到城里……"她开始撑船。

"好一个钱秀英！"青年们中间叫。

"家庭正事，"王寡妇停下了盛着稻子穗的挑子，说，"你们坏人年轻人！"

"赞成这么说。"邹敏芬说。她很快地跑下桥来，脸红羞涩，但对钱秀英大声说："你钱秀英要知道，你父亲说的我觉得挺重要。"她脸红害羞是因为她很感动于钱泰的在地方上的善良的名誉，和地方上流传的钱泰青年时在河与湖里的英雄故事。她想象说很多尊敬钱泰的话，想说很多道理给钱秀英，因为内心拥塞而颤栗而脸红了。

"你的父亲过去在大河和大湖里生计的，他教你撑船自然没有错。"邹敏芬说。

"我们也这样说，你再不能野游了。"王寡妇说。

"你把船撑撑看吧……"钱泰对在船上痴呆地站着的女儿说。

"你撑撑看,你撑起来,"平常沉默寡言的邹敏芬说,"你想你的父亲是青年时在大河里,他是乡土和祖国的忠实的人民,我们祖国正在往新时代行进,敲击着它的进军的鼓,也有你父亲的。"她说。"你把船撑撑看。"钱泰又说,"你要过桥,撑过桥去!"

钱秀英便撑船,船飘到河中间的厚的浮萍里了,钱秀英又撑了一槁子,船头又歪了。她忙碌着,看看邹敏芬,眨了眼睛又向桥头瞄准着。

"这样行。"邹敏芬叫。

"这样才行。"挥着汗的王寡妇王春香说,"要办硬的,走你们,对你们这些青年呀。"

"她一定撑歪的。"一个游荡青年说,"我来帮你撑。"

"你老钱泰也不必生气,看你气得发抖的。"王寡妇又说。

钱秀英又撑着船,小船在厚的浮萍中间打转;可以看见浮到水面上露出背脊来的鱼。

"你老钱泰这些日子可好。"王春香王寡妇看见钱秀英撑动船了,便对钱泰说,她因了钱泰的忧伤和看见鱼的脊背浮出水面而激动,同时她有了一种心理,想随便谈些什么,对钱秀英和浮浪青年宣传老一辈的人的奋斗。"我昨日还想到,在你二十来岁时捉到大的鱼,你在'文革'那一年也还在河里捉到大的鲟鱼,那鱼有五尺吧。老头子,过去我王春香也能游水过河呢,不是和丈夫吵架游水过河,而是说的哪回高利债打赌游水过河,那时你捉到大的沙鱼。我们都也老啦。但是钱秀英听着,我王春香是要看你过河桥的!"

"你要撑好船!"老男人钱泰又对女儿说。她已经站在船上听谈话了。

钱秀英又撑起来了。

"你老头钱泰年青是那回大湖里捉到很多的鳝鱼的那一回我过湖去卖丝瓜的……我们真也都老啦。"看见钱秀英又撑船,王寡妇骄傲地对钱泰说。"钱秀英,你听到吗?三件事你要听你爹的。"她说。

钱秀英看看她,继续撑船。

"你老头缴鱼税银子跟国民党官府打架的那年,你也捉到一条大的鲟鱼,我那年也捕了一网鱼,那几个国民党歹徒我现在还记得,那时我青年时……还有那年小日本收钱,你钱泰有头被打破。这里,年青人你们都是后辈啦。"王春香又激动地说,看一看青年们。

钱秀英又停下来了。她有些烦厌王寡妇的教训了。

"你怎么不撑了呀!"钱泰对钱秀英说。

"不会。"

"你要撑过桥洞去。"钱泰又起来了愤怒,说。

钱秀英便又服从地撑船。

"那行的。"王寡妇王春香说。"你钱秀英能撑过去的。还有那年事——可不是呀,"她看见钱秀英又撑船快起来了,对几个游荡青年说:"寡妇只有回忆的往事。你们不是有许多美言妙语抄录在本子里呀,你们那些妙言美语是狗屁——我说的是那年事,在跟汉奸对打,坐两天监出来,老头你捕到梭鱼的。"她又对钱泰说,"那梭鱼也不小呀,还有一回是湖鲸鱼,三个人抬。"

"好汉不提当年勇。"钱泰说。"你继续撑船!"他对钱秀英说。

钱秀英便撑着船,头脑里闪跃着她的父亲过去和青年时捕的鲟鱼、鲸鱼、梭鱼、沙鱼,和她的父亲在河里拉网,被歹毒的地痞汉奸打破头的形象,离开浮萍区域了,向桥洞驶去了,但是歪了;在邹敏芬的喊叫的校正下,她又把船撑直,一直驶进桥洞了。

"好!"有些人叫着。

"你们坏青年要改悔!"王寡妇王春香严厉地说。

十一

黄功等人又开始在牛头镇上造谣言,说张旺英已经接受了黄功的议婚了；又有的说，接受县里的朱之副处长的了。黄功又跟张旺英的母亲送来了一些礼物。但是被张旺英退回去了。在村镇口，黄功愤怒地用石头砸张旺英，而且说他必定将俘虏成她这"女人"。张旺英很响地打了黄功一个面颊，使黄功的牙齿脱落了一颗：张旺英的手臂的力气是并不小的，而且她是很坚强和辣手的。据看见的人们说，张旺英深深地吸了一口气便迅速地举起手来，而挨了打的穿着新制服新皮鞋的黄功便脸色苍白，迷晕，靠在墙上了。许多人们赞美这一打击。

然而黄功施行报复了，他使用人将张旺英请到乡政府里，声称张旺英违法打人，可以关押，要张旺英公开道歉和赔偿两百元的损失。他说他失去的牙齿不止这些钱。张旺英则骂他进行各种逼胁；张旺英说，她以前是对黄功讲道理的，几乎是妥协一分的，他们包揽了她张旺英和农业贸易的市场往来，而且签过斗本领的契约，契约里有张旺英不被他黄功侮辱成功一条；她现在便也是不让黄功侮辱成功。张旺英是当着干事刘青等人这样揭发黄功的。退休的村长李新赶来了，但等李新赶来的时候，黄功已经将张旺英关在里面的房里了。

黄功表示他并不怕张旺英那一方面的力量。他叫黄勤志让张旺英在椅上坐着，前面放一杯茶。他使用黄勤志在屋里面叫嚷叫骂着，用一根鞭子往张旺英的旁侧的墙上和物件上打，这叫做"捕风捉影"，进行威胁，同时使外面听见像真的打，黄功说，看看到底有谁来援助张旺英。

黄功想，假若是真的打，他便泄愤了；但这样外面听起来像真的打，而且即使是外面知道是假打，他也可以泄愤和表现他的狡猾和势力。张旺英是有地位的，他这样也就示威了，他请张旺英不要惊怕，好好地喝茶。

"你怎样！你敢怎样！看你敢不敢再打黄镇长！看谁力量大！你这串联黎顺国的！你这打伤黄镇长的！看你服膺不服膺黄村长的话！……"黄勤志吼叫着，做着凶恶的表情往墙上拍打，往张旺英的旁侧的地面击打，迫近着张旺英，时刻用眼睛盯着张旺英。而在黄勤志的这种凶恶的表情下,张旺英便站起来抱着手臂靠着墙站着。

黄功热烈、愤怒、并且威风,在厅堂里踱着步走着。

退休的乡长李新来撞门了,但是黄功阻拦他。干事刘青在外面房屋桌子边上忧郁地坐着,他是知道黄勤志是假打的,黄功吩咐黄勤志的时候是故意让他听见的。但他也有些怀疑了,站起来又坐下;又走到门口去和李新一起猛烈地冲门。但是一个小流氓的村干事又拦着门。

"我这个退休乡长忍气吞声够了!"李新说,他弄不清楚张旺英的情况很是痛苦。张旺英并没有发出声音,而从黄功的讽刺的笑容看,似乎黄勤志在里面是假打。但是他又很是怀疑。黄功当乡干事时是曾对骂了他的死了的何秀秀的父亲假打过的。但是假打对他也十分痛苦,因为帮助张旺英是他的责任。"我当村长时叫你们欺侮,我现在年老算二线工作了,但我仍旧是要有权说话的,你黄功篡权,你们无法无天地行凶!你行凶!行凶!"他叫着。

"你黄勤志开门!你开门!"干事刘青叫着。

"我老了,二线工作了,但是你黄功不能这样在山明水秀人杰地灵的实行四化党中央的春风荡漾的这乡里,这土地上欺我,你要欺我我痛苦之极!你欺张旺英,我们祖国的好儿女我痛苦之极,她打落你的牙齿是你先伤她的。我一辈子恨你!我到糕饼桥上去吞咽一块糕,吞咽不下吞咽下我都骂你,我会骂你狠毒,而且与你十年二十年地为仇,世代为仇,这是我们糕饼桥上正人之言,从前李员外郎和贪鄙的县官相骂立了一个碑的。好朋友,黄功镇长,现在实现四化是要学,张旺英是努力经济改革努力四化的,放了张旺英吧。"李新老头说。

黄功便很得意了。他站了起来,看看他的很亮的皮鞋,在房里走了几步,他又从衣袋里掏出一叠钞票来数了一数,数得很响,又放进衣袋里去了。他继续在厅内踱步,皮鞋敲得很响。

"李员外郎是你祖上?"

"那是不是无所谓,而我李新的家在土改的那年是下中农,"李新带着一种战栗说,因为过去的"四人帮"的时期,人们对付过李新说他是唯心论家裴,是李员外郎的后人。"我心痛,你信不信呢？在你黄功还是小豆子在桥边打陀螺玩的时候,你掉到河里去是哪个救你的呢？你那时候也不这么坏。当然,你懂得很多,可是农村经济改革你却阴奉阳违一阵,跟李家衍一起反对的。你今天是恨张旺英领头经济改革欺张旺英！"他说,又听了听里面房里的声音。

"张旺英姐,他黄勤志打你怎么了？"刘青干事在门边叫着。

"哦！他们是假打,可是他们是想打我；哦,"张旺英说,"你们让黄功黄勤志开门！"

"我不开！我还待一阵。你们知道,我并没有打她呀！她这不是说了。"黄功说。

"而我在当村长之年,曾经助你黄干事一篇遗失的文录拿出我的抄写本,曾经助你从河里找回你丢失的渔网,你要有良心啊。"

"我没有良心。我几时打她张旺英哪,而她却打落我的牙齿。我关押她是因为她动手打人违法。我现在决断,我要打成她三鞭子或一耳光的！"

"你混蛋！你侮辱人身自由！"心痛的、脸色发白的李新说,打击张旺英,比打击他自身还要使他痛苦；随着这打击声,他便想到张旺英自少年时在田地里拼命劳动,曾经在洪水里去堵塞河堤,曾经在暴雨里助人们抢收麦子,于黎明时在小河里捕鱼,而且许多的夜晚在织布机前纺织着。老实的李新便被刺激,有了一种幻觉,他信里面是打了张旺英了,他高呼"张旺英万岁！"李新有血压升高,头晕,他便站起来徘徊。继续高呼着。他又说,"我的头晕了,但是,我并不怕你黄功,我的思想坚定,还要活的这些年不死的,咒骂你黄功,你引我老人家着急了。放了张旺英吧,你黄功。"

"我要等一下才放她。"黄功说。"你血压高你要坐下来静歇着才对……你坐下吧,我倒杯水给你。"黄功从他的凶恶变得温和、得意地、笑着说,笑容里有着一定的讽刺。他站起来倒水给李新,而李新凶猛地喝下去了。

"你是有能力的年青人,"焦急的李新赞美黄功说,"我老人家很是伤心着急……你放了张旺英!"他脸红,捶着桌子说。

"我并没有打她呀!然而你知道,她打落我一颗牙齿呀!"黄功说,从抽屉里拿出那颗牙齿来,摆在桌上。

"开门!"刘青干事大叫着。但里面传来更激烈的黄勤志的叫声:"你怎样!你敢怎样!你赔偿不赔偿黄功镇长的牙齿,你说,你敢怎样!我们就是对付着你了,我们假信和谣言挑拨你和黎顺国成功了,你没有办法!"黄勤志一面叫着一面抽着鞭子。而这时黄功对里面吼叫起来了,他决定真的打三下,但他的凶狠的叫声刚起来,李新老头便拼命地向他扑去而将他摔倒在地下了;李新老头胸中蒸腾着对张旺英的亲切的、因她被囚、可能被打而引起的焦急之情和愤怒。同时这时候人们冲进来了,有六七十人,领头的是民兵王富、肖家荣和新妇何秀秀。是她看见黄功派人往张旺英家里去带走张旺英,她便找了肖家荣和民兵的,和他们一起的有朱五福铁匠的徒弟陈小三,有白小英和钱根老头,还有邹敏芬。人们大叫着,和刘青一起冲门把门冲倒了。

"新娘子"何秀秀冲进去扑向抱着手站着的张旺英,仿佛攫住了失去已久的亲人。

"他们打伤你啦!"白小英说。

"没有。"

"没有?"新妇何秀秀说,"说没有行呀,要跟他们斗到底的!你旺英姨太老实了,怎么可以说没有呀!""新娘子"何秀秀说,她有一种荣誉的、勇敢的心情,做着这种社会的出头的搏斗,她觉得张旺英不够凶恶。"对付这些人要凶恶的,有一点也要揭出来。"她说。

"是没有!他们是想要打的!"

"想要打的?真没有,你不要老实要面子呀,一点点也是有,告到县里去。""新娘子"何秀秀说,激动、脸红,而且眼睛潮湿。

下午,人们看见黄功走在一队人中间,这一队人中有两个抬着一捆柴往张旺英家来了。黄功机灵,看见张旺英继续有令他惊异的社会力量,便也采取妥协的外表了;他也有着惧怕李新指控他伤害人身自由。他原本想象他快要逼胁成功张旺英了,婚姻和财产;他散布的谣言使他自己心醉。但他现在到张旺英家来,也还是藏着一种阴险。有两个人吹着唢呐走着,黄功跟着两人抬着的柴,走在前面,穿着很整洁的制服,而且拿着一根拐棍,戴着眼镜。乡镇上大家便看见黄功到张旺英家来"负荆请罪"了,但又是拿着拐棍的,便表示他要向那边也要价钱。

黄功走进张旺英家的厅堂里,便向着正面鞠躬了三下。随即黄功又转向张旺英母亲,对她鞠躬,又向张旺英鞠躬。

"我的一颗牙齿损失了。我想要讨一句话,我个人向你道歉,你也该向我道歉。我向你,张旺英求亲。假若你答应求亲,我们便协和牙齿的事情,否则这账便记着。我认为黎顺国是不会要你的。"

"他是我的朋友而你是狗屎。"张旺英说,"你的牙齿账你记着。"

"那你总回答了。"黄功说,"你和黎顺国是结帮口的。"他又说,一群人便退出走了,跟着进来的人们也退出了。而张旺英方面的人们,便将那捆柴抱起来摔到门口去了。这时候黎顺国进来了。张旺英在和黄功的搏击里有着辛酸和激昂和英雄的心里,便有些高兴地和黎顺国说:

"我们和黄功等人斗得很久了。你知道今日的事了,我想阴险的黄功总是阴险的,但我觉得我们不会败,我觉得我们是能胜利的,我们经过困难是能胜的,你看对不对呢?"她说,"我不知道是不是说清楚了我的意思,我觉得经济改革,责任制承包,黄功他们没有能反对成功,而三中全会的春风也在我心中激荡,使农村富裕起来,我还想说,你老黎最高兴说到的现代化……"

"是这样的。"黎顺国便跟着张旺英进房去了。

"你是我多年的朋友了，"张旺英说，"我心里对你怀着我的倾慕，我希望我们的友谊继续下去，你是个男人，你帮助我。历史上我并没有骂过你，你有许多事情误会了，今天我倒是从敌人那里听明白。人们说我和你老黎有特别的情形，我则说我和你是光明正大的。"张旺英说，望着黎顺国笑着，从她的脸上，也可以看出她对黎顺国抱着的在心中燃烧着的爱情，"我坦白我的内心来说，我现在还是想独个人，你看是不是呢？"她又有点讽刺地笑着，说，"我希望你帮助我。你要小心，老黎，你有缺点，"她又严肃地说，"你的学问很好，我希望你更努力，然而你有缺点，我三十六岁了，我觉得很有意思的生活，我自小便认得你……"

"你说的自然是这样。"

"许多年来，我们也认识了生活里面的坎坷和困难，但是我想，我们在现在国家达到的情形里，许多事情便会好起来了。我们祖国是要达到你我所渴望的工业化的。"

由于和黄功斗争不败，由于不久前在黄勤志的皮鞭旁侧她的心脏气势雄大地跳动着，由于黎顺国几天未来突然来到而且精神很振作的样子，由于心中的激情，由于忽然产生的高蹈的感情，张旺英便快乐而且激动地谈着她的心里的话，她觉得她差不多明确地说到她对黎顺国的爱情了。

"有没有人说到我骂你什么呢？假若有的话，假若我真的背后对你不友谊，那自然便不好了，我是说，假若我有什么过失，我也希望你原谅我。"张旺英说。

"我也希望你这样，"黎顺国说，"我已经想过了，我今天很高兴，也不是很高兴，我做成了一篇文章的研究，"黎顺国有些犹豫地说，"我想，自然，也还不能一定，我想谋取到省城里去了，县城里孙永祥有一个科学技术代表会认识的同志。"

"你是这样想么？当然我是赞成你的，"张旺英说，"但是你对我的话怎样想呢？"

"当然是高兴着你说的。"黎顺国内心也颤动着甜蜜的感情，说。但是，他又想说，他很想这样，但是张旺英富有而且很有资格，他便想他能去到省里面而且再有所成就再说。

"我想将来看吧，我和你的事。我想获得一定的成就，因为你是很有成就的，"他有些冷静地简单地说，"我想你不以为我和钱秀英姑娘有什么吧。我想说我爱你。"

"那当然是……那是顶好的，"张旺英说，"我也想说我爱你。"她情绪变冷静了，笑了一笑，便说："你来帮我看看后院里的牛，好像有点病了，但秋收总之到家了。你有不高兴我的贫穷农民之家么？"张旺英说，想到她有钱也增加了他们之间的隔阂，眼睛里突然闪跃着一定的眼泪。

黎顺国似乎被击中了内心的深处。然而他想，他并不是这样的……当然，她富有，也是他心中的一种顾忌。

"你是凤凰，可以高飞的。"张旺英又说。

"不这样的。我敬爱你。"

"我也敬爱你，你是诚实的男人。"张旺英说。

他们在他们的人生道路上没有跨出可以跨的这一步。这时候很多人进来了，农业机器站长小学教员邓志宏、他的未婚妻陶世芳和穿着缎子背心的曾兰一些人进来了。其中有着县里的朱之处长。他来视察乡下教育的。邓志宏和陶世芳在文化站和曾兰冲突了，而城里来的朱之很顽强地攻击了"牛头镇的黎顺国"和邓志宏，于是便到张旺英院子来了。黄功也进来了。

"这情形是没有什么意义的。你张旺英上次城里骂了我还没有检讨呀。"他说。

"闲人走开，闲人走开。"曾兰说，"我们这里朱之副处长是来看劳模张旺英万元户的，张旺英应该检讨几句，你邓志宏和我之间的理论以后再说。"她对朱之来到的形势有一定的觉得兴奋，说。

"以后再说自然也行，为什么你说农机站站长应该改为黄勤志，改为黄勤志只要上面命令自然也可以，为什么又说我们的人有贪污呢，什么黎顺国和邓志宏包括山上木料在内一共问题是一千七百元呢。"陶世芳说。

张旺英和黎顺国便再又感觉到他们头上的阴影。黄功李家衍等人在捏造他们的敌人的"问题"，吵架的原因还有黄功的关于猪的农业技术论文是"自己作"的，而黎顺国的关于猪和鸡的论文可能"不是他自己作的"，而邓志宏的"漫谈豆类的栽种"，是黎顺国帮他作的，或者是黄功帮他作的。忙碌的黄功还抱来了好几本书，他从中间找出了好几页，折着角，是谈养鸡和养猪的，也有是栽种豆类的。张旺英便感觉到他们头上悬着的阴影和她和黎顺国脚下的陷坑了。她看了黎顺国一眼。

"黎技术员，你那关于稻种和豆子的论文真有一些读者么？"曾兰说，转动着她的胖的身体两边看看人们，"你那篇县里那时未发表的论文终于还是发表出来了？"

"是这样。"

"你那样的论文，有什么意义呢，里面很多的错误，连张旺英都说你有错误而你小有才不大料不肯承认。大才大料是乐于承认错的，像朱之副处长——他最近升了干部等级了——就是乐于认错的，他说他关于幼稚教育的见解错了，县委书记提了他的干部等级。"

"那，是有那种的。"小学教师邓志宏说。

"你和我们群众闹是不行的。"曾兰说。黄功便丢下书拉拉衣袖做出一种要打架的姿势。

"你请说。"陶世芳带着一种激烈说，"我们是能弄清是非的。"

"是那样的。"邓志宏说，也拉拉衣袖做出要打架的样子来，露出讽刺的笑容。

"本来也没有什么……"曾兰说。

"那是的。"邓志宏又说。

"我说的是黎顺国的论文。"曾兰说，"只要对大家客气。"

"那不错，挺对的话。"邓志宏说。

"我说他朱之处长说黎顺国还有一篇是伤害了麦种的和种花的观念，不但不能帮助。我说张旺英的农业技术真实是依靠黄功李家衍的。"

"那是的。"邓志宏又说。

"哎哟,你们怎么这么反对我一个女同志哟。"曾兰叫着。

"为什么他不应该反对你呢。"陶世芳带着激情地说。

"我说的张旺英的成绩也是与朱之处长历次的指导分不开的。"曾兰说。

"是那样吗?"邓志宏说。

"流氓!"

"那你是流氓!"女记者陶世芳说。

"是这样的,我们一句到底吧。朱之处长下来也是视察农业技术的,你黎技术员要汇报汇报,我代表他说。"

"那真不错。"陶世芳讽刺地说。

"你们未婚夫妇,夫唱妇和。"曾兰说。

"不要吵,我个人是重视实际资料的。"朱之用尖细的声音说。"我的秉性习惯是听仔细的汇报,细腻的工作。我最喜欢到一个地点,你们劳模,代表,万元户,倒点开水,慢慢地谈;像这一路而来到牛头镇秋收的景色怡人,诗情画意,是有意思的。我喜欢细腻的分析……你张旺英的鸡的数目有亏耗么?你那种方法,黎顺国的方法,不健全,鸡便会有疾病,对么,是有疾病么?"

黄功便走过去用力地抓起了一只母鸡。

"一部分是有些疾病的模样。"黄功说。

"所以,疾病的鸡,价钱便要降低了,我们要善于经商,注重货品的质量。"朱之对着张旺英说。

张旺英从黄功手里夺下了鸡,扔到鸡群里去了,叉着腰。

"你还要细腻地研究养猪,譬如曾兰同志,她的这方面的经验就不错,而黎顺国的技术,我看是差的。"朱之说。

"你这处长是并不管这方面的事的。"何秀秀说。

"也管,当干部什么都管。而且是党领导。"

"不错。"小学教员邓志宏说。

"你们学校呀,是要不得的。我最喜欢听小学生整齐的念书声了,可是你邓教员的一点也不整齐。"

"呃。"邓志宏说,决定表示有些怕他了;他核算他没有让曾兰占去很多利益,他想便也可以满意了。"这时的祖国土上,还是有很多的困难,"他喃喃自语地说,看着曾兰拿起来的鸡,"这样提着鸡是不好的。"

"你邓教员批的分数很潦草,我是喜欢看很整齐的本子的,你们的本子送到县里不完全。"

"呃。那是也有缺点的。"邓志宏说。忍住了他的怒气,"领导自然有对的。"他又加了一句谦逊的话。

这时候曾兰对张旺英耳语,但她的声音又是大家听得见的。

"你要很好的招待朱处长。向他检讨。这是我们乡的光荣。他最重视我们乡了。你勿忘记我跟你介绍他的事,他人极好。"

"那自然好。"张旺英讽刺地说。"我这就检讨了。"

"这样看来你有点可以考虑我说的了吧。我们是有交情的。"曾兰又说。

这时朱之处长便说要参观参观张旺英家的各项,张旺英便坦然地领着他往后院去,人们许多却并不动。

"很多的花。"张旺英说。

"你不要偏倚干一样,也要注重其他;你要用聪明,不要蛮干。"朱之说。

"你说的是挺对的。"

"你的鸡寺鸡棚子很清洁。"很快地转回来,朱之说。

"有黎顺国帮助我的。"

"你的猪圈也很干净。"

"我母亲,也有黎顺国帮助我的。"她说,虽然这些时候黎顺国并不很多来;当她提到黎顺国的名字的时候,她用很响的声音,而且内心震动着。她便想着,她要坚持和这朱之作坚决的斗争。

"你的一切都还好,"朱之说,"像这鸡吧,他们刚才有说得不公平了,也是并没有疾病,而是十分精神振作。哦,"他说,"我自己也说有疾病的,我那是一开头有些主观。"

"那是这样。谢谢你的指导。"张旺英有着凶恶地说。

"你看朱之处长也检讨了吧,"曾兰说,"他是顶有检讨精神的。"

觉得各样都对付得很恰当的朱之处长突然又走进后院去看了看什么,走了回来。

"那盆玫瑰还没有枯萎。"朱之也凶恶地说。

"它能耐点寒,这也刚才秋收。"张旺英同样凶恶地说。

朱之便觉得有些失败了。"这种玫瑰很好的,有叫还魂玫瑰,在秋风习习里能还魂。"朱之说。

"这我不知道。"张旺英说。

"也有养花户,养鱼户等对我说,"沉默了一瞬间,朱之说,"朱之处长,你要样品回去看看吗?养鸡户也有。我是很细腻地注意的。我说不要不要。我怕我的话引起你的猜疑,我们县里官僚主义是也不少的。所以加以说明。"他说,显出很诚恳的样式。

"对啦,您说不要不要,"张旺英讽刺地说,"那么我想,我这盆玫瑰送你朱处长吧。"她带着或种讽刺说。

"不要,这是决然不行的,违反政策的。"朱之凶恶而坚决地说。

"你说不要不要最好。"女记者陶世芳说,而站在一边的曾兰,便感觉到失望了。朱之便也觉得他这回自己是蒙受牺牲了。他觉得刺心的痛苦,但和这痛苦奋斗了一阵,他又觉得不要也好,便觉得内心很甜蜜,尝到了"遵守政策"的快乐了。

"说不要不要,还不是要暗中要拿的。钱根老头花卉会有一盆花……"沉默的女学生邹敏芬突然说,又躲到人背后去了。

"你说什么啦……钱根一盆花?……你怎么知道!"朱之说:"学校成绩不好,是要怪一些教员的。"他说,有着许多的愤怒。可是沉默了下来,想想又转为温和了。他看见学生邹敏芬装着刚才没有说话,而教员兼教务主任邓志宏因为想遮拦邹敏芬,便又恶意地看着他，他觉得这次的环境很"辣手"，而张旺英也很凶；县长方面的人们很气盛，并不像曾兰所估计的那样弱。他于是温和地说起话来。继而，看有机可乘，他便慷慨地讲说着。他说教育的事业是困难的，也不能怪教员，也不能怪学生，农村又是这么样的一个环境；也不能怪他领导；但是比较起来说，还是他领导要多负责任的。但是他又说，对于也教过几天中学，而教育处骂人的，还称"品学兼优"的学生的教员，他是很不满意的。他的目光遇着邹敏芬，但邹敏芬又躲到另一边去了。

教员邓志宏不恭敬地叉着腰站着。朱之便想以自己的"品德"和水平将教员的这个动作克服，而同时也克服县秘书兼记者陶世芳；陶世芳也叉着腰。他自己认为他有耐心的"品德"，他于是上前去拍邓志宏的肩膀，说，领导是注意到小学的困难和补充经费不够的。但是教员没有变姿势；他又说，这是他有官僚主义，教员也没有变姿势；他又说，他深刻地检讨，而内心是沉重的，没有把中央政策执行好——这些温和和耐心似乎也有些效，邓志宏便改变了叉腰，两手从腰上移动下来了。

"但是你教育出骂人的学生是怎么回事呢？"朱之在他态度生效了之后立刻又改为有些凶狠地说——他观察县长方面的势力是很大的。"你教过中学几天教过她吧？"

"那是她女学生爱护花。"邓志宏说，"邹敏芬你说：'爱护花'！"

"爱护花！"邹敏芬说。

"你这是干什么呀！别的就算了吧，办事要抓住中心，"曾兰说，怀着对张旺英的仇恨看看张旺英，"还有别的事呀，你是来看张旺英，看朋友的呀。"于是她便对张旺英说到，朱之在城里是如何地想着来乡里看看，他是如何的不安，上次没有招待好张旺英，谈话也没有很好的机会，以至于没有显出他的本意来。她这么说着，朱之便不意中仇恨、刻毒地看了邓志宏一眼，但又恢复温和，看着抱着手臂的张旺英了。

"我个人是很抱歉的，"朱之说，"当着这么多人，就简单地说吧,城里你旺英同志走后很抱歉的,觉得那样太粗俗了。"

"这样我们或你们里面谈谈吧,"曾兰说,"朱之处长也是特来看看你旺英姐的。"

曾兰便有些阻拦众人,朱之便预备往里面走,但是张旺英站着不动。

看来张旺英是不会理的了。曾兰和朱之是想要达成恶意的目的,而发泄对张旺英黎顺国的仇恨的,所以曾兰便举起右手来,伸出一个指头,说:"他朱之处长就听一句话,一个字,你张旺英回答可不可以,可不可以考虑。"

张旺英不回答,脸上有凶恶的神情,人们沉默着,脸上有各不同的笑容。

"该死,没有这般地大庭广众地来谈这种事的,还是到屋子里去吧,"曾兰说,"但是也不妨,现在是八十年代。"

"你亲爱的旺英同志,"朱之说,温和地、愉快地笑着,踮了一定脚跟又甩了一下手臂,回头看着人们;他是想当着人们说出什么来的。"我是极倾慕你的。当着乡亲们说也无妨,我想城里春天那时候是对你有不慕了,有冒犯了,所以不安。我还说你还没有向我检讨是有所并非如此。你不检讨也是可以的。我研究我冒犯你的原因是我没有较多地说到我的缺点和说话太直率了,也是一种粗鲁。我常说到我的需要人照顾,我其实内心里面是要说,我是很能照顾人的,很能牺牲自己的,"他说,想到瞬间前的那盆花,"这样说我倒是说我的优点吗?但是我是很注意女同志的福利的,我的缺点是我有时候太细腻了。"

于是他便这样当众说下去。他想当众说也可以是一个步骤,他同时想当众侮辱成功张旺英。有人懂得他的意思,有的人却不很懂得。

"太细腻了便引人发烦了。"他又说。

张旺英想驱赶他了。但是,她有些好奇这人到底要说什么,同时,她心里有着豪杰的气势,并不在意人们说什么;而且她也习惯了。她看看黎顺国在附近,在鸡群中间徘徊着,而她的问不了事的母亲在猪圈里。黎顺国在鸡群走着,有着一定的骄傲,使张旺英觉得他是一直孤单的鹤,在鸡中间走着。

"我心里是确实诚恳的。我这个人,最注重妇女的利益,中国实行四化,振我中华,修我长城,是八十年代了,又进行宏伟的经济体制改革,"他像教员讲书一样,用两根手指做了一个"二"的数目字,"我们是很朗放地,公开我们的感情的。我是很亲切地想到你的呀,我说,你是最亲的人了,你的劳动好极了,聪明极了,最劳动好的是我们最亲的,你经济改革领头,科学技术先进,你是最优美的,你是优美地开放着的红色的花——我很遗憾,上次在城里对你的优点说得太少了。"

"还有呢?"张旺英说。

"你愿意听从我的意见吗?"朱之说。

"这样吧。乡亲们最关心张旺英同志的情形了,我们请张旺英同志谈谈吧。"曾兰说。

这时候一只公鸡飞起来了,张旺英迅速地抓起了它,在胸前抱了一定的动作,又将它摔给黎顺国了。黎顺国在鸡群里面徘徊着,他的沉静、思索的样式,使他仿佛一个简单的少年。

"没有什么谈的。"张旺英说。

"但是我们也不在乎你这种辣子,"曾兰说,"我们这里还有一个辣子呢。怎样,说我曾兰姐不照顾你吗,你黄功镇长。你黄功镇长是一再一再地向地方上的社会贤达张旺英求亲的,今日你又负荆请罪的,所以我也拥护你谈一谈。朱之处长你不怪我吧。"

"那当然是。"

黄功面色有点愠怒;他觉得曾兰是倾向朱之的。但是他仍然笑着,而且露出了嘴里的早晨被张旺英打落牙齿的一个黑洞。他向朱之敬了一根香烟,自己又点了一只,便说话了。

"我没有什么道理,乡里人,乡里哥子,地位也很低,不过是个乡长。我说什么呢?"黄功突然像演讲似地用很大的声音说,而且背着手,挤动了人们徘徊了一步。"我说富裕的江南我们生活教训,我也是祖国之子,我要爱我中华,建设祖国,经济改革,百谷成长,百花开放,百鸟争鸣,群策群力,科学祖国……"黄功演讲说,觉得是说出了重要的意思,高兴地转动了一动身体,"我也说,张旺英是我们最亲的朋友,她是我最亲的朋友了,我们生在一个镇里,朝夕相处。我再说旺英姐是我们的社会贤达,她是有崇高的地位的,"他舔舔嘴唇又说,"我黄功很敬重她,我的心灵是时刻地充满着她,我说爱情是最崇高的,在我的心灵里面,爱情是最神圣的,"他说,面孔涨得发红;这些话在粗野的黄功显得有些吃力,但他却是这些时在头脑里背诵得更多了,"而我,粗鄙的人,是不值得她照顾的,不值得她给予我幸福的,但是我是一颗红血的爱的心,她会顾怜我一些的。她是如同十五的月亮是洁白如玉,她是高山流水,她呀,是牛头镇灿烂的引路明灯。"他说,觉得他终生重要的倾注了他记诵会的美言词的演说成功了。他便内心中觉得不久前因禁张旺英的成功与美。他到底"露"了一手了,大约是战胜朱之一些了。"同时我说,我也是多所冒犯,今日早晨挨了一耳光,"他说,想要连所挨的打击也歌颂,但是乏力了,"但是我……仍然是尊敬她的。"

"也对。"朱之妒忌地说,惶惑于黄功说出来的也美丽的词汇,但他想,黄功是很粗的动作说出来这些的,"不理解神髓",虽然会几句,却是太粗了。

"我送给张旺英家不少的礼,追求好久了,大家面前我也不嫌丑,我多所冒犯,但是我的心灵是美的,是纯情的心,一泓清水,而且我这里只好厚着脸皮说,我对朱之处长的这些,我有不赞成。"黄功又说。

"那也是可以商量的,可以说的,"朱之说,"我的心灵也是一泓清水,或者一泓浊水,希望张旺英同志指点我的迷津。张旺英同志的品德和我们县委书记一样不止是高山流水,而是高山上的松涛,深谷里的钟声,"朱之得意地说,跺了一跺脚,"而且更美,更美……"朱之说,对于因妒忌黄功而增补的词汇觉得还满意,便骄傲地来说别的了。这便是牛头镇立即传扬开去,著名起来的两个人的"一泓清水"和"一泓浊水"的演讲了。人们眨着眼睛惊奇地研究,叹息着。"现在我们借张旺英同志这里,我们要议别的题目了,议一议这里的小学和附近的初中的情形,"朱之向邓志宏说。

"我来说一句,"张旺英说,"我说,你们进行的这些,一泓清水的什么心灵,无论朱之处长或是黄功乡长,都是很丑恶的狗屎,狗屎的心灵。你们以为我怕你们吗?"她说,又凶恶地笑着。

"赞成。"人群中有人说,叹息着。

"这也下回再议了。我是说,"朱之说,"你邓志宏,你们的学校里要很好地汇报……或者也可以以后再说吧。"

"我来说几句,"邓志宏说,一只鸡飞起来,他抓着抱在怀里了。"我也来说两句美言词,我也——请让我也来表达一泓清水的心灵一瓣心香。我说的是我们人民是勤劳勇敢的人们,"他说,激动地用手抚着他怀里的鸡,"我们继往开来从事着我们的祖国的百年千年万年大业,而张旺英是著有成绩的,"他说,把鸡扔开去了。在他的胸中,游荡着深刻的爱国之情,和对于这乡土的感情,对于张旺英黎顺国的尊敬和友爱。他想象他把一堵墙推倒了,他开始发泄他的对于朱之黄功两人的仇恨,发泄他的怒气,和表达对张旺英黎顺国的友情了;由于那只鸡的帮助,——那只白色的母鸡蹦跳,而他亲热地抱了一定的时间——他的激动,热烈的心脏明朗了;他的辉煌的概念,对于他的祖国和祖国正在进行着的事业的概念,苏醒起来便把他的心照亮了;他的对于牛头镇糕饼桥的感情,对于农业机器站和文化站的感情飞翔起来了,他的对于伟大的事物的憧憬,燃烧着,他便觉得自己是人们中间的一员,而他的心激动,他是最快乐。他便发表了牛头镇的人们立刻热烈地传扬开去的,他的不畏强暴,仗义执言的也是"一泓清水"的演讲了。他说他最爱他是大海中的一滴水,他说,他便想象着汹涌的波涛了;而他,邓志宏,是像一只小船一样,一朵浪花一样,在随着巨大的波浪前进,而他也珍惜自己的力量。他是容易热情激动的;他一瞬间便获住了不少的宝贵的语言。他愤怒地斥责朱之和黄功,而热烈地歌颂张旺英和黎顺国。

"在我们的祖国,从边疆到海洋,从天空到地下,掀起了八十年代的进军的风景;进军的号角已经吹响了。你们这些人,有些人,难道不识羞吗,你们在这里打击向伟大的祖国前景进军的张旺英和黎顺国,你们不害羞吗?张旺英从春耕到秋收劳动着,田地里由于人们的劳动生长了金黄的谷粒,黎顺国在田野上奔跑,晚间在灯下和有时停电便在蜡烛下做他的技术工作,难道你们不识羞而居然说他的论文有来路可疑,而他黎顺国张旺英和我们居然与村镇里有些人偷盗和贪鄙了一千七百元有关。作为县里的处级领导的朱之处长,你,黄功镇长,你们不知道那一件是卑鄙和狗屎而那一种是光明灿烂,你们是敌对我们这里的勤劳奋斗的人们的,而首先,你们使我的心痛。在一粒稻子里有着生机它便绽开出来,在深厚的泥土里有着生机,在植物的根须里有着生机植物便生长起来,在一朵灰色的云里有着生机便降落春雨,而在一个婴儿的心里跳动着最纯真的梦幻,而在我们祖国到处都是诗情画意……"

邓志宏便说下去了,这热情的教员,像是中世纪的骑士,在做着他的奋斗。他的激昂的,时刻说到大海和风景,时刻说到阳光和灿烂的江,时刻说到果木林和油菜花地,时刻又说到勤劳的种植者和创业者的艰辛的发言引起了人们的激动。朱之观察到他的形容丰富的语言引起了刘大婶的叹息,也引起了何秀秀的动容,和钱根老头的甜蜜的笑容;这自称善于语言的朱之便在这点上也被击败了。曾兰现出了一种酸苦的表情在听着。

"你老黎黎顺国,"邓志宏说,"和你张旺英,你们两人的局势也应该明朗化了。"

张旺英和黎顺国都笑着。

"而你黎顺国,你黄功和黎顺国种过一棵树,看谁能在这镇上他的主张获得胜利,胜了便算那棵树是歌颂他的。我评论说,两人都还没有胜,而黄功声言这树是他的了,是不对的,你黎顺国没有抗议,也是不对的。我说黎顺国方面是能胜利的。"邓志宏说。他想,他每日或一定时候增加做一件热诚的,有益的事的想法,今天的演讲又算是办到了。

"你说的是很对的。"黎顺国说。

"赞成!"女学生邹敏芬叫着,又躲到人后面去了。

朱之处长急急往后院去,女记者陶世芳跟去了。

"这蔷薇也是很好的。"朱之说。

"还有这树也很好,这菊花秋天更好,你说还有什么更好或很好?"陶世芳说,带着冷嘲和一种激烈。

朱之愤怒地转出来了。

邓志宏来到后院里帮忙,朱之已出来了。快乐于陶世芳的成功,互相庆祝不败,这未婚夫妇便互相拥抱了一个动作。

黎顺国对张旺英的爱情仍然盖在灰下面,因为他想着他的事业。它颤动着又退回来了。在张旺英那里,爱情也是颤动着又退回来了。朱之、黄功和邓志宏三人的著名的各自的"一泓清水"的演讲之后,黎顺国仍然又在文化站和家里作他的烧酒精灯的,吸太阳能的,种这样那样在面盆里的,加各种掺合肥料在田间泥土里的试验,并不很多地到张旺英那里去,到了第二年春天了,一九八三年了。他仍然像是要远行,要到省里去。

他的妹夫肖家荣和妹妹黎顺芳认为他不必要这样,因为,凡事论实际,他黎顺国的学问也就那样,根底就那些。如果要进修可以到城里去两年,而不太愿意服务于乡土,去到省里或什么地方去著书立说——他肖家荣和黎顺芳不赞成。他有说这构成他们的烦恼了,如果他黎顺国真是大的材料,他们的见解"妨碍"了他呢?黎顺国有一篇论文被退了稿,肖家荣偷着看了,便觉得这篇便有些空洞,是以往的几篇的重复。

黎顺芳也尊重着,但又怀疑着,烦厌着黎顺国的那些书和稿纸,和一些破盆、罐子,以至于杯子,以及院子里的地面,这样那样地栽种着试验的作物;她想这些是好的,但也可能把黎顺国带上困难的,错误的道路,如果黎顺国钻"牛角尖",她常在院里和黎顺国大声地吵嚷,以至于黎顺国怀疑她是在故意地破坏他。她时常撞门,令他出去赶鸭子和到田地里去。

　　肖家荣和黎顺芳两人都说黎顺国"钻牛角尖",不一定能是"一泓清水"。他们不高兴看见又过了一年的寂寞的张旺英。和黎顺国的不断忙碌着不肯听人意见的态度。黎顺芳曾经忙着晾衣服,将黎顺国的一种豆子试验使用的土踩了一脚了,她在争论她"是否不小心"的时候指出黎顺国放拌粪的肥料多了。结果试验失败,黎顺芳便指出自己说的对了,而黎顺国不愿承认,黎顺芳继续攻击他,他仍然不肯认错;他在认了一句错之后又收回了。他又照样活动,豆子又死了,但他说这是黎顺芳弄的肥皂水的原因;他说他并不怕失败,是追求新方案的实验。后来他改了,减少了拌粪的肥料,而且照黎顺芳所参谋的,有所谓古方说的,增加拌灰的,便成功了一些了,但是他却默不作声,仍旧回答黎顺芳,他是前那样并没有错,他总之追求科学。这就有些难以清楚了。黎顺芳便说,他有一次还承认是疏忽,这次连这也不承认了,令人很愤慨。

　　黎顺芳又说黎顺国房里脏了,这些日子不太爱扫地,这些日子黎顺芳进去扫地常冲击凳子,但有时也不,静悄悄地,她说她也尊重这小地方的大人物,技术员黎顺国的学识和对乡村农田的"相当的功劳"。

　　"相当的功劳?"黎顺国说。

　　"改说是一定的功劳。不是一定的是很多的?你吹牛皮大家不要也变成朱之那小官的一泓清水,有一回不是刘青干事说的对呀,有一回不又是钱泰,不又是张又贵说的对呀,有一回……你是还是想到省里去上海南京杭州北京去呀。"

　　"并没有那么肯定说呀。"

　　"危险……当然你去也是有可能有成就的,"黎顺芳说,"我说可能有呀,不然倒是我们的不是了,我们穷僻的乡里,虽说是江南富饶之土,鱼米之乡,你自己说呢?"

"我说我是想去,但当然我也不想去;我是想去学习半年,可以了吧。"

"你真的是这样?"黎顺芳说,"在你做的学术文里,你是有几回哪几点错误呢,有一封县编辑的信替你数的? 你到底几点呢,很负责吗?"

黎顺国,听说妹妹偷看了信,有些脸红,但是他说:"没有几点,两三点。"

"是么。"

"有一点我是决不承认的。"

"你教育人家子弟呢,有些青年向你请教呢,你不真弄糊涂的吧。"

黎顺国便有些忧郁。黎顺国这些时承诺了一些事情,他常在文化站讲课了,有的青年也上他这里来。时常在家里也坐成一排,不止是青年,人们听他讲改良稻种。当黎顺芳听见黄功们的造谣,想污蔑黎顺国有"偷盗案"的时候,她想要黎顺国戒备起来,"先发制人"说告到县长那里去,黎顺国表示用不着,他说他是正义的,"不在乎",像"文化大革命"那时一样坐监牢也"不在乎",黎顺芳便一瞬间同情着这乡镇上的知识奋斗者了,他的勤勉地教农业技术,他的那些稿纸,涂满墨水迹的垫在桌子上的报纸,他的那些书,和他的那些试验的盆子罐子,便引起一种深沉的同情了。黎顺芳有一回扫地和收拾桌子特别干净,她更擦擦眼泪说:

"你也过了年以来这春天是三十八岁了。"

"那又怎样呢?"

"那不怎样。"黎顺芳又有些凶恶地说,"你抱着你的一大堆自思自想,你百家争鸣百花齐放百年好合百谷成长吧,你一泓清水一瓣心香……那朱之小官和小流氓黄功怎么说的?"

"那谁记得清楚呢,一瓣心香是老邓志宏说的。"

"你鹤立鸡群,去年那回人们说你就站在张旺英的鸡里面,我说,你一泓清水一片白云一阵清风一弧弯弯月亮……总之是你是很清高了,你就这样一辈子啦,不看着父母衰老呀,你是时代之娇儿,人群之娇子,将来你也当个芝麻官……当然你不是的,但是,走我斯民斯土,斯为祖国,你会不会走错路呢。"黎顺芳说。叉着腰想了一定的时间,她又说:"你要知道,我顶担心你的了,你告诉我你会不会错呢,你说说看你会不会错呢,在钱秀英的事情上,你叫人议论,你有错没有呢,那大约是没有了。你没有错吧。"她又望望他的一大堆书,说。

这一日来到了田丁、陈双和张青文、邹敏芬,他们是来听黎顺国的农业技术课的,这是下午。黎顺芳便很快地扫地到院子里去了。又进来了钱秀英,学生便差不多都来了,她便找了两张纸和一支笔和一个硬木板,也到黎顺国房里去听课去了。

黎顺国今天讲果树的除虫、果树所需要的养分和果树的虫有哪些种。

他在他的一个大石板上用粉笔写着字。

田丁和陈双这些日子是有着改正错误的趋向的,但是这一日,听了一定的课,两人互相看了看,便由田丁开始说,他们有事想先走了。可是田丁又坐下说不走,而陈双走到门边又走回来。他们是不大来的。他们犹犹豫豫地又问黎顺国借钱了,说他们欠债。黎顺芳指出他们是商量好的,来到这里的目的便是这,并不来听"果树的虫"。黎顺芳又说,陈双比较是被动的。

游荡青年们有些瓦解了,他们就业了几个;田丁又被黎顺国安置在农业机器站,而陈双停留在家里,他说他是每天做三小时至四小时的种花和编竹篓子的工的。陈双哭了,说他彷徨歧途,父母骂他,黎顺国便同意将他也安置在农业机器站。陈双说今日有事不上课,便走了。黎顺国冷静,田丁没有借到钱也去了。

但是今日似乎讲课不成了。张青文因为有事走了,钱秀英也走了。黎顺国预备改期,邹敏芬却还不准备走,她是今年初中毕业了,她想学农业技术;她害羞、热烈、内心紧张着。她走到门口又走回来,说她明天上课,下一次文化站听黎顺国讲课大约又要碰上上课,所以她很犹豫地说,假设黎顺国愿意单独给她讲一点,指点两页功课,她便很是谢谢。

黎顺国便给她翻了一页她的"农业技术教程",便说可以讲一定的。于是他便讲起来了,而黎顺芳又拿着木板垫着纸在旁边听。她后来不听了走了,因为钻树洞的虫和树根虫她听过了,她想听伤树叶和爬果子的虫。

邹敏芬做着笔记,紧张地听着,红着脸回答说听懂了。而黎顺芳本是有些敷衍的,有时认一定的真,她想这样她也就可以了,因为她是"俗人",她的走开也没有什么。邹敏芬安详起来了,紧张过去了,黎顺国认真地讲着。但是陈双又进来了,对邹敏芬说她的家里找她。邹敏芬便对黎顺国鞠躬,出来了。黎顺国正预备坐下来有事情,邹敏芬又转来,她说,不是她家里找她,而是他们骗她,黄功等人痛恨他黎顺国教书。

于是有坚持性的黎顺国又拿起书来,打开折叠的页,对邹敏芬又讲了起来,邹敏芬便坐在他的桌子前。黎顺国徘徊着又站着,讲着几种果树的虫,而邹敏芬迅速地记着笔记。而后,黎顺国便从外面拿着他插枝的几个树枝进来,讲解着。

黎顺国很重视他的教授农业技术,但是人们说他沽名钓誉。他知道钱秀英来了又走了是人们作弄的,人们说黎顺国骂她,她也想学农业技术,但是她说她还是在家里跟她父亲学了。由于奋激,由于爱好荣誉和自己的事业,黎顺国今日便对邹敏芬单独讲课。

"我不奉陪你讲果树生虫了。我自然也要学吗?有时候学,也学不会了。"黎顺芳由于黎顺国给邹敏芬单独讲课所引起的犹豫,又进来站了一站,说。

钱秀英又进来了。她说她从陈双那里彻底弄清楚了,黎顺国并未骂她,是"决不成材"的,黎顺国便说也正是。她说,她刚才想说又忘记了,她的父亲同意设法给她考高中,但是她自己又犹豫了,还不一定,因为她的父亲没有钱,她又说,她的父亲和她自己都说,欠黎顺国一些钱,她还是要还的。

"那些都是我赠送你了。"黎顺国说。

"那当然也是。我主要的,跑来听农业技术几次,我也还是想来的,不妨碍你的话。我是热心的,只是怕你骂我,还有便是引起别人的怀疑。我说你假使说赠送我的钱,我不同意的。"

"我是赠送你的。"黎顺国说。

"我谢谢你的意思了,我家一定的困难,父亲又抱药罐子,你说送我我解释为可迟点还,我便释了一个负担。便是我还是要还你的。我今天还是听你一堂课吧。"钱秀英有些繁琐地说,但她的胸中,跳动着她自己未还钱,而且帮助父亲的想法和激情。

这时张青文和陈双来了。张青文说他被作弄了,他的父亲并没有喊他。陈双是听说可以进农业机器站便想去玩一玩,但是他说谎,说他是去告诉他父母了。说了这小小的谎之后他有些面色苍白,便改正着说了实际,而不安地惶惑地笑一笑,坐着与张青文共用一本书,也听起课来。

黎顺国继续讲果树生虫。邹敏芬和钱秀英迅速地笔记着,各坐在桌子的一端;张青文也坐在床边上在笔记本上坐着。钱秀英和邹敏芬便这样开始成为很好的朋友了。邹敏芬的纸用完了,钱秀英便从自己的笔记本上撕半张给她,钱秀英的书上画有一棵果树和一个张着手掌的姥姥,上面写着"鼎鼎大名的钱秀英偷果子吃"。黎顺国讲了几句发现钱秀英书上的字了,但他没有指摘这和笑她,他只是说他坚决是不要钱秀英还钱的。

"我谢谢你了。但是我要还的。我现在织布。"

"你织布当然好。但那一点钱,我老黎赠送了。"黎顺国说。

钱秀英便不作声。黎顺国便在屋内徘徊着讲课,他的这个激情的动作钱秀英算作支持,钱秀英胸中激动着和补偿过失的觉醒和为家庭奋斗的激情,还产生着新的青春的理想的萌芽,这是黎顺国看出来的。钱秀英贪婪地听课和记笔记,也是黎顺国注意到的。黎顺芳从池塘里赶鸭子回来又走进来坐着痴呆听了一听。但是因钱秀英的努力而有感动,她忆起钱秀英追黎顺国的时候黎顺国在给果树喷农药,她说:

"你说果树的钻孔的虫那一种省城里的编辑说你有一定的缺点差错的。"

"不,那不叫差错,是缺点也可以。"

"是差错吧,你有点自高自大,"她说,"邹敏芬,钱秀英,你们听着,他老黎是有缺点的,我说的不错。"

"你说的有些错,"黎顺国说,"当然,是有缺点的,"他很响亮地说,"我想,我这些时想,是有缺点的。"因为被钱秀英的认真、紧张听课所激动,他说。

"你承认就好了。"快活于家庭和这升平年间的田地里的劳动,快乐于黎顺国的教书,愉快黎顺国开始有点真诚地也承认缺点,黎顺芳便满意地跑出去了。

钱秀英递给邹敏芬一个很小的条子,邹敏芬看了,过了一定的时间,在黎顺国讲课转过脸去的时候,也递给钱秀英一个条子。但黎顺国看见了,两人写的都是:"我想做你永远的朋友。"

"这是很对的,"黎顺国说,"永远的朋友,"他看看她们,便继续讲果树的虫。他想,他也人近中年了,他便又跳开农业技术讲课,说,许多人,是会自少年时结交,直到白发苍老,是很好的朋友,而于国家社会有助的。

"你黎技术员黎老师想要到省里去吗?"黎顺国讲课的间歇中,邹敏芬问。

"不一定的,"黎顺国回答,"也许去的。"

肖家荣找黎顺国做了一次谈话。

肖家荣是有些激烈的。他平常温和,但是他却有时候会爆发似地吵起来,便有些固执。他将黎顺国床上的折叠着的被盖拉到床中间来,对黎顺国激烈地说,他的希望是这样的,便是,他不想看见黎顺国卷铺盖走掉,譬如说,"飞腾"到"云彩"里去,也希望能"腾飞",有一天卷铺盖前行,但是,不是现在这样,现在,他是希望技术员留在家乡,再一件便是,他希望黎顺国对张旺英的态度明朗起来。他说着,面色有些苍白和脸上的肌肉有些颤抖。

黎顺国是在考虑着,下个月离开他的家乡到省城里去了。但是在这么决定和考虑的时候,他又有一些羞涩,便是家乡牛头镇便缺技术员了,邓志宏能干,但比较差些,再就便只有黄勤志那种冒充分子了。他给省城里的杂志编辑部写了一封信说想到省城的技术局去,假若省城里愿意调他的话,但后来,由于黎顺芳进攻他,和上农业技术课的时候邹敏芬询问他,而在他回答了之后邹敏芬脸红了一定的又说:"真的也许去吗?"他便心中受到惊动而又思考起来。他不明白这忠实的,学业好的学生的用意,但是他想她是挽留他的。人们都说他不应该这样抛弃家乡,抛弃艰苦的奋斗,深造虽然可以,却不是他这样的,他对邹敏芬又一次回答说:"可能去的。"但事实上内心继续犹豫着。他于是又向省城里杂志编辑部写了一封信,说他要再考虑。

这便是肖家荣找他的原因了。

肖家荣从犹豫着的黎顺国那里得到的是意向模糊的回答。而且黎顺国仍旧表示出了他的性格的一定偏颇和固执。他说他也许要"腾飞"了,他不想"为几个钱",在家乡当"万元户"。至于张旺英的问题,他简单地说,张旺英有钱,他没有,有距离。所以肖家荣的面色便也不好看。肖家荣也有他的偏颇和固执,他强调着黎顺国的缺点。

"去年秋季你说到省里去终于没有去,终于是什么使你留下来的呢,旺英姐吧?今年你又要走,看来很难留你了。你是决心'腾飞'了,抛弃你的乡土和家乡父老了,到省城到上海去了,做一套西装到上海去了。"肖家荣激烈、热衷、面色继续有些苍白地说。

"你怎么这样说呢……我这有什么太多可以反对的呢?也许是这样的吧。"黎顺国说。

"怎么不是这样的呢。当然,我说过火了,你顺国还不是这样的人,但我说你有农业技术错误观点,二,家乡缺人,三,张旺英姐的问题……我仍然说你是很不结实的。"

"那么就这样,我'腾飞',背离所有的人和张旺英,飞到云雾中去……"黎顺国继续紧张、激动地说,他眼睛发亮而面色苍白。"你们一定说我在家乡就做出成绩来么?这家乡黄功匪徒的这种情形……不过,自然,我也留恋家乡的。"

"我的舅太爷,你老人家要理解,"肖家荣说,"你这技术员也还是乡里器重的,父老盼切的,连少年们也敬爱你的,你就进大城去学习半年一载也可以的,为什么就看重那种技术所或杂志编辑部去住下来呢?当然我不是说那些不好,不是这样的,而家乡的人重视你,你就变成一片白云飞了,你就将来变成朱之那样的小官而衣锦荣归了……当然我也说你还不至于的。而你要知道,并不是你一个人抱着祖国工业化的矢志,而我们都是黑泥鳅的。"他说,把摆到一边去被盖又抱到床中间来,而且抱到自己房里去,抱了一床红被盖来放在黎顺国的被盖上面,"你要理解,我们是俗人也可以,你要在家乡落户,你还要回答你不是薄幸郎,你要回答你和张旺英的问题事项,我们是说的柴米油盐俗务了,但我们要指出,譬如你去省里上海以至于北京,学习一年半载,那是我拥护的,而你却要走了,似乎不再回头看家乡的泥鳅小河了,你把你和黄功赌咒栽的树也放弃了,声称不和他斗了,还居然声称败了,你是什么意思呢。我们说,你的这种是不很合适的,我说,就拿你的农业技术来说,你在稻子方面能力不错,豆子、油菜、果木也就有差些了,有缺点错误,而你骄傲自满……"肖家荣又旋风似地道自己屋子里去拿来了一个算盘,他拨着算盘珠说:"油菜、豆子,有些菜蔬的种植,固然有黄功这些人的反对,所以成绩和收入、亩产量不是如你技术员和县的农业局所希望……但是,你没有缺点么?你插翅而飞这是不合适的。"他便算亩产量。

黎顺国想,他和张旺英曾经又说了爱情的话,但现在,仍然觉得不合适,他很痛苦了。

"并不是这样的……"黎顺国说。

"而你也有优点的,譬如稻子、豆子、茄子,有几种花,"他又拨着算盘说,"由于你的农业技术全乡增加了收益,共计也不少。你要不要改正你的缺点呢?你赞不赞成我的论断呢?你算损益,譬如有些用你的有一次稻种也歉收了。缺点总是要改正才好。"

"不赞成……固然也可以赞成。"黎顺国说,"我在你眼里,我这情况也实在有点是这样,差不多变成小油菜花钱秀英了。我卖家中的青苗了,我提倡爱情是神秘的不可理解的了,哎,说这个没有意思。你看呢,我离不离我的乡土而去呢。"

"那么您老太爷决定了?我也怕担当责任呢,你要知道,你可能是天才呢。"

"我还是有点想去,"黎顺国,说,继续有一定的面色苍白。

"首先我说你的缺点你服不服呢?"肖家荣说,"譬如你有一回试验扁豆……"肖家荣说,脸色同样继续有些苍白,而嘴唇颤抖着。

"不服。"

"那你要服了才是。这方面我的技术水平也看出你的缺点的。我向你提过意见,你有成绩,我佩服,但你集思广益不很够。"

"我不集思广益,"黎顺国说,又显出了强硬的表情。"对一些俗人,并不。"他又说。

"俗人?那你便首先是不对。"肖家荣继续强硬地说,"譬如说有一两次培植药草,你就耽搁了时间,而老农说的并不错,譬如有两种方法研究油菜花也是一桩,你不听你妹妹俗人的意见,"肖家荣说,拨了一拨算盘,接着便拨了好些个动作的算盘珠,有关于养鸭子的,也有一种,关于养鱼的。黎顺国不理会一些俗人。

"那也不见得正是这样。"黎顺国说。想起了去年春天那次在糕饼桥上的谈话,肖家荣劝他改正错误,和他造成冲突。他有着和肖家荣在这问题上脸红过的增多脸红的心情。

肖家荣便注意到自己也陷入一种片面了。他是很敬重黎顺国的,他觉得激情使他过激了一些了。

"你看吧,你就去省城学习一年两年,来来回回吧。你要爱你的家乡。首先,还有你和张旺英的问题。"

黎顺国沉默着。似乎是,他在这些问题上和许多人争执过了,他的自负心在这上面结疤了,他便坚决不肯改正错误。

"事情当然一分为二……这一性质和这一性质的异化。……譬如这一事实是我们能力不可理解的,无法知道的,那么便不管它,可是说统统的事物是不可理解的,便不能成立,我正是也说,家乡需要你,而你正是有才干的。我希望你改正作风。"

"好吧……"

"你不要以为黄功这些人得着势而说家乡浑浊,便要飞走了,黄功他们去年便想陷谋你我而未能成功,我以为你现在和他们斗上了,你要走是决然不对的,"肖家荣说,又激昂了起来,"你走了我们便孤单了。"他又说。

"那自然是。"

"那你为什么这么孤芳自赏,而要开差走了呢。"

"我想我不走的。"

"那便好了,"走到门口来的黎顺芳说,"那你为什么又和张旺英姐不解决呢?"

"我不是万元户,没有那么些钱。"

"你混说,"黎顺芳说,"你把曾兰黄功那些人的话当成是张旺英的话啦?……这方面本也是有些麻烦,但就不能夫妇感情好吗,要是结了婚,你也勤俭有计划,你有能力也可以协调。"

"客观事实是如此的,当然我这也不对。不过,我还是想到省城去。"黎顺国改变了情绪,说:"我就是如你们所说看不起俗人。而孤芳自赏。你顺芳妹和家荣妹夫,就是俗人的见解。"

"我们是那样!"肖家荣说。

"是的。"

"那也是的。"肖家荣脸色苍白地说。

"那就再说吧。别的也不用谈了……"肖家荣又继续带着激昂说,将红被子举起来又放下,"去年春天的时候,我们俗人劝过你,她顺芳也应该认嫂子了,她买的这被面是预备送给你的,你不能再退背张旺英给你的友情了,这你知道。妈也在过年的时候说,她也还是看重张旺英,你为什么又这样呢。张旺英也是俗人?在你看来也正是的。"

"但是我在这家乡受黄功等人欺侮,刚才不一阵说的,自然要和他们斗争,但也没有意思。我做的论文快要变成他们的了。"

"你真是顽固——这固然也是问题。"肖家荣说。

沉默了,肖家荣又拨了两下算盘,有些讽刺地笑了起来,恢复他日常温和、深思表情了;黎顺国要离家使他觉得一种沉痛,没有尽到亲戚和副村长的责任。他想,黎顺国固然公然说他们是俗人,他今日和黎顺国谈话开端陷入激烈了。

"一分为二,我也要一分为二,向你道歉我的话有些有过分,"肖家荣说,"你也肯下地干生活不少次,苦生活累生活你也干,农机站你也修机器,"肖家荣温和地说,笑着,仿佛刚才没有和黎顺国激烈争执似的。他心里继续觉得一种沉痛。"又是一年春天了,快要插秧了,假设,你继续为牛头镇干成又一桩事情,譬如播种我想还可以增加一点亩产量的,还有一种糯米……然而你要走了,也许你要走是对的吧。也许我耽搁了你的前程,我俗人不是罪人么?但是我想,我不错吧?"他说,眼睛有些潮湿了。

"事情也难的,哥哥。"黎顺芳说。

"我们江南乡野又一年春天了,韶光也易逝,年华也如水,我们是县长的人口,跟着他奋斗一些年了。绿树又成荫,这插秧便要来了……"肖家荣带着这江南水乡特有的亲切和甜蜜说,便从后窗看出去,看着大片的水田和很多绿了起来的柳树了。

黎顺国也看着窗外,又看着床上的被盖。

"顺国,你听我说,"有才能的、会办事、会说话的肖家荣拉黎顺国坐下来,说,"你不急看那个被盖,顺芳还跟你做了两个枕头呢,这你也知道。过去说过,我小学时立的志,为我们家乡为祖国而战。黄功他们去年没有能成功,今年春季我们再斗,我们也是要把他揭发,把他掀下来的。我在高小和初中时也作文好,常常有记起有作春游有作枫叶,有作蜜蜂螳螂,有作桃李成行柳成荫,九十分,八十五分,一百分的作文。我的算数也好。我便在今日想着我们的少年时代的理想能实现,自身立的志愿。顺国,就在这家乡的土地上奋斗吧。走了也再回来。"

"那自然是,"黎顺国诚恳地说,"我想,我的一些观点也可能有错误的。"

肖家荣又在地面上徘徊着的时候黄勤志来找肖家荣和黎顺国了。黄勤志进来便坐下,谦逊地说,去年未了的问题还是要提出来。农业机器站的钱款帐和山峦上的偷砍树木,一千七百元,大家怀疑一些人。他客气,谦虚地嗅嗅鼻子说,有人怀疑到他头上了,他想黎顺国肖家荣给他证明他和黄功是绝对没有这样的事的,正如同肖家荣黎顺国是没有这种事一样。他说完又嗅嗅鼻子,他又到墙边上对着黎顺国种的花盆里的作物嗅嗅鼻子,又往书桌那边也嗅着,又往空气中间嗅着。黄勤志穿了一件薄皮拉链的外衣,这衣服是他用去年参加偷盗分的钱买的,他穿这件衣服便特别要人家称他为技术员,他说他买这件衣服是当技术员的,黎顺国有一件这样的。黎顺国便知道这人有一种极自私的样式,他瞬间前嗅鼻子是表示他轻蔑人,表示他对人们有意见,特别在提到钱款的时候,两日前他曾在文化站请黎顺国喝酒,然而他知道技术员是不喝酒的——他想请黎顺国帮助他改一篇技术的文章向县里投稿,然而他拿出来的原稿却只有着从书上抄的两行字。他现在来还是为了这个的;他还想黎顺国告诉他几句应用的农业技术的语言,这是他去年在山边上曾经用来扰乱黎顺国的题目。黎顺国没有理他。去年他是带着锥形的刀的,现在他只带着一瓶酒,他拿出来,说是酬劳老师的。

肖家荣便出去了。

黎顺国说他不会喝酒,他也不能帮忙他黄勤志的农业技术;也不能帮忙证明什么一千七百元。黄勤志便打开瓶拿一个杯子倒出酒来,而且掏出一包猪头肉来,喝起来了。他内心兴奋着。他说他不甘心做一个没有知识的"俗气"的人,他要学会农业技术,"奋斗四化",已经有些人不满他、讽刺他这个"技术员"了,他又说他不是"脓包",他是要为祖国和家乡"一显身手"的。他听说黎顺国要到省里去了,他要做接班人,他要黎顺国题赠他一篇论文作为纪念。

喝了酒的黄勤志激动了起来,有一种想要冲突撕打的样式,但又有一种有点自卑,自觉微小的样式,呆看着黎顺国。想要打架,是因为仇恨黎顺国,而自卑,自觉微小,是由于他认为黎顺国是有学问的,而学问是深刻莫测的;学问到底是强硬之物,他想"得到"它,他便自觉卑下了。这"技术员"谈论着现在是一九八三年了,他回忆及去年春季和前年,一年年的春季他都没有成就赶不上"四化形势,蒸蒸日上,突飞猛进",便很是感伤。这是他筹办好的话,说完了他便又喝酒。

他要黎顺国知道,县委书记吴焕群是很厉害的,有些人是很厉害的。

"这都是你试验种的这些么?"他指着黎顺国房屋里的盆盆罐罐说,"这些是豆子吧,这些是黄瓜不是,是韭菜吧,你可以告诉我怎样试验,譬如学术名词,ABC洋文字,叫做什么氏的,反应,我好久便很热心这种了。我真羡慕你呀,你送我一盆好吗?为了祖国的四化,你帮助同志朋友好吗?"

黎顺国说,他是不送人的。

但黎顺国想,可能他的衣袋里有锥子,刀,而且这个人很会纠缠,他也可以敷衍他一敷衍算了。他便将一个破杯子连同里面试验种的一株黄豆拿来送他了。他说他只有这一个,而这个是很"珍贵"的,虽然他这是试着种了两三棵的简单的,试验也差不多了,里面几个区域的泥土混合栽,所用的化学肥料掺合着草灰。他急忙遮拦他所种的人参和一朵正在开花的芍药。然而黄勤志仍然拿起芍药来了。

"这个好!"

"这是另外的事情。我给你的这个大豆,是真正东北来的种子,是长白山的,你继续培养,用冷水拌合草灰便行了,这比那好,而且重要。"黎顺国说,忽然产生了一种恶意,想要瞎说一些拿黄勤志开玩笑,但又没有这样的情绪。他还是告诉了他科学的。但是他忽然由于仇恨,仍然用很高的声音说了用肥料三厘,水四两,要黄勤志高声地重复一遍,黄勤志便喝酒,高声地重复着。黎顺国便忍住他的讽刺的笑要他再大声地复述。

"化学肥料三厘,水四两!"黎顺国大声说。

"化学肥料三厘,水四两。"黄勤志背诵说,又要喝酒。

"你停一下喝酒,再说,第二次浇水,递减化肥……再用纸头折起来烧纸灰,字纸不要,纸灰不要用嘴吹散,再放点盐……你再从头背:递减化肥。"

"递减化肥……"黄勤志说。

黎顺国便郑重地看看他,他觉得他这虚构方案像真的方案,忍住了讽刺的笑,在房里走了两步,他觉得讽刺这些人也没有什么太大的意思,他的青春也就和这些人撕斗而消磨了。黄勤志又喝了一口酒。

"可是,这些是没有意思的,"黄勤志有些注意地说,"自然,你教我当技术员,可是你挖苦我!这没有什么用的。"

"这有用的,有用极了啦。"肖家荣进来,说。他快乐地笑了一笑又忍住他的讽刺,庄重地说:"我来替你找报纸来包着豆子。有用呀,报纸不好包这个,那就报纸包几块这种土吧,外面有,可以增加土,是黎技术员拌粪用多了,同时是他黎技术员精神又拌合了化肥的,用来栽这种豆子,那种花,当技术员用,是再合适不过的了。"在肖家荣的热衷的怂恿和挑激之下,黄勤志便同意将院子里的几块土包走了。他要表示他是懂得技术的,所以做出很郑重的样式——但他其实大部分今天认败了,他看出来是有些戏弄他。他也就甘心失败被戏弄,而充当着被嘲笑的角色了——他做出他不觉得被戏弄的样式,他也就似乎没有被戏弄了;他这样也维持着他的自尊。但这样毕竟不行,他走出大门边把这一包土摔了,他把黄豆杯子放在门边上踢开,又走了进来。

"你们要是欺我黄勤志,你们就要认糕饼桥上的十毒大骂。我们要对付你们成功的。不客气地说,党的政策县委书记铁壁合围你们这些成功的。"

"那我们等着吧。"走到院子中央来,扛着犁铧的黎顺芳说。她放下犁铧,走过去将滚在大门边上的那个破边的瓷杯和那一株黄豆拿回来了。"你拿不走我们的东西的。"

"那等着看吧。铁壁合围你们成功的。"

"我们慢慢地铁壁合围你们的。"

"那你肖家荣嫂,你这杯子大豆还是给我吧。"黄勤志说,忽然又觉得杯子里的豆子是有用的农业技术,他也不很懂,但他相信是有用,便扑过来抢了。

"绝不给的。"黎顺芳说,和他争夺着,被抢走又抢了回来。她便故意向黎顺国叫骂:"你吃饱了撑的,把好好的东西给他黄勤志技术员呀,你长这么大你的知识都喂了狗啦,你辛辛苦苦是好玩的呀。这算是和黄技术员研究学问是怎么啦,须知道黄勤志技术员的学问是不小的呀。你拿这个助他他岂不是如虎添翼了吗?你的心血像法术炼丹似的你白昼黑夜的呀!他得了这个豆子学问你有饭吃呀。"

黄勤志听说着便又扑上来抢了,黄勤志黄功等曾说过黎顺国怕别人学问超过,有私心,黄勤志现在便觉得这大豆是重要的了。他和黎顺芳的争夺继续着……终于他大吼一声,将这大豆杯子抢到手,而狂奔而去了。

张旺英来看黎顺国了。他们没有进屋子,在院子里徘徊着。黎顺国家里人全下地了,院子里很空。

"我的田地也犁了,放水以前使用了拖拉机。"张旺英说。

"你要叫我来帮助你的。"

"本来也想的。我听说你想走了。"张旺英说,在她的心里,激动着有些辛酸的感情;"你真是想走,今年这春天,就不再考虑我们了!"

黎顺国沉默着。他有些不想走了,对付了黄勤志一场之后,他的妹妹黎顺芳荷着犁铧下田去,肖家荣也去了。父母们也在田地里,他便在空荡的房屋里想了一阵,他便真的不想走了。他的在他的家乡奋斗的渴望起来了;和黄勤志这些坏人也需要奋斗,而他也有颇深地爱着他的家乡的"俗人"的一面。但是他对张旺英"是怎样的呢"? 他爱她,又想继续独身一个人;过去有误会,但他觉得误会去年就结束了,虽然继续有谣言中伤,也并没有什么大的裂痕,他似乎不应再犹豫了,而且,一两度爱情的迸发,他和她应该是有契约的。

张旺英也沉默下来。她到底"怎样决定呢"? 她想黎顺国可能是有些看不起她,正如许多人所非议,曾经在过年的时候又传言黎顺国骂她,但黎顺国有时来,见面也还是愉快的。"我究竟怎样好呢"?

他们两人究竟"应该如何呢"? 他们的长期的友情和爱情的闪灼"到底会怎样结束呢"? 但他们有着各人的思想,仍旧是有着一定的隔阂的。

他们在院子里散着步。院子里在黎顺国小时候他的父亲种的一排桃树和杏树开着鲜艳的花了。

"这不是这样的,"黎顺国说,"你会知道,不是这样的。"

"我也是这样说。话也都说过了。"

"一定的时候我就做决定了,"黎顺国说,"我的决定,我们好些年的友谊和……你是知道的。"

"怎么要到一定的时候呢?"

黎顺国便进房去,拿出他写给省城里的农业杂志编辑部的信来给张旺英看,意思是告诉她他正在决定,预备走掉。张旺英看完,他黎顺国便把信撕去了。

"我将来也许去读一年书。"他说。

"啊!"张旺英带着一点冷淡说——但内心欢喜地战栗着,眼睛里还有了一点眼泪。

"你还有一块地没有耕吧。我真是这样决定了,我本来也有犹豫,并没有忘记你和我的友谊和……感情,我也思念我是有一些错误与缺点,而生活是丰富的,在这四化的时代,我们村野里的生活也是有着灿烂的光芒的,"黎顺国说,"你还有一块地没有耕,我来替你耕去……"

十二

几天之后,事情便发生了变化,黎顺国被囚禁送进城去了,因在县政府的后院。党委书记吴焕群令人逮捕了他,指摘他私结帮口,盗窃农业机器站公款和盗卖树木等,价值二千余元,而且盗窃黄功的农业技术见解和论文,肖家荣被撤了副村长职务,邓志宏被撤了农业机器站的职务,而张旺英被宣布为错误分子,管制分子。在这一早晨,牛头镇上还有小流氓们和钱根等人的冲突。

县长到省里去了,县委书记吴焕群夺权,事情便构成了这样。张旺英在被宣布为管制分子的时候很快地写了一封信给县长。张旺英到李新那里,到肖家荣那里,又到敌人黄功李家衍那里,探听着消息,人们,黄功和李家衍,不准她进城去。

张旺英对于黎顺国的被囚很是不安,她觉得是她连累他的;她这些年富有起来,黄功等逼胁和包围她,而他保护和帮助她,以至于在被捕之前的一天又在文化站骂了黄功和县委书记和省里的陈耳局长。张旺英对于人们污蔑黎顺国"贪污盗窃"很痛心,她知道黎顺国是很纯洁的。而对于人们污蔑黎顺国盗窃黄功的"农业技术"和文章,更是特别仇恨,她的沉重的,对黎顺国歉疚的、痛苦的心理使她在这两千元的"贪污盗窃"案和"偷文"案上战栗着,而流着眼泪。她从悄悄来到的干事刘青那里知道,县长不在,而县里的两个局长在"贪污盗窃"案上有保护了她。但她有一种心理,她觉得她是全国著名的省劳动模范和人民代表，又是县委委员，她有地位，可以压制一些人，她的挺身而出可以发生较大的震动，她除了县长夫妇是亲切的朋友和领导以外，还有女副省长也是她的亲切的朋友和领导，还有其他人；她挺身而出可以使敌对方面增加困难，而敌方的力量原也是并不大多少的。她要救出黎顺国，于是她便宣布说在这两千元的"案件"和黎顺国"偷文"案上，她不仅是人们宣布的"关系人"，而且也有她同案，她说，她和黎顺国的立场和活动是共同的。而在黄功这边，也正是在这个问题上想要威胁她，逼胁她的婚姻；这是各时候人们都用的方法，从中国封建时代以来很陈旧了，然而人们仍旧使用它，想从这获得过了年龄未结婚的老姑娘的财产。于是黄功又收拾整齐地出现了，而朱之处长又出现了，来到张旺英的家里，造谣说黎顺国押到省监牢去了，因为他不断反抗，咒骂，打人，并且说，现在不是"文革"时代了，案子是不会办错的。朱之处长还从城里带来了一些礼物，其中也有衣料，使张旺英想到了黎顺国去年从城里回来带给她的衣料。当朱之和黄功曾兰对她说话的时候，倔强的张旺英异常地痛苦，她害怕黎顺国遭到更多的患难，她想着黎顺国各时对她的温情，同时，她为她的命运委屈而伤心。

朱之这次是很严肃的，他说，礼物归礼物，但作为查访情形的干部，他要张旺英交待她是如何和黎顺国勾结的。作为人们，县委书记介绍给张旺英的"朋友"，他作朋友的谈话——他开头也曾笑了很长的甜蜜的笑——但是作为负责者，他是不谦逊的。黄功也跟着说他是不谦逊的。张旺英沉默着，一句话也不说。后来，她站起来，不理会人们，走出去了；她注意到她的门前的杏树很茁壮地开花了，她还注意到天气很晴朗，春风吹拂着。她到李新和肖家荣家去，但没有找到这两人。她到文化站去了，朱之和黄功也就跟随着她，她终于在文化站里找到了李新老男人。

不少的人好奇地跟随着到了文化站了。

李新说，乡民们要知道，污蔑黎顺国、张旺英、肖家荣和邓志宏是人们所不能容忍的。他李新表示立场，他要为这件事而奋斗,他说,牛头镇上出了不大不小的事了,今日上午有斗殴的,有些小流氓和刘大婶等在街头相骂起来了,黄勤志在村庄口和白小英相骂起来了。他李新要管理这些事,便是有许多人是不对的,流氓行径是不对的。李新说了话之后便要人们散开去,但张旺英说她说几句话。张旺英擦了一下盈满眼睛的眼泪,有些颤抖,她不想隐瞒甚至要宣传她因黎顺国被捕而有的伤痛,她感到这些年的辛酸。她说,黎技术员被阴谋了,她说事情总是会弄清楚的,不需多说,但是她说,她这管制分子是坚决反对县党委书记、朱之处长和黄功的。她说,她的身份的分量是比她的朋友黎顺国的身份要重一些,她大声说,她和黎顺国同案。她又大声说,她认为吴焕群书记、朱之处长和黄功镇长是卑鄙之极的,是狗屎,是"万恶"的东西。包括省里的一个"狗官"。她而且坚决地说他们不会长久的。她有县长是她的领导,和女副省长常委是她的领导和朋友,她指出人们逮捕黎顺国和她,就是进攻县长、省长、省委书记,和女副省长,进攻正确地执行中央政策的人们。在她的街头演说里,她的身上也是呈显了有了许多年经验的奋斗者的气概,和政治上的端庄。

她的激动、激昂的猛烈的心情使她显露出一些似乎是幼稚,她还显露出一种乡土的质朴与莽撞,她说她认为没有什么不适宜在许多人之间提到这狗屎一般的县党委书记等的。

"这是没有丝毫的道理的。"朱之处长用冷峭的声音说,一面还提着他的礼品。

"诸位乡亲,你们还看着可恶的什么朱处长,他是县党委书记狗帮的,他是这些歹徒介绍给我要做我的什么朋友的,今天提了这些礼品来,你们看他丑不丑?你们还看,黄功这两年的行为丑不丑?他们要做我的朋友的,而实际是谋我的名誉和钱,你们说不是吗?"张旺英态度端庄而用倔强、固执、强烈的大声说,"这块土地养育我女儿张旺英成长了,我在党和家乡乡亲父老们的温暖里成长了,我也在恶势力的包围中长大,我从这么大的小姑娘长大了,"她做着手势,说,"我成了著名的人物,我是能手,我有钱,是牛头镇富裕的标兵,我感谢家乡父老们,但是我今天既然成为管制分子,就和'文化革命'的时候一样,我就不嫌丑地宣布敌对,也提到我有上级的领导和朋友的,我的财产和地位是上级领导,是我自身奋斗的,我自小发狠要扼死我们乡里的穷苦这匹毒蛇,我胼手胝足地过来了,我织布编篮子到天亮,我插秧到天明,我喂猪养鸡到日头西落,我栽花种药草到酷日当空的炎夏之午,我拼搏我的秋收收获到寒风起来,我又于冬寒中培种我的泥土田地,我看见白云飞翔而阳光灿烂,我看见祖国的振兴和渴望四化的实现。黎技术员黎顺国许多年也为了村镇的小事奔忙,大家都看见他在研究这样那样,作他的文章,改善单位稻种和豆子,你们说,他纯朴的人黎顺国哪一点'盗窃'了地方上的公款还有树木的?哪一点是结帮口营私的?而且更严重的,哪一点是'偷'了黄功的农业技术见解和论文的?哪一点上是这样的?放他妈的屁他黄功朱之——你黄功朱之这些混蛋,和你们那放狗屁屁的党委书记狗官吴焕群!我是省人民代表,我是劳动模范,我是黎顺国的朋友!我向全县,全省,及全国呼叫,呼吁我和黎顺国同案!"

人们激动于张旺英的演讲和她的仪态。人们鼓掌,喊好,并且说她会胜的。但有黄功的流氓们喊相反的。民兵王富阻拦,相冲突的局面产生了。

"我说张旺英和黎顺国是不对的。首先黎顺国是不对,而张旺英没有水平!"朱之脸色苍白而凶狠地喊叫。

"我说黎技术员和张旺英是对的,是正义之士。"王寡妇王春香喊。

人们散去,张旺英回到家中的时候,朱之和黄功又来了。但也进来了刘青干事和钱根老头们,站在一边。

朱之提着他的礼品。

"你不知道黎顺国的案子的严重性么?"朱之的尖细的声音说,"你不要以为你的朋友一些人有力量,以至于什么女副省长,你是违反法律的,你的在群众里的讲话完全是失策的,过分幼稚的,你将因此而失去你的人民代表身份和各项能手的奖状。我顶关心你所以这么说。"朱之说,维持着很长的时间的甜蜜的笑。

"我也顶关心你了。"黄功说,做了一个无可奈何的动作:"我还关心你的身体。"

"我也是的,不仅是关心你的身体,还关心你的名誉,你的学习,须知学习是很重要的,你这样骄傲,便学习不好了。说到学习,我本想带些文件来你看的。下次带来吧。"朱之说,继续维持着他的甜蜜的笑。

黄功摇晃着徘徊了两步,他这动作是对张旺英,同时也是对朱之的。朱之也将皮鞋踏得"劈啪"响地走了两步,还又增加了一步。

"我也关心你的学习的,"黄功说,"我那里也有些文件可以学读。"

"我最关心这件了,你对中央文件的学习的资格本来是有的,"朱之说,"你有这种待遇的。你看了文件你就知道,黎顺国那一套完全不行的,他的技术没有重点,没有订好承包责任,也是一种吃大锅饭的糊弄。他而且党籍是不成立的,并不简单是他不积极,而是他以前军队里出来就脱离了,他历史肯定是有错误的。"

"我还关心你的农贸市场的往来,你一个女人有困难,譬如你的房子,这院墙,有些石灰剥落了。"黄功说。

"我也正是,很关心你的经济活动,市场是要制控的,"朱之对张旺英说,徘徊了两步,看着黄功;黄功也看着自己的发亮的皮鞋,徘徊了两步,"你不能把钱和货物乱投放,你要接受管制,在这以前,暂时也要自动地管制。"他对张旺英说。

"我本是要这样说的。"黄功对张旺英说,不满地看看朱之,"首先,你张旺英的身体,是说对你的待遇,再也便问你的钱,你有多少呢,是这样的问题吧。"

"对你的政策是,首先你的身心的健康,"朱之说,"也是十分重要的,你要多服那种健脾药,我记得向你介绍过,如果没有介绍过我现在也算介绍,那种药维他命A、B、C都很多,我现在就服用很好……"他还说了药的名字。他还说陈耳也服这种药。黄功表示很有兴趣,拿出笔记本来记下了。接着朱之便说,张旺英应该说说她的钱的数目字,不要让黎顺国骗去了。

"我想买一瓶送你,我说那种药。"黄功说。

"你狗屁。"朱之对黄功说,"妨碍说正问题。"

"你才狗屁。"黄功说。

"我们还是说正事,"朱之回答说,"我知道你和吴书记的关系是有特种的,而主要的,"朱之又向张旺英说,"还是心理上,人的思想上要正常健康,你受唯心论的黎顺国的影响过分重了,而你黄功也有唯心论的……这便问问,"他又对张旺英说,"我们并不一定要你说,你张旺英的钱。"

"对了,共有多少钱?朱之处长问的,是政策!"黄功说,"他想个人问你借一些,而我小黄个人,也是要首先说,我们乡亲,你先借给我。这样,我们便不宣布看管钱了,这要看你的态度,上级也还没有决定。再说一句,他朱之处长想得点你的钱,他很卑鄙,但是他想说这是得奖金,而且有陈耳局长得。而我则是说,我是借一点,但是比朱之处长多些,而县委书记想从你得一些,由我经手。总之……"

黄功没有说完,朱之便恶毒地看了黄功一眼,狠恶地吐了一口痰在黄功脸上。

但张旺英迸发了愤怒——她愤怒而且种地的手臂也有力,将两人推着几乎推跌倒,骂着混蛋,打着他们的面颊,将他们驱逐到门外去了。

张旺英便被有些不安但更激怒起来的县党委书记吴焕群称为响应黎顺国的"崛起"分子,在镇里关了一夜,于这一日的上午也被囚禁到县城里来了,关在县政府的后院里了。

她在黎顺国的隔壁的房间。

县委书记派了朱之处长来讯问她。她说所有的问题她都和黎顺国同案,假设有这样的问题的话;假设黎顺国有贪污和偷文章的问题她甘愿被枪毙,朱之便劝她快些觉悟,说现在不是四人帮的时候了,领导不会错的。接着县长妻子廖珍来看她了,她说她已打电话去,县长张辽就从省里回来了,她可以安心,她说,县委会说,她张旺英的在牛头镇街头的演讲和宣布和黎顺国同案是令人激动和难忘的,也有牛头镇的李新等人请愿进城来了,县里各个局处都有一些震动,县委会一定想办法,而她,廖珍个人,也觉得要增加一些奋斗。后来进来了干事秘书曾国旗,递给她一张黎顺国的很小的条子,说他已经知道她在隔壁。她便也回答了一个简单的条子,写着:"顺国:我知道你在隔壁,希望你勿着急。"张旺英是得到县长妻子廖珍的谈话的和黎顺国的字条的鼓舞,吴焕群书记拉她上楼去了,问话是关于私结帮派和农业肥料加了臭药水伤害禾苗的——那是去年秋收前黄勤志干的。这一件污蔑使她特别心痛。然后吴焕群又下楼到她的房间里来看她的各项待遇,拿来了一盒点心,说是他的爱人送她的,又问需要什么——给拿来了水瓶和茶叶。

　　吴焕群受到了县长将要回来的压力,他原来估计县长会在省城里受到羁绊和打击的,但他也并不很畏惧,他继续相信自身的力量,他坦白地说,县长张辽在电话里对他书记有意见,要他立即释放和道歉,但是——他脸色苍白地说——他要等县长回来商量再说,因为关押黎顺国这是党委会多一票决定的,而关押她是关押黎顺国的决定的延长线,是他独断的。而党委会现在是很乱。他独断当然要负责任,他老实说他也现在很乱,也许他错了他愿预先道歉。可是他也要等县长回来理论。他说张旺英曾说到她是有一定的分量的,果然张旺英"身价较硬",有她的分量,县里一些干部很惊动,但是——他又谦逊地说——他也并不怕,他说,作为县委书记,对于人们"宣布"与被整肃者"同案",是很忌讳的,他说"我们党是很忌讳的"。他还说他希望张旺英能倾向他,揭发黎顺国。

　　他想损伤张旺英,他仇恨这不屈的"万元户",他因逼胁张旺英坚持政策不成而记仇。他想考验她的性情和能力——他也这么说了。他又较强硬地说错了他道歉的。最后他说,他还要说到这一件,便是他对她个人的关心,省里的局长陈耳和省委符建也这样说。他曾很积极援助,但她不至于以为所有人都是他指示的,她个人的婚姻,还是应该听从人们的意见。

房间里遮上了窗帘,所以很阴暗,在吴焕群走了之后,张旺英看见有些瘦长的老男人王学群进来了,拿着一盒点心,接着又出去,搬进来了一盆芙蓉花。

"你一定不认得我了,我们去年花卉展览会见过。"

张旺英便隐藏着她的讽刺,说,不认识了,什么也想不起来。

"你再想想呢,"王学群说,"譬如从我的年龄,声音,样子,当然,那是夏天,而这是春天。衣服有些不同,不过我里面仍然穿的白衬衫。经过快一年了,哈哈。"

张旺英故意说,她仍旧一点也想不起来。

"从这盆花……当然,那回是玫瑰花——我太爱花了……你想起我的名字来吗?你想?"他笑着说。

"想不起来。"张旺英说。

"你再想想,用力地想。"王学群热烈地说。

张旺英坚决地决定说不认得,任何丝毫也想不起来。

"你仔细想呢?"王学群把窗帘掀起了一些,含着快乐的、甜蜜的、有趣的微笑,仿佛和亲热的朋友做着游戏一样,挺了一个动作胸又挺了一个动作肚子,还把手左右各甩了一个动作,说,"譬如说,你再仔细想想,啊!从我的各种动作,从这窗外进来的亮光。"

"想不起来。没有见过。"

"那就令人遗憾了。你再想想呢,真的想不起来?"他仍旧兴致像狂风一样,满脸笑容,把他的脸转动一个动作,以便向着光,让张旺英看清楚。

张旺英沉默着。

"县委书记和陈耳局长介绍的,你忘啦。哈。我叫王学群。"

于是他便说,她张旺英的叫骂分量果然较重些,县里面很惊动,他听说省长和省里面的人员也很惊动,县委书记吴焕群和一些人是要"吃排头"了。他说,虽然省长生病,老毛病,而女副省长"意气用事",但人们不要看不起"意气用事"。他说他听说县长在电话里说就要转来。至于他,他说,是一个小的干部,为"四化"尽一定的力,赞成张旺英等骂几句官僚。他是县长方面的,不要看他去年花卉时和吴焕群书记亲近。为了这,他还一早晨挨了吴焕群方面的几句骂。他然后便拿过那盆花来说,他异常宝贵,恰巧这盆去年花卉展览会买自张旺英的这盆芙蓉花还在;这自称为情场能手的老男人便庆贺张旺英"出淤泥而不染"了。

"你放屁!"张旺英在心里说,沉默着。

"我说的您看怎样呢?我希望你各时候不要忘记,我是你的知心朋友,你有钱,我以前说过,我是会理财的,我一定为你呐喊摇旗的,反对一些官僚的,坚决认为你和黎顺国技术员的关系并非结帮口,而黎顺国那些问题,也是和你不相干的。"

张旺英便觉得这老男人也很毒,似乎和吴焕群陷谋她和黎顺国有臭药水破坏禾苗一样毒,使她心痛。

老男人王学群的话说完了,仍然显得有些忠实,便呆坐着,他还预备了许多话,关于他上次见到张旺英之后一直"阔别"的"怀念"的,关于他的身世家庭和他的能力的,但是因为张旺英的奇特的冷淡,和她张旺英有着她的威严,他没有能说出来。他因没有能说出来而有着相当大的不安,在凳子上轻微地扭动和颤动着身体。他便从会交际的王学群变成另外一个王学群了,因为本领只那么多而忠实了起来,显得有心事似地,他便忽然意识到自己是真的参加在张旺英一方的,如同有一两个同事所指出——他是有自己的目的和他的奋斗的。

"你可以走了,你的东西也请你带走。"张旺英驱逐他,说。

老男人仍然痴呆地坐着。他开始因为张旺英的骄傲很恨张旺英,他便认为一个妇女是不应该成为富裕户的,一个妇女是不应该成为各样农事的能手的,人们也不应该赞美她。原来想象,他这次的活动一定会成功,张旺英一定会对他很谦逊,然而现在他失望了。

"你张旺英同志,是要失去群众的拥护的。"老男人在凳子上战栗着,狠恶地说。

"你可以走了。"张旺英大叫着。

"我仍然愿意为你而摇旗呐喊,可是你这便不对了。"王学群,这自称为情场能手的老男人,继续在凳子上扭动着,说。

张旺英沉默地,痛苦地看着他。

"我是为了四化和振兴中华而努力的,我会理财的。张旺英万岁!"他低声喊,"我拼命反抗他们了。"

"我并不要听你说这些。"张旺英说。

"我最近可能提干了,我一定想办法告到县长那里去救你出来……"

"滚!"张旺英说。

这情场能手老男人被张旺英的驱逐伤了心,便站起来狠恶地看着张旺英。

"你必无办法!"他大叫着。他又重复了这句话一次,便把他的点心和芙蓉花抱在怀里,预备出去。然而糕饼盒掉在地上,他便又停下来,照他所计划的,假哭了起来;他原来是计划这时假哭。但是却从假哭转成真哭了。他突然又意识到他并不是吴焕群方面的,可能会因此而坐牢,当"仁人志士",他的情形是感伤的,于是便哭声大起来了。啜泣着,发出宏亮的声音。他便放下了芙蓉花来捡糕饼,又坐下来,擦着眼泪而哽咽着。他因他的忠心——他自己觉得是这样的——受到挫折和什么样的一种幻想而哭泣。他这一次其实也是吴焕群指示来的,但他觉得他确实有反对吴焕群的地方,而同情张旺英,而为她而奋斗。他也是遭受"人言"的。于是规劝的、多情似的王学群变成了忠实的、有"心事"的王学群,又变成啼哭伤心的王学群。这哭泣因内心受到"创伤"而突然从假哭来临他极为欢迎,但假哭仍然是很好的,他便又掺兑一些假哭在内了;而他又起来了侮辱张旺英的意思,便又挟着他的花盆,拿着糕饼盒,开门哭着出去了——他想使人们看到从一个女人的房间里哭泣着出来一个"素昧平生"的男人。

"混蛋老头！"年轻的干事曾国旗骂。有一个杂务在张旺英的门前巡逻着,而县长的妻子廖珍和省委副书记农业局长派曾国旗在这里守着帮助张旺英。王学群没有理会曾国旗,又啜泣了两下而走掉了,但是进来了黄功,也提着一盒糕饼。曾国旗阻拦他,他说他跟县委书记说过,往里面冲。黄功进去了,黄功表示同情,说他是追求她的,他也没有办法,是县委书记囚禁她的——他想她不至于和黎顺国有那样多的同案。但张旺英请他走,他不久也就出来了,而那一盒糕饼被张旺英砸出来了。

黄功捡起了糕饼又往黎顺国房里去,曾国旗又没有阻拦住,曾国旗便听见黄功的长篇的说话的声音,而黎顺国没有声音。黄功教训黎顺国要"好好反省",而曾国旗从窗子里看见黄功从破了糕饼盒里给他拿出了一块饼,停了一下,又添了一块糕。

"作糕饼桥上的讲话。"黄功说。

黎顺国将糕饼放回到他的糕饼盒里。

曾国旗干事踯躅着,和监视员杂务一块踯躅着,他异常同情黎顺国和张旺英：他踯躅着,他的心脏膨胀着。他看见黄功从黎顺国的房里拿着糕饼盒出来了,他便要黄功站下,后来,他便端了一把椅子,请黄功坐下。

黄功坐下后他在黄功面前徘徊了两步,抱着手站着。

"谁叫你来的？你再说一遍。"

"不是县委书记吗？"黄功说。

"是这样吗？"

黄功很惊讶,便要曾国旗去了解,但曾国旗说,他不用了解,"是也罢,不是也罢,"他不用了解。曾国旗说黄功违反规章,并又看了一看县委书记方面的那个杂务,他惩办黄功的办法,虽然意义不很大,但也是要惩办。他压迫黄功坐着。

"是不是县长回来呢,是不是县长说我们的控告张旺英不能成立呢？"黄功说。

"不知道,"曾国旗说,"县长会不会被有些人撤了职也不知道。譬如是否被你们县委书记撤了职才进省城去我也不知道。我就知道你来看张旺英和黎顺国是没有手续,刚才我阻拦你你一直冲,没有进出条子。"

"你刚才不是了解过吗?"

"不是这样的。现在就是这样,适当地惩处你。"

于是曾国旗继续抱着手臂踝踱着,不让黄功走开;黄功就这样被他囚禁着。

以一瞬间前黄功闯进去的情况判断,黄功是否应得到这样的惩处呢?但曾国旗想,问题并不在这里,敌对的杂务在得意着,张旺英被欺侮了,情况属于紧急的一类,他便也不惜冒一定的危险而打击敌人。

这时,进来了县月刊的编辑孙永祥,他说,县月刊补给黎顺国三元稿费,于是便到黎顺国的屋子里去了。

"这是牛头镇的镇长黄功吗?"孙永祥从黎顺国的屋出来,说。他满意曾国旗这样的做法。黄功便站起来了一个动作。孙永祥便又说:"现在是农业局长领导着我们的工作,据我们知道,你们有臭药水的问题,破坏禾苗。田地禾苗半焦枯。"他说,并且叫因骇怕站起来的黄功坐下。黄功坐下了,编辑孙永祥和曾国旗一样地忽然之间变得盛气凌人,或者比曾国旗更盛气凌人,因为他和黎顺国是好朋友。

"刚才那王学群拿出去的那盆芙蓉花很好。还有王学群和他黄功买的这盒点心也不错,我们县里出品那种苏州肉条油糖炸进步了。"孙永祥用夸张的声音说。

"也是,进步了。"曾国旗说,抱着手臂徘徊着。

"还有一种酥糖……"盛气凌人,年青的血液膨胀的孙永祥说,愉快曾国旗的办法,便协助囚禁黄功。

"还有一种软糕。"聪明的曾国旗说。

"那比牛头镇的糕饼桥的不坏。"

黄功便站起来说,他是否可以走了。曾国旗说,请坐下一定时间,也许农业局长要来。也许商业局长、文化局长、贷款局长、公安局长……要来,不管是县委书记方面的还是县长方面的,一起"研究研究你黄功"。

黄功便抗议这过分了,说刚才他并没有什么错,但曾国旗大吼着:"你坐好!不准乱说乱动。我们便也是'文化大革命'!"于是惊惶不安的黄功便坐着,被两个青年干部囚禁着。

"常州的芍药花好。张旺英的也不错。"孙永祥说。

"也真是的……"曾国旗说。

他们两人便谈下去了。黄功又站起来问是否可以走,他们回答说再坐一定时间,不要焦急。黄功便又问县长是否回来了,他说,因为他想知道他到底对不对——看县长怎么说,但孙永祥和曾国旗不理会他,曾国旗继续要他坐好。

朱之处长进院子来了,他是来问讯张旺英的。但是曾国旗阻拦着他。曾国旗说,县党委副书记农业局长通知了,朱之处长只能来问讯张旺英一次。这时候孙永祥从附近小房里搬出了一张凳子,请朱之坐下。他怀疑地坐了下来,两个青年干部便又谈苏州的甜食,还谈扬州的小菜。朱之便愤激地站起来了,说他有重要的事。而他并没有犯规章。但是两个青年干部仍旧请他在黄功的旁边坐下。在县城里,震动着人们对拘留张旺英黎顺国的事情的愤慨,两个青年干部便是表达这种情绪的,奸伪和狡猾的人们欢喜这一种办法,他们便也来这种办法——县城里和乡野,有时候是有着这些顽硬地豪杰的,带着顽童的心的青年的。

但他们对付朱之便有些困难似地了。朱之在凳子上挣扎着。

"我是处长,我的时间是很宝贵的……"朱之叫着。

"你是处长,那真不错。我们是这样说的,你老曾听我说,你替我介绍一个对象吧,在我们县里,有不少发家的妇女,省里更多,介绍一个万元户如何。"孙永祥无表情地说,按着朱之的肩膀请他坐下。

"行的。这顶安稳了,穿的、吃的、花的,全是万元户的,千元户,六千元户的女对象的,是也美妙极了,诗情画意。"曾国旗也无表情地说。"来这么几只鸡的样品,几百鸡蛋,每日早上吃,万元户的女的送的,如何?"

"我这人是最爱四化了,爱四化便要穿吃好,得奖金,在我这一方面呢,我是县城里的人材,群众欢迎的,这没问题是这样。我还是生活最爱有规则的。这样便展露才能,我最爱穿清洁的衬衫了。"孙永祥说。

"我也是。我最爱四化振兴中华,群众知道我是这方面的先锋,他们都奉祀我,我不要的都会给我送来的,屋子里摆了很多花,哦,我还最热爱旅游,在电子计算机的时代,我是这方面的先锋,我最爱旅游和电子计算机,计算出我的美的享受和需要,实行四化……"曾国旗说。

"前去旅游,"孙永祥接着说,"乡间的万元户,几千元户,尤其是女的,供给很多的鸡、鸭、鹅,不用提那鸡蛋了,穷户也供给我因为他们爱我这四化的先锋,改革的先锋,一切的先锋……"

"我们县里,养猪也是最合适的地方,"曾国旗说,"旅游畅游归来,便吃清虾的蹄髈汤,加一种菌子和木耳,吃了便是江南才子……"

孙永祥按着朱之的肩膀又请朱之坐下,曾国旗便去按黄功的肩膀,要他坐下。但这时朱之站起来逃走了,黄功也迅速地站起来,拿着他的那盒糕饼,往门外奔去了。他们两人急追上去,追回来了,但那个杂务过来干涉他们,两人赶走了杂务。继续瞬间前的对这两个小官的看押和讽刺。朱之和黄功便坐着。但朱之说,他们没有手续,不能看押他们。孙永祥回答说,"我们的手续是人民的良心和对于县长和张旺英的拥护。"但那个脸上有块疤的杂务又来了,大叫着:"那你们是要手续的。"而且摔了一块砖头便跑。注重手续的曾国旗便补充说,他们是有县常委农业局长的指示的。杂务又喊叫要他们拿手续来,曾国旗便说他们是有的,看押两个臭虫是合理的——曾国旗说——因为人们违反人权和法律而且对张旺英扬签子使用暴力。爱好法律的曾国旗有着严肃和兴奋,但在他和杂务争论的时候朱之和黄功又逃跑了,杂务拦住他们而且又砸砖头,这次他们便没有再把这两个小官捉回来。

"哈,逃了。"曾国旗说。

"张旺英姐,你不要着急,县长大约今天能回来,我们县常委农业局长的命令在这里保护你们。"孙永祥对着张旺英的房间大声说,想到张旺英的田地里的辛劳,心中激昂,他又大声说:"旺英姐,你不要伤心,休息休息!"他又对黎顺国的房间叫:"黎顺国同志,你很好!乡野间是又是一年春风了,你的农业技术我很推崇,友爱你的纯洁的品德!"

县长很牵念张旺英和黎顺国,人们向他的县的标志性的人物动手了,他的县里产生了违反公民权的严重的问题了。他赶回来便来到张旺英和黎顺国这里,他看了两人的情况之后便去找吴焕群,吴焕群不同意释放,说省里副省长符建刚刚来电话指示不放,但可以给予待遇。县长便召开人数不齐的党委会,没有结果。

中午的时候,县长命令给黎顺国和张旺英办好的伙食,然后他便又来探视张旺英了。这次是吴焕群要讯问张旺英和黎顺国,便把黎顺国也找到张旺英屋子里来。

因为县长来到和压制,讯问很短促。吴焕群说也许可能案子有错,那么他便要十分歉疚。他说还需再研究,因为现在还不能彻底证明两人不是合伙盗窃和破坏生产的。县长张辽便一张纸一张纸地再看黄功方面的证据。有李家衍黄勤志"记载"的,吕巫婆孙秃子曾兰和一些游荡青年的谈话,加盖了手印、图章,说到黎顺国偷窃树木及其他。曾兰还特别写了一张。这些证据很薄弱,虽然倒有几十张,有的一个人被记载了三张。里面又有黎顺国张旺英的前年和去年问黄功"借钱"的字条,黎顺国张旺英在花卉展览会的时候又问他黄功"借钱"的签字字条。张旺英黎顺国很痛苦,特别是张旺英——被捏造了借钱。还有领到农具、货物、稻麦的单据;下面有黎顺国和张旺英的所谓签字。县长张辽便看见第一次未看见的黄功的又一些材料,是一些书信,所谓张旺英写给他黄功的同意订婚的信,和一封同意往县里婚姻介绍所的信,再有便是一封所谓婚姻介绍所的回答的信的抄件,说黄功和张旺英的条件互相是合适的。据黄功附注,原来的信被"出尔反尔"的张旺英和帮手肖家荣撕烂后又焚毁了。还有便是记录着所谓黎顺国和张旺英结帮口排除其他人的活动,谈话的件。

这是可以做一场堂皇的审问的,但是吴焕群的活动被副县委书记农业局长拖延了。县长张辽让张旺英和黎顺国把这些都看过,将他们的否认谈话记载下来,便匆匆忙忙地又出发又到省城里去。

这些是牵连着阴谋张旺英的钱财和黎顺国的才能的省里的陈耳和符建等的活动的,这些丑恶的捏造也是要拿到省里去作为反证物的。和县长一起坐车进城的,有他的妻子廖珍。

开始落着雨了,烟雨中公路侧展开着江南的醉人的平原。又一年的江南春雨,县长张辽想到,他张辽县长的朋友张旺英和黎顺国感伤、痛苦于囚禁的房间里。

省城里陈耳说,吴焕群也给了他电话,他认为张辽来到是没有意义的;吴焕群希望他即刻回去,也许可以谋协和知道,他县长张辽的座位并不一定是很稳的。陈耳说,张辽要为一个张旺英和黎顺国的恋爱、暧昧的男女关系"开渠道",拼"乌纱帽",依他看来是不值得的,而县长妻子廖珍虽然也是县党委会委员却不过是个教员,这样想到省里来搏战,是不一定有意义的。

陈耳阻拦张辽找到副省长常县或省委书记陈学平,他说这样"麻烦"的县长,他从来没有见过。而省长则是不在家,开回去了。

廖珍在这些天里也收集下了一些证件。主要的是近一段里牛头镇的人们控告黄功的信和黎顺国被捕后人们给县里的抗议信。还侦察到黄功和吴焕群往来的谋陷件。但是陈耳说反证不足。——陈耳也看到他自己的一封给黄功指示黄功"弄"到张旺英的花的信也在其中。

"我们恨张旺英和黎顺国,所以我们把他们对付一下是一下。"陈耳说。

"那我是决不能对你陈耳让步的。"张辽说。

激动起来,发怒、阴郁的县长张辽想要夺门而出往楼上去,然而陈耳阻拦了。同样激烈、发怒但显着强烈的自信的廖珍夺门出去了。于是廖珍各个办公室奔跑着,陈诉着他们县里的这案件,谈着张旺英和黎顺国。张旺英和黎顺国以及廖珍有震动率,于是几个负责干部来到陈耳和张辽所在的房间里了。

副省长不在,省委书记便接见活跃、文雅、激烈而确信着自己的力量的廖珍。廖珍请省委书记给各党委拨电话,但省委书记说这快下班时间打电话也不太合适,廖珍既然认识人多,便可以自己跑。于是廖珍便自己跑。廖珍确信地、快乐地说每一句话,于是省委书记陈学平便首先被她拖着走到走廊里了,便忧郁地来到陈耳和张辽的房间里了。

廖珍接着又跑省政府各办公室,她所使用的不是交际,也并不是她善于说话,而是她心中的激动的思想。她认为需要极快地救出张旺英和黎顺国,她仇恨吴焕群和他的人们,陈耳符建和在省里的他们的人们。廖珍在一个省委委员的面前被阻拦了。

"不欢迎这种情形,"这身体干瘦的省委委员,局长说,"张旺英,好久就闻名了,有多大的价值?是一个很摆架子的女人。"

"并不是的。"激烈、热烈但冷静的廖珍说。

从这个办公室到那个办公室,从这座楼经过院子草坪又到另一座楼,廖珍进行着她的冲击。她活泼、自信、冷静、显得年轻;像刚走出大学大门的女学生,充溢着乐观,脚步敏捷,没有受到挫败。但她在这个干瘦的省局长,省委面前受挫了。

"我也明白要受到反对的。"她对这省委说,从墙边的镜子里照了一照她的有点散乱的一束头发,将它用手抹好了,又用手帕擦着嘴唇。

"这么摆威风,这县的县令张辽。他一定能骂我们许多省官是贪鄙。上次花卉会不送我们一盆花啊,那个张旺英。"这省官说。

"不送的。"廖珍说。

"那当然是对的。不过我并不是呆子,供人们在头上踩的,你张辽县长踩不到我们这里,你们那张旺英并没有什么道理。"

"听说你们县里说,你们的土特产有些省的高级干部是分一份的。"一个年轻的干部说。

"有这回事的,我承认。"省官委员说。

"那是县委书记干的。"廖珍说,往前走去。

"那你这位不过问我们县里的事么?"廖珍走进一个大办公室,说。

"你一直冲进来便发言了,你是谁呢?"这瘦身段,但穿着得极整齐的省官说,"我叫符建,并不叫符俭。"

"我是张辽的妻子、爱人,廖珍,也是县委。"廖珍说,望着窗外的春雨,想到辛苦于田地中的张旺英被囚了,想到大片的田地快插秧了,心中便热烈而同时痛苦地颤栗着,看着这个省常委副省长符建,是她的县的仇人。她想,他的家中是有张旺英辛苦栽种的花的。

"你这种应该不好随便跨进我们办公室。"符建说。

"我跨进来并且同时再跨进来了,你是符建常委,"她说,故意不称他为副省长,"就是惹了你们动了你们堂奥深处的情绪了,也许我这样说不对……"廖珍说,因受挫而痛苦,发怒,"你不到陈耳办公室去便不去!"她说,呆看了符建很久,符建不动,她便开门出去而愤怒地关上了门。

"这威风?"里面说。

"省委书记同意我这样的!"廖珍又开门说。"希望你省常委符建来开会!你符副省长。"她勉强地忍耐地说。

"好吧。"里面意外地有懒散的回答。

另一个办公室里更冷淡,廖珍冷落地进去,鼓着勇气呼吁,又冷淡地走出来了。这党委委员说他不参加临时党委会——为了任何事,都不能破坏这办公的秩序的。

但廖珍走进另一间办公室,受到这里的省官的热烈的欢迎,这年青的,但接近中年的,有点胖的省委委员叫黎醒,他说已经接到省委书记的电话了,张旺英是重要的;他兴奋地高声说,张辽县长上午转去的时候,已经说到这事了,听说张辽将各有关的证件也带来了,这便很好,因为省里也有吴焕群的人们。他显得有些沉思,像是中年了,但在高声地说话的时候显得年轻。他忽然又说,"人们,你要警惕啊。"黎醒感慨地说,"你和张辽冲锋来了,多时不见了你贤明的乡下中学女教员,我觉得这很好。春雨降落了,普降春雨。"

"是这样的。"廖珍说,对黎醒亲热地,忧愁地笑着,她想她可以把省临时党会召集起来了。她看见这办公室里抽烟的人很多,角落里也有一面镜子,她便过去用手挥散一些烟,又照了照镜子,把那一束顽梗的头发又理上去了。

"乡下开始插秧了。"黎醒说,他的面庞有些轻微的抽搐,从乡下来的廖珍触动了他的感情。他觉得这办公室烟雾,他长久地忘记乡野了。

"快插秧了。"

"张旺英被囚是极不合适的,唉,"黎醒说,同时头脑里闪过乡间的浓绿的春天的田野,他因近来的不活跃而有些忧郁,"你看我没有胖吧。同事们想说我是胖了,我希望一直到将来都像我大学生的那时代。"他说,意思是他不忘旧时的理想,也不忘各时以来的奋斗的想法。

"有你这样的省委委员是顶好的。"廖珍温柔地说。

"你们是很辛苦的。"黎醒说。

走进陈耳的房间,人们正寂静着,正在轮流看着张辽带来的材料。廖珍很愉快她还细密,带来了牛头镇的王寡妇和陈柱子白小英的材料,表扬技术员和张旺英的,还查了婚姻介绍所。

人们议论起来了。

"我觉得今天,现在就开党委会决定这个张旺英案是不合适的,还需要更多一些的材料……"已经来到的那个干瘦的、有些凶悍的省常委副省长符建说。

"我以为这些材料够了,"廖珍说,"请多多关照张旺英黎顺国和我们县里。违法损害人权的事到底不好。"廖珍说,她是站着的,说完,看见人们寂静着,便微微倾身鞠了一个躬。

"许多事情不是这么理解的!"符建说。

"我也认为是这样。"陈耳说。

"然而会是要开的,张旺英问题是重要的。"书记陈学平说。

干瘦的、有些凶悍的省常委委员符建则说,这个问题是没有办法很快弄清楚的,张旺英的问题并不那么紧张,而他以为张辽夫妇过分"操切",而且是"出风头"。

张辽心中有一种紧张的痛苦,他从知道张旺英黎顺国被囚,回到县里看到黄功手里的各项"凭件"之后,一直有着肉体似的紧张的痛苦。在他接到黎顺国张旺英被囚禁的消息后,他曾在省里请书记下一个命令,然而副省长符建比陈耳还凶地阻拦这个,要求各事情有凭件证件。这自然也是对的,人们并不像他那样熟悉张旺英和黎顺国……现在他拿来了各证件,他像冲锋兵士一样又赶来省会——张旺英在他心里有使他现在觉得心痛的劳苦、贤明、倔强、忍让的良好的印象和形象。人们也许说这样好的人很多,并不值得太多的渲染,"难道省里就他一个县,而且只有一个重要的张旺英么?"也许他作为县长和他的妻子廖珍有些幼稚了,但他渴望立刻夺回张旺英和黎顺国的自由,他还渴想将吴焕群清除掉。

当符建说到张旺英问题并不那么紧迫,而他县长张辽夫妇的活动是没有什么意义的这个时候,因渴切热情解决问题,因对张旺英的热切的友谊而变得焦急和性急的县长张辽便在心里说:"糟了,这问题糟了,时间糟了,张旺英和黎顺国糟了。"他的心紧张而似乎发痛。他还在内心里面说:"糟了,牛头镇从此糟了,这个省我这个县从此糟了,从此人权正义不待申张了。这种狗屎,这狗屎一般的,屎壳虫一般的!"他听着符建在谈话,心里在说:"这干瘦、凶毒、打老婆、盗窃国家资财,以欺人为乐的狗屎、歹徒他在吃我的肉,我希望今晚就解决的,我像儿童时一样,我像小学刚毕业时一样渴望一下子制胜坏物,进展我的人生。——这符建是何等的可恶,这个家伙是喝我的血啊。"他想。他用带着隐藏的仇恨的、看来安静的眼睛注视着符建。

符建用一条手巾在用力地擦着他的脸,又翻阅文件。

"他故意耽搁时间。"县长想。

符建是有地位的,大家都似乎对他谦逊;除了地位以外,他有人员的势力。他还想去掉张辽的位置,他在谈话里也有着这种口气。他擦着脸说,他认为张辽县长,"还也是省委委员呢,未免过分操切了。——一个县长怎么当法呢?"他说,他真想有一定的时间假设去当一回县长。

"这是题外的话了。"张辽说,他内心激动地嗅着鼻子。

"这也不一定是题外的话。"陈耳说。

符建枯燥、骄傲、用枯燥的声音继续说着,他说,也不能证明张旺英没有缺点,尤其那黎顺国——他是不赞成县长张辽夫妇要捏合这一对"红鸾喜"的姻缘的。"为什么一定要证明县委书记是大逆不道的呢?"他说应该成立一个专案人员去查一查,一两天内解决,现在解决不行。他的枯燥、骄傲、冷淡无情、沙哑的声音继续着。

"我们不能说,譬如,这张旺英跟黄功的婚姻件,婚姻所的回信,一定是黄功伪造的。"

"可是那里面有婚姻介绍所查明的。"廖珍说,战栗着。

"你是列席的。当然发言也对。"符建说,"正如同我不叫符俭,有人那次一个县里来请示的喊错成符俭,还在走廊里吵架说一定是对的。刚才你这位女同志,"他看了看廖珍,说,"便也正是错了,推开门边叫:哪位是符俭委员。所以错误是可能的。"

"我是说的符建……"廖珍辩解说,又停止了,嘴唇战栗着。

"我不知道你叫符建吗?"她心中说。

"我和张旺英黎顺国是多么痛苦啊!"县长张辽在内心里面说。

"你也可能说错的。"陈耳轻蔑地说。

"当然我是列席的,"廖珍说,又看看陈耳,"可是我是原告,控告吴焕群的。"廖珍冷静地大声说。

"这是完全对的,你是原告。"符建说,于是翻文件,又点火柴抽烟,便沉默了很久,他故意地沉默很久——好一阵之后他的枯燥的、干燥而傲慢的声音才又起来。中间他又停了,从衣袋里摸出一个纸包,取出其中的糖豆和维他命颗粒来扔到嘴里,"我的女儿真够意思,替我筹办了这个,哈,这个巧克力糖豆和配的药。"

"可以快点发言了。"书记陈学平说。

"张辽县长和列席的县委廖珍是控告吴焕群?"符建说。

"是控告,也指摘陈耳局长。"廖珍说,站了起来,轻轻地倾斜身体,向肃静了一瞬间的会场中鞠躬。不一定是向什么人。

陈耳做了一个轻蔑的动作,而且咳嗽了两声。

这时候面容显得恼怒的黎醒抢着发言了。符建说,他还没有说完,但随后又说,他等下再说——符建有点脸红起来。张辽便知道,他是仇恨他和张旺英的。

黎醒显得有些脸红地说,他主张立即释放张旺英黎顺国和以后再讨论吴焕群的问题。

"问题应该这样。"县长忽然大声说,显出激动的脸色,但很快地又恢复平静的样式了。"我觉得这是紧急、必须的。"他说。

"我看要讨论一下。"陈耳说。

沉默降临了瞬间。符建却也不作声了,闭着眼睛,似乎是睡着了,显出漠不相关的、冷淡的神情。而黎醒的发言继续着,他在肯定张辽带来的各项反证,他发言不长而他的言论和很符合张辽的想法,这时休息了一定时间的符建又开始要说话了,但是他刚做了动作,一个欷歔的鼓动唇部用缓慢的声音开始抢着说话了,他谦让了一个动作,符建红了脸想说,他又抢着说了,他重重复复的,有些繁琐地说着。他似乎是故意地重复和繁琐,突然也看看符建和符建一方的人员,占领着时间。这是一个年龄很大的省委。他重复了黎醒所说的,提议很快释放张旺英和黎顺国再说,他便又列举证件,和说到他熟知的一些牛头镇的情况。他似乎又因激动而繁琐,显然的,他很拥护张旺英。"我在这党也是老资格。参加革命很长的年历了,但是是一个旧的衣袖,我说什么呢,我说我一向似乎有点怕常委符建,而这次的张旺英和黎顺国引起了我心中的一点波浪,一丝涟漪,我说,是有许多人奋斗,用牙齿啃咬,而我的牙齿朽落了。我是说,张旺英黎顺国叫人打落牙齿,张旺英的在牛头镇的呼吁,宣布与黎顺国同案,使我也受到震撼……"符建欲打断他,做了一个手势,意思是说时间不早,他却看看符建而继续着。他说到他过去家庭是地主,父亲曾读书与崇敬孙中山,欲望有为,曾扛犁头在田地中劳动,但后来也只是不多争意,在家中养几盆花,安度老年,他现在欲望有为,也想买几盆花,在周围筑上花的围墙……符建再欲打断他,他说得更慢,他便说到他现在"文化大革命"后这几年他害怕符建,说话有所顾忌。常常在会上,他发言缓慢而沉思,他常确实是有些消沉,县长张辽注意地听着,因为急着他的事情,便期望他说到有力的要点和说完,也觉得他有些繁琐。符建又欲图打断他,同时陈耳欲打断他,他看看符建,沉默了一瞬间,便用激越的高声说起来了,使张辽心中产生了兴奋,观察着这日常平淡,确实是买了几盆花,有些沉默寡言的人。"我从一种噩梦中醒来,仿佛给人打了耳光。我认真地认识到张旺英和黎顺国的善良的心地,无伦的劳动,和她张旺英劳苦奋斗与不屈的精神。投案自首是不是一个女党员过激不冷静呢?我觉得不的。"衡光老男人用他的高亢、激昂的唱歌一般的声音说。也仰起头来。他过去教过中学,于是他这样便有点像教员。"张旺英与黎顺国是与我们的四化同案的,我们各年受到一些人的反对……"

"你说到哪里去了?"符建说。

"说到青山绿水,好似孤雁归去了。"

"希望你发言短点,"符建的一个同道说,"而不要幽默。"

"说多了。"陈耳说。

"我就是这样。我说到洪洞县内无好人。像苏三唱的去了。"

"您不要说这些,"符建的同道,一个活跃的而矮小的干部说,他的穿着很整齐,"我们很少时间。"

"我说到……"他升起了内心的激昂,更高亢、尖锐的声音说,"我说你们是错误的,张旺英黎顺国是我们的义民……"

"我希望你一句话说清楚。"符建说。

杨衡光狠恶地看了他一眼。

"我说,张旺英和黎顺国是我们的人民,是我们的义民,我个人与他们同案,是他们的义民,"他高声说,"同样骂县委书记吴焕群,同样骂你符建,所谓也是副省长。还有这位很安闲地坐着的陈耳。"说完,他便有些喘息,面孔战栗着。

又有两个人发言,是张旺英的立场一边的。又有符建的朋友一个白发、冷淡的声音的干部发言。他和杨衡光争执了,说杨衡光偏激,又说县长妻子廖珍和县长张辽偏激,他和杨衡光争执了起来。因为老男人杨衡光两次争说话打断他的发言。杨衡光说他是渔网中的鱼,在干枯的地上蹦跳着,他便说杨衡光是这种鱼。张辽感动起来,愉快于杨衡光和几个人的言论。

这时候省委书记陈学平便提议表决。但符建反对。后来符建的矮小的省委说了些,符建要求表决,陈学平又让黎醒发言。陈学平显得冷静而有些忧郁。

终于对牛头镇的张旺英和黎顺国的命运进行表决。赞成根据逮捕方面的证据不足和反证的证据的比较充足的理由,根据宪法、人权、同时根据张旺英和黎顺国的品德,立即释放黎顺国的,连张辽在内,多两票。

"我对于这个是很遗憾的,"符建,不满多两票,说,"我提议再辨析一下,我本来预备走了,家中还有事,都吃过晚饭了,灯亮了这么一阵了,但我愿意再辩论。"

"我也觉得是这般的。"陈耳的很大的傲慢的声音说。

"好,再辩论也行的。"老头子杨衡光说。

"不辩论了。"省委书记陈学平说,他很忧郁地看着符建,眼睑有点颤抖,眼睛时刻闪亮着。他很憎恨,他又很冷静。冷静中有忧郁。"关于吴焕群的问题是另一问题,明天再说,但是我说,吴焕群是今日要指出,是违反党纪国法的。"

"违反的。"杨衡光说。

"但是要再辩论为好。"短小的穿衣服整齐的省委说。

"不用再辩论。不能拖延。"眼睛闪灼着的陈学平说。他想着他的责任,他想到他的一个长年参加革命,比他年长很多的姐姐,时常叹息着,说到责任;谦虚地说着,有什么事情没有办好。在开国后她病了的时候曾说,"小陈学平你很聪明,要时常注意责任。"他那时走上生活的道路了,后来她病逝了,而他想,她很像张旺英。或许张旺英很像她。这种思想使他觉得一种激动。"不辩论了。"

"再辩论十分钟,再一次表决。"符建说。

"也有一定的道理,再一次表决。"那个白发,声音淡漠的省委说。"反证件不太足,譬如说牛头镇白小英件,白小英她到底是怎样的一个人呢?"

张辽觉得很痛苦,他回答说:"白小英是一个很勤劳而品德好的青年妇女。"

"但这能说明问题么?"这冷漠的声音说。

陈学平便有些窘迫。因为激动,他的头脑里闪跃起青年时代以来的一些回忆,而他的像张旺英一般的姐姐说:"小陈学平,你要重视责任。"姐姐那时苍老了。田野间和省城间也有些母亲们和姐姐们苍老了。他窘迫他在热烈地奋斗而来的廖珍面前有所不荣誉——表决的胜票不多,而有些人居然要求再辩论,而且说证据不足。

"不辩论了,会开完了。"这温和、理智从事工作的陈学平以有时有的猛烈的固执说,这次这固执更顽强。

"这是要慎重的事情。"符建说。

"已经慎重了,"陈学平说,有些脸红,望着符建,"而你符建常委的话都伤害我,张旺英会不妥吗?"他声音有些颤抖,说,"而省长是站在张旺英一方的,他领导通过'张旺英文件'。第一副省长常县女副省长是起草'张旺英文件'的,她今天也许来。"

"但是譬如白小英,王寡妇王春香的件过分说到吴焕群的错误与缺点了。"

"能这样说么?"黎醒说,有些急切又忍住了。

"这是不会错的,"张辽说,因为他激昂,增加了一句,"白小英王春香不会错的。"

"过分说了吴焕群的错误与缺点了,你同意么?"符建说。

"不同意。"陈学平说,"我本想说明天再讨论的。"

"那你处事不沉着了。"

"我处事我负责任的。"陈学平高声说,"我们党要制胜你们!"他严厉地说。

"果然张旺英是坑野中的革命四化的感情人物,女副省长的文件中的,你陈书记动感情了。"

"正是这样的。"

"不见得能对的。"符建凶悍地说。

"对的。"陈学平凶悍地说。

"未必。"陈耳说。

"对的,没有未必。"陈学平继续凶狠地说。

人们看看发亮的电灯和听着外面的春雨的渐沥声。

常县女第一副省长推门进来。她傲慢而有些敏捷,穿着红的塑料雨衣,雨从她的雨帽上流下。

"我说你符建要释放张旺英和黎顺国。"她说。

"怎样呢?"符建说。

"我从建设计划班回来,等下再去。我的头很晕,"她摘下单独的雨帽,说,"你符建们是违法的,力量不小,所以我头很晕。"

我们省长病了,而你符建逮捕草野之间的芸芸众生张旺英大姐了。"

"怎样呢?"

"你是党培养的,你就不能这样对付你所说的草野之民张旺英黎顺国。"常县说,她想到她的一个亲切的女朋友最近的来信,说她常县是在"廷与府"中,而她,这过去一起参加革命的女朋友,同志最近病了,而许多年不得意,因为她和她的丈夫都受打击,所以是在"巢野之中","深邃的草野"之中。常县的回信稿子揣在皮包里,正在牵连着她的感情,这虽然里面没有写对于在"廷与府"中很苦恼起来,没有写虽然是刘少奇的学生,虽然许多年很"争气",可是却仍旧有点苦痛的"廷与府"了。便是,有些沉闷了。女副省长想到旧时的虹彩的逐年增进的理想,但也有理想被消磨一些,便发忿怒,而又想到少年时是有温柔的甜美之情的,便有些忧郁于这五十几年。这近日的心情便从她此刻说话里流露了出来,此外是建工业事忙和心情激动。她便比平常激烈,说符建"臭官僚"在平康的生活里堕落了。她责成释放张旺英黎顺国,向他们道歉。她愤怒了,说她必要时到张辽县里去。

"我如何官僚堕落呢?"冷峭的符建问。

"我说你很臭!此外还有陈耳局长!我十分痛苦我们省里的可耻的事情,我不能替中央领导同志和我们老省长做撑子,我还有事,我责成释放黎顺国张旺英,而且惩办县委书记。"她说,她的声音有些颤抖着。接着她转向廖珍,快乐地说:"你来了,真是很想你,你和张辽到我那里玩去吧,不过这时又没有空,你有些瘦了,"似乎是故意地,她说,"你看,我有些胖了。"她又看看符建。人们说她"胖了",而她也从这和对廖珍的感情的谈话表示她的奋斗。她便把雨帽戴上。"我在廷府而你廖珍在草野。"她说,带着一点冷嘲的笑容。接着她温柔地看着端庄的廖珍笑了一笑,便表情严峻,说:"与张旺英黎顺国同案!"敏捷地带上门而像一阵风一般消失了。

女副省长在室内留下了威力。

"我们就这样决定,"陈学平高声说,"散会吧。"

"要不要再讨论白小英她们的件呢?"

"不需要。"黎醒说,站了起来。

"不会错的,这些件不会错的。"廖珍说,因为感谢,对散会站起来的陈学平书记等人作不太倾斜的鞠躬。女教员廖珍的姿势优美。

省委书记陈学平说他立刻打电话给吴焕群令他释放张旺英和黎顺国。但事实是吴焕群耽搁了一定的时间,又向符建请示……夜里,张辽和廖珍赶回到县里来了。陈学平又赶着告诉他,回去便对吴焕群说,他说的,吴焕群一伙将得到惩办。

张旺英和黎顺国被囚禁的房间,隔着一个木板壁。晚间,吃饭后,落雨了,院子里寂静着。张旺英便敲击板壁。

"老黎……你好吗?"

"我好。你旺英姐。"黎顺国回答。

这有着许多年友谊关系和时刻在两人中闪灼着对对方的爱情的张旺英黎顺国隔着木板壁说着话。张旺英刚被囚进来的早晨,曾经听到黎顺国在隔壁叫骂,也听到殴打的声音,两个杂务监舍员用绳子捆绑黎顺国。张旺英在这时寂静中突然有不安,想象黎顺国被移走了或者又被捆绑了,隔壁房里有杂务进出和弄翻凳子的声音令她起了怀疑,虽然她判断黎顺国没有被捆绑,也没有离开。但是黎顺国在隔壁房里是有踱着步散步的,"现在为什么寂静了呢?"这怀疑引起了一些想象,骚扰着她。她想象黎顺国被捆绑了躺在地上,很痛地抽搐着;她又想象黎顺国是被移送到监牢去了,因为县委书记很险恶。县长来过匆匆忙忙走了,虽然县长要曾国旗告诉她他县长会有办法,虽然她也相信这个,她仍旧心中有不安定。加在黎顺国头上的污蔑是分量很重的。她想黎顺国许多年来有些事也是为了她而奋斗,她便有懊悔自身在爱情上不更积极一些,因年龄大而呆笨……自然,很多的时刻有的谣言。在黎顺国心里,也一样的情况。张旺英的到来很使他感动。黎顺国传给她以字条,张旺英在收到黎顺国的字条和回答了字条之后曾敲着木板壁说:

"老黎,顺国,我的条你看到了。我是投案来的,我想这样援助你,而首先我是我的立场;我说我和你同案。我十分愤慨,采取了这样,我骂他们很痛快。"

"你不应该这样。"黎顺国激动地说。

现在敲着木板壁,张旺英又重复这样说。她还说,她想到有件事要谈一谈,历史上所有关于她对黎顺国不满,譬如因钱秀英和黎顺国往来而引起的,她现在是想都是属于误会和黄功这些人的谣言,她判断是这样的。她也从敌人的问讯和所谓证据知道这情形了。黎顺国也说,在他这一面,他也想到是这样,钱秀英是县委书记做背景的,是人们布置的,他和她也丝毫没有关系。互相表白了这个之后,张旺英重复说,她是宣告和他同案而在牛头镇上痛骂吴焕群黄功等人并且打了朱之黄功的面颊而来到的。她"这样做是否幼稚呢"? 她想,她是一个乡下妇女,也可能幼稚的。但她想,她的正义认识和她的激动,并不幼稚的。她的身份有一定的力量,一直到省里,知道她的人很多,她想,假若单是黎顺国遭患难,县长虽会给积极奋斗,但县里其他一些人和复杂的省里都有困难了。但是她是否使用她的"身份"而有些"轻狂"呢? 她想不是的。上边是有她的政治水平的,她说她愿意和黎顺国共患难,是好的朋友和同志。至于别的,那就另外说,这里"别的"是指爱情,她心里仍然有着隔离。她说了之后,又有着懊悔自身说话不积极一些,觉得太冻结了;但她想,黎顺国是否变了看法呢? ——他还要到省里去呢。

"你别的指什么呢?"黎顺国说。

"不指什么。"

"我想,你宣布和我共患难,"黎顺国说,"那吴焕群朱之来问你话的时候你这么说我也听得很清楚——这两日,特别你今日来到,我便想清楚了,我的有些想法是错误的,我是指关于我们的关系的一些见解,我特别还要说到我指的是我还去的农业技术的有些观点……"

张旺英便沉默着。

"我便更爱我的故乡和更爱实际了,因为实际是正确的。"黎顺国说。这乡下的农业技术员,这小地方的伟人黎顺国,在经过了患难和坎坷,遇到了不小的目前的患难,和见到了他的女朋友的黄金之心的这时候,便想到这一点了。他心中发生了一种震撼。在被囚之后他想到他的历史和他的奋斗,怀念他的乡人和张旺英,便觉得这一段时光他虽然坚持着真理,因而受到了打击,也应该是光荣的,却也坚持着一种错误,他心中震撼,他的年华似有所虚度了。因而他以往明明知道是错误和有些错误而坚持着的那些农业技术观点,便使他痛苦了,但是他仍然会坚持的。"我想我会找到我的生活和前进之路的。我们。"他又说。

"你说得挺好。"张旺英说,像旧时一样。沉默了一定的时间之后她又说,"我很高兴你说的钱秀英是敌人的布置,他和你没有关系,我也再说,我是绝没有骂过你什么的,他们坏人伪造信件文件,这是你十分清楚的了。"

"你说的我很相信,"黎顺国说,"不止是相信,我的亲爱的朋友,我希望你也相信我。"黎顺国说。"我说我们还有矛盾没有呢,我很追求你但有时又停止,因为你是有钱的,而主要的问题还在于,我这人有一定的自负一时是解决不了的。我想,我冷静地说。"张旺英便有些忧闷。"但我也说现不解决了。……"停了一定的时间,黎顺国又说,"我也努力改正。"

春雨降落着。春雨将黎顺国提出的这些也溶解了。春雨落在屋瓦上,落在院子里,落在院子里的槐树和梨树上。两人的隔着木板壁的谈话沉寂了,雨声淅沥着,而且喧嚣起来,落大了。张旺英和黎顺国感觉到,雨落在江南平原里,和他们的乡土牛头镇里,糕饼桥上,大河和小河里。雨声像唱歌,像喧闹和呼喊,像人们的行进,像巨大的车辆和时代在行进。他们感觉到,雨声从牛头镇的空中传来,稠密的雨滴碰响空气;雨声从密云里出来,雨声从小河里的浮萍和白小英的和她张旺英的采菱角的盆里呐喊和唱歌出来了,从大河的波浪里出来。从各家的屋瓦上传来,从整齐的水田的涟漪里传来;从幽暗的山峦多年的大的松树和壮年的杏树里传来;从人们的热烈、渴望着奋斗成功和幸福,有时充满忧郁,各时候也充满欢乐和健旺的律动的心脏里传来。在这院落里,雨声来自空中和地面,来自大槐树也和梨树花上,也来自张旺英和黎顺国的渴望,来自他们的亲切的感情。

"一九八三年的插秧到了。"张旺英说。

"对了。"黎顺国说。

在他们两人的心中,洋溢着美似初恋的温情。

这时候朱之和党委书记吴焕群一个打着雨伞一个穿着斗篷雨衣进院子来了。他们先到黎顺国房里。

"你黎顺国和张旺英很受委屈啦,我们希望你们心放宽,问题也是不难解决的。你们被子够吗?你们开水和茶叶有吗?我们希望你们交代问题帮助我们好吗?我们实在是同情你们的。"吴焕群说,阴沉的朱之站在一边。

他们来到张旺英的房里也同样说,他们又把黎顺国喊到张旺英房里。院落里,有监视员巡逻着,但也有县长方面的干事曾国旗来到,想要释放张旺英与黎顺国,捍卫着张旺英与黎顺国,披着雨衣巡逻着。

"我们了解,你张旺英和黎顺国是自身也有矛盾的,我们并不是没有研究过这一问题,你们并不友好。黎顺国有乱搞男女关系而张旺英你有很恨他,而我们也听见你们自己说黎顺国的农业技术观点是有错误的。"朱之说。

"不这样,我们是互相友好的,"张旺英说,"黎顺国的农业技术观点的错误……"她看黎顺国说,"那他会自己更正的。"

"我没有和钱秀英什么的乱搞男女关系。"

"他黎顺国是我的爱人,我们两人有恋爱的。"张旺英心脏中充满严肃的憧憬,盈满着欢乐而同时激昂的血液,她清楚而健旺地大声说,"虽然他有时有自负的缺点而我有时有疏忽,水平不高的缺点。"她又补充说。

"那我们倒奇怪了。你们是有政治意义的,你们也是有暧昧关系的也可以。"

"是那样吧。"黎顺国心脏中同样充满严肃的憧憬,激动着激昂的快乐,但同时有着愤怒的激情,说。

吴焕群和朱之决定这时候来突击一场的。朱之和吴焕群猜想张旺英在这春雨中会思念她的母亲、鸡和猪,和她的秧田田地,而黎顺国在自然气候的变幻中一定会有很多的感伤,因为他一定想着农事,他的试验稻种,同时他是有好高务远的——朱之和吴焕群这样想并不太错,在黎顺国的心中是有着他的自负和他的复杂的思想,以及对于爱情的若干冷静,因为张旺英比较富有。朱之和吴焕群刚才已接到了省委书记的电话,但他们想符建陈耳等仍然会刁难的,而他们拖延下去建议要由他们的党委会再来讨论,并不是不可能。重要的,这时候要袭击假设他们败了,他们也不怕,他们也要有机会便泄下气,干成一点什么是什么,因为他们很仇恨黎顺国和张旺英。何况,张旺英为什么立场就不可以动摇呢。他们想。

谈了一些话之后,吴焕群站起来徘徊了,而朱之掏香烟给黎顺国抽,他说,牌子很好,他是最喜欢抽比较好的牌子的,黎顺国却不抽。

"我们还关心你张旺英的另外的问题,也是刚才说到的,"吴焕群以凶狠的大声说,"我们错误地关押了你们也是可能的,特别是你张旺英;那么我们便解释误会,是黄功这些人的不是。但是你张旺英要知道你富裕起来是党和许多人,特别是我的帮助的。"吴焕群眼睛很亮地闪烁了一定的光,想着中午的那些钱,说。"我是县委书记,"他又眼睛很亮地闪烁了一定的光,说,"你张旺英对朱之处长如何呢,我跟你诚心地介绍这个朋友,关心大龄婚姻,而我还希望你一定时间报酬我呢。"

黎顺国张旺英看见朱之站了起来,很恭敬地向张旺英鞠了一个躬。他在递烟给黎顺国的时候便轻轻叹气,显出一种感伤,现在,他的面孔上的肌肉更是颤动着,也意识着和表现着,他是"情场能手"。人们看见朱之穿着新的哔叽衣服,衣服小,显得瘦些,胡须刮得很彻底,头发梳得很光洁,而且,还擦了香水。

"介绍了好几次了,"朱之说,"我们真有点乘人之危。但是,"他用细弱的声音说,"就我个人而论,不论你张旺英怎样反对我,我是很想念着你,关心着你的。落雨了,我便想,张旺英冷吧?"

"并不是乘人之危,我们是说基础。她张旺英和黎顺国是没有基础的。"吴焕群大声说,"假设他们不是结帮口的,她张旺英也要靠拢你朱之;假设是结帮口的——他朱之可以帮助你,难道不对吗?"吴焕群在凶狠的大声之后,笑着说,眼睛闪烁,忽然对张旺英严肃地鞠了一个躬,变得友谊起来了。"这事情,如果成功,你旺英姐是会报酬我县委书记几盆好的花的。"

杂务人员还端来一盘上等糖果和一盘糕饼点心。杂务人员,因为受感染,也鞠躬。

"我们这就代糕饼桥了。"吴焕群热情地说。

"糕饼桥上的誓言是,我和他黎顺国假设有暧昧关系,也是没登记的夫妇。"张旺英说,站起来,严肃地,愤怒地,鞠着躬了。

"这又是为什么动气呢。"朱之又鞠躬,说,"我们知道你们是有严重的矛盾的,而主要矛盾便是你张旺英希望有一个能帮助你,教告你,体贴你,引导你的人,我不敢说我是这样的人,但黎顺国首先不是的。他是有问题的。"

"我和他同案的。"张旺英又站起来,愤怒地鞠躬。

"这没有用,我们说客观的。"吴焕群说,站起来,又端庄地鞠躬。

"唉,我怎样说好呢?"朱之说,他想他是有把握的,他的心中热血沸腾,使他想到他一定成功,他因为这甚至于异常感伤。他想他的独身的日子要结束了。这一切也来自一些喜欢讽刺的人的恶作剧,这些人判断他必胜的。于是他便掏出一块手帕来慢慢地擦着眼睛,又抽了两口烟把烟咽下去从鼻孔慢慢喷出来,表示了一种深入心脏和肺脏的激动,然后把烟摔掉踩熄,他又鞠躬,并流泪,说,他已经介绍过自己了,年华似水,又是过了冬天了。于是,他便又向债务鞠了一个躬,这些鞠躬得很深。他然后说,"我的心向往呀,春风坦荡于四化的又复经济都市体制改革的祖国……我的一瓣心香,一瓣心蜜,"他说,想起他上次说话败于邓志宏,"我是多么地决定和你永远的友谊,我的爱的情你是不了解的,和关心之意,"他说,"所以这一鞠躬同时也是低头,'俯首甘为孺子牛',表明心迹,就是决不会改的了,同时是表示我太是……怎样说好呢,便是我有各方面的优越条件,我应该向你低一次头。你要知道,旺英姐哟,我是很关心你的。"他便掏出手帕来蒙着脸,较大声地哭泣了。

这时,受了有些人的恶作剧的作弄,王学群也抱着一盒点心和那盆芙蓉花进来了。

"你好好考虑吧,成功了要谢媒人的哟。"吴焕群指着王学群对张旺英说。而王学群有礼地笑着。

走进来了披着雨衣的曾国旗和陶世芳,陶世芳是出差刚回来从家里奔来的。

"你们是错误而且丑恶的。"陶世芳说,显露着惊奇,诧异,热烈的愤怒的表情,似乎她从来没有看见过这种卑鄙和丑行。她的热性和善良的愿望使她显出特别的单纯。她的这种表情也使吴焕群惊奇地看着,因为在吴焕群看来,这一切是太平凡了。"你们混蛋!混蛋!贼子,民族的败类!"陶世芳说,"我与张旺英姐同案,共存亡!"陶世芳的愤怒的气概仿佛她背后又巨大的力量;而吴焕群和朱之也感到这力量,便沉默着了。陶世芳又喊叫着:"你们可耻,立刻释放!释放!"

"你有手续和上级的命令么?主要的是……"吴焕群说,怀疑地看着她。

"有全国人民和中央的。"陶世芳说。

"你没有。"吴焕群说,吴焕群心里突然惧怕中央的命令。他看了她一眼,陶世芳的自信,似乎她是持着什么权力件似的。

"你没有。"朱之冷笑着。

"但是有。释放,释放!"陶世芳叫着,有些颤抖着,敏捷地注意到吴焕群的动摇,考虑了一瞬间她的地位和力量,便伪装与充任假的上级代表了,她脸色变白,大叫着,"奉中央和省委常代省长的命令!"而一个面颊打击在冷笑着的朱之的脸上了。因为省长离职,女副省长代省长,因为她是假做奉女代省长奉令的,所以很凶地打朱之面颊,她打了朱之,也很像是奉了命令的。她看着物吴焕群和朱之,也有些隐约地笑了一笑,大声说:"释放!"

"真的么!"吴焕群看着活跃的女记者和女秘书处秘书,怀疑地说。

"没有这事的。"朱之抚摩了一个动作的面颊,也有些不安,但冷笑着说。

"释放,奉了命令,人民群众和中央的。"陶世芳有些严肃地说。

"那我们倒十分的为难了。"吴焕群有些窘迫地说。"我们很歉疚,不一定可能有所错误……"

"那没有这样的。"朱之冷笑着说。

"然而你们要受到惩罚。"

"上级自然会知道,我们也愿检查问题的。"吴焕群脸色发白地说,他沉默了一定的情形又说,"常代省长她派人来么?有电报么?主要的是,有中央的指示么?"

"她派我来的,"陶世芳说,"有中央和人民的指示。"

"哈!绝不是!"朱之说。

"也不一定不是。"吴焕群说,"但县委的领导,是要对付黎顺国这些的,不过张旺英也很凶,我或许偏差一点了,这一点愿先向你检讨。"吴焕群对陶世芳说。他忽然站起来,严肃地鞠躬。

"还有什么检讨呢?释放。"陶世芳说。

"那不的,还有也就是,我们请示不够,但县长也许会了解我的,我要尽力说明坚持党的原则。"痛苦的吴焕群说,他又觉得陶世芳可能是有上级命令,但也可能他是被愚弄,于是很懊恼和痛苦了。他在想着,不知如何对付了。

"你这是党的原则么?"陶世芳说。

"我这是有缺点的。"吴焕群说,有了较大的不安,但又心中起来了恼怒,于是他又意义不明地说:"就是这样的。"他于是沉默着,将身体转动了一个圈,而又对陶世芳鞠了一个躬。

"但这是不至于的。"朱之说。

"你的文件呢?"犹豫的吴焕群说,他很有些脸色苍白,较之更多地怕中央,倒是更多地怕自己会受骗,但自然,他也更多地怕中央,而陶世芳也很像是有中央指示的。他对于自然形成的假代表陶世芳很有些畏惧了,他想他是乘着县长不在的机的,但他想他是有着符建副省长等的。他又恐慌他将被罚处了。他是有"家小"之累的。

"就是这样,"陶世芳说,她也有些内心虚弱了。但她又提高了声音凶狠地说:"就是这样,中央指示。"

"就是这样。这为什么不是呢?"感染着陶世芳的情绪和气派,曾国旗说,看着抱着花盆的王学群,和冷笑着的,但也有窘迫的朱之。他没有忘记瞬间前挨的打面颊。

"奉中央的命令,你们贼子、混蛋!败类,你们人民的蛀虫!"陶世芳说。

"奉中央的和省委的命令骂我们这么些么?"吴焕群思考着,辨析着,说。

"正是这样。"女记者带着激烈地说,叉着腰站着,想到,这一点无意中的伪装有中央或省里指示和这一打面颊有些成功了。她有些想打吴焕群一个面颊,但不能下决心,而吴焕群怀疑地看着她。"释放张旺英黎顺国!"她大声说。

"你是记者和秘书……不至于。"吴焕群说,"而假若有什么,那么我可糟了,我先导说吧,"有些惧怕而脸色紧张的吴焕群沉默了一瞬间说,"你陶世芳同志说明,我是很服从中央指示和省委的。"

"怎样服从呢?"

"就是服从……而我是赤心忠胆的……"他激动着又沉默了。他说完了以上的话，觉得表示了态度了，便决心表达另一面，以免损失利益，他呈显着一种分裂的样式。他于是吼叫着说，他不能释放黎顺国张旺英，他接着又坚决地吼叫了一句，而且又说，对于可能有中央指示他已经表示态度了。陶世芳也就觉得不很成功。朱之冷笑着。

"你没有文件。假的吧，我要对付你。"吴焕群说，觉得受骗了，脸色苍白，看看陶世芳，便和朱之走了。陶世芳便叹了一声气。她在叫着："旺英姐，不怕他们。"又对曾国旗说，"不怕的。"便走出去了。

在县长来到以前，黎顺国和张旺英继续着隔着木板壁的谈话——他们的增涨着爱情的谈话。张旺英说，她有着担忧，从坏的估计看，她可能好些，但是黎顺国可能遭到危险多些，但是她想，县长和省委的人们会来救助他们的，瞬间前陶世芳打朱之和激昂，像是真的已经有了办法了。她说，她对黎顺国抱着热烈的感情，于是张旺英发动着这场恋情的谈话，她想到，她富有，而黎顺国有坎坷，她要领头谈到这个，她说她想到了她少年时，想到几十年来。张旺英对黎顺国说，她从小爱好劳动和正直，她的父亲，世代的农民教育了她，她觉得她的生产是她自己还满意的，而她也多年来在心里有着黎顺国的正直、奋斗的纯洁的形象。她带着嘲笑说，她过几小时，或者一天后，回答黎顺国一个问题，而这问题黎顺国是知道的。这表明她内心里还有着犹豫，或者犹豫的假象。而被触动内心情绪的黎顺国首先说，他很感动与张旺英见义勇为的为他而斗争，被囚到来，其次，说他们家也是祖祖辈辈的农村种地的了，他现在成了知识分子了，他也想到他的前辈们的勤苦的劳动和正直，他想他要怀着更大的理想；他心里也时刻有着她张旺英，和对她张旺英的爱情，他知道张旺英所说的过两小时或一天回答他的问题是什么，他说他也想不多的时候回答她的问题，其实现在就回答了，但是他笑起来说，他也不说了。他又说，他从小热爱工业化，和她一样，希望国家富强起来,也和她一样理想着,农村里不再有贫寒。张旺英于是紧靠着木板壁说,正是这样的了,过去的生活令人痛苦,农村里有饥寒的儿童啼哭和劳累了一辈子的、吃不饱的老人;当然,在她和黎顺国的小时候,便已经好多了,中华人民共和国开国和土地改革了。她是多么不能忍受这些啊,丑恶的,痛苦的,劳动者的不得到报酬和穷苦。雨下着,愉快的欢乐的雨声传来,张旺英便继续含着她的恋爱之情谈着,她说了这些之后说,对黎顺国涌起深刻的感情。老姑娘虽然有着设防,但她等于已经回答了黎顺国的问题了。黎顺国也回答说,她说的正是这样,他也对她张旺英怀着深的感情,和这感情同时。他觉得,祖国中华,没有农业的现代化,是不行的,所以他便有着他的献身于这事业的理想,可是他这些年有些硬化,长久不肯承认他的观点上的一些错误,在现在他心里还有着硬块,包括他的男权思想和一些个人英雄崇拜……而他,是怎样地在渴望着啊。

"渴望着什么呢?"张旺英隔着木板壁问,战栗着。

"渴望着你啊!"黎顺国又沉默了。似乎有了一定的冷静的温暖。

"你说得很对。"张旺英依着发散着油漆气味的木板壁说,恢复了一定的冷静,愉快黎顺国承认错误,但也觉察了黎顺国还有着一些硬块。

"我正是有那种不安定的错误。也有着你有钱和我有自负骄傲引起的矛盾,但这是会解决改正的。"黎顺国说,他便继续说下去了,但是虽然发动了爱情的谈话,因为热衷于说到他自身和他的理想,他便忘记了在这一长段的谈话里说到他对张旺英的恋情了。他激动地,带着欢乐的激情依着木板壁,挥动着他的手臂说着。他把脸贴在木板壁上,听了一听外面的雨声又说着。他说了更长的一段忘记说到对张旺英的恋情了,虽然这爱情也在他的心中。张旺英听着,也贴着木板壁而沉醉,她也为黎顺国的热烈的理想之心而沉醉,并觉得他心中的爱情,于是,在雨声之中,她也谈起了她是热爱家乡的机械化和现代化的,她很愉快黎顺国在这时候说这个,而说这个是多么有意思而且雄壮啊。于是,她便也像黎顺国一样忘记爱情的谈话了。但他们也其实是在诉说着他们的爱情。在春雨中,渐深的夜里,他们两人隔着木板壁热烈地谈论着。黎顺国甚至于还说到农业技术,种花的肥料有时要用含较多的磷和氮的制作,使用鱼骨头、豆子、花生的制作,而张旺英也谈到她今年春天的鸡蛋的收入,黎顺国帮忙她的拌合的饲料,还有黎顺国投资她的鸡。这谈话便在雨声中,隔着木板壁继续下去了。他们都似乎忘记了他们是从恋爱和爱情的话开始的了,但他们心中热恋的爱情洋溢。但在雨声中两人又沉默了,他们的心激烈地跳动表示了他们的爱情,隔着木板壁,似乎双方都可以听到心跳的声音,他们便将身体更紧地贴着木板壁。张旺英和黎顺国沉默着,他们,因为年龄大了,因为热衷于他们的理想,因为一年来不断地互相有爱情又被破坏着隔离着,所以便显出了这恋爱的笨拙。他们在感情激动中沉默了一定的时间,张旺英先开口想要谈爱情,但是仍然又谈起她的农事来了,她谈她的猪有几匹养得很好。黎顺国便也说他观察王寡妇的猪也养得不错,于是他们又谈下去了。

"喂,黎顺国,顺国,你是在板壁这里吗?我敲响声音我是在这里。"她说,于是敲响木板。同时她说不出因为什么地笑起来了。

黎顺国也用手指关节敲响板壁,说他正是在张旺英对面。他也笑了两声。

他们又谈下去,这回又是张旺英领首的,她想谈爱情的话但都觉得已经说过了,她便说着牛头镇的小河,和她的池塘里今年的鲫鱼。黎顺国也说他观察鲫鱼很好。又沉默了一瞬间,又再谈话,是黎顺国领首的,但是他想说爱情的话却又说到农业机器站的两台机器去了……他们相当长的时间谈着话。

"我们说的真有意思。"张旺英忽然觉悟了起来,说。

"你说什么?"热烈于他的事业的黎顺国说。但他随即觉得了什么,便笑了起来。他于是坦白地说,他想他和张旺英是很适合的,但他有缺点,而张旺英的富有使他有所顾虑。

张旺英便沉默了一瞬间。她后来说,他不该这样想。停了一瞬间,爱情的动作再互相发动了,张旺英敲着木板墙壁问:"顺国,你在哪里?你还在这里吗?"由于爱情的激动,黎顺国也敲着木板壁说了同样的话。他也喊她旺英。他们又沉默了,两人紧贴着隔离着他们的木板壁,两颗心热烈地跳跃着,他们互相几乎听见心跳的声音。"顺国,你还在站在这里吗?"张旺英的有些颤抖的声音说,"我爱你。"她说。"我也爱你,我爱你。"黎顺国说。

张旺英推门,门没有扣,她走了出来。在外面的春雨中,披着雨衣的曾国旗和一个吴焕群的杂务监视员对抗着,曾国旗在等待着县长的归来。

"我可以到黎顺国的房里去一趟吗?"张旺英问。

吴焕群的监视员吼叫,曾国旗便也对他吼叫。由于想要使张旺英和黎顺国自由,曾国旗便搬开了张旺英门外的扣子的。吴焕群的监视员没有注意到。黎顺国的门他则未成功。张旺英问话,曾国旗便回答说:"可以的,完全可以的。"

曾国旗又对敌对方面吼叫,而且断然地开了扣着的黎顺国的门。张旺英便进去了。

"顺国!"张旺英说,在昏暗的光线中,拥抱着黎顺国的肩膀,而黎顺国便也拥抱了她。两人便接吻。

"我爱你。"张旺英大声说。

黎顺国甜蜜地、激动地沉默着,感觉着张旺英的热烈的气息,而张旺英也感觉着黎顺国的热烈的、强旺的气息。他们静默着,便互相回答了问题了。"我也爱你。"黎顺国用低声说。

阴沉的青年人曾国旗踱踱着,他愉快他听见黎顺国房内张旺英和黎顺国的强烈的爱情表白的说话的声音。张旺英不久便返回来了。曾国旗因张旺英和黎顺国事件而显得阴沉,他仇恨人们居然捏造了许多情节来伤害黎顺国与张旺英,而且因此觉得不安,因此张旺英与黎顺国的爱情的表白使他觉得愉快。在张旺英进入黎顺国房里转回来后,他和吴焕群的监视员交叉走过,那监视员也披着一件雨衣,他在张旺英出来时是站在黎顺国的屋檐下,但看见曾国旗在张旺英经过后警戒地、凶恶地蹀躞着,便也在院子里,雨中徘徊起来了,呈显着他的立场的狠恶,这有些瘦削、粗鲁和愚蠢的监视员觉得张旺英和黎顺国的恋爱,顷刻前的很响亮的爱情表白的语言是绝对不可容许的,准备着战斗,曾国旗和他交叉而过。这监视员摇晃着他的雨衣,而曾国旗摇晃着他的身体。张旺英在黎顺国房里说"我爱你!"的大声长久地在院子里和曾国旗的心中震荡着。

春雨淋在他的雨衣上,他觉得愉快然而同时有着辛辣的悲愤。

他站下来,清楚地又听见了张旺英和黎顺国的隔着房间木板壁的又起来了的对话。

吴焕群的监视员因为被压制于曾国旗的威风,败了,而异常愤慨。他又蹀躞着,凶恶地看看曾国旗,吼叫了一声,曾国旗也吼叫了一声,他想去敲黎顺国的房门,制止隔着木板壁的谈话,曾国旗便走过去,将这瘦削、愚昧的人挤开。

曾国旗摇晃着他的身体。他又慢慢蹀躞着,吴焕群的监视员开始对他更凶恶地啸叫了,除了长的吼声以外,还说,"你那里绝不行的!"

曾国旗愤怒,冷笑着,蹀躞着,选择了一个机会,他又挤开吴焕群的监视员,他镇静,愤怒,而两眼发光,又对着监视员产生了镇压的力量。

"你可以过去找你的爱人继续谈话。"他沉静地说。

黎顺国便走出来了。曾国旗阴沉地看看吴焕群的监视员,又阴沉地打开了张旺英的房门。

黎顺国进去了,房门尚未关好,他便走过去,曾国旗和吴焕群的监视员的格斗也鼓动了他,将张旺英拥抱了,他用有些战栗的声音对张旺英说:"我和你两日后结婚。"他便这样再回答他自己和张旺英的问题了。

"我们两人要矢志奋斗。"张旺英拥抱着她的黎顺国,说。她的新的激动,是因曾国旗和吴焕群的监视员的斗争而起来。"我们结婚了,我们结婚吧。我们互相回答了问题。为正义事业奋斗。"

而这时候门口有汽车声,院子里响起了县长张辽夫妇和司机的脚步声,司机帮忙推开和驱逐了吴焕群的监视员。

黎顺国和张旺英住进了招待所,县长妻子廖珍亲自送他们到招待所来;第二天早晨,来慰问他们的县长夫妇来到黎顺国房里,张旺英也来到黎顺国房里,他们告诉县长夫妇说,他们决定结婚了。县长张辽夫妇笑着,从张辽的带着一些风霜的,有些感慨、忧伤的笑容,张旺英和黎顺国感觉到他们的婚姻对于县长说来是有分量的事情。

"感谢你们啊!"张旺英说。

"这便是这样了,从我们个人说,"县长张辽说,"我们释了一个负担了,办成功一件重要的事了,这一个政治事件我们不败了,你这张旺英和黎顺国,而且告诉你们,我们不败,要处理吴焕群和处理那几个人的。打倒我们共同的仇人,国家的蛀虫!"

张旺英和黎顺国便到婚姻介绍所去。然后来到县长家里吃午饭,他们买了糖和在花卉店买了一盆玫瑰花。他们买的花恰巧是张旺英去年花卉卖出的,共计五朵和枝干上镂刻的三角记号是他们认识的。他们把这送给县长夫妇,作为他们对县长夫妇的酬谢。他们并且决定,她张旺英献给县人民政府六万元,作为儿童福利之用,黎顺国说,他明天将钱送来,县长经过和副县委书记商量也就接受了。

春雨降落着,县城的街道洁净而且宁静,发绿的树木笔直地挺立于春雨中。张旺英和黎顺国便结婚了。他们走于细密的春雨中,从县城的街道尽头便可以看见通往牛头镇去的大路和大片的水田,和远远的大河清河的白色的水线;运货火车正鸣着汽笛的声经过田野,在雨中喷着浓烟。黎顺国和张旺英感觉到笼罩着他们的深沉的到地底的一种力量,在他们的心中也有着的力量,这便是,大地和沃土自身的力量。春雨飘落和歌唱着,两个人衣服都淋湿了。他们感到他们的心灵和灵魂是连结着,或者说,属于这深契的力量的。他们在昨夜谈到他们的祖祖辈辈在这田地、大地上劳动,他们现在几乎深刻地感觉到大地的律动,感觉到祖祖辈辈的人们;他们的影像在他们,黎顺国和张旺英面前闪跃过去。黎顺国回顾他的半生,和他先前的错误的想法,觉得他现在是落在深沉的、有着顽强的吸力的土地上了,但他心中仍然有着一点紧张和顾忌。未来的火种和命运的格斗使他心中也有战栗。他觉得他走上新的道路了,特别是,他想到,也和张旺英说到,他要检讨他的农业技术观点的一些错误,但他又说有一两错误他已改和想到两点要放弃,还剩余一点,也不算什么,到了新的生活了,应该很不一样了,但他也觉得许多旧的也还未过去,心中有着一点冷的硬块。在张旺英的心里,这深沉的大地的静寂的语言被她听见,从土地里她感觉到显出了和将要更多地出现新的繁荣,虽然她的生活里也会有着新的伤痛和痛苦。在她的眼前也展开着她的半生的道路,她觉得她终于和县长夫妇一起,和牛头镇的人们一起胜利了,她宣布和黎顺国同案胜利了,没有被人们阴谋成功。少女时代深夜里和母亲一起编竹篓子,划破了手而沉默地顽强地奋斗着;从母亲和钱根、刘大婶、王寡妇等学养鸡和学种花,学成各样技能,成为种稻能手;时间便这样过来了。在深夜和黎明推磨子,在春风中赶车送粪到地田去,在酷热中去田地里挖水沟和拔出地豆麦地里的草……时间从谣言和攻击中奋斗着过来了。她熟稔而且快捷地活动于田地间。每天人们在田地里最早碰到的人是她张旺英,在深夜里碰见最迟从田地里归来的人也常是张旺英;在糕饼桥上看见最耐心的采菱角采藕种藕的人是她,青春时代的张旺英;在村庄到田野的大路上,看见在灰尘里驾着拖拉机走着的是她,壮年时代勤劳的张旺英;在乡镇的喧哗和寂静中人们找到张旺英,在辛辣的炊烟里面人们找到张旺英;在困难户的房屋里人们看到她,在和恶势力的冲突里人们也看到她。人们各处碰到善意、友谊、倔强，而果敢的张旺英，她的心中有着大地的力量，她觉得是大地生长了她。张旺英自豪然而谦虚地想到，她从困难中出来，获得她的力量和胜利了。……

几天之后他们知道，县委书记吴焕群被撤职，朱之处长被开除党籍和降级，而黄功李家衍被撤职了。而县里任命肖家荣为村长，黎顺国为副村长。被去掉农业机器站位置的邓志宏也恢复了他的职务。

1984年11月21日—12月3日草稿
1985年2月26日—4月3日改写

（据作者手稿抄印。"20×20＝400"规格原稿纸，顶边右侧有"第　页共　页"栏，左下侧标记"北京市电车公司印刷厂出品　八四·一"字样。共626页，大部按格书写。）

图书在版编目(CIP)数据

路翎全集.第十二卷,晚年长篇小说:1985/路翎著;张业松主编.--上海：复旦大学出版社,2025.
2.-- ISBN 978-7-309-17734-3

Ⅰ.I217.2

中国国家版本馆 CIP 数据核字第 2024GP2093 号

路翎全集.第十二卷,晚年长篇小说:1985
路　翎　著
张业松　主编
责任编辑/方尚芩

复旦大学出版社有限公司出版发行
上海市国权路 579 号　邮编：200433
网址：fupnet@fudanpress.com　http://www.fudanpress.com
门市零售：86-21-65102580　团体订购：86-21-65104505
出版部电话：86-21-65642845
上海盛通时代印刷有限公司

开本 890 毫米×1240 毫米　1/32　印张 11.875　字数 308 千字
2025 年 2 月第 1 版
2025 年 2 月第 1 版第 1 次印刷

ISBN 978-7-309-17734-3/I・1435
定价：70.00 元

如有印装质量问题，请向复旦大学出版社有限公司出版部调换。
版权所有　　侵权必究